VENGEANCE EN PRADA
Le retour du diable

Du même auteur au Fleuve Noir

Le diable s'habille en Prada, 2004
People or not people, 2006
Sexe, diamants et plus si affinités..., 2008
Stiletto blues à Hollywood, 2010

Tous ces romans sont disponibles chez Pocket.

LAUREN WEISBERGER

VENGEANCE EN PRADA

LE RETOUR DU DIABLE

Traduit de l'anglais (États-Unis)
par Christine Barbaste

Fleuve Noir

Titre original :
Revenge Wears Prada : The Devil Returns

Ce livre est une œuvre de fiction. Les noms, les personnages, les lieux et les événements relatés sont le fruit de l'imagination de l'auteur ou sont utilisés à des fins de fiction. Toute ressemblance avec des faits avérés, des lieux existants ou des personnes réelles, vivantes ou décédées, serait purement fortuite.

MIXTE
Papier issu de sources responsables
FSC™ C003309

Fleuve Noir, une marque d'Univers Poche,
est un éditeur qui s'engage pour
la préservation de son environnement
et qui utilise du papier fabriqué à partir
de bois provenant de forêts gérées
de manière responsable.

ISBN : 978-2-265-08879-5

Pour R et S,
avec tout mon amour

Chapitre 1

Aussi longtemps qu'elle vivrait

La pluie, glaciale, se déversait en rideaux obliques que les rafales de vent désordonnées dispersaient dans toutes les directions, rendant parapluie, ciré et bottes en caoutchouc presque inutiles. Non qu'Andy eût quoi que ce soit de tout cela. Son parapluie Burberry à 200 dollars avait d'abord refusé de s'ouvrir pour finalement se casser avec un bruit sec lorsqu'elle avait essayé de lui faire entendre raison ; sa veste courte en lapin, avec un col *oversize* mais sans capuche, lui corsetait superbement la taille à défaut de lui offrir une quelconque protection contre le froid pénétrant ; et ses escarpins Prada en daim flambant neufs, rouge coquelicot, étaient un baume pour le moral qui laissait hélas la majeure partie des pieds nue. Même son legging lui donnait l'impression d'être jambes nues, sous les assauts de cette bise qui rendait le cuir aussi protecteur qu'une paire de bas de soie. Le manteau blanc d'une quarantaine de centimètres d'épaisseur qui recouvrait New York commençait déjà à fondre, laissant place à une répugnante boue grisâtre, et, pour la énième fois, Andy regretta de ne pas vivre ailleurs.

Comme pour confirmer cette pensée, un taxi grilla le feu orange en klaxonnant avec fureur après Andy qui avait commis le crime impardonnable de tenter de traverser la rue. Se retenant de lui faire un doigt d'honneur – ces temps-ci, le New-Yorkais était prompt à dégainer les armes –, elle se contenta de serrer les dents et de bombarder mentalement d'injures le malotru. Compte tenu de la hauteur de ses talons, elle effectua ensuite une honorable progression sur deux ou trois blocs. 52ᵉ Rue, 53ᵉ, 54ᵉ... Le restaurant n'était plus très loin, maintenant, et au moins pourrait-elle se réchauffer brièvement avant de regagner le bureau ventre à terre. Elle se réconfortait avec la promesse d'un café chaud et peut-être, à la rigueur, d'un cookie aux éclats de chocolat quand, soudain, retentit *cette* sonnerie.

D'où pouvait-elle provenir ? Andy regarda autour d'elle, mais les autres piétons ne semblaient pas la remarquer, alors qu'elle gagnait en puissance. *Driiing driiing.* Cette sonnerie, Andy l'aurait reconnue entre mille, elle la reconnaîtrait aussi longtemps qu'elle vivrait, mais elle s'étonnait qu'il se fabrique encore des téléphones qui l'aient en mémoire. Elle ne l'avait plus entendue depuis une éternité, et pourtant... c'était bien elle, insistante. Avant même de sortir le téléphone de son sac, Andy savait à quoi s'attendre, mais le choc qu'elle éprouva en voyant le nom affiché sur l'écran n'en fut nullement atténué : MIRANDA PRIESTLY.

Elle n'allait pas répondre. C'était impossible. Elle inspira un grand coup, refusa l'appel et glissa le téléphone dans son sac. Il recommença à sonner presque aussitôt. Andy sentit que son cœur accélérait, que ses poumons avaient de plus en plus de mal à s'emplir d'oxygène. *Inspire, expire,* s'ordonna-t-elle en rentrant le menton dans les épaules pour se protéger le visage de cette neige liquide qui tombait maintenant à seaux, *et continue à marcher.* Le restaurant n'était plus qu'à deux blocs et Andy distinguait déjà sa devanture illuminée, tel un mirage de terre promise, un havre de tiédeur, lorsqu'une bourrasque particulièrement agressive la déstabilisa. Pour recouvrer l'équilibre, elle n'eut d'autre choix que de poser un pied au beau milieu de ce que les hivers new-yorkais réservent de pire : une flaque noirâtre, un infâme brouet de neige fondue, de sel, d'ordures, et Dieu seul sait quoi d'autre encore. C'était répugnant, glacial et si profond qu'il n'y avait rien à faire sinon capituler.

Ce qu'elle fit, donc. Elle s'immobilisa dans ce ramassis d'immondices entre la chaussée et le trottoir, prenant gracieusement appui sur son pied immergé et restant perchée, tel un flamant rose, pendant trente, quarante secondes, le temps de passer en revue ses options. Les piétons décrivaient un large détour pour les contourner, elle et le cloaque, et seuls ceux équipés de bottes en caoutchouc jusqu'aux genoux se risquaient à couper directement au travers. Mais aucun ne lui tendit une main secourable et, lorsqu'elle s'aperçut que le périmètre de la flaque était bien trop vaste pour lui offrir une échappatoire dans l'une ou l'autre direction, elle se prépara à affronter un nouveau choc thermique et posa le pied gauche à côté du droit. L'eau glacée lui mordit aussitôt le bas du mollet, avalant d'un coup escarpins rouges et dix bons centimètres du legging en cuir, et Andy se retint de pleurer du mieux qu'elle put.

Chaussures et legging étaient bons pour la poubelle ; ses pieds, gelés, pour l'amputation. Mais pour s'extirper de ce désastre, elle n'avait d'autre choix que de traverser cette flaque. *Tu as filtré Miranda Priestly, et voilà le résultat*, songea-t-elle.

Elle n'eut guère le loisir de s'appesantir sur son infortune car, sitôt qu'elle fut parvenue sur le trottoir d'en face, alors qu'elle découvrait l'étendue des dégâts, son téléphone se remit à sonner. Elle avait fait preuve d'un sacré culot – ou plutôt non : d'une totale inconscience – en ignorant le premier appel. Elle ne pouvait pas faire la sourde oreille une nouvelle fois. Ruisselante, grelottante, au bord des larmes, Andy appuya sur l'écran et dit :

— Allô ?

— An-dre-âââ ? C'est vous ? Vous êtes partie depuis une éternité. Je ne répéterai pas ma question : Où. Est. Mon. Déjeuner ? C'est inadmissible de me faire attendre ainsi.

Évidemment que c'est moi, pensa Andy. *Tu as composé mon numéro. Qui d'autre pourrait répondre ?*

— Je suis terriblement désolée, Miranda. Dehors, c'est un cauchemar, et je fais de mon mieux pour…

— Je vous attends. *Sans délai.* C'est tout.

Et la communication s'interrompit, sans laisser à Andy la possibilité d'ajouter quoi que ce soit.

L'eau glacée emprisonnée dans ses chaussures produisait des bruits de succion répugnants ? Ses talons hauts rendaient tout déplacement périlleux, même par temps sec ? Les trottoirs se transformaient en patinoire à cause de la pluie qui commençait à geler ? Rien de tout cela n'importait : Andy se mit à courir. Du plus vite qu'elle le put.

Elle n'était plus qu'à cent mètres du restaurant lorsqu'elle entendit qu'on l'appelait :

— Andy ! Andy, arrête-toi ! C'est moi ! Arrête de courir !

Ça ne faisait aucun doute. C'était Max. Mais que faisait-il là ? Il ne devait pas passer le week-end à la campagne, quelque part au nord de l'État, pour une raison qui, là tout de suite, lui échappait ? Andy s'immobilisa, se retourna, chercha à l'apercevoir.

— Andy ! Ici !

Elle repéra enfin le bel homme brun, robuste, au regard vert perçant, juché sur un immense cheval blanc – son fiancé. Andy se méfiait des chevaux depuis cette chute de poney, en CE1, qui s'était soldée par une fracture du poignet, mais cet animal-là semblait doux. Et l'apparition de Max la plongeait dans une telle extase qu'elle ne s'étonna même pas de le voir se déplacer à cheval en plein centre de Manhattan, tandis qu'une tempête de neige faisait rage.

Max mit pied à terre avec l'aisance du cavalier

confirmé, et Andy essaya de se souvenir s'il lui avait dit avoir joué au polo par le passé. En trois longues enjambées, il fut à ses côtés et l'enlaça ; elle s'abandonna à cette étreinte délicieusement tiède et sentit tout son corps se détendre.

— Mon pauvre bébé, murmura-t-il sans se soucier du cheval ni des passants qui les dévisageaient. Mais tu dois être morte de froid !

Un téléphone – ce maudit téléphone – se mit à sonner entre eux deux et Andy fouilla dans son sac pour répondre.

— An-dre-âââ ! J'ignore quel mot vous ne comprenez pas quand je vous dis « sans délai », mais…

Andy s'était remise à trembler comme une feuille, maintenant que la voix stridente de Miranda lui vrillait le tympan, mais avant qu'elle ne puisse réagir, Max lui retira délicatement le téléphone d'entre les doigts, appuya sur « raccrocher » et le jeta au loin, en visant la flaque dans laquelle Andy s'était embourbée un peu plus tôt.

— Tu en as terminé avec elle, Andy, dit-il en l'enveloppant dans une grande couverture.

— Max ! Oh, mon Dieu ! Comment tu as pu faire ça ? Je suis horriblement en retard ! Je ne suis même pas encore passée au restaurant, et elle va me tuer si je ne lui rapporte pas son déjeuner sans d…

— Chut, répondit Max en posant deux doigts sur ses lèvres. Andy, tu ne risques plus rien, maintenant. Tu es avec moi.

— Mais il est déjà 13 h 10, et si elle ne…

Sourd à ses protestations, Max la prit sous ses aisselles et la souleva sans effort pour l'asseoir en amazone sur le cheval blanc – qui s'appelait Bandit, lui précisa-t-il.

Trop éberluée pour bouger ou résister, elle regarda Max lui retirer ses chaussures détrempées et les lancer sur le trottoir. De son fourre-tout en toile – qu'il trimballait partout –, il sortit les pantoufles doublées de mouton, semblables à des bottines, qu'Andy adorait, et les enfila sur ses pieds meurtris par le froid. Puis il déploya la couverture sur ses genoux, retira son écharpe en cachemire pour la lui nouer autour de la tête et du cou et lui tendit une bouteille Thermos en inox qui contenait du chocolat chaud préparé avec une variété particulière de cacao – sa préférée. Puis, d'un mouvement d'une impressionnante agilité, il se remit en selle et empoigna les rênes. Andy n'eut pas le temps de réitérer ses protestations qu'ils filaient déjà le long de la 7e Avenue au petit trot, tandis que, devant eux, une escorte de policiers leur ouvrait la voie dans le flot de circulation et de piétons.

C'était un soulagement merveilleux d'être enveloppée de chaleur et d'amour mais Andy ne pouvait museler sa panique. Elle allait se faire virer – indiscutablement –, mais se pouvait-il que le châtiment soit pire encore ? Se pouvait-il que Miranda soit furax au point d'user de son influence pour s'assurer qu'Andy ne retrouve jamais plus de travail, où que ce soit ? Au point de vouloir donner une bonne leçon à son assistante en lui montrant ce qui se passait quand on osait faire faux bond – à *deux reprises* – à Miranda Priestly ?

— Max, je dois y retourner ! s'époumona-t-elle pour se faire entendre malgré le vent, à présent que le trot s'était transformé en galop. Max, fais demi-tour ! Ramène-moi là-bas ! Je ne peux pas...

— Andy ! Tu m'entends ? Andy !

Elle ouvrit les yeux. La seule chose qu'elle sentait, c'était son cœur qui battait à tout rompre dans sa poitrine.

— Tout va bien, ma chérie. Tu ne risques plus rien. Ce n'était qu'un rêve. Ou plutôt un cauchemar, semblerait-il, roucoula Max en posant sa paume fraîche contre la joue d'Andy.

Elle se redressa et vit les premiers rayons du soleil qui se faufilaient déjà dans la chambre. Il n'y avait ni neige fondue qui tombait du ciel, ni boue dans les rues, ni cheval. Elle avait les pieds nus, certes, mais bien au chaud sous des draps d'une infinie douceur, et le corps de Max contre le sien lui faisait l'effet d'un rempart. Elle inspira profondément, et l'odeur de son fiancé – son haleine, sa peau, ses cheveux – lui emplit les narines.

Ce n'était qu'un rêve.

Encore hébétée à la suite de ce réveil en sursaut, Andy balaya la chambre des yeux. Où se trouvaient-ils ? Que se passait-il ? Et puis son regard se posa sur la sublime robe longue Monique Lhuillier suspendue à la porte, et tout lui revint : cette chambre n'était autre que la suite nuptiale – *sa* suite nuptiale – et cette robe de mariée, c'était la sienne. Elle se mariait ! Une décharge d'adrénaline la fit se redresser sur son séant, et Max manifesta sa surprise :

— De quoi rêvais-tu, mon cœur ? J'espère que ça n'avait rien à voir avec aujourd'hui.

— Non, strictement rien. Juste de vieux fantômes, éluda-t-elle en se penchant pour l'embrasser, et Stanley, leur bichon maltais, en profita pour se nicher entre eux. Attends ! Que fais-tu ici ? Quelle heure est-il ?

Max lui lança ce sourire mi-enjôleur, mi-canaille qu'elle adorait, puis se leva. Comme toujours, Andy ne put s'empêcher d'admirer ses épaules larges, son abdomen parfaitement plat. Max avait le corps d'un garçon de 25 ans, mince et ferme, mais ni trop sec ni trop musclé.

— 6 heures. Je suis venu pendant la nuit, précisa-t-il en enfilant un pantalon de pyjama en flanelle. Je me sentais un peu seul…

— Eh bien, je te conseille de filer avant que quelqu'un ne s'en aperçoive. Ta mère tenait absolument à ce qu'on dorme chacun dans notre chambre. Elle en a fait tout un plat.

Max tira Andy par la main pour l'obliger à se lever puis l'enlaça.

— Ne lui en parle pas, dans ce cas. Mais je n'allais pas passer toute la matinée sans te voir.

Andy feignit d'être agacée mais, au fond, elle était ravie de la transgression de Max – surtout à la lumière de ce cauchemar.

— D'accord, dit-elle avec un soupir démonstratif. Mais maintenant, débrouille-toi pour raser les murs jusqu'à ta chambre. Je vais sortir promener Stanley avant que le gros des troupes ne descende.

Max se serra plus étroitement contre elle.

— Il est encore très tôt. Si on fait vite, je parie qu'on peut...

— File ! lui ordonna Andy en éclatant de rire, et après un dernier baiser, très tendre, Max s'éclipsa.

Andy souleva Stanley au creux de ses bras et embrassa sa truffe humide.

— Le grand jour est arrivé, Stan !

Le chien lâcha un jappement enthousiaste, commença à se débattre et, de peur qu'il ne lui laboure les bras, Andy se résolut à le relâcher. L'espace de quelques instants très agréables, elle réussit à oublier son rêve, mais il ne tarda pas à refaire surface, avec force détails. Andy inspira profondément, et son pragmatisme prit le dessus : le trac, à l'aube du grand jour, diagnostiqua-t-elle. Un rêve nourri des appréhensions, parfaitement banales, de toute future mariée. Ni plus. Ni moins.

Elle commanda le petit déjeuner au service d'étage et partagea avec Stanley quelques morceaux de toasts aux œufs brouillés tout en répondant à divers coups de fil : sa mère, sa sœur, Lily, Emily – toutes piaffaient d'impatience et l'enjoignaient de s'atteler sans plus tarder aux préparatifs. Andy s'accorda néanmoins le temps, avant que tout ne s'emballe, d'offrir à Stanley une petite balade rapide dans l'air vif d'octobre. Elle se sentait un peu gênée d'arborer ce pantalon d'intérieur avec écrit « JEUNE MARIÉE » en grosses lettres rose vif sur son postérieur – un cadeau de ses amies –

mais, secrètement, elle en éprouvait aussi une certaine fierté. Elle releva ses cheveux sous une casquette de base-ball, laça ses baskets, remonta la fermeture de sa polaire et réussit à gagner le gigantesque parc du Astor Courts sans croiser âme qui vive. Stanley bondissait avec autant d'allégresse que l'y autorisaient ses courtes pattes et tirait sur sa laisse pour entraîner Andy vers le rideau d'arbres déjà embrasés par les couleurs d'automne. Leur promenade dura presque une demi-heure, soit assez longtemps pour que tout le monde commence à se demander où était passée la future mariée et, en dépit de l'air mordant, de la beauté des champs qui déroulaient leur tapis alentour, de l'excitation et de l'étourdissement que lui procurait la perspective de cette journée, Andy ne pouvait chasser l'image de Miranda de son esprit.

Comment cette femme pouvait-elle continuer à la hanter ? Cela faisait presque dix ans qu'Andy, dans son départ précipité de Paris, avait abandonné son poste d'assistante de Miranda Priestly à *Runway* et mis un terme à une expérience dévastatrice. Et elle avait tellement mûri depuis cette année redoutable ! Tout avait changé : les premiers temps, Andy avait fait des piges à droite à gauche puis, à sa grande fierté, elle avait décroché une contribution régulière pour un blog consacré au mariage, *Happily Ever After*. Quelques années et des dizaines de milliers de mots plus tard, elle avait été en mesure de lancer son propre magazine, *The Plunge* – Le Grand Saut –, une superbe publication, aussi luxueuse que pointue, qui paraissait depuis maintenant trois ans et qui, en dépit de toutes les prédictions contraires, engrangeait même des bénéfices. *The Plunge* était nominé pour plusieurs récompenses et les annonceurs se bousculaient. Et aujourd'hui, en plus de tous ses succès professionnels, elle allait se marier ! Avec Max Harrison, fils de feu Robert Harrison et petit-fils du légendaire Arthur Harrison, fondateur du groupe de presse du même nom après la grande crise des années 30, et devenu depuis Harrison Media Holdings, un des consortiums les plus prestigieux et les plus rentables des États-Unis. Max Harrison, qui était longtemps resté dans le circuit des « célibataires les plus convoités », était sorti avec la crème des héritières new-yorkaises et probablement pas mal de leurs sœurs, cousines et amies, mais c'était elle, Andy, qu'il avait choisie. Dans quelques heures, après la cérémonie, des édiles et de grands capitaines d'industrie se presseraient pour féliciter le jeune héritier et sa nouvelle épouse. Et le mieux dans tout ça ? Elle aimait Max. Il était son meilleur ami, il était fou d'elle, il la faisait rire, il admirait sa réussite professionnelle. N'est-ce pas une vérité immuable que, à New York, les hommes ne franchissent le pas que le jour où ils se sentent prêts ? Max avait commencé à parler mariage quelques mois à peine après leur rencontre et, trois ans plus tard, le grand jour était enfin arrivé. Alors pourquoi gaspiller une seule seconde de plus à se torturer pour ce rêve ridicule ? se sermonna-t-elle en regagnant sa suite.

Celle-ci avait été investie en son absence par une petite armée de femmes qui se demandaient apparemment si la future mariée ne s'était pas fait la belle. Aux murmures d'inquiétude, voire de panique, succéda un soupir de soulagement collectif lorsque Andy entra dans la chambre et, sans perdre une minute de plus, Nina, son organisatrice de mariage, commença à distribuer des ordres.

Les heures suivantes passèrent en un clin d'œil : douche, brushing, mise en plis, mascara, fond de teint archi-couvrant, capable de lisser un visage d'ado dévoré d'acné… Pendant que l'une s'occupait de ses orteils, une autre préparait les sous-vêtements, une troisième ergotait sur la couleur du rouge à lèvres et, avant même qu'Andy n'ait pu pleinement prendre conscience de ce qui lui arrivait, Jill, sa sœur, lui présenta la longue robe ivoire et, un instant plus tard, sa mère ajustait la délicate étoffe sur ses hanches avant de remonter la fermeture à glissière. Andy essayait de se pénétrer de tous les détails de la scène : sa grand-mère qui gloussait de délectation ; Lily qui se mettait à pleurer ; Emily qui s'éclipsait discrètement dans la salle de bains pour s'offrir une cigarette, en pensant que personne ne le remarquerait.

Et puis brusquement, quelques minutes avant de gagner la grande salle de réception où elle était attendue pour une séance photos, le vide se fit autour d'elle. Les petites mains avaient filé pour vaquer à leurs propres préparatifs, et Andy se retrouva seule, inconfortablement perchée du bout des fesses sur un antique fauteuil capitonné, paralysée par la crainte de froisser ou d'endommager le moindre centimètre carré de sa personne. D'ici deux heures à peine elle serait une femme mariée, engagée pour le restant de ses jours à Max, et réciproquement. Cela dépassait presque l'entendement.

Le téléphone de la chambre sonna. C'était la mère de Max.

— Bonjour, Barbara, dit Andy aussi chaleureusement qu'elle le put.

Barbara Anne Williams Harrison : fille de la Révolution ; descendante non pas d'un, mais de deux signataires de la Constitution ; membre pérenne de tous les comités de direction et de toutes les associations caritatives les plus en vue de Manhattan. De la racine de ses cheveux mis en plis par Oscar Blandi à la pointe de ses orteils glissés dans des ballerines Chanel, Barbara était, en toutes circonstances, d'une politesse irréprochable à l'égard d'Andy comme de n'importe qui. Les effusions de sympathie, en revanche, n'étaient pas son fort. Andy s'efforçait de ne rien y voir de personnel, d'autant que Max lui assurait que cette froideur n'était que le fruit de son imagination. Peut-être Barbara avait-elle pensé, au tout début de leur relation, qu'Andy ne serait qu'une passade comme tant d'autres ? Par la suite, Andy s'était convaincue que les relations mondaines que Barbara entretenait avec Miranda avaient définitivement compromis tout espoir de nouer un jour des liens avec sa belle-mère. Pour finir, elle avait compris que cette réserve polie découlait simplement du caractère de Barbara – puisque tout le monde, y compris sa propre fille, en faisait les frais. En aucun cas elle ne s'imaginait appeler un jour cette femme « belle-maman ». Non pas, d'ailleurs, qu'on l'y eût invitée...

— Bonjour, Andrea. Je viens de me rappeler que je ne vous ai jamais donné le collier. À force de courir dans tous les sens pour tout organiser, j'ai fini par être en retard pour me faire coiffer et maquiller ! Donc, le collier se trouve dans la chambre de Max, dans un coffret en velours glissé dans la poche intérieure de cet affreux fourre-tout en toile. Je ne voulais pas que le personnel le voie traîner. Et peut-être saurez-vous convaincre mon fils de porter un sac digne de ce nom à l'avenir ? Dieu sait que j'ai essayé un millier de fois, mais il refuse catégoriquement...

— Je vous remercie, Barbara. Je vais aller le chercher immédiatement.

— Il n'en est pas question ! protesta Barbara d'une voix cassante et haut perchée. Il est impensable que Max vous découvre avant la cérémonie, cela porte malheur. Envoyez votre mère ou Nina. Ou qui vous voudrez.

— Oui, bien sûr, acquiesça Andy, avant de raccrocher et de gagner le couloir.

Elle avait très vite appris qu'il était bien plus simple de toujours abonder dans le sens de sa belle-mère, puis d'agir à sa guise ; se disputer avec elle n'avancerait à rien. Et c'était pour cette raison que le traditionnel bijou ancien qu'elle allait arborer pour la cérémonie appartenait à la famille Harrison, et non à sa mère, ou à sa grand-mère : Barbara avait insisté. Six générations d'épouses Harrison avaient porté ce collier le jour de leurs noces, et il était inenvisageable que celle de son fils déroge à la règle.

La porte de la chambre de Max était entrouverte. Lorsqu'elle la poussa, Andy entendit la douche couler dans la salle de bains. *Classique*, songea-t-elle. *Cinq heures que je me prépare et lui, il entre à peine sous la douche.*

— Max ? C'est moi. Ne sors pas !

— Andy ? Qu'est-ce que tu fais là ? cria Max à travers la porte.

— Je suis venue chercher le collier de ta mère. Ne sors pas, d'accord ? Je ne veux pas que tu voies ma robe.

Elle plongea la main dans la poche du sac, sans rencontrer aucun coffret en velours. En revanche, ses doigts se refermèrent sur une feuille de papier pliée.

C'était le papier à lettres crème, épais, estampillé du monogramme bleu marine de sa belle-mère, BWH. Andy savait que, avec la quantité d'articles de papeterie qu'elle leur commandait, Barbara contribuait à elle seule à la survie de Dempsey & Carroll. Depuis quarante ans, cette maison lui fournissait les cartes destinées aux vœux d'anniversaire, aux remerciements, aux invitations à dîner, aux condoléances. Barbara était extrêmement attachée aux bonnes manières, fussent-elles guindées et d'une autre époque, et aurait préféré mourir plutôt que d'envoyer un e-mail – une faute de goût certes moins grave que, comble de l'horreur, un SMS ! Cela n'avait donc rien de surprenant qu'elle adressât à son fils, le jour de son mariage, une lettre manuscrite. Andy était sur le point de la replier et de la ranger dans le sac lorsque son œil tomba sur son prénom. Sans réfléchir, elle commença à lire.

Cher Maxwell,

Tu sais que je m'efforce au mieux de respecter ta vie privée, mais je ne peux me taire plus longtemps quand le sujet est à ce point important. Je t'ai déjà fait part de mes inquiétudes, et tu m'as toujours promis de leur accorder quelques réflexions. Aujourd'hui, cependant, face à l'imminence de ton mariage, j'ai le sentiment qu'il est grand temps pour moi de te dire le fond de ma pensée, simplement et sans détour.

Je t'en supplie, Maxwell. N'épouse pas Andrea.

Ne te méprends pas : Andrea est une jeune femme charmante, et elle fera indubitablement le bonheur d'un homme. Mais toi, mon chéri, tu mérites tellement mieux ! Il te faut une jeune fille de bonne famille, et non une femme dont le foyer désuni ne lui aura appris que le chagrin d'un divorce. Tu te dois d'épouser une fille qui comprenne nos traditions, notre façon de vivre. Une compagne qui t'aidera à perpétuer notre nom et à élever la prochaine génération de Harrison. Et, plus important encore, une partenaire qui aura à cœur de faire passer tes intérêts et ceux de tes enfants avant ses égoïstes aspirations professionnelles. Il te faut réfléchir attentivement à cela : veux-tu que ta femme édite des magazines et passe son temps en voyages professionnels, ou bien préfères-tu une épouse pour laquelle l'abnégation n'est pas un vain mot, et qui embrassera les causes philanthropiques chères à notre famille ? Ne désires-tu pas une compagne qui s'intéressera plus au bien-être de la famille qu'à ses propres ambitions ?

Je t'ai déjà dit combien, selon moi, ta rencontre inopinée avec Katherine aux Bermudes était un signe. Tu semblais si heureux de l'avoir revue ! Je t'en prie, Maxwell, ne néglige pas ces sentiments. Rien n'est encore gravé dans le marbre, il n'est pas trop tard. Il est évident que tu as toujours adoré Katherine, et encore plus évident qu'elle serait une merveilleuse épouse pour toi.

Tu m'as toujours rendue infiniment fière de toi, et je sais que, de là-haut, ton père nous regarde et t'encourage à prendre la bonne décision.

Avec tout mon amour,

Mère

Lorsque le jet de la douche s'arrêta, Andy laissa échapper la lettre. En bataillant pour la ramasser, elle remarqua que ses mains tremblaient.

— Andy ? appela Max. Tu es toujours là ?

— Oui, je... Attends deux secondes, je m'en vais, réussit-elle à articuler.

— Tu l'as trouvé ?

Elle hésita. Quelle était la bonne réponse ? Il lui semblait qu'il n'y avait plus une once d'oxygène dans toute la pièce.

— Oui.

Elle entendit Max s'agiter derrière la porte, faire couler l'eau dans le lavabo, refermer le robinet.

— Ça y est ? Tu es partie ? Il faut que je sorte ! Je dois m'habiller.

Andy avait soudain les tempes battantes. *S'il te plaît, n'épouse pas Andrea. Tu semblais si heureux de l'avoir revue !* Que devait-elle faire ? Se précipiter dans la salle de bains, ou dans le couloir ? Quand elle reverrait Max, ce serait pour échanger leurs alliances devant trois cents invités – parmi lesquels Barbara.

On toqua à la porte de la suite. C'était Nina, l'organisatrice de mariage – un véritable moulin à paroles qui avait le don de la rendre dingue.

— Andy ? Mais que faites-vous ici ? Doux Jésus ! Mais vous allez massacrer votre robe ! Et moi qui pensais que vous aviez convenu de ne pas vous voir avant la cérémonie. Parce que en ce cas, pourquoi ne pas avoir fait les photos avant ? Max ! Interdiction de sortir de la salle de bains ! Votre future épouse est ici, telle une biche surprise dans les phares d'une voiture. Attendez deux secondes !

Nina se précipita à la rescousse d'Andy qui tentait de se redresser et de rajuster sa robe en même temps.

— Voilà, fit-elle en lui offrant sa main puis en lissant la traîne. Et maintenant, vous me suivez ; les facéties et les jeux de cache-cache, c'est terminé, c'est bien compris ? Qu'est-ce que c'est que ça ? ajouta-t-elle, en prenant la lettre entre les doigts d'Andy et en la brandissant à bout de bras, comme pour la soustraire à sa portée.

Andy entendait les battements frénétiques de son cœur et elle se demanda brièvement si elle n'était pas en train de faire un infarctus. Elle ouvrit la bouche pour protester, mais la nausée lui coupa le souffle.

— Oh, je crois que je vais...

Telle une magicienne – ou peut-être parce qu'elle était tout simplement rodée à ces situations –, Nina fit apparaître une poubelle qu'elle lui cala sous le menton. Andy sentit le rebord en plastique s'enfoncer dans sa chair.

— Voilà, voilà, geignit Nina d'une voix aux intonations nasales qui, étrangement, la réconforta. Vous n'êtes pas ma première mariée stressée, et sûrement pas la dernière. Remercions juste votre bonne étoile qu'il n'y ait pas eu d'éclaboussures.

Elle épongea la bouche d'Andy avec un tee-shirt de Max, et l'odeur de celui-ci – un mélange entêtant de savon et de shampooing menthe-basilic, qu'en général elle adorait – la fit de nouveau vomir.

On frappa une nouvelle fois à la porte qui livra passage à Saint-Germain, le célèbre photographe, et à son ravissant assistant.

— Nous avions convenu de photographier les préparatifs de Max, annonça-t-il.

Il s'exprimait avec un accent affecté mais impossible à identifier. Par chance, ni lui ni son assistant n'accordèrent un seul regard à la mariée.

— Que se passe-t-il ? s'impatienta Max, toujours en quarantaine dans la salle de bains.

— Max, restez où vous êtes ! hurla Nina de toute son autorité. On va devoir retoucher votre maquillage, ajouta-t-elle en se tournant vers Andy. Et... bon sang, votre coiffure !

— Il me faut le collier, souffla Andy, qui doutait

d'être en mesure de parcourir les quelques dizaines de mètres de couloir qui la séparaient de sa propre suite.

— Le quoi ?

— Le collier en diamants de Barbara, expliqua-t-elle. Attendez.

Réfléchis, réfléchis, réfléchis, s'intima-t-elle. À quoi tout cela rimait-il ? Que devait-elle faire ?

Andy se força à se retourner vers cet ignoble sac, mais, par chance, Nina la prit de vitesse. Elle le hissa sur le lit, en fouilla rapidement le contenu et en ressortit un coffret en velours noir avec la signature Cartier.

— C'est ça que vous cherchiez ? lança Nina. Bien, allons-y.

Et elle ordonna aux photographes de libérer Max tout en traînant sa mariée dans le couloir.

Que Barbara puisse la haïr au point de ne pas vouloir que son fils l'épouse, Andy avait encore du mal à le croire. Sans compter qu'elle lui avait déjà choisi une autre épouse. Katherine. Plus *convenable*, moins *égoïste*. Plus dans le moule, du moins selon Barbara. Andy savait tout de Katherine, héritière de la fortune von Herzog et – d'après ce qu'elle se rappelait de ses investigations frénétiques sur Google, aux premiers temps de sa rencontre avec Max – sorte de princesse autrichienne de second rang. Max l'avait rencontrée sur les bancs du lycée privé très huppé du Connecticut, où la demoiselle avait été envoyée en pension. Ensuite, Katherine avait pu poursuivre des études d'histoire européenne à Amherst, grâce à la générosité de son grand-père – un aristocrate autrichien jadis entièrement acquis à la cause des nazis – qui avait fait don d'une somme assez conséquente pour faire baptiser une des résidences du campus en l'honneur de sa défunte épouse. Max soutenait que Katherine était trop collet monté, trop BCBG. et trop polie en toutes circonstances. Elle était ennuyeuse, affirmait-il. Attachée aux convenances, perpétuellement soucieuse des apparences. Cependant, Max n'ayant jamais été capable d'expliquer clairement pourquoi Katherine et lui s'étaient malgré tout fréquentés par intermittence pendant cinq ans, Andy avait toujours soupçonné que l'histoire ne s'arrêtait pas là. Et apparemment, elle ne s'était pas trompée.

La dernière fois que Max avait mentionné Katherine, il projetait de l'appeler pour lui annoncer leurs fiançailles. Quelques semaines plus tard, Bergdorf leur avait livré une superbe coupe en cristal taillé, accompagnée d'un petit mot leur souhaitant une vie de bonheur. Emily, qui connaissait Katherine par l'intermédiaire de son mari, Miles, avait juré à Andy qu'il n'y avait pas lieu de s'inquiéter, que cette fille était un bonnet de nuit archi-coincé. Elle avait certes « un décolleté à faire damner un saint », mais Andy la surpassait à tous les autres points de vue. Depuis, Katherine lui était sortie de la tête. Tout le monde n'avait-il pas un passé ? Andy était-elle fière de Christian Collinsworth ? Ressentait-elle le besoin de raconter à Max les moindres détails de sa relation avec Alex ? Bien sûr que non. Mais c'était une tout autre histoire de tomber, le jour même de son mariage, sur une lettre de votre future belle-mère, implorant votre fiancé de tout annuler pour épouser son ex. Une ex qu'apparemment Max avait été ravi de croiser aux Bermudes, lors de son enterrement de vie de garçon – détail qu'il avait commodément passé sous silence.

Andy se frictionna le front et se força à réfléchir. À quelle date Barbara avait-elle écrit cette lettre vénéneuse ? Pourquoi Max l'avait-il conservée ? Et comment interpréter le fait qu'il ait revu Katherine à peine un mois et demi plus tôt et qu'il ne lui en ait pas soufflé mot – alors qu'il lui avait décrit en long, en large et en travers les parties de golf entre copains, les bains de soleil, les orgies de steaks. Il devait y avoir une explication, forcément. Mais laquelle ?

Chapitre 2

Apprendre à aimer les Hamptons : été 2009

Andy avait longtemps mis un point d'honneur à ne jamais, ou presque, se rendre dans les Hamptons. Les routes congestionnées par la circulation, les foules de vacanciers, la pression pour être toujours vu au bon endroit, et au top de l'élégance et de sa forme... Rien de tout ça ne semblait particulièrement reposant. Et Andy ne voyait pas en quoi cela représentait une évasion de la vie citadine. Mieux valait rester à New York, seule, et traîner dans les marchés, s'allonger sur les pelouses de Central Park ou se balader à vélo le long des rives de l'Hudson. L'été, on pouvait pousser la porte de n'importe quel restaurant sans réservation et explorer de nouveaux quartiers peu fréquentés. Andy adorait ces week-ends passés à bouquiner en sirotant des cafés glacés, et ne se sentait jamais laissée-pour-compte – chose qu'Emily refusait tout simplement de concevoir. Un week-end par saison, elle traînait Andy jusqu'à la résidence secondaire de ses beaux-parents et insistait pour qu'elle goûte aux fabuleux plaisirs des *white parties*, des matchs de polo et des processions de femmes vêtues en Tory Burch de pied en cap. Chaque année, Andy se jurait de ne jamais y retourner mais, été après été, elle bouclait consciencieusement sa valise, prenait son mal en patience dans le bus reliant Manhattan aux Hamptons, puis s'efforçait de paraître ravie de retrouver les mêmes personnes qu'elle croisait toute l'année dans sa vie professionnelle. Ce week-end-là, cependant, se révélait différent : il pouvait décider de son avenir.

On toqua à la porte et Emily entra. À voir sa tête, elle n'était pas enchantée de trouver Andy affalée sur l'épaisse couette, une serviette de toilette drapée en turban et une autre coincée sous les aisselles, en train de contempler d'un air désespéré sa pleine valise de fringues.

— Pourquoi n'es-tu pas encore habillée ? Les invités vont arriver d'une minute à l'autre !

— Je n'ai rien à me mettre ! se lamenta Andy. Je ne comprends pas les Hamptons. Ce n'est pas mon univers. Rien de ce que j'ai apporté ne convient.

— Andy… fit Emily en se déhanchant.

Andy étudia son amie : la robe ample en mousseline fuchsia, la ceinture en chaînette dorée, enroulée trois fois autour d'une taille plus fine que le tour de cuisse de la plupart des femmes ; les jambes bronzées, les spartiates dorées, les orteils vernis et assortis à la robe ; le brushing impeccable, les pommettes scintillantes et les lèvres rehaussées d'une couche de gloss rosé.

— J'espère que c'est une poudre irisée, et pas simplement ta bonne mine naturelle, observa Andy peu charitable en désignant le visage d'Emily. Personne ne mérite d'avoir l'air aussi pimpant.

— Andy, tu sais combien cette soirée est capitale ! Miles s'est démené comme un fou pour réunir tous ces gens, et j'ai passé un mois à me prendre la tête avec les fleuristes, les traiteurs et ma putain de belle-mère. Tu sais combien on a galéré pour les convaincre de nous laisser organiser ce dîner chez eux ? À l'entendre énumérer toutes les règles à respecter, on aurait cru qu'on avait 17 ans et qu'on projetait de rameuter une bande de soiffards. Toi, tu n'avais qu'à te pointer, habillée pour la circonstance, et te montrer charmante. Et regarde-toi !

— Eh bien, je suis là, non ? Et pour ce qui est du charme, je ferai de mon mieux. Si j'honore deux clauses sur trois, est-ce que ça ira ?

Emily soupira et Andy ne put réprimer un sourire.

— Em, vole au secours de ta pauvre amie handicapée du style, aide-la à se concocter une tenue un minimum appropriée afin qu'elle ait vaguement l'air à la hauteur lorsqu'elle fera la manche au milieu de tous ces inconnus !

La plaisanterie était surtout destinée à amadouer Emily car Andy savait qu'au cours des sept dernières années elle avait accompli des progrès spectaculaires en matière de style. Pouvait-elle espérer rivaliser un jour sur ce terrain avec Emily ? Certainement pas. Mais, au moins, elle n'était plus une catastrophe ambulante.

Emily entreprit d'examiner quelques-uns des vêtements amoncelés sur le lit, en gratifiant chacun d'eux d'un froncement de nez.

— Bon. Que comptais-tu mettre, exactement ?

Andy piocha dans le tas une robe-chemisier en lin bleu marine et une ceinture en corde, assortie à une paire d'espadrilles à talons compensés. L'ensemble était simple, élégant, intemporel. Un rien chiffonné, peut-être. Mais incontestablement dans le ton des Hamptons.

Emily blêmit.

— Tu me fais marcher.

— Regarde ces boutons ! Ils sont magnifiques. Cette robe n'était pas donnée, tu sais.

— Je me contrefiche des boutons ! s'écria Emily d'une voix perçante, en envoyant voler la robe à l'autre bout de la pièce.

— C'est quand même une Michael Kors !

— Andy, c'est la collection « plage » de Michael Kors. C'est ce que les mannequins portaient sur les maillots de bain. Tu l'as achetée en ligne sur Nordstrom, ou quoi ?

N'obtenant aucune réponse, Emily leva les mains au ciel de frustration. Andy lâcha un soupir.

— Pourrais-tu juste m'aider, s'il te plaît ? Il y a un risque non négligeable que je retourne tout de suite sous la couette…

La menace porta ses fruits. Emily prit les commandes, non sans marmonner qu'Andy restait un cas désespéré, en dépit de tous ses efforts pour la former aux subtilités de coupe, silhouette, étoffe, style… Sans parler des chaussures. Or *tout* était dans les chaussures ! lui rappela Emily en furetant dans le tas de fringues enchevêtrées. Elle en examina certaines, les tenant à bout de bras, puis les répudiant sans ménagement avec un regard assassin. Le manège muet, et exaspérant, dura cinq minutes, au terme desquelles Emily quitta la chambre sans explication.

— Tiens, voilà, dit-elle en réapparaissant quelques instants plus tard avec une superbe maxi-robe en jersey bleu pâle et de ravissants pendants d'oreilles en turquoise. Tu as des nu-pieds argentés, n'est-ce pas ? Parce que tu ne rentreras jamais dans les miens.

— Je ne rentrerai jamais là-dedans non plus, observa Andy en regardant la robe avec méfiance.

— Bien sûr que si. J'ai pris une taille au-dessus, pour les jours où je suis ballonnée, et avec ce drapé autour de la taille tu devrais y rentrer sans problème.

Andy éclata de rire. Emily et elle étaient amies depuis si longtemps maintenant qu'elle ne se formalisait plus guère de ce genre de commentaire.

— Quoi ? fit Emily, l'air perplexe.

— Rien. C'est parfait. Merci.

— Bien. Alors maintenant, habille-toi, lui intima-t-elle, tandis que la sonnette tintait au rez-de-chaussée. Le premier invité ! Je descends ! Sois adorable, pose des questions à tout le monde – aux mecs sur leur travail et aux femmes sur leurs activités caritatives.

Ne parle pas du magazine, à moins que quelqu'un ne t'interroge. Ce n'est pas à proprement parler un dîner de boulot.

— Ah bon ? Je croyais que l'objectif, c'était justement de leur taper du fric…

Emily lâcha un soupir exaspéré.

— Oui, mais pas tout de suite. On doit d'abord en passer par les mondanités, et faire semblant de s'amuser. Le plus important dans l'immédiat, c'est qu'ils voient qu'on est intelligentes, responsables, et qu'on a une super idée. La majorité des types que tu vas voir ce soir sont des amis de Miles, de Princeton. Ils gèrent tous des fonds spéculatifs et ils adorent investir dans des projets liés au secteur des médias. Fais ce que je te dis, Andy – souris, montre-leur que tu t'intéresses à eux, sois naturelle et adorable comme d'habitude, et on sera parées. Mais d'abord, enfile cette robe.

— Sourire, s'intéresser aux gens, être adorable. Pigé, dit Andy en retirant son turban et en commençant à démêler ses cheveux.

— Et n'oublie pas qu'à table je t'ai placée entre Farooq Hamid, dont le fonds vient de se hisser parmi les cinquante investissements les plus lucratifs de l'année, et Max Harrison, de Harrison Media Holdings, qui occupe le poste de P-DG à présent.

— Son père est mort il y a quelques mois de ça, non ?

Andy se souvenait des obsèques retransmises à la télévision et des portraits, éloges funèbres et hommages qui s'étaient étalés deux jours durant dans les quotidiens pour honorer la mémoire de l'homme qui avait bâti l'un des plus grands empires de presse de tous les temps, jusqu'à ce qu'une série d'investissements calamiteux, juste avant la crise de 2008 – Madoff, gisements pétroliers dans des pays politiquement instables – ne précipite ce bel édifice dans une spirale financière infernale. À ce jour, personne ne pouvait encore évaluer l'étendue des dégâts.

— C'est ça. C'est Max qui a repris les rênes et, au dire de tout le monde, il se débrouille très bien. Or Max adore les start-up, il adore investir dans des projets de magazine – surtout ceux montés par de séduisantes jeunes femmes.

— Oh, Em, est-ce que tu me qualifies de séduisante ? Franchement, tu me fais rougir.

Emily renifla.

— À vrai dire, je parlais surtout de moi. Bon, écoute, peux-tu être en bas dans cinq minutes ? J'ai besoin de toi ! lança-t-elle en quittant la chambre.

— Moi aussi, je t'adore ! riposta Andy en exhumant son soutien-gorge sans bretelles du capharnaüm.

Le dîner se déroula dans une ambiance étonnamment détendue – bien plus que ne l'avait laissé présumer, quelques heures plus tôt, l'hystérie d'Emily. Une douce brise iodée traversait le barnum dressé sur la pelouse des Everett, face à l'océan, et les innombrables bougies donnaient à la soirée une élégance discrète. Au menu, il y avait un barbecue de fruits de mer spectaculaire : homards d'un bon kilo déjà décortiqués, palourdes au beurre citronné, moules marinières, merveilleuses pommes de terre parfumées à l'ail et au romarin, épis de maïs saupoudrés de *cotija*, paniers de petits pains tièdes et moelleux, le tout arrosé d'une réserve apparemment inépuisable de bières fraîches, pinot grigio et margaritas, les meilleures qu'Andy ait jamais bues.

Après les tartes aux pommes maison accompagnées d'une boule de glace, les invités, repus, migrèrent autour du grand feu qu'un des serveurs avait allumé à l'extrémité de la pelouse, et où les attendaient de délicieux petits sandwichs aux guimauves grillées, des tasses de chocolat chaud onctueux et des plaids d'été en bambou et cachemire, d'une douceur paradisiaque. On continua à boire et à rire ; bientôt, quelques joints commencèrent à circuler. Andy remarqua que Max Harrison et elle étaient les seuls à passer leur tour.

Et lorsque Max s'éclipsa un instant en direction de la maison, Andy ne put résister à l'envie de le suivre.

— Ah, salut, bafouilla-t-elle, dans un brusque accès de timidité lorsqu'ils se retrouvèrent nez à nez sur l'immense terrasse qui prolongeait le salon. Je... euh, je cherchais les toilettes, mentit-elle.

— Andrea, c'est ça ? demanda Max – qui venait pourtant de passer trois heures à table à côté d'elle.

De fait, il avait été absorbé par sa conversation avec sa voisine de gauche, un mannequin russe et épouse de l'un des invités, qui ne comprenait apparemment pas un mot d'anglais mais avait suffisamment gloussé et battu des cils pour maintenir en éveil l'intérêt de son interlocuteur. Andy, de son côté, avait bavardé avec Farooq – ou plutôt, elle avait écouté ses fanfaronnades tous azimuts, depuis le yacht qu'il venait de commander en Grèce jusqu'au dernier portrait en date que lui avait consacré le *Wall Street Journal*.

— Appelez-moi Andy, je vous en prie.

— D'accord. Andy.

Max sortit des Marlboro light de sa poche et lui en offrit une, qu'elle accepta sans l'ombre d'une hésitation bien qu'elle n'eût plus fumé depuis des années.

Il alluma leurs cigarettes en silence et, lorsque chacun eut exhalé un long panache de fumée, il ajouta :

— Super soirée. Vous avez drôlement bien bossé, les filles.

— Merci, répondit Andy, sans pouvoir contenir un sourire. Mais c'est surtout Emily qu'il faut féliciter.

— Comment se fait-il que vous ne fumiez pas ? Des joints, je veux dire...

Andy le dévisagea, amusée.

— J'ai remarqué que vous et moi étions les seuls à ne pas... participer.

Certes, la conversation portait sur le fait de fumer, ou pas, des joints, mais Andy était flattée que Max ait remarqué quoi que ce soit la concernant. Elle avait entendu parler de lui – non seulement parce qu'il était un des meilleurs amis de pensionnat de Miles, mais aussi parce que son nom apparaissait souvent dans les carnets mondains et les blogs consacrés à la vie des médias. Toutefois, dans le doute, Emily avait également alerté Andy sur son passé de play-boy, son penchant pour les ravissantes écervelées et son incapacité à s'engager auprès d'une « vraie » nana, bien qu'il fût un chic type, brillantissime et dévoué corps et âme à ses amis et à sa famille. Emily et Miles prédisaient que Max resterait célibataire encore quelques années et que, passé la quarantaine, à force d'entendre sa dominatrice de mère lui réclamer un petit-fils ou une petite-fille, il épouserait un canon de 23 ans qui le contemplerait avec dévotion, quoi qu'il dise ou fasse. Andy avait écouté attentivement le portrait brossé par son amie et procédé de son côté à quelques recherches qui semblaient le confirmer en tout point, mais pour une raison qu'elle avait du mal à cerner, ça ne cadrait pas avec la personne qu'elle avait devant elle.

— Je n'ai pas grand-chose à raconter sur le sujet, franchement. J'ai fumé à la fac, comme tout le monde, mais sans jamais aimer ça. En général, je regagnais ma chambre en catimini, je me plantais devant le miroir et je me lançais dans l'inventaire de toutes les mauvaises décisions que j'avais prises, et de tout ce qui clochait chez moi.

— C'est le pied, plaisanta Max en souriant.

— Alors vous voyez, je me suis dit que la vie était assez compliquée comme ça. Je n'ai pas besoin de drogues soi-disant récréatives pour me rendre malheureuse.

— Excellent argument, approuva Max en tirant sur sa cigarette.

— Et vous ?

Il sembla hésiter, comme s'il débattait intérieurement pour décider quelle version il allait lui servir. Andy observa sa mâchoire, carrée et déterminée comme celle de tous les Harrison, et ses sourcils bruns qui se rejoignaient presque. Il ressemblait énormément aux portraits de son père parus dans le journal. Max croisa son regard, lui sourit, mais d'un sourire teinté de tristesse.

— Je viens de perdre mon père. Officiellement, il a succombé à un cancer du foie, mais en réalité il souffrait d'une cirrhose. Il a été alcoolique toute sa vie. Extraordinairement opérationnel pendant une large partie de celle-ci – si tant est qu'on puisse dire ça de quelqu'un qui était ivre tous les soirs –, mais un peu moins ces dernières années, à cause de la crise financière et de ses retombées pénibles pour les affaires. Je buvais moi-même pas mal quand j'étais à la fac. Au bout de cinq ans, quand j'ai vu que je commençais à perdre le contrôle, j'ai tout arrêté, du jour au lendemain. Plus d'alcool, plus de drogue, plus rien que ces tiges cancérigènes, auxquelles je suis apparemment incapable de renoncer…

Maintenant qu'il le mentionnait, Andy se souvint qu'à table Max n'avait bu que de l'eau pétillante. Sur le coup, cela ne lui avait inspiré aucune réflexion, mais à présent qu'elle connaissait l'histoire, elle avait envie de le serrer dans ses bras pour le réconforter et le féliciter.

Sans doute resta-t-elle un petit moment perdue dans ses pensées car Max ajouta :

— Comme vous pouvez l'imaginer, je suis un convive de rêve ces temps-ci.

Andy éclata de rire.

— J'ai la réputation de disparaître sans dire au revoir pour filer chez moi regarder des films en survêtement. Alors, alcool ou pas, vous êtes probablement un meilleur convive que moi.

Ils continuèrent à bavarder ainsi un moment, le temps de terminer leur cigarette, et lorsqu'il l'eut raccompagnée près du feu, Andy s'aperçut qu'elle essayait de capter son attention tout en essayant de se convaincre que ce garçon n'était rien de plus qu'un dragueur – certes extrêmement séduisant. Elle qui était d'ordinaire allergique aux Casanova avait cru déceler chez celui-ci une vulnérabilité, une sincérité. Après tout, Max n'était nullement tenu de lui confier ces informations sur son père, ou de lui avouer son problème d'alcool. Il s'était montré franc et lucide, deux qualités qu'Andy trouvait très engageantes. *Mais même Emily pense que c'est un plan foireux*, se souvint-elle – et ce n'était pas peu dire, sachant que son amie avait épousé l'un des plus gros fêtards de Manhattan. Quand, peu après minuit, Max prit congé avec un sage baiser sur la joue assorti d'un banal : « Enchanté d'avoir fait votre connaissance », Andy se dit que c'était ce qui pouvait arriver de mieux. Les types formidables étaient légion ; quel besoin avait-elle de fantasmer sur un tombeur – aussi charmant, gentil et sincère fût-il ?

À 9 heures le lendemain matin, Andy vit débarquer dans sa chambre une Emily absolument ravissante, en micro-short blanc, tunique en batik et sandales compensées aux talons vertigineux.

— Je peux te demander un service ? attaqua-t-elle tout de go.

Andy, encore au lit, replia un bras en travers de son visage.

— Est-ce que ça exige que je me lève ? Parce que les margaritas d'hier soir m'ont tuée.

— Tu te souviens d'avoir parlé à Max Harrison ?

Andy ouvrit un œil.

— Évidemment.

— Il vient d'appeler. Il nous invite toi, Miles et moi à déjeuner chez ses parents, pour discuter de *The Plunge*. Pour parler chiffres. Je crois qu'il pense sérieusement à investir.

— C'est génial ! s'écria Andy, sans trop savoir si elle s'enthousiasmait à la perspective du déjeuner, ou à celle d'avoir décroché un investisseur.

— Ouais. Sauf que nous devons bruncher au country club avec les parents de Miles. Ils sont rentrés ce matin et sont impatients de repartir. On file d'ici dans un quart d'heure. Et, non, on ne peut pas se défiler – crois-moi, j'ai essayé. Est-ce que tu peux te débrouiller seule avec Max ?

Andy fit mine de réfléchir.

— Oui, j'imagine. Si ça t'arrange…

— Génial ! On fait comme ça. Il passe te chercher dans une heure. Il me fait te dire de prendre un maillot de bain.

— Un maillot de bain ? Je suis sûre que je vais aussi avoir besoin de…

Emily lui fourra dans les mains un maxi-cabas en paille Diane von Furstenberg.

— Bikini – avec culotte taille haute pour toi, évidemment –, ravissante tunique Milly, chapeau mou, et tube de crème indice de protection 30, sans huile, énuméra Emily. En sortie de bain, tu mettras ce petit short blanc ceinturé que tu portais hier, cette tunique en lin et ces ravissantes Toms blanches. Des questions ?

Andy éclata de rire, dit au revoir à Emily et vida le contenu du cabas sur le lit. Elle y replaça le couvre-chef et le tube de crème solaire, ainsi que son propre maillot, un short en jean et un débardeur. Elle ne concéderait rien de plus aux diktats vestimentaires d'Emily, et si Max n'aimait pas son look, eh bien, c'était son problème.

Ce fut un après-midi parfait. Ils firent une virée dans le petit hors-bord de Max, piquèrent quelques têtes dans l'océan pour se rafraîchir et pique-niquèrent de poulet froid, de tranches de pastèque, de cookies au beurre de cacahouète et de limonade. Ils se promenèrent le long de la plage pendant près de deux heures, en remarquant à peine que le soleil était au zénith, puis ils s'assoupirent sur les accueillantes chaises longues au bord de la piscine scintillante et déserte des Harrison. Lorsque Andy rouvrit finalement les yeux, après avoir eu l'impression de dormir des heures, Max était en train de l'observer.

— Tu aimes les palourdes ? demanda-t-il avec un drôle de sourire.

— Qui ne les aime pas ?

Max enfila un sweat-shirt, lui en prêta un qu'elle passa par-dessus son maillot de bain et ils sautèrent dans sa Jeep. Tandis que le vent fouettait et ébouriffait merveilleusement ses cheveux mêlés de sel, Andy se sentit plus libre qu'elle ne l'avait été depuis des années. Lorsque Max se gara devant le restaurant – une simple cabane, sur la plage d'Amagansett – Andy était convertie : les Hamptons étaient l'endroit le plus génial de la terre, tant qu'elle était avec Max et qu'elle avait une montagne de palourdes et des coupelles de beurre tendre à portée de main. Au diable les week-ends en ville. Elle était au paradis.

— C'est top, n'est-ce pas ? demanda Max en gobant une palourde avant de lâcher la coquille dans le seau en plastique.

— Elles sont tellement fraîches ! s'émerveilla Andy, la bouche pleine.

Elle grignotait son épi de maïs, sans éprouver la moindre gêne en dépit du filet de beurre qui dégoulinait le long de son menton.

— Je veux investir dans votre magazine, Andy, déclara Max en la regardant droit dans les yeux.

— C'est vrai ? Super. Je veux dire… c'est fantastique ! Emily m'avait laissé entendre que tu pourrais être intéressé, mais je ne voulais pas…

— Je suis vraiment impressionné par tout ce que tu as fait.

Andy se sentit rougir.

— Pour être franche, c'est Emily qui a presque tout fait. Cette fille est incroyablement bien organisée. Et je ne parle pas de son réseau ! Moi, je ne sais même pas faire un business plan, alors pour ce qui est de…

— Oui, Emily est formidable, mais je parlais de ce

que *toi* tu as fait. Emily m'a approché, il y a quelques semaines, après ça j'ai lu presque tout ce que tu as écrit.

Andy le regarda avec des yeux ronds.

— Sur ce blog consacré au mariage, *Happily Ever After*. J'avoue ne pas être un spécialiste du sujet, mais je trouve tes interviews excellentes. Ce papier sur Chelsea Clinton, au moment de son mariage ? Super bien joué.

— Merci, murmura Andy.

— J'ai aussi lu ton enquête pour le magazine *New York*, celle sur la notation des restaurants après inspection sanitaire. C'était passionnant. Et j'ai beaucoup aimé également ce reportage sur la retraite de yoga. C'était où, déjà ? Au Brésil ?

Andy hocha la tête.

— Ça m'a donné envie d'y aller. Et je peux t'assurer que, pourtant, le yoga, ce n'est pas mon truc.

— Merci. C'est hmm… toussota Andy, en se retenant à grand-peine de sourire. Ça me fait très plaisir de l'entendre de ta bouche.

— Je ne dis pas ça pour te faire plaisir, Andy. Mais parce que c'est vrai. Et Emily m'a fait passer l'ébauche de tes idées pour *The Plunge*, que je trouve également formidables.

Cette fois, Andy s'autorisa à sourire sans retenue.

— Tu sais, dit-elle, je dois reconnaître qu'au début, lorsque Emily m'a parlé du projet, j'étais sceptique. Je ne voyais pas la nécessité d'un magazine de plus sur le mariage. *A priori*, ça semblait un segment déjà très encombré. Mais à force d'en discuter avec elle, j'ai fini par comprendre qu'il manquait un magazine spécialisé du niveau de *Runway* – très haut de gamme, avec de sublimes photos et zéro ringardise. Un titre qui se consacrerait aux mariages des stars ou des personnalités mondaines – des mariages au budget hors de portée de la plupart des lectrices, mais qui aiguiseraient néanmoins leur désir. Une publication qui offrirait à la femme sophistiquée, pointue, soucieuse de son style, l'inspiration page après page pour son propre mariage. Pour l'instant, dans ce créneau, on trouve beaucoup de gypsophile, de chaussures à teindre et de tiares, mais rien qui montre à une future mariée plus raffinée quelles sont ses vraies options. Il existe une niche et, selon moi, *The Plunge* peut venir la combler. Excuse-moi, ajouta-t-elle en voyant Max la dévisager, sa canette de *root beer* en suspens dans la main. Je n'avais pas l'intention de te faire le pitch complet. Je me suis excitée toute seule.

Elle but une gorgée de sa Corona et se demanda s'il était indélicat de sa part d'avoir commandé de la bière en présence de Max.

— J'étais prêt à investir parce que l'idée tient totalement la route, qu'Emily sait être très convaincante, et que tu es extrêmement séduisante. Je découvre à présent que tu peux être tout aussi convaincante qu'elle.

— J'en ai fait un peu trop, n'est-ce pas ? dit Andy en se cachant derrière ses mains. Je suis désolée.

Ce qu'elle n'était nullement, en vérité : Max avait dit qu'elle était « extrêmement séduisante ».

— Tu n'as pas simplement une bonne plume, Andy. Je propose qu'on se revoie tous les trois en ville la semaine prochaine pour discuter des détails, mais je peux d'ores et déjà t'annoncer qu'Harrison Media Holdings aimerait être un investisseur majeur de *The Plunge*.

— Je parle aussi au nom d'Emily en t'assurant que nous en serions absolument ravies, répondit Andy, en regrettant immédiatement sa formulation trop empesée.

— Ensemble, on va casser la baraque, prédit Max en levant sa bouteille.

— À notre futur partenariat commercial, dit-elle en trinquant, et Max la regarda bizarrement avant de boire une gorgée.

Andy éprouva un bref malaise, puis se rassura bien

vite : après tout, Max était un tombeur qui n'accrochait que des mannequins et des mondaines filiformes à son tableau de chasse. Là, on parlait affaires : « partenariat commercial » semblait un terme intelligemment choisi, et parfaitement adapté.

Mais l'ambiance n'était plus la même, c'était palpable, et Andy ne fut pas surprise que Max la dépose chez les beaux-parents d'Emily dès leur retour de leur expédition palourdes. Il l'embrassa sur la joue et la remercia pour cette belle journée, sans évoquer de nouvelle rencontre, sinon celle qui les réunirait dans la salle de conférences de sa société avec Emily et une armada d'avocats et de comptables.

Et pourquoi aurait-il agi autrement ? songea Andy. Parce qu'il l'avait vaguement draguée ? Parce qu'ils avaient passé une journée ensemble – parfaite à tous points de vue, certes, mais à quoi cela engageait-il ? Avant d'investir dans le projet, Max voulait sans doute procéder à une vérification préalable, il avait mené sa petite enquête en déployant son charme et sa gentillesse naturelle, et en la draguant un peu pour pimenter l'affaire. D'après Emily, et tout ce qu'elle avait pu lire en ligne, Max s'était montré fidèle à lui-même, et rien dans son comportement ne signifiait qu'il s'intéressait à elle.

Emily était extatique en apprenant que la journée avait été couronnée de succès, et le rendez-vous qui eut lieu le jeudi suivant, en ville, dépassa toutes leurs espérances. Max leur annonça qu'Harrison Media Holdings s'engageait à hauteur d'un étourdissant montant à six chiffres pour lancer *The Plunge*, soit bien plus d'argent que l'une et l'autre n'avaient osé en rêver. Et, cerise sur le gâteau, Emily n'était pas libre pour se joindre au déjeuner improvisé que Max proposa dans la foulée pour fêter leur association.

— Si vous saviez combien j'ai dû intriguer, depuis cinq mois, pour obtenir ce rendez-vous, vous n'oseriez même pas me suggérer de l'annuler, dit Emily en filant rejoindre le cabinet d'une dermatologue star. C'est plus difficile d'obtenir un rendez-vous avec elle qu'une audience auprès du dalaï-lama, et les rides de mon front se creusent à chaque seconde qui passe.

Max et Andy se retrouvèrent en tête à tête et, cette fois encore, le déjeuner dura non pas deux mais cinq heures, jusqu'à ce que le maître d'hôtel les prie poliment de libérer la table, qui était réservée pour le service du soir. Max fit un détour de trente blocs pour raccompagner Andy chez elle à pied, en lui tenant la main, et Andy adora cette promenade à ses côtés. Elle savait qu'ils formaient un beau couple, leur attirance réciproque était palpable et leur valait même des sourires de la part d'inconnus. Une fois arrivés devant chez elle, Max l'embrassa, et ce fut un baiser incroyable. De quelques secondes à peine, mais il était parfait, d'une infinie tendresse, et Andy se sentit partagée entre émerveillement et panique lorsque Max ne chercha pas à en obtenir davantage. Cette fois encore, il s'en alla sans évoquer de nouvelle rencontre. Mais si Max passait très certainement son temps à embrasser des filles quand et où cela lui chantait, un petit quelque chose souffla à Andy qu'elle aurait de ses nouvelles très bientôt.

Elle en eut – dès le lendemain matin. Ils se revirent le soir même et les cinq jours suivants, ils ne se séparèrent qu'à contrecœur le temps d'aller travailler, dormant tantôt chez l'un, tantôt chez l'autre, et s'étourdissant le reste du temps d'activités amusantes. Max l'emmena dîner au fin fond du Queens, dans un petit restaurant italien familial où il était connu comme le loup blanc. Lorsque Andy, en pénétrant dans ce qui ressemblait à un repaire de mafieux, manifesta son étonnement d'un haussement de sourcils, Max lui promit que sa familiarité avec les lieux tenait uniquement au fait que, enfant, il avait fréquenté cet endroit au moins deux fois par mois avec ses parents. Andy lui fit découvrir son café-théâtre préféré de West

Village, où ils rirent si fort qu'ils en recrachèrent leur verre sur la table ; ils déambulèrent ensuite longuement dans le sud de Manhattan pour profiter de la nuit d'été et ne regagnèrent l'appartement d'Andy que juste avant le lever du soleil. Ils louèrent des vélos et empruntèrent le téléphérique qui relie Manhattan à Roosevelt Island, où ils testèrent une bonne demi-douzaine de guinguettes gastronomiques, goûtant à tout – des glaces artisanales aux tacos gourmets, en passant par les sandwichs au homard. Ils s'étourdirent de sexe, aussi. Quand arriva le dimanche, ils étaient épuisés, repus et, du moins dans l'esprit d'Andy, très amoureux. Ils dormirent jusqu'à 11 heures puis se firent livrer un festin de bagels et pique-niquèrent dans le salon de Max, sur le tapis, devant la télé, en zappant entre l'US Open et une émission de relooking déco sur HGTV.

— Je crois qu'il est temps de dire ce qui se passe à Emily, suggéra Max en lui tendant un *latte* qu'il venait de préparer avec son percolateur professionnel. Promets-moi simplement de ne pas croire un mot de tout ce qu'elle va te raconter.

— Quoi donc ? Que tu es un incorrigible Casanova qui a un gros souci avec l'engagement et une tendance à choisir des filles toujours plus jeunes ? Pourquoi est-ce que je ne devrais pas l'écouter ?

Max lui décocha une pichenette.

— Les gens exagèrent.

— Hmm. Je n'en doute pas.

Andy s'efforçait de rester légère, mais la réputation de Max l'embêtait bel et bien. Certes, il lui semblait différent avec elle – franchement, quel play-boy flemmarderait en regardant HGTV ? Mais n'était-ce pas ce qu'avaient pensé toutes les autres filles ?

— Tu as quatre ans de moins que moi. Est-ce que ça compte ?

Andy éclata de rire.

— J'imagine. C'est rassurant de savoir que j'ai à

peine 30 ans – un bébé, pratiquement – alors que, toi, tu as déjà un pied dans l'âge mûr. C'est toujours bon à prendre.

— Tu veux que j'en parle à Miles ? Je peux le faire, sans problème.

— Non, surtout pas ! Em vient ce soir chez moi, on va commander des sushis et regarder des rediffusions de *Dr House*. J'en profiterai pour passer aux aveux.

Comment Emily allait-elle réagir ? Se sentirait-elle trahie par les cachotteries d'Andy ? Agacée que son associée se soit embarquée dans une idylle avec leur principal bailleur de fonds ? Mal à l'aise, parce que Max et Miles étaient des amis très proches ? Absorbée comme elle l'était par ces interrogations, Andy avait négligé la probabilité qu'Emily puisse se douter de quelque chose depuis le début.

— Ah bon ? Tu savais ? s'étonna Andy en étirant un pied emmitouflé dans une chaussette sur son canapé d'occasion.

Emily trempa un sashimi de saumon dans la sauce de soja et l'enfourna.

— Tu me prends pour une idiote ? Une idiote *aveugle* ? Évidemment, que je savais.

— Mais quand… comment ?

— Oh, je ne sais plus ! Peut-être quand tu es revenue chez les parents de Miles, après votre journée ensemble, avec la mine de celle qui s'est éclatée comme jamais au pieu ? Ou peut-être après notre rendez-vous à son bureau, quand vous vous dévoriez des yeux – pourquoi crois-tu que je ne suis pas venue déjeuner avec vous ? À moins que ce qui m'ait mis la puce à l'oreille, c'est que tu te sois évanouie dans la nature depuis une semaine. Tu ne répondais ni à mes coups de fil ni à mes textos, et tu étais plus cachottière sur tes allées et venues qu'une lycéenne qui cherche à échapper au radar de ses parents. Non, sans blague, Andy !

— Pour ta gouverne, sache que nous n'avons pas

couché ensemble ce jour-là dans les Hamptons. Nous n'avons même pas...

— Épargne-moi les détails ! l'interrompit Emily en levant la main. D'autant que tu ne me dois aucune explication. Je suis heureuse pour vous deux. Max est un mec génial.

Andy lui décocha un sourire prudent.

— Tu m'as répété des centaines de fois que c'était un coureur de jupons.

— En effet. Mais cette époque est peut-être derrière lui. Les gens changent, tu sais. Sauf mon mari, ça c'est sûr – je t'ai dit que j'étais tombée sur des textos d'une certaine Rae ? Rien de vraiment concluant, mais cela mérite incontestablement de plus amples investigations. Bref, que Miles ait le regard baladeur n'implique pas que Max soit incapable de se fixer. Tu es peut-être pile poil ce qu'il cherche.

— Ou son caprice du moment.

— Seul le temps pourra le dire. Et je parle d'expérience.

— Bon, d'accord, concéda Andy, qui ne savait pas trop quoi dire d'autre.

Miles avait la même réputation que Max mais, bien qu'avenant et très sociable, il n'en possédait pas le charisme. Emily et lui avaient en apparence pas mal de goûts en commun : les fêtes, les vacances dans les palaces, les vêtements de luxe. Cependant, même après toutes ces années, Andy n'avait toujours pas l'impression de connaître le mari de sa meilleure amie. Emily glissait souvent des commentaires désinvoltes sur son « regard baladeur », mais se fermait sitôt qu'Andy essayait de creuser la question. À la connaissance de celle-ci, il n'était jamais apparu aucune preuve concrète d'infidélité – rien de public, en tous les cas. Mais cela ne signifiait pas grand-chose. Miles était malin et discret, et son métier de producteur d'émissions de télé l'éloignait assez fréquemment de New York pour saisir les opportunités. Donc, il était vraisemblable qu'il soit infidèle. Et vraisemblable, aussi, qu'Emily soit au courant. En était-elle affectée ? Était-elle folle d'inquiétude et de jalousie ? Ou bien faisait-elle partie de ces filles qui préfèrent fermer les yeux aussi longtemps qu'elles ne sont pas embarrassées en public ? Andy s'interrogeait souvent à ce sujet, mais c'était le seul et unique point dont Emily et elle, comme par un accord tacite, ne discutaient jamais.

Emily secoua la tête.

— Je n'en reviens toujours pas. Max Harrison et toi. Jamais je n'aurais pensé que vous pourriez vous plaire... C'est dingue.

— On n'est pas sur le point de se marier, Em. On se voit, c'est tout, tempéra Andy.

En vérité, elle avait déjà essayé d'imaginer comment ce serait de devenir Mrs Max Harrison. C'était aller un peu vite en besogne, puisque leur rencontre remontait à moins de quinze jours, mais, avec lui, tout lui semblait différent d'avec ses ex – exception faite peut-être d'Alex, une éternité plus tôt. Cela faisait très longtemps qu'elle n'avait pas été à ce point emballée par un garçon. Max était sexy, intelligent, charmant et, bon, évidemment, d'un excellent pedigree. Jamais Andy n'avait imaginé épouser un garçon comme lui, mais cette perspective n'avait rien d'épouvantable.

— Écoute, j'ai pigé, répondit Emily. Profite. Éclate-toi. Mais tiens-moi au courant, d'accord ? Et si jamais tu te maries, je veux qu'il soit dit que c'est grâce à moi.

Emily fut la première prévenue lorsque, une semaine plus tard, Max demanda à Andy de l'accompagner à un cocktail que sa société organisait en l'honneur de la rédactrice en chef d'un magazine du groupe, Gloria, fille de deux musiciens célèbres qui venait de publier ses souvenirs d'enfance.

— Comment dois-je m'habiller ? lui demanda Andy, en panique.

— Eh bien, tu deviens officiellement hôtesse de la

soirée, donc il vaudrait mieux te trouver une tenue exceptionnelle. Ce qui élimine quasiment la totalité de ta garde-robe « classique ». Tu veux m'emprunter quelque chose, ou tu préfères aller faire du shopping ?

— Hôtesse ? souffla Andy.

— Si Max est l'hôte, et que tu es sa cavalière...

— Oh bon sang ! Je n'en suis pas capable. Max a dit qu'il y aurait un monde fou parce que ça tombe pendant la Fashion Week. Je ne suis pas préparée à ça.

— Tu n'as qu'à faire comme à l'époque de *Runway*. *Elle* sera probablement là, d'ailleurs, tu sais. Miranda et Gloria se connaissent, c'est sûr et certain.

— Je n'y arriverai jamais...

Le soir du cocktail, quand Andy se présenta à l'hôtel Carlyle avec une heure d'avance pour aider Max à superviser les derniers préparatifs, l'expression qui se peignit sur le visage de celui-ci en la découvrant vêtue de l'une des robes Céline d'Emily, parée de gros bijoux dorés et perchée sur de sublimes sandales à talons hauts, valut à elle seule tout le mal qu'elle s'était donné. Andy savait qu'elle en jetait, et elle n'était pas peu fière d'elle-même.

Max l'avait enlacée et lui avait chuchoté qu'elle était éblouissante. Et lorsqu'il la présenta à tout le monde – collègues et employés, rédacteurs en chef, journalistes, photographes, annonceurs et directeurs de communication – comme sa petite amie, Andy crut mourir de bonheur. Elle bavarda, le plus naturellement du monde, avec tous les gens d'Harrison Media Holdings, s'employa à les charmer et y prit, elle devait le reconnaître, beaucoup de plaisir. Ce n'est que lorsque la mère de Max arriva et entama des manœuvres d'approche tel un requin décrivant des cercles autour de sa proie qu'Andy sentit la nervosité la gagner.

— Il fallait absolument que je rencontre la fille dont Max ne cesse de parler, déclara Mrs Harrison. (Elle avait cet accent snob, vaguement *british*, qu'on attrape à trop longtemps respirer l'air de Park Avenue.) Vous devez être Andrea.

Andy risqua quelques regards alentour pour localiser Max – qui n'avait même pas laissé entendre que sa mère pourrait faire une apparition – avant de tourner toute son attention vers cette très grande femme en tailleur Chanel.

— Mrs Harrison ? C'est un immense plaisir de vous rencontrer, dit-elle en essayant de contenir le tremblement de sa voix.

Mrs Harrison ne répondit pas : « Je vous en prie, appelez-moi Barbara », ni : « Vous êtes charmante, très chère », ni même : « Tout le plaisir est pour moi. » Non. Elle toisa Andy sans vergogne et assena :

— Vous êtes plus maigre que je ne m'y attendais.

Pardon ? songea Andy. *D'après quels critères ? Les vôtres ? Ou la description de Max ?*

Elle voulait prendre ses jambes à son cou et aller se cacher, mais Barbara continuait à jacasser.

— Oui, vous me rappelez moi à votre âge, quand les kilos fondaient comme par magie. J'aurais aimé qu'il en aille ainsi pour mon Elisabeth – avez-vous déjà rencontré la sœur de Max ? Elle ne devrait plus tarder. Cette petite a hérité du physique de son père. Charpentée. Sportive. On ne peut pas dire qu'elle soit grosse, mais elle n'est pas très féminine.

Était-ce réellement en ces termes que cette femme parlait de sa propre fille ? Andy se sentit navrée pour la sœur de Max, qu'elle ne connaissait même pas.

— Non, je ne l'ai encore jamais rencontrée, répondit-elle en regardant Barbara Harrison droit dans les yeux. Mais Max m'a montré une photo d'Elisabeth, et c'est une splendide jeune fille !

— Hum-hum, grommela Barbara, l'air dubitatif. Venez donc par là. (Elle enroula sa main osseuse, à la peau légèrement tannée, autour du poignet d'Andy, et le serra un peu trop fort.) Allons nous asseoir pour faire plus ample connaissance.

Andy fit de son mieux pour impressionner la mère de Max, la convaincre qu'elle était digne de son fils. Certes, Mrs Harrison avait froncé le nez lorsque Andy lui avait décrit en quoi consistait son travail à *The Plunge*, et elle avait fait un commentaire assez désobligeant à propos de sa ville natale, qui ne valait pas *Le comté de Litchfield*, où les Harrison possédaient un vieux haras, mais, au terme de la conversation, Andy eut l'impression de s'en être à peu près bien tirée. Elle avait manifesté son intérêt en posant les questions *ad hoc*, elle avait rapporté une anecdote amusante au sujet de Max et avait glissé qu'ils s'étaient rencontrés dans les Hamptons – un détail qui sembla rencontrer l'approbation de Barbara. Et puis quand, à court d'inspiration, Andy mentionna avoir brièvement travaillé à *Runway* sous les ordres de Miranda Priestly, Mrs Harrison se redressa légèrement, et l'interrogatoire reprit de plus belle : gardait-elle un bon souvenir de son passage à *Runway* ? Travailler pour Ms. Priestly n'était-il pas le meilleur apprentissage qui soit ? Barbara mit un point d'honneur à souligner que toutes les amies d'enfance de Max auraient tué père et mère pour travailler à *Runway*, que Miranda était leur idole et qu'elles rêvaient toutes d'apparaître un jour dans les pages de son magazine. Si jamais ce « petit projet de start-up » ne marchait pas, Andy envisageait-elle de retourner travailler pour *Runway* ? Barbara s'était soudainement animée, et Andy fit de son mieux pour sourire et hocher la tête avec autant d'enthousiasme que possible.

— Je suis certain qu'elle t'a adorée, lui affirma Max après coup.

Ils étaient installés dans un *diner* de l'Upper East Side ouvert vingt-quatre heures sur vingt-quatre, et l'excitation du cocktail n'était pas encore retombée.

— Je ne sais pas... Je ne dirais pas avoir senti de l'« adoration », tempéra Andy en sirotant son milk-shake au chocolat.

— *Tout le monde* t'a adorée, Andy. Mon directeur financier a tenu à me dire que tu avais beaucoup d'humour. J'imagine que tu l'as régalé de quelques vannes sur Hanover, New Hampshire ?

— C'est mon approche de prédilection avec les anciens de Dartmouth College.

— Et toutes les assistantes gloussaient en répétant combien tu avais été adorable avec elles. J'imagine que la plupart des invités ne prennent pas la peine de leur parler, dans ce genre de cocktails. Merci de l'avoir fait.

Max lui proposa une frite enduite de ketchup, qu'elle refusa.

— Elles étaient toutes très sympa, et sans aucune affectation. J'ai passé un très bon moment à bavarder avec elles.

Andy était sincère, elle avait pris beaucoup de plaisir à rencontrer tous ces gens, à l'exception de la mère glaciale de Max. Sans compter que Miranda avait brillé par son absence. Une vraie bénédiction ! Cependant, compte tenu des cercles que fréquentait la famille de son nouvel amoureux, Andy savait que ce n'était que partie remise.

Elle tendit le bras et prit la main de Max.

— Max, j'ai passé une super soirée. Merci de m'avoir invitée.

— Merci à *toi*, miss Sachs, répondit-il en lui faisant un baisemain et en lui décochant un regard qui lui noua délicieusement le ventre. Et si on rentrait chez moi ? Je crois que la soirée ne fait que commencer.

Chapitre 3

Il n'est plus temps de reculer, cocotte

— Ne vous minez pas, ma belle, tout le monde est angoissé le jour de son mariage. Je ne vous apprends rien, j'en suis sûre. Vous et moi, mon petit, on aurait de quoi écrire un livre !

Nina, une main de fer collée aux reins de sa mariée, poussa Andy dans la suite nuptiale. Au-delà de l'immense baie vitrée qui occupait tout un côté, se déroulait à perte de vue une incroyable palette de rouges, d'orangés et de jaunes. Rhinebeck était réputé offrir les plus belles couleurs d'automne du monde. Un peu plus tôt, en contemplant ce paysage, Andy s'était remémoré une foule de souvenirs heureux – de son enfance dans le Connecticut, quand ces journées ensoleillées mais déjà fraîches annonçaient la reprise des tournois de football et la cueillette des pommes ; de ses années estudiantines, lorsque l'automne était synonyme de retour au campus pour attaquer un nouveau semestre. À présent, le tableau paraissait terni, le ciel semblait presque lourd de menaces. Se sentant vaciller, Andy s'agrippa au bureau.

— Nina, pourrais-je avoir un peu d'eau, s'il vous plaît ?

— Naturellement, mon petit. Faites juste attention.

Nina dévissa le bouchon avant de lui tendre la bouteille. L'eau avait un goût métallique.

— Lydia et son équipe en terminent avec vos demoiselles d'honneur et votre mère, puis elle revient vous voir pour les dernières retouches.

Andy hocha la tête.

— Oh, mon petit, tout va merveilleusement bien se passer ! Quoi de plus normal que d'avoir le trac ? Mais lorsque ces portes s'ouvriront et que vous verrez votre futur époux vous attendre devant l'autel... Vous ne penserez plus à rien, sinon à marcher pour le rejoindre.

Andy frissonna. La mère de celui qui deviendrait bientôt son mari la haïssait. Ou, du moins, n'approuvait pas cette union. La plupart des jeunes mariées se heurtaient à quelques soucis avec leur belle-mère, Andy le savait, mais le problème, ici, était d'un tout autre ordre. Il était, au mieux, un mauvais présage, au pire, un cauchemar en puissance. Certes, Andy pourrait faire des efforts afin d'améliorer ses relations avec Barbara. Elle s'y emploierait, même. Mais jamais elle ne serait Katherine. En outre, c'était quoi, cette histoire ? Max avait revu Katherine aux Bermudes ? *Pourquoi avait-il omis de le mentionner ?* Andy avait besoin d'une explication.

— Ce qui me fait penser... Vous ai-je déjà parlé de ma mariée qui allait épouser l'empereur du pétrole qatari ? reprit Nina. Une fille au tempérament de feu, et qui n'avait pas la langue dans sa poche. Ils avaient invité près de mille personnes, loué Necker Island, dans les îles Vierges britanniques, et acheminé tout ce beau monde par avion à leur frais. Bref. Ils avaient passé la semaine à se disputer, à propos de tout, du plan de table à qui, de sa mère à lui ou à elle, aurait droit à la première danse... Jusque-là, rien que de très normal. Mais voilà que le matin de la noce, la mariée, qui est présentatrice sur une chaîne de télé locale, glisse à une cousine qu'Untel lui a laissé entendre que, d'ici six mois, un an maximum, elle décrocherait un contrat avec une grande chaîne internationale – quelque chose dans ce goût-là. Le Qatari entend ça, il se met à flipper et, très énervé, lui demande à voix basse de quoi elle parle. N'était-il pas convenu qu'elle arrêterait de travailler après le mariage ? Et là, je me suis dit : Waouh ! C'est un sacré point qu'ils ont négligé, les tourtereaux…

Andy aurait donné n'importe quoi pour que Nina se taise. Elle était incapable de se concentrer sur autre chose que cette douleur sourde qui lui martelait les tempes.

— Nina, franchement, je…

— Attendez ! Écoutez la suite, le meilleur arrive. Donc, je les laisse dépatouiller leur problème entre quatre yeux et, lorsque je reviens une demi-heure plus tard, ils semblent rabibochés. Problème réglé ? Très bien. Le marié va se placer devant l'autel, les demoiselles, puis les ravissantes petites filles d'honneur le suivent, et il ne reste plus que la mariée, son père et moi à l'entrée de la salle. On est pile dans les temps, la régie envoie la marche nuptiale, toute l'assistance se retourne pour contempler la mariée, qui est radieuse, tout sourires et, à ce moment-là, elle se penche vers moi et me dit à l'oreille – tenez-vous bien : « Merci, Nina, tout est parfait. C'est exactement ce que je voulais. Je compte sur vous sans faute la prochaine fois. » Et là-dessus, la voilà qui prend le bras de son père, redresse la tête et commence à marcher vers l'autel. Vous imaginez ? *Elle y est allée !*

En dépit d'une sensation de chaleur inconfortable, presque fiévreuse, Andy eut la chair de poule.

— Vous avez eu de ses nouvelles, depuis ? demanda-t-elle.

— Un peu, oui ! Elle a divorcé au bout de deux mois et, un an plus tard, elle était de nouveau fiancée. Le second mariage s'est fait en comité légèrement plus restreint, mais il était tout aussi charmant. Toujours est-il que, ce jour-là, j'ai compris une chose : annuler des fiançailles, ou même le mariage une fois les invitations envoyées – c'est un coup dur, mais ça peut arriver. Mais le jour J ? Il n'est plus temps de reculer, cocotte. Il faut y aller.

Nina éclata de rire et porta une bouteille d'eau à ses lèvres tandis que sa queue-de-cheval oscillait joyeusement.

Andy hocha humblement la tête. C'était un sujet dont Emily et elle parlaient très souvent. Depuis presque trois ans qu'elles avaient lancé *The Plunge*, elles avaient vu bon nombre de mariages annulés dans les dernières semaines avant le grand jour. Mais le jour même ? Aucun.

— Venez vous asseoir dans le fauteuil, je vais installer la cape, reprit Nina. Comme ça, vous serez prête quand Lydia arrivera. Elle sait comment atténuer le maquillage, une fois la séance photo passée. Ah ! J'ai tellement hâte de voir tout ça dans le magazine ! Il va s'en vendre des milliards d'exemplaires.

Nina avait assez de tact pour passer sous silence le détail auquel elles pensaient toutes les deux : ce mariage ferait grimper en flèche les ventes de *The Plunge* non parce qu'Andy en était l'une des cofondatrices, ni parce que sa robe était un exemplaire unique dessiné par Monique Lhuillier en personne, ni parce que Barbara avait, en experte, commissionné la meilleure organisatrice de mariage, les meilleurs fleuristes et traiteurs que l'argent puisse offrir, mais parce que Max était le successeur de son grand-père et de son père à la tête d'un des empires de presse les plus prestigieux d'Amérique. Que la récession économique, aggravée par quelques investissements peu judicieux, l'ait contraint à amputer, morceau après morceau, le patrimoine immobilier de la famille, ou qu'il passe son temps à redouter le pire pour la viabilité financière de cet empire n'importait guère au grand public : le seul nom des Harrison, combiné à la prestance de l'héritier, à sa bonne éducation, à ses diplômes prestigieux, aidait à maintenir l'illusion que Max, sa sœur et sa mère valaient bien plus qu'ils ne pesaient en réalité en terme de richesse. Les Harrison ne figuraient plus dans le palmarès Forbes des grandes fortunes des États-Unis depuis des années, mais leur image demeurait intacte.

— Et comment ! chantonna une voix dans le dos d'Andy. Avec ce mariage, notre tirage va exploser tous les records.

Emily s'avança en tourbillonnant, fit une révérence et déclara :

— Es-tu consciente que cette robe de demoiselle d'honneur est la première de toutes les annales du mariage qui ne soit pas hideuse ? Si tu t'accroches au principe qu'il te faut absolument des figurantes autour de l'autel – ce que, personnellement, je trouve super kitsch –, ces robes ont au moins le mérite de ne pas être une punition.

Andy fit pivoter son fauteuil pour mieux examiner son amie. Avec ses cheveux relevés qui mettaient en valeur son long cou gracieux, Emily évoquait une sublime et fragile poupée de porcelaine. La soie couleur prune faisait ressortir la fraîcheur de son teint et accentuait le bleu de ses yeux ; le drapé sensuel sur la poitrine et autour des hanches donnait l'impression de ruisseler jusqu'aux chevilles.

— Tu es superbe, Em. Et je suis très heureuse que la robe te plaise, dit Andy, soulagée de cette distraction momentanée.

— Ne nous emballons pas. « Plaire » est un bien grand mot. Disons que je ne la déteste pas. Attends, tourne-toi vers moi, que je te regarde… Waouh !

Emily s'était rapprochée et, en humant une odeur de cigarettes dissimulée sous un effluve de pastille mentholée, Andy sentit la nausée revenir. Par chance, le malaise se dissipa rapidement.

— Putain, tu es sublime ! Comment as-tu réussi à

te faire un décolleté pareil ? Tu t'es payé des implants en cachette ? Tu te fiches de moi ? Me cacher une info pareille ?

— C'est incroyable ce que peut faire une bonne couturière avec une paire de coussinets adhésifs, répondit Andy.

— Ne la touchez pas ! vociféra Nina depuis l'autre bout de la pièce, mais Emily était plus rapide que l'éclair.

— Mmm... fit-elle en rehaussant à pleines mains le décolleté d'Andy. Très réussies, ces rondeurs. Ça te fait des nichons d'enfer. Et avec ce caillou invraisemblable entre les deux... Miam. Max va adorer.

— Où est la mariée ? trompeta à ce moment-là Mrs Sachs depuis le salon. Andy ? Ma chérie ? Jill et Mamita sont ici. Nous voulons toutes te voir !

Nina accueillit les visiteuses par un flot d'admonestations et les pria de ne pas s'attarder au motif qu'Andy se sentait un peu migraineuse et qu'il fallait la laisser respirer, puis elle s'éclipsa pour superviser d'autres détails de dernière minute.

— Mais elle se croit où ? Dans un hôpital pendant les heures de visite ? pesta la grand-mère d'Andy. Que t'arrive-t-il, mon petit ? C'est la perspective de ta nuit de noces qui te rend un peu nerveuse ? C'est tout à fait naturel. N'oublie pas : personne n'a dit que tu étais obligée d'aimer ça, en revanche, tu dois...

— Maman, tu peux la faire taire ? grommela Andy, les doigts sur les tempes.

Mrs Sachs se tourna vers sa mère.

— Maman, s'il te plaît.

— Eh bien quoi ? Aujourd'hui, toutes les gamines se prennent pour des expertes en la matière sous prétexte qu'elles ont fait la bête à deux dos avec le premier venu.

Tandis qu'Emily battait des mains de délectation, Andy se tourna vers sa sœur et la supplia du regard.

— Mamita ? Andy est magnifique, n'est-ce pas ? tenta

Jill. Et n'est-ce pas charmant qu'elle porte des boucles d'oreilles comme celles que tu avais le jour de ton mariage ? Cette forme de goutte est indémodable.

— J'étais une vierge innocente de 19 ans lorsque votre grand-père m'a épousée, et je suis tombée enceinte pendant la lune de miel, comme tout le monde. Je n'ai pas eu besoin d'en passer par cette aberration de congélation d'ovules, comme vous y êtes obligées, vous les jeunes, aujourd'hui. Tu l'as déjà fait, Andrea ? Parce que j'ai lu quelque part que toutes les femmes de ton âge devraient le faire, qu'elles aient un homme ou pas sous la main.

— Mamita, soupira Andy. J'ai 33 ans. Et Max 37. Avec un peu de chance, nous aurons des enfants à un moment donné, mais je peux te dire que nous n'avons pas prévu de nous mettre au boulot dès ce soir.

— Andy ? Vous êtes où ?

— Lily ! Ici, dans la chambre ! lança Andy à tue-tête.

Sa plus vieille amie entra, ravissante en robe dos nue – un modèle de son choix, réalisé dans la même étoffe que les robes des autres demoiselles d'honneur. À côté d'elle, dans une robe d'un style encore différent mais toujours en soie prune, se tenait la sœur cadette de Max, Elisabeth, qui approchait de la trentaine. Max et elle étaient bâtis à l'identique, jambes puissantes et large carrure – peut-être un poil trop, pour une fille. Mais les fines rides qui se creusaient autour de ses yeux lorsqu'elle riait et les adorables taches de rousseur éparpillées sur son visage lui apportaient une touche de douceur, de féminité. Tout comme la longue chevelure naturellement blonde, opulente et brillante, qui ruisselait dans son dos. Elisabeth fréquentait depuis peu Holden « Tipper » White, un ancien camarade de Colgate. Les deux jeunes gens s'étaient revus à l'occasion d'un gala caritatif – un tournoi de tennis annuel en l'honneur du père de Tipper, qui s'était crashé avec son avion dans la Cordillère des Andes quand son fils avait 12 ans. Elisabeth pensait-elle, elle aussi, qu'Andy n'était pas assez bien pour son frère ? En discutait-elle avec sa mère ? Se languissait-elle, comme Barbara, de Katherine, avec son handicap de golf impressionnant et son mélodieux accent aristocratique ?

L'apparition de Nina sur le seuil de la chambre, l'air anxieux, interrompit ses pensées.

— Mesdames ? Puis-je avoir votre attention, s'il vous plaît ? Il est temps de rejoindre vos places. La cérémonie va commencer dans une dizaine de minutes. Mon équipe vous attend en bas, pour vous remettre vos bouquets et vous indiquer vos sièges. Jill, vos fils sont-ils prêts ?

Andy se força à sourire tandis que sa mère, sa grand-mère, sa sœur et ses amies lui souhaitaient bonne chance en lui serrant fort les mains. Il était trop tard pour se confier à Jill, ou à Lily, et leur donner la possibilité de lui dire qu'elle dramatisait.

Avec les journées qui raccourcissaient, le soleil n'allait plus tarder à se coucher ; la dizaine de grands candélabres en argent, autour de l'autel, allait ajouter une touche théâtrale à la cérémonie, comme l'avait promis Nina. Andy savait qu'en bas, dans la grande salle de réception, les rangées de chaises commençaient à se remplir, et elle se représenta les invités acceptant avec plaisir une coupe de champagne tout en écoutant une discrète mélodie à la harpe, ainsi que cela avait été arrangé.

— Andy, très chère ? J'ai quelque chose pour vous, annonça Nina depuis le seuil, et, en trois enjambées, elle rejoignit Andy sur son fauteuil et lui tendit une feuille de papier pliée.

Andy regarda Nina d'un air interrogateur.

— Je vous l'ai prise des mains, tout à l'heure. Quand vous étiez barbouillée ? Je l'avais mise dans ma poche. (Sans doute Andy eut-elle l'air accablé car Nina s'empressa d'ajouter :) Soyez sans crainte, je ne l'ai pas lue. Cela porte affreusement malheur, sauf aux futurs époux, de lire une lettre d'amour le jour d'un mariage – vous ne le saviez pas ?

Andy sentit une agitation désagréable et familière dans son ventre.

— Nina, pouvez-vous me laisser seule un instant, s'il vous plaît ? demanda-t-elle en se levant.

— Bien sûr, très chère. Mais quelques minutes, pas plus ! Je reviens pour vous accompagner en bas dans...

Andy referma la porte de la chambre avant la fin de la phrase.

Elle déplia la lettre, la parcourut de nouveau, même si les mots avaient déjà laissé leur empreinte indélébile dans sa mémoire, puis, sans réfléchir, gagnant la salle de bains aussi rapidement que le lui permettait sa robe, elle la déchira en petits morceaux qu'elle jeta dans la cuvette des toilettes.

— Andy ? Très chère ? Avez-vous besoin d'aide ? Je vous en conjure, à ce stade, n'essayez pas d'aller seule aux toilettes ! l'implora Nina à travers la porte.

— Nina, je... commença Andy en ouvrant.

— Je suis désolée, mon chou, mais c'est l'heure, vous comprenez ? Le grand jour est arrivé, celui que nous préparons depuis les dix derniers mois, et pour lequel nous avons tout réglé comme du papier à musique. Vous ai-je dit que je viens de croiser votre époux ? Bonté divine ! Il est stupéfiant, dans ce smoking. Il vous attend déjà devant l'autel. Andy ! Il n'attend plus que vous !

Devant l'autel.

Lorsque Nina l'aida à négocier le tournant, juste avant l'entrée de la grande salle de réception, Andy sentit ses jambes se dérober. Posté à côté des doubles portes, elle découvrit son père, qui l'attendait, un sourire radieux aux lèvres.

Il marcha à sa rencontre, lui prit la main, l'embrassa et lui dit qu'elle était absolument magnifique.

— Max a une chance folle, ajouta-t-il en lui offrant son bras gauche.

Cette innocente remarque manqua de provoquer un raz-de-marée, mais Andy réussit à ravaler la boule qui lui obstruait la gorge. Max avait-il de la « chance » ? Ou bien était-il en train de commettre une erreur colossale, comme le laissait entendre sa mère ? Un mot, il suffirait d'un mot, et son père, elle le savait, annulerait tout. Que n'aurait-elle donné pour se pencher vers lui et lui murmurer : « Papa, je ne veux pas, c'est encore trop tôt, je ne suis pas prête », comme elle l'avait fait, à 5 ans, quand il l'encourageait à sauter du plongeoir de la piscine municipale ? Mais la salle résonnait déjà de la marche nuptiale et, tandis que les placeurs ouvraient les doubles portes, que les trois cents personnes rassemblées dans les rangs se levaient pour accueillir la mariée, se retournaient vers elle avec des sourires d'encouragement, Andy eut la sensation de vivre une expérience extracorporelle.

— Prête ? lui chuchota son père à l'oreille, et cette voix la ramena à la réalité.

Elle prit une profonde inspiration. *Max m'aime*, songea-t-elle. *Et je l'aime moi aussi*. Ils avaient attendu trois ans pour se marier parce que *Andy* avait insisté. Elle n'avait pas l'heur de plaire à sa belle-mère ? Une ex de Max jetait une ombre au tableau ? Et alors ? Ce n'étaient que des détails…

Andy contempla ses amis, sa famille, ses collègues et connaissances, et refoula tous ses doutes. Elle se concentra sur Max, rayonnant de fierté devant l'autel, et se dit que tout irait bien. Elle prit de nouveau une profonde inspiration, redressa les épaules bien en arrière, se répéta une fois de plus qu'elle faisait ce qu'il fallait. Et elle commença à marcher.

Chapitre 4

C'est officiel !

Le lendemain matin, Andy fut tirée de son sommeil par la sonnerie du téléphone. Elle s'assit en sursaut dans le lit, une fois de plus désorientée, mais le flottement ne dura qu'un instant, et tout lui revint d'un coup, en vrac : les visages radieux qui observaient sa lente progression vers l'autel ; le regard empreint de tendresse et d'adoration de Max quand il lui avait tendu la main ; le maelström d'amour et de crainte qui s'était déchaîné en elle lorsque les lèvres de Max avaient touché les siennes et scellé leur union devant leurs proches ; la séance photos sur la terrasse, pendant que les invités sirotaient des cocktails ; le chef d'orchestre invitant Mr et Mrs Harrison à ouvrir le bal, sur une chanson de Van Morrison. Elle revit sa mère, en larmes, prononcer son bref discours venu du fond du cœur ; les copains de fac de Max entonnant une interprétation paillarde, mais charmante, de leur hymne de supporters. Ainsi que le gâteau, qu'ils avaient coupé ensemble, le slow qu'elle avait dansé avec son père, la performance de *break dance* de ses neveux, au son de « Thriller » et des encouragements bruyants de l'assistance.

De l'extérieur, le tableau était parfait. Personne, et

son nouveau mari moins que quiconque, n'avait semblé soupçonner ce qu'elle traversait : le chagrin, la colère, la confusion, lorsque Barbara, dents serrées, avait adressé au jeune couple les vœux les plus impersonnels qui se puissent imaginer. Une question l'obsédait : qui, parmi les copains de Max et de Miles, était au courant de ce qui s'était passé avec Katherine aux Bermudes ? *Qu'est-ce que je fais ?* se demandait-elle. *Dois-je en parler ?* Tout au long de la soirée, sa sœur, sa mère, son père, Emily, Lily, l'ensemble de ses amis et parents, mais aussi tous les amis et parents de Max, l'avaient félicitée chaleureusement, la serrant dans leurs bras, admirant sa robe, lui disant qu'elle était une mariée magnifique. Resplendissante. Chanceuse. Parfaite. Même Max, pourtant censé la comprendre mieux que personne, semblait ne s'apercevoir de rien. Il lui jetait des regards entendus, comme pour dire *C'est super, non ? Un peu cucul, peut-être, mais profitons-en parce que ça n'aura lieu qu'une fois.*

À 1 heure du matin, l'orchestre s'était enfin tu, le dernier invité avait pris congé et emporté son élégant sac en lin renfermant une bouteille de vin local, du miel et des nectarines, Andy et Max avaient regagné la suite nuptiale. Sans doute Max avait-il entendu ses haut-le-cœur car, lorsque Andy était ressortie de la salle de bains, il était plein de sollicitude et d'attentions, comme chaque fois qu'elle n'était pas dans son assiette.

— Mon pauvre bébé, avait-il roucoulé en caressant sa joue empourprée. Quelqu'un a un peu forcé sur le champagne le jour de son mariage…

Andy, qui se sentait bel et bien fiévreuse et nauséeuse, s'était bien gardée de le détromper. Max l'avait aidée à retirer sa robe puis à grimper dans l'imposant lit à colonnes, où elle avait enfoncé avec gratitude la tête dans la pile d'oreillers frais. Tout en commentant la soirée – la sélection musicale de l'orchestre, le discours intelligent de Miles, la robe outrageuse d'Agatha, le bar qui s'était trouvé à court de son whiskey préféré à minuit –, Max lui avait étalé sur le front un gant de toilette imbibé d'eau fraîche avant de repartir s'affairer dans la salle de bains. Andy avait entendu le robinet couler, puis la chasse d'eau, et la porte qui se refermait. Max s'était glissé dans le lit et avait pressé son torse nu contre sa poitrine.

— Max, je ne peux pas, avait-elle protesté, d'un ton cassant.

— Bien sûr. Je sais que tu es barbouillée, avait-il acquiescé avec douceur.

Andy avait fermé les yeux, et il avait poursuivi, en lui caressant les cheveux avec une tendresse qui lui avait donné envie de pleurer :

— Tu es ma femme, Andy. Ma *femme*. On va former une équipe formidable, ma chérie. Ensemble, on va construire la plus merveilleuse des vies, et je te promets de toujours veiller sur toi. Quoi qu'il arrive. Maintenant, endors-toi. Tu te sentiras mieux demain. Bonne nuit, mon amour.

Andy lui avait souhaité bonne nuit dans un murmure et s'était efforcée, pour la millième fois de la soirée, de chasser la lettre de son esprit. Par bonheur, le sommeil l'avait happée presque instantanément.

La lumière vive filtrait entre les lames des volets et le téléphone de la chambre s'était enfin tu, mais la trêve fut de courte durée. Max lâcha un grognement étouffé et roula sur le flanc. Sans doute était-ce Nina qui appelait afin d'annoncer que la température était assez douce pour que le brunch ait lieu à l'extérieur. Andy se leva d'un bond et se précipita dans le salon pour décrocher avant que la sonnerie ne réveille complètement Max. Pour l'instant, elle se sentait incapable de l'affronter.

— Nina ? dit-elle d'une voix essoufflée.

— Andy ? Désolée ! Je tombe mal, à ce qu'on dirait… Je te rappellerai. Repars t'amuser, dit Emily.

À sa voix, on devinait qu'elle était en train de sourire.

— Emily ? Quelle heure est-il ? demanda Andy en cherchant des yeux une pendule.

— Je suis vraiment désolée. Il est 7 h 30. Je voulais juste être la première à te féliciter. Le compte rendu du *Times* est fantastique ! Vous êtes en première page de la rubrique « Mariages », et la photo est sublime ! C'est une photo de vos fiançailles, non ? J'adore ta robe. Pourquoi je ne l'avais jamais vue ?

Le *Times*. Il lui était presque sorti de l'esprit. Cela faisait des mois et des mois qu'Andy leur avait transmis les informations, mais même lorsque le secrétariat de rédaction l'avait rappelée pour les étoffer, elle s'était convaincue qu'une publication n'était nullement garantie. Ridicule, évidemment. Étant donné le pedigree de Max, il n'y avait qu'une seule incertitude : auraient-ils droit au portrait hebdomadaire ou à une simple annonce dans le carnet mondain ? C'était Barbara qui l'avait priée de communiquer les informations au *Times*, et Andy voyait bien maintenant qu'il s'agissait d'un ordre, et non d'une simple requête : chez les Harrison, les mariages étaient annoncés dans le carnet du *Times*, point. Andy s'était dit que cela pourrait être amusant de le montrer un jour à leurs enfants.

— Ils ont suspendu un exemplaire à ta porte. Va le chercher et rappelle-moi, dit Emily avant de raccrocher.

Andy enfila le peignoir de l'hôtel, mit en route la machine à café, alla récupérer le sac en velours violet suspendu derrière sa porte puis lâcha la volumineuse édition dominicale du *Times* sur le bureau. En une du cahier « Styles » figurait le portrait de deux jeunes propriétaires d'un night-club, suivi d'un court article sur l'apparition des tubercules au menu des restaurants à la mode, puis, ainsi qu'annoncé, leur petit moment de gloire à Max et elle : leur mariage, en vedette du carnet hebdomadaire.

Andrea Jane Sachs et Maxwell William Harrison se sont unis samedi, devant l'honorable Vivienne Whitney, juge de la cour d'appel, au domaine d'Astor Courts, à Rhinebeck, New York.

Ms. Sachs, 33 ans, qui continuera à utiliser son nom de jeune fille pour ses activités professionnelles, est diplômée avec mention de l'université de Brown et cofondatrice et rédactrice en chef du magazine The Plunge, *dédié au mariage.*

Elle est la fille de Roberta Sachs, agent immobilier, et du Dr Richard Sachs, psychiatre, tous deux d'Avon, Connecticut.

Mr Harrison, 37 ans, est président et P-DG d'Harrison Media Holdings, le groupe de presse familial. Il est diplômé de Duke et possède un MBA d'Harvard.

Il est le fils de Barbara et feu Robert Harrison, de New York. La mère du marié siège au conseil d'administration du Whitney Museum, et est membre du directoire de l'organisation caritative Susan G. Komen for the Cure. Jusqu'à sa disparition, le père du marié était président et P-DG d'Harrison Media Holdings. Son autobiographie, Une vie sous presse, *a été un best-seller tant à l'échelle nationale qu'internationale.*

Andy but une gorgée de café en songeant à l'exemplaire dédicacé d'*Une vie sous presse* que Max conservait dans le tiroir de sa table de chevet. Ils sortaient ensemble depuis six mois, huit peut-être, le jour où il le lui avait montré, et même si Max ne l'avait jamais dit, Andy savait que ce livre était son bien le plus précieux. La dédicace disait simplement : « Mon cher Max, voir pièce jointe. Avec tout mon amour, papa. » La pièce jointe en question était une lettre, fixée par un trombone au rabat de la jaquette et rédigée sur de banales feuilles de bloc-notes repliées en trois. La lettre était en réalité un chapitre du livre que Robert Harrison avait renoncé à inclure dans l'ouvrage de crainte que son contenu ne soit trop intime, qu'il puisse un jour embarrasser son fils, ou ne révèle trop de détails sur leur vie de famille. Le chapitre s'ouvrait avec la naissance de Max (une nuit de l'été 1975, pendant une vague de chaleur) et racontait ensuite par le menu comment, au cours des trente années suivantes, Max était devenu le jeune homme le plus accompli que son père puisse rêver de connaître un jour. Même si Max n'avait pas pleuré lorsqu'il lui avait montré cette lettre, Andy avait remarqué que ses mâchoires s'étaient crispées et que sa voix était devenue rauque. Et maintenant que la fortune de la famille se trouvait décimée par une série d'investissements catastrophiques décidés par Mr Harrison dans les dernières années de sa vie, Max endossait la double responsabilité de redorer la réputation de son père et de veiller à ce que sa mère et sa sœur ne manquent jamais de rien. C'était l'une de ses qualités qu'Andy préférait – son dévouement à sa famille. Elle était convaincue que la disparition du père avait marqué un tournant dans la vie du fils. Max et elle s'étaient rencontrés peu après le décès de Mr Harrison, et Andy s'était toujours sentie chanceuse d'être la première fille avec laquelle il sortait à la suite de son deuil. « Et la dernière », disait-il volontiers.

Elle reprit sa lecture.

Le couple s'est rencontré en 2009 par l'entremise d'amis communs qui les ont présentés sans se douter de ce qui allait suivre. « Je pensais être invité à un dîner professionnel, confie Mr Harrison. Au moment du dessert, je n'avais plus qu'une idée en tête : Quand vais-je la revoir ? »

« Je me souviens que Max et moi nous sommes éclipsés pour bavarder. Ou bien est-ce moi qui l'ai

suivi ? Traqué, pourrait-on dire, j'imagine », explique Ms. Sachs dans un éclat de rire.

Ils ont commencé à se fréquenter immédiatement après cette rencontre, en plus de nouer des liens professionnels : Mr Harrison est le principal actionnaire du magazine fondé par Ms. Sachs. Lorsqu'ils se sont fiancés et ont aménagé sous le même toit, en 2012, ils se sont fait la promesse de toujours s'encourager mutuellement dans leurs entreprises professionnelles.

Le jeune couple partagera son temps entre Manhattan et le domaine familial du marié à Washington, Connecticut.

Partagera son temps ? Pas vraiment, songea Andy. Lorsque après la disparition de Mr Harrison la situation financière catastrophique de la famille était apparue au grand jour, Max s'était résolu à prendre une série de décisions douloureuses pour le compte de sa mère – trop bouleversée pour assumer ses responsabilités et qui, de son propre aveu, n'avait pas « l'esprit tourné pour les affaires, comme les hommes ». Andy, qui fréquentait Max depuis peu, n'était pas dans le secret de ces conversations, mais elle se rappelait la détresse de Max quand il avait fallu vendre la maison des Hamptons, deux mois à peine après la merveilleuse journée qu'ils avaient passée là-bas, ou encore lorsque Max avait compris qu'il était acculé et devait se séparer de la maison de son enfance – un grandiose hôtel particulier sur Madison Avenue. Depuis deux ans, Barbara s'était installée dans un trois pièces tout à fait charmant, dans un immeuble ancien et respectable à l'angle de la 84e Rue et de West End Avenue, et qui recelait encore quantité de magnifiques tapis et tableaux, mais elle ne s'était jamais réellement remise d'avoir perdu sa superbe demeure et elle continuait à rabâcher qu'elle était désormais « bannie » dans le West End. Le penthouse en front de mer que les Harrison possédaient en Floride avait été vendu, pour sa part, à la famille Dupont – des amis des Harrison – qui avait accepté d'accréditer la fable selon laquelle Barbara n'avait plus « ni le temps ni l'énergie » de séjourner à Palm Beach. Quant au chalet de Jackson Hole, c'était un magnat de l'Internet, âgé de 23 ans à peine, qui l'avait raflé pour une fraction de sa valeur. La seule propriété qui demeurait dans le giron familial était la maison de campagne du Connecticut. Un splendide domaine de près de six hectares de champs vallonnés, offrant un étang assez vaste pour y canoter, et agrémenté d'une écurie pouvant accueillir quatre chevaux. Mais les bêtes, trop chères à l'entretien, avaient été vendues depuis belle lurette, et la maison elle-même n'avait pas été rénovée depuis les années 70. Cela aurait été trop onéreux de la remettre au goût du jour, et ils en étaient réduits à la louer dès qu'ils en avaient l'occasion, à la semaine ou au mois, parfois même pour le week-end, mais toujours par l'intermédiaire d'un agent immobilier discret et digne de confiance, afin que ses occupants de passage ignorent que leur bailleur n'était autre que la légendaire famille Harrison.

Andy termina son café et jeta de nouveau un œil au *Times*. Combien de fois avait-elle dévoré les pages de la rubrique « Mariages », ces photos de mariées béates et de mariés fringants, en comparant écoles et universités qu'ils avaient fréquentées, professions, projets d'avenir, milieu familial ? Et combien de fois s'était-elle demandé si son nom apparaîtrait un jour sur ces mêmes pages, quelles informations y seraient imprimées, et si elle aurait droit, ou pas, à une photo ? Ça lui faisait bizarre de songer qu'en ce moment même d'autres jeunes filles, pelotonnées sur le canapé de leur studio, en sweat-shirt déchiré et queue-de-cheval nouée à la va-vite, étaient en train de lire le compte rendu de son mariage en se disant : *Quel couple parfait ! Ils ont tous les deux fréquenté les bonnes universités, ils ont un super boulot, et on voit à leur sourire qu'ils sont follement amoureux. Pourquoi je ne peux pas rencontrer un mec comme ça ?*

Mais il y avait autre chose. La lettre, bien sûr. Andy n'arrivait pas à la chasser de son esprit. Dans l'immédiat, cependant, c'était un autre souvenir qui la tourmentait : elle se revoyait, des années plus tôt, en train d'écrire elle-même son faire-part de mariage, avec Alex dans le rôle du marié. Dans le laps de temps qu'ils avaient passé ensemble, Andy s'était amusée à en rédiger une bonne dizaine de versions différentes. *Andrea Sachs et Alexander Fineman, tous les deux diplômés de* etc. etc. Cela lui faisait presque bizzare, maintenant, de voir son nom imprimé à côté de celui de Max.

Pourquoi se laissait-elle ainsi hanter par le passé ? D'abord le cauchemar avec Miranda, et maintenant Alex.

Elle resserra les pans de son luxueux peignoir, contempla son alliance pavée de diamants et s'interdit de revisiter l'histoire : oui, Alex avait été un petit ami formidable. Et même plus : il avait été son confident, son partenaire, son meilleur ami. Mais il pouvait aussi se montrer incroyablement borné et prompt à la critique. Andy avait à peine accepté le poste qu'on lui proposait à *Runway* qu'Alex l'avait dénigré. Il ne le lui avait jamais dit ouvertement, mais Andy avait senti qu'elle l'avait déçu en ne choisissant pas une voie plus altruiste comme l'enseignement, la médecine ou un poste dans une ONG quelconque.

Max, à l'inverse, avait accueilli ses ambitions à bras ouverts. Il avait investi dans *The Plunge* dès le premier jour et il affirmait que cette décision comptait parmi les plus audacieuses et les plus avisées qu'il ait été amené à prendre. Il adorait son dynamisme et sa curiosité ; il n'avait de cesse de lui répéter combien c'était rafraîchissant de fréquenter une femme qui ne s'intéressait pas qu'au prochain gala de charité, ou à qui irait à Saint-Barth pour Noël. Il n'était jamais trop occupé pour écouter ses idées de futurs articles, la présenter à des relations professionnelles, la conseiller sur la façon de trouver de nouveaux annonceurs. Peu importait qu'il ne connaisse rien aux robes de mariage ou aux fondants au chocolat : il était impressionné par le produit qu'Emily et elle avaient créé de toutes pièces, il était fier de sa fiancée et ne se privait pas pour le lui dire. Il comprenait les agendas surchargés et les journées de travail interminables : jamais il ne lui avait reproché d'être rentrée tard du boulot, d'avoir pris un appel le soir, d'avoir fait un saut au bureau le samedi pour vérifier une maquette avant son départ chez l'imprimeur. Il y avait de toute façon de grandes chances pour qu'il soit lui-même occupé à prospecter, monter un nouveau projet, prendre le pouls des quelques sociétés qu'Harrison Media contrôlait encore, ou qu'il soit dans un avion pour aller éteindre des incendies ou apaiser des ego mis à rude épreuve. Chacun s'adaptait aux horaires de l'autre, ils s'encourageaient et se conseillaient mutuellement, ils se soutenaient. L'un comme l'autre comprenaient les règles et les avaient acceptées : travailler d'arrache-pied, s'amuser sans compter. Et le travail passait avant tout le reste.

On sonna à la porte de la suite et Andy se retrouva catapultée dans la réalité. Ne se sentant pas prête à affronter sa mère, Nina ni même sa sœur, Andy resta sur sa chaise, sans bouger. *Allez-vous-en*, ordonna-t-elle intérieurement. *Laissez-moi réfléchir.*

Peine perdue. Celui ou celle qui se tenait à la porte recommença à sonner, par trois fois. Andy rassembla ses ultimes forces, plaqua un grand sourire sur ses lèvres et ouvrit à la volée.

— Bonjour, Mrs Harrison ! chantonna le directeur du domaine, un homme d'un certain âge, bien en chair, dont le nom lui échappait.

Il était accompagné d'une femme de chambre qui poussait un chariot roulant.

— Je vous prie de bien vouloir accepter ce petit

déjeuner, avec toutes mes félicitations. Nous avons pensé que vous-même et Mr Harrison aimeriez peut-être grignoter un petit quelque chose avant le brunch.

— Ah, merci. C'est une attention charmante.

Andy resserra les pans du peignoir et, tout en reculant pour permettre le passage de la table roulante, elle avisa, par terre, dans le couloir, la pancarte « NE PAS DÉRANGER » qu'elle avait suspendue la veille à la porte. En soupirant, elle la ramassa et la raccrocha à la poignée.

La femme de chambre installa la table roulante dans le salon, devant la baie vitrée ; tout en servant les oranges pressées et en retirant les couvercles des petits pots de beurre et de confiture, elle échangea quelques mots avec Andy, puis se retira enfin, en ébauchant gauchement une courbette.

Soulagée que le régime prénuptial soit officiellement terminé, Andy approcha de son visage la corbeille de viennoiseries, huma leur délicieux parfum puis souleva la serviette et piocha un croissant tiède et fondant. Tout d'un coup, elle était affamée.

— Quelqu'un a repris du poil de la bête, lança Max en émergeant de la chambre, les cheveux en bataille, vêtu en tout et pour tout d'un pantalon de pyjama en jersey. Viens par là, ma petite mariée ivre. Comment se porte ta gueule de bois ?

Andy était encore en train de mastiquer lorsqu'il l'enveloppa de ses bras. Elle sourit en sentant ses lèvres se poser sur sa nuque.

— Je n'étais pas ivre, protesta-t-elle, la bouche pleine.

— Ah oui ?

Max jeta son dévolu sur un muffin aux myrtilles dont il ne fit qu'une bouchée. Il servit le café et prépara celui d'Andy exactement comme elle l'aimait, avec un trait de lait et deux dosettes d'édulcorant, puis but une longue gorgée du sien.

— Mmm ! Qu'est-ce que c'est bon !

Andy l'observa. Max, torse nu, était une vision absolument succulente qui lui donnait envie de repartir se blottir sous les couvertures avec lui, pour ne jamais en sortir. Tout cela n'était-il qu'un terrible cauchemar ? Treize heures plus tôt, cet homme qui lui présentait maintenant une chaise en lui donnant du « Mrs Harrison » d'un ton badin, qui était en train de déployer une serviette sur ses genoux avec un geste plein d'emphase, était encore la personne qu'elle aimait le plus au monde, celle en qui elle avait le plus confiance. *Au diable cette maudite lettre !* se révolta Andy. Et au diable l'opinion de sa belle-mère ! Max était tombé par hasard sur une ex ? Et alors ? Il l'aimait, *elle*, Andy Sachs.

— Tiens, regarde le faire-part, dit-elle en lui tendant le cahier « Styles », et l'impatience avec laquelle il s'en empara lui arracha un sourire. C'est chouette, non ?

— Chouette ? répéta Max en parcourant le texte. Tu veux dire parfait ?

Il contourna la table et vint s'accroupir à côté d'elle, un genou à terre, comme le jour où il lui avait demandé sa main, un an plus tôt. Il la regarda droit dans les yeux – Andy adorait ce regard, il lui semblait chaque fois que son cœur s'arrêtait de battre.

— Andy ? Je vois bien que quelque chose te tracasse. J'ignore ce qui te rend nerveuse, ou t'inquiète, mais tu dois savoir que je t'aime plus que tout au monde, et que je suis toujours là pour toi, et toujours disposé à t'écouter. D'accord ?

Vous voyez ! Il me comprend ! aurait-elle voulu hurler à la face du monde. *Il sent que quelque chose cloche. C'est bien la preuve qu'il n'y a pas de problème !* Et pourtant, elle avait une autre repartie sur le bout de la langue : *J'ai lu la lettre de ta maman. Je sais que tu as revu Katherine aux Bermudes. Est-ce qu'il s'est passé quelque chose ? Pourquoi ne m'as-tu pas dit que tu l'avais croisée ?* Cependant, elle ne pouvait se résoudre à parler. Alors elle serra fort la main de Max et tenta de se raisonner. Ce week-end était son week-end de noces, le seul et unique de sa vie, et elle n'était pas disposée à laisser ses appréhensions, et une dispute, le gâcher.

Andy s'en voulut un peu de cette dérobade. Mais tout allait bien se passer. Il ne pouvait en aller autrement.

Chapitre 5

À peine une aventure

Elle déverrouilla la porte des bureaux de *The Plunge* et retint son souffle. Sauvée. Le loft était désert. Andy n'y avait jamais croisé âme qui vive avant 9 heures. Conformément aux horaires des créatifs en usage à New York, le gros de l'équipe n'arrivait jamais avant 10 heures, voire 10 h 30 le plus souvent. Les deux ou trois heures qui précédaient l'arrivée des troupes étaient de loin les plus productives de la journée, même si, parfois, il lui semblait faire sa Miranda lorsqu'elle envoyait des e-mails et laissait des messages à des gens qui n'étaient pas encore réveillés.

Max n'avait pas tiqué lorsque Andy avait proposé qu'ils écourtent leur avant-goût de lune de miel dans les Adirondacks. Andy passait son temps à vomir – ce qui malheureusement pour Max excluait toute consommation d'ordre conjugal – et quand, au bout de deux jours, elle avait suggéré qu'ils seraient mieux à la maison, il n'avait pas protesté. D'autant qu'ils avaient programmé une vraie lune de miel de quinze jours aux Fidji, pendant les vacances de fin d'année. C'était le cadeau des meilleurs amis des parents de Max, et même si Andy ne connaissait pas tous les détails, les mots « hélicoptère », « île privée » et « chef » étaient revenus assez souvent dans la conversation pour qu'elle soit très, très impatiente d'y être. Renoncer en cours de route à une escapade de trois jours dans le nord de l'État de New York, à une période où il faisait déjà trop froid pour profiter pleinement du grand air, cela ne semblait pas si terrible.

Andy et Max s'étaient installés dans une routine matinale lorsqu'ils avaient emménagé ensemble, un an plus tôt, immédiatement après la demande en mariage de Max. Les jours de semaine, le réveil sonnait à 6 heures. Max préparait les cafés, Andy le porridge ou des smoothies, puis ils partaient ensemble à la salle Équinoxe, à l'angle de la 17e Rue et de la 10e Avenue, pour quarante-cinq minutes de sport montre en main. Pendant que Max combinait haltères et stepper, Andy prenait son mal en patience sur le tapis de course, les yeux rivés sur une quelconque comédie sentimentale téléchargée sur son iPad, en se désolant que le temps passe si lentement. Ils rentraient ensuite se doucher chez eux, puis Max déposait Andy devant l'immeuble de *The Plunge*, à Chelsea, avant de filer le long de la West Side Highway dans sa voiture de fonction pour gagner ses propres bureaux, dans la partie ouest de Midtown. À 8 heures, chacun était à sa table de travail, et, sauf indisposition handicapante ou graves intempéries, cet emploi du temps était immuable. Ce matin-là toutefois, Andy avait réglé l'alarme de son portable vingt minutes plus tôt que d'habitude et s'était glissée hors du lit sitôt que l'appareil avait commencé à vibrer sous son oreiller. Renonçant à la douche et au café, elle avait enfilé son pantalon noir le plus confortable, une chemise blanche qui allait avec tout, un caban noir passe-partout, et s'était faufilée par la porte de l'appartement à l'instant où le réveil de Max commençait à sonner. Elle lui avait envoyé un bref SMS pour lui dire qu'elle avait dû partir travailler de très bonne heure et lui promettait de le retrouver plus tard, en fin de journée, pour l'accompagner à la

Yacht Party – même si elle se sentait encore barbouillée, endolorie et sans force. La veille, en se couchant, elle avait un peu plus de 37,7 °C.

Son portable se mit à sonner avant même qu'elle n'ait eu le temps d'enlever son manteau. Elle regarda sa délicate montre-bracelet en or, cadeau de son père pour ses fiançailles.

— Emily ? Que fais-tu debout à cette heure-ci ? C'est deux heures trop tôt pour toi.

— Pourquoi as-tu décroché ? demanda Emily, l'air déconcerté.

— Parce que tu m'appelles !?

— Pour te laisser un message ! Je ne pensais pas que tu répondrais !

— OK, fit Andy en rigolant. Tu préfères que je raccroche ? Comme ça, on recommence depuis le début.

— Tu n'es pas censée reprendre des forces pour affronter une épuisante journée de dégustation de vin, ou je ne sais quelle activité du même genre ?

— Le programme, c'était balade pour admirer les feuillages d'automne, puis massage.

— Non, sans rire, que fais-tu debout à cette heure-ci ? Tu n'es plus à la montagne ?

Andy mit le haut-parleur, en profita pour retirer son caban et se laisser tomber dans son fauteuil. Il lui semblait n'avoir pas dormi depuis des semaines.

— On est rentrés plus tôt que prévu parce que j'étais super mal fichue. Migraines, vomissements, fièvre. Je ne sais pas si c'est une intoxication alimentaire, la grippe ou un de ces trucs censés passer en vingt-quatre heures. Sans compter que Max ne voulait pas louper la Yacht Party, ce soir, où je dois moi aussi faire un saut. Bref, nous avons écourté.

Andy baissa les yeux, contempla son accoutrement hideux et décida de quitter le bureau assez tôt pour passer se changer.

— La Yacht Party ? C'est ce soir ? Et je n'ai pas été invitée ?

— Parce que au départ je n'étais pas censée y assister moi non plus, expliqua Andy. Et maintenant que nous sommes de retour, je prévois d'y passer une heure grand max avant de rentrer me tartiner de Vicks VapoRub et de m'offrir un marathon de *Toddlers & Tiaras*[1].

— Qui a prêté le bateau, cette année ?

— Un quelconque gérant de fonds spéculatif riche à milliards. Je n'ai pas retenu son nom. Un type qui a plus de maisons que nous n'avons de paires de chaussures. Et qui collectionne aussi les épouses. Si j'ai bien suivi, il était ami avec le père de Max, mais Barbara trouvait que ce type avait une très mauvaise influence sur son mari et lui avait interdit de le fréquenter. Je crois qu'il possède également des casinos.

— Il m'a tout l'air de quelqu'un qui s'y connaît pour organiser une fête...

— Il ne sera même pas là. Il rend simplement service à Max en prêtant son yacht. Sois sans crainte, tu ne vas rien louper.

— Hmm. C'est ce que tu disais déjà l'an dernier, et puis l'équipe du *Saturday Night Live* a débarqué au grand complet.

Bien que *Yacht Life* n'eût jamais dégagé un centime de bénéfices en dix ans d'existence, Max avait décrété que ce magazine était l'un des titres les plus précieux de tout le groupe Harrison Media. Il lui conférait prestige et panache ; tout le gratin du gratin voulait voir leur bateau en photo dans *Yacht Life.* Chaque mois d'octobre, le magazine élisait le « yacht de l'année » et organisait une Yacht Party en son honneur et, chaque année, l'événement attirait une impressionnante écurie de stars. On y venait pour arpenter les ponts d'une embarcation d'un

1. Émission de télé-réalité consacrée à l'univers des concours de beauté pour enfants. (Toutes les notes sont de la traductrice.)

luxe extravagant, s'abreuver de Cristal, grignoter des amuse-gueules à l'infusion de truffe, en passant outre le fait que l'on croisait à quelques mètres des côtes de Manhattan, dans les eaux polluées de l'Hudson, et non dans celles, tièdes, de la Méditerranée, au large du cap d'Antibes.

— Oui, c'était assez marrant, n'est-ce pas ? demanda Andy.

Emily ne répondit pas tout de suite.

— C'est tout ? Tu es patraque et tu es de corvée Yacht Party ou il y a autre chose ?

Emily avait bien des défauts – elle pouvait se montrer impertinente, agressive et souvent carrément impolie – mais jamais Andy n'avait rencontré quelqu'un d'aussi perspicace.

— Autre chose ? Comme quoi ? demanda-t-elle d'une voix anormalement aiguë, comme toujours quand elle mentait ou était mal à l'aise.

— Je ne sais pas. C'est pour ça que j'appelais. Tu as drôlement bien joué la comédie pendant tout le week-end, mais je pense que tu flippes à cause de quelque chose. Est-ce qu'il s'agit juste d'un banal remords post-achat ? En ce qui me concerne, j'ai eu des crises d'angoisse pendant toute la semaine qui a suivi mon mariage. J'ai chialé pendant des jours et des jours. Je n'arrivais pas à me faire à l'idée que Miles était en théorie le dernier mec avec lequel je coucherais. Le dernier que j'embrasserais jusqu'à la fin de ma vie ! Mais je te promets, Andy, ça passe.

Le cœur d'Andy accéléra légèrement. Elle n'avait encore soufflé mot de cette maudite lettre à personne.

— J'ai trouvé une lettre, dans le sac de Max. Une lettre de sa mère. Dans laquelle elle lui dit, en gros, qu'il fait une erreur monumentale en m'épousant – *si jamais* il décidait d'aller jusqu'au bout.

Il y eut un silence à l'autre bout du fil, puis Emily lâcha :

— Ah. J'imaginais un truc bien pire.

— C'est censé me réconforter ?

— Franchement Andy, tu t'attendais à quoi ? Les Harrison sont archi-conservateurs. Et tu connais des filles qui trouvent grâce aux yeux de leur belle-mère ? Aucune n'est jamais assez bien.

— Si, Katherine, apparemment. Est-ce que Miles t'a dit que Max l'avait croisée aux Bermudes ?

— Quoi ?

Emily semblait tomber des nues.

— Dans sa lettre, Barbara disait combien Katherine était formidable, elle lui rappelait combien il avait été « enchanté » de tomber sur elle aux Bermudes, et elle s'étonnait que Max ne voie pas là un « signe ».

— Katherine ? Arrête ! Ne me dis pas que tu te prends la tête à cause d'elle ? Avant chaque fête ou anniversaire, elle lui envoyait des liens vers ses bijoux préférés. Et elle portait des twin-sets, Andy. Certes, de chez Prada – mais ça reste des twin-sets. De toutes les copines de Max, c'était celle qu'on aimait le moins.

Emily et Miles connaissaient Max depuis plus longtemps qu'Andy ; ils n'ignoraient rien de son historique sentimental et, au fil des années, ils avaient rencontré toutes ses conquêtes. Andy ne tenait pas plus que ça à en entendre les détails.

— Ravie de l'apprendre, dit-elle en sentant poindre un mal de tête.

— Max ne t'a pas dit qu'il l'avait croisée parce que c'est sans importance, insista Emily. Parce qu'il est fou de *toi*.

— Em, je...

— Raide dingue de toi, et, qui plus est, c'est un mec génial, malgré quelques choix malheureux en matière d'ex. Katherine était aux Bermudes ? Et alors ? La belle affaire. Jamais il ne te tromperait avec elle. Ni avec personne ! Tu le sais aussi bien que moi.

Quelques jours auparavant, Andy aurait juré qu'Emily avait raison. Max n'était pas un enfant de chœur, mais Andy était tombée amoureuse d'un homme fondamentalement bon. Ne serait-ce qu'envisager qu'il puisse en être autrement était presque insoutenable. Mais elle ne pouvait nier que ce mensonge par omission était flippant...

— C'est son ex, Emily ! Son *premier amour* ! La fille avec laquelle il a perdu sa virginité. Celle qu'il n'a pas épousée parce que, soi-disant, elle ne représentait pas un « défi ». Il n'a jamais dit que des choses gentilles sur elle. Je ne peux pas m'empêcher de me demander s'il n'a pas testé l'eau une dernière fois. En souvenir du bon vieux temps, tu vois ? Il ne serait pas le premier mec à faire une connerie à son enterrement de vie de garçon. Une vie comme celle de son père, avec une gentille petite femme au foyer, ce ne serait peut-être pas si mal ? Au lieu de quoi il décide de jouer les rebelles et il tombe sur moi ! Si ce n'est pas merveilleux...

— Tu dramatises, affirma Emily d'un ton qui manquait de conviction selon Andy.

En outre, Emily avait été la première à lâcher le mot « tromper ». Andy ne s'était pas risquée à aller jusque-là avant qu'Emily ne mette les pieds dans le plat...

— Alors, qu'est-ce que je fais maintenant ? S'il m'a bel et bien « trompée » ?

— Andy, tu es ridicule. Pour ne pas dire hystérique. Parle-lui. Demande-lui ce qui s'est réellement passé.

Andy sentit sa gorge se nouer. Elle qui pleurait peu – et presque toujours à cause du stress, rarement en lien avec un vrai chagrin – avait les larmes aux yeux.

— Je sais. J'ai du mal à y croire. Mais si c'est vrai, comment pourrais-je lui pardonner un jour ? Pour autant que je sache, il était amoureux d'elle. Je pensais qu'on allait passer notre vie ensemble, et maintenant...

— Andy ! Parle-lui ! martela Emily. Ferme les grandes eaux, d'accord ? Je vais arriver en retard aujourd'hui, j'ai un petit déj' avec les gens de chez Kate Spade. Mais je serai joignable sur mon portable...

Andy savait qu'elle devait se ressaisir avant l'arrivée de l'équipe. Elle inspira profondément, promit de demander à Max ce qu'il en était (tout en sachant qu'elle repousserait cette échéance au maximum) et se retrouva soudain – c'était plus fort qu'elle – à se poser les questions les plus pessimistes qui lui venaient à l'esprit : qui quitterait l'appartement ? Bon, elle, évidemment – il avait été acheté avec l'argent de la famille de Max. Qui garderait Stanley ? Que dirait-elle aux gens ? À ses parents ? À la sœur de Max ? Comment pourraient-ils, de meilleurs amis partageant le même toit, le même lit, s'encourageant réciproquement à réaliser leurs rêves et leurs ambitions, redevenir des étrangers l'un pour l'autre ? Ils avaient entremêlé tous les fils de leurs vies – maison, famille, travail, emplois du temps, projets d'avenir... Sans compter le magazine. Elle en mourrait de le perdre. Elle l'aimait.

Comme si, à quarante blocs de distance, Max avait senti qu'il se passait quelque chose, un mail tomba avec un petit bruit métallique dans la boîte de réception d'Andy.

Chère épouse,

J'espère que ton départ aux aurores signifie que tu te sens mieux ? Cela m'a manqué de ne pas commencer la journée avec toi. Je n'arrête pas de penser à notre merveilleux week-end, j'espère que tu souris toi aussi en y repensant. J'ai reçu une centaine de mails de gens qui me disent qu'ils se sont régalés à notre mariage. Je suis en rendez-vous jusqu'à 14 heures, mais je t'appelle ensuite pour voir comment on s'organise ce soir. J'aimerais que tu m'accompagnes, mais uniquement si tu en as envie. Tiens-moi au courant.

Je t'aime.

Ton mari

Épouse. Elle était l'épouse de Max. Le mot résonna dans sa tête, en un écho à la fois étrange et merveilleusement familier. Elle inspira profondément et s'enjoignit de rester calme. Personne n'allait mourir. Il ne s'agissait pas d'un cancer en phase terminale. Ils n'avaient pas trois gosses et un crédit écrasant sur le dos. Et elle l'aimait, en dépit de sa mère despotique. Comment ne pas aimer l'homme qui pour la dernière Saint-Valentin – et ce, bien qu'elle eût répété à l'envi que cette fête l'horripilait à cause de la débauche de cartes Hallmark, de cœurs, de roses – avait dressé la table du dîner sur leur minuscule terrasse ornée pour l'occasion de draps noirs parsemés d'étoiles adhésives qui scintillaient dans l'obscurité ? Qui leur avait servi, plutôt que du filet mignon et du cabernet, des sandwichs au fromage grillé et aux anchois (ses préférés) et des bloody mary ultra-épicés ? Et qui lui avait offert, non pas une luxueuse boîte de chocolats, mais un demi-litre de glace au café rien que pour elle ? La soirée s'était prolongée bien après minuit car Max avait loué un télescope professionnel, Andy s'étant plainte une fois que le seul aspect de la vie citadine qu'elle détestait, c'était de ne jamais voir les étoiles.

Ils surmonteraient cette crise.

Il lui fut assez facile de se répéter cela pendant les deux heures suivantes, tant que les bureaux étaient déserts, et silencieux. Mais à 10 heures, quand tout le monde arriva, Andy sentit la panique monter d'un cran. Tous ses collaborateurs mouraient d'envie de commenter le week-end dans ses moindres détails, et la fièvre ne fit qu'augmenter lorsque Daniel, le directeur artistique, débarqua à son tour avec une pleine carte mémoire de photos qu'il était impatient de lui montrer.

— Elles sont sublimes, Andy. Tout simplement à couper le souffle. Tu as indiscutablement fait le bon choix en t'adressant à Saint-Germain. C'est une diva, je sais, mais il est fichtrement doué. Tiens, regarde-moi ça.

— Tu as déjà les photos du week-end ?

— Non retouchées, précisa Daniel. Ne me demande pas combien nous avons payé pour accélérer le processus.

Daniel, qu'Andy avait embauché l'année précédente après avoir reçu pas moins de dix candidats, inséra la carte mémoire dans le iMac d'Andy.

— Tiens, vois un peu celle-là, lui dit-il tandis que Max apparaissait en plein écran.

Andy, les yeux d'un bleu intense et un teint zéro défaut, regardait droit vers l'objectif ; tandis que Max, de profil, la mâchoire parfaitement dessinée, l'embrassait sur la joue ; le rideau de feuillages semblait jaillir de l'arrière-plan et la palette d'orangés, de jaunes et de rouges offrait un intense contraste avec le smoking noir et la robe blanche. C'était une photo tout droit sortie d'un magazine, et une des plus belles qu'Andy eût jamais vue.

— Spectaculaire, n'est-ce pas ? Et tiens, regarde celle-ci, reprit Daniel en ouvrant cette fois un cliché en noir et blanc.

Des dizaines d'invités faisant cercle autour de la piste de danse, sourire aux lèvres, applaudissaient tandis que Max l'enlaçait pour leur première danse au son de « Warm Love ». L'angle choisi par le photographe montrait Max, bras enroulé autour de la taille d'Andy, sous la cascade de cheveux châtains, en train de pencher la tête pour l'embrasser sur le front. Ce détail de bouton qu'elles avaient décidé d'ajouter à la traîne à l'issue du dernier essayage était du meilleur effet, songea Andy. Et elle était contente d'avoir opté pour des talons pas trop hauts ; cela soulignait la différence de taille, et le résultat était bien plus élégant en photo.

— Et regarde tes portraits. Ils sont stupéfiants.

Il fit défiler les vignettes puis cliqua finalement sur

l'une d'elle. C'était un portrait en buste, et un discret voile de poudre irisé faisait resplendir son visage et ses épaules. Sur la plupart de ces portraits, Andy se contentait – volontairement – d'une ébauche de sourire. D'après le photographe, rides et ridules étaient plus difficiles à retoucher quand on souriait trop franchement. Mais sur l'un d'eux, un seul, elle souriait sans retenue, et, même si cela accentuait ses pattes d'oie et ses petites rides d'expression autour de la bouche, c'était de loin le plus authentique. De toute évidence, cette photo-là avait été prise avant sa virée dans la chambre de Max.

Tout le monde lui avait dit qu'elle n'arriverait jamais à booker Saint-Germain, mais elle n'avait pas pu résister à l'envie d'essayer. Cela avait exigé plus d'un mois d'insistance, et une bonne dizaine de coups de fil avant que l'agent de Saint-Germain n'accepte de noter un message de sa part, non sans lui marteler que *The Plunge* avait un tirage bien trop modeste pour intéresser son client internationalement connu, et à la condition qu'Andy consente à cesser son harcèlement. Au bout d'une semaine, étant toujours sans nouvelles, Andy avait pris sa plume pour écrire directement à Saint-Germain et avait fait porter la lettre à son studio, à Chinatown, par coursier. Elle lui promettait une commande de deux longs reportages, sur un sujet de son choix, tous frais payés où que ce soit dans le monde, et lui proposait que *The Plunge* cosponsorise sa prochaine levée de fonds au bénéfice des victimes du tremblement de terre en Haïti, l'œuvre caritative qui lui tenait le plus à cœur. Ce courrier avait valu à Andy un coup de fil d'une femme, qui se présenta comme une « amie » du photographe. *The Plunge*, lui demanda cette interlocutrice, accepterait-il de publier un reportage complet sur la nièce adorée de Saint-Germain, qui allait se marier à l'automne prochain ? Andy accepta, et le photographe surbooké apposa sa signature au bas du contrat.

Andy sourit à ce souvenir, elle avait réussi là un des plus beaux coups de sa carrière.

La perspective de se trouver devant l'objectif d'un photographe aussi célèbre – et de surcroît spécialisé dans le nu – la terrifiait, mais Saint-Germain l'avait immédiatement mise à l'aise. Andy avait tout de suite compris à quoi tenait son talent.

— Quel soulagement ! avait-il exulté en pénétrant dans la suite nuptiale, suivi de deux assistants.

Andy se souvint d'avoir éprouvé à leur arrivée une inexplicable gratitude pour ne pas lui avoir fait faux bond. Et ce même s'il la surprenait vêtue en tout et pour tout d'un soutien-gorge sans bretelles et d'un shorty qui la gainait de l'abdomen jusqu'aux genoux.

— Du soulagement ? Mais pourquoi ? avait-elle lancé. Parce que vous allez photographier une banale mariée plutôt qu'une escouade de mannequins lingerie ? Bonjour, je suis Andy. Quel plaisir de vous rencontrer enfin en chair et en os !

Saint-Germain, silhouette frêle et teint d'albâtre, ne devait pas mesurer plus d'un mètre soixante-dix, mais sa voix évoquait un physique de footballeur américain. Même son accent impossible à identifier (français ? britannique ? australien, peut-être ?) ne cadrait pas avec le reste.

— Ha, ha ! avait-il explosé. C'est exactement ça. Ces filles sont frappadingues – *aberrantes* ! Non, franchement, *ma chérie*[1], je me réjouis que nous n'ayons pas besoin de vous maquiller de la tête aux pieds. Ça m'épuise !

— Rien de tel, je vous le promets. Et si tout se passe comme prévu, vous ne saurez pas non plus si je suis à jour de mon épilation du maillot, répondit Andy en rigolant.

Après la comédie qu'avait nécessitée son booking, Andy s'était préparée à le détester, mais Saint-Germain était charmant, irrésistible. Elle savait par son

1. En français dans le texte.

« amie » qu'il arriverait directement de Rio, où il venait de shooter une série pour le *Sports Illustrated* spécial maillots. Cinq jours en compagnie d'une vingtaine de mannequins aux jambes fines, musclées, bronzées.

Saint-Germain hocha la tête, comme s'il prenait sa plaisanterie très au sérieux.

— C'est parfait. J'en avais tellement marre de ces filles faméliques en bikini. Bien sûr, elles font rêver la plupart des hommes, mais ça, c'est sur le papier...

— D'après ce que j'entends, vous n'avez pas vécu l'enfer, observa Andy en souriant.

— Bon, peut-être pas. (Il prit le menton d'Andy dans sa main et tourna son visage vers la lumière.) Ne bougez plus.

Avant même qu'elle ne comprenne ce qui se passait, il s'empara d'un appareil avec un objectif de la taille d'une bûche, que lui tendait un des assistants, et actionna le déclencheur en mode rafale, vingt ou trente fois.

Andy porta la main à son visage.

— Arrêtez ! Mes yeux ne sont même pas maquillés. Et je ne porte même pas ma robe !

— Non, non, vous êtes très belle, juste comme ça. Sublime. Votre fiancé vous dit-il que vous êtes superbe lorsque vous êtes en colère ?

— Non.

Saint-Germain tendit l'appareil à bout de bras sur le côté, et l'assistant, tout de noir vêtu, l'en délesta pour lui en donner un autre.

— Mmm, eh bien, il devrait. Oui, comme ça, parfait. Pétillez pour moi, chérie.

Andy se tourna face à lui.

— Quoi ?

— Allez-y, pétillez !

— Je ne suis pas sûre de savoir comment faire ça...

— Raj ! aboya l'artiste.

Un des assistants bondit de derrière le canapé où il tenait un réflecteur. Il se déhancha, plissa les lèvres, inclina légèrement la tête de côté et baissa les yeux de façon sensuelle et enjôleuse.

Saint-Germain approuva d'un signe.

— Vous voyez ? C'est ce que je dis à toutes mes petites sirènes. Pétillez.

Au souvenir de cette scène, Andy ne put retenir un éclat de rire et elle pointa du doigt une des vignettes que Daniel faisait défiler : paupières à peine entrouvertes, lèvres pincées en bec de canard, elle semblait droguée.

— Tu vois ? Là, je pétille.

— Tu quoi ?

— Laisse tomber.

— Et celle-là, reprit Daniel en ouvrant un cliché des mariés en train de s'embrasser. Regarde comme elle est belle !

Andy se souvenait surtout de l'angoissante sensation d'expérience extracorporelle qui s'était emparée d'elle sitôt que les portes s'étaient ouvertes et que les premières notes du canon de Pachelbel lui avaient confirmé qu'il n'était plus temps de reculer.

Agrippée au bras de son père, elle avait repéré les parents de son beau-frère, une paire de cousines éloignées de sa mère, et la nounou caribéenne de Max – la femme qu'il avait prise pour sa mère jusqu'à ses 4 ans. Son père la guidait lentement dans l'allée, en la soutenant, peut-être bien. À sa droite, elle avait aperçu une bande de copines de fac, qui lui souriaient, accompagnées de leurs maris ; et dans la rangée précédente, une troupe de camarades de pension de Max, tous d'une beauté agaçante, et chacun flanqué d'une cavalière tout aussi séduisante. Elle s'était brièvement demandé pourquoi ces deux groupes étaient agglutinés. Cela ne se faisait plus, d'installer les amis du marié d'un côté et ceux de la mariée de l'autre ? Ne devrait-elle pas connaître la réponse, elle, l'experte *ès* mariages ?

Un éclat vert chartreuse attira son œil. Agatha, l'assistante hyper *fashion* qu'elle partageait avec Emily, avait apparemment reçu une note confidentielle du Grand Branché Là-Haut lui annonçant que couleurs fluo, perles et trilby formaient le trio gagnant du moment. Elle était entourée par l'équipe de *The Plunge* au grand complet, soit près de vingt personnes. Certaines d'entre elles (la responsable de l'iconographie ou le directeur général, par exemple) parvenaient à feindre d'être ravies de passer le week-end de Colombus Day au mariage de leur patronne, mieux que les assistantes, rédactrices adjointes et commerciales. Andy jugeait cruel de les inviter et de les obliger du coup à consacrer un week-end férié à un événement professionnel alors qu'ils travaillaient déjà sans compter, mais Emily avait insisté : réunir l'ensemble de l'équipe pour boire et danser était bon pour le moral, avait-elle fait valoir. Et Andy avait cédé, comme elle l'avait fait pour le fleuriste, le traiteur et le nombre d'invités.

Alors qu'elle se rapprochait de l'autel, que ses jambes devenaient de plus en plus lourdes, comme si elle avançait péniblement dans une épaisse couche de neige, un visage attira son regard. Ses cheveux blonds étaient plus foncés, mais ses fossettes étaient toujours là, immanquables. Il portait un costume à la coupe près du corps, taillé dans un beau drap noir, sans un faux pli – pas un smoking, naturellement, plutôt mourir que d'être vu dans une tenue aussi banale. « Les dress codes, assenait-il volontiers, c'est bon pour les gens qui n'ont pas de style. » Il aimait bien dispenser ce type de sentences, et Andy se souvint que, lorsqu'il pontifiait de la sorte, elle buvait ses paroles comme si elles sortaient de la bouche de Dieu en personne. Christian Collinsworth – l'erreur de casting post-Alex et pré-Max – était tel qu'en lui-même, toujours aussi sublime, pompeux et arrogant. Andy ne l'avait pas revu depuis cinq ans, depuis ce matin où elle s'était réveillée à ses côtés dans une chambre de palace italien, au bord du lac de Côme, et où Christian lui avait annoncé avec décontraction, alors qu'elle était encore nue et entortillée dans ses draps, que sa petite amie arrivait le lendemain. Aimerait-elle la rencontrer ? lui avait-il demandé. Lorsque Emily l'avait supplié de l'inviter à son mariage, à titre de faveur personnelle, Andy avait refusé avec véhémence, mais quand Barbara avait couché son nom tout en haut de la liste des convives, à côté de celui de ses parents et des plus proches amis des Harrison, elle avait bien été obligée de s'incliner. Qu'aurait-elle pu dire ? *Oh... Barbara ? Je suis vraiment navrée, mais n'est-il pas déplacé de convier à notre mariage un homme avec lequel j'ai eu une aventure, que dis-je, une liaison décoiffante ? Ne vous méprenez pas – c'était un amant torride, mais je crains que la situation ne génère quelque embarras à l'heure de l'apéritif... Vous comprenez, n'est-ce pas ?*

Et donc, il était là, une main posée sur le dos de sa mère, mais tourné vers Andy, avec ce regard... Ce regard qui n'avait pas changé en cinq ans et semblait dire *Toi et moi, nous sommes conscients de partager un délicieux secret.* Le regard dont Christian gratifiait la moitié des femmes de Manhattan.

— En me dirigeant vers l'autel, je vais voir quelqu'un avec qui j'ai couché pendant des mois ! s'était-elle lamentée auprès d'Emily, en découvrant la liste des invités de sa future belle-mère.

Andy aurait volontiers applaudi quand Max avait annoncé à sa mère, lors d'un brunch dédié aux préparatifs : « Pas d'ex, y compris Katherine » et ce, malgré son statut d'« amie proche de la famille ». Lorsque Andy avait avoué à Max, après coup, que Christian Collinsworth figurait également sur la liste de sa mère, il l'avait regardée dans les yeux et lui avait répondu, « Je me fiche de Christian Collinsworth tant que tu t'en fiches toi aussi. » Andy avait acquiescé : mieux valait laisser couler et ne pas énerver davantage Barbara.

Emily avait levé les yeux au ciel.

— Comme 90 % des mariées, si on exclut quelques fanatiques religieux et une poignée de Martiennes qui ont épousé leur amoureux du collège et ne sont jamais allées voir ailleurs depuis. Tourne la page. Je te garantis que Christian l'a fait.

— Je sais, je n'étais probablement pour lui que la numéro cent et quelques. Mais je continue à trouver ça bizarre qu'il assiste à mon mariage.

— Tu as 33 ans, et tu vis depuis huit ans à New York. Ce qui m'inquiéterait, c'est qu'il n'y ait à ton mariage aucun homme avec lequel tu as couché à l'exception de ton mari.

Andy, qui était en train d'annoter une maquette, avait relevé la tête et regardé son amie.

— Puisqu'on en parle…

— Quatre, avait avoué Emily.

— Non ! Qui ? Je ne vois que Jude et Grant.

— Tu te souviens d'Austin ? Celui qui avait des chats ?

— Tu ne m'as jamais dit que tu avais couché avec lui !

— Il n'y avait pas de quoi s'en vanter.

— Ça ne fait jamais que trois. Qui est le quatrième ?

— Felix. De *Runway*. Il travaillait au…

Andy avait failli dégringoler de sa chaise.

— Felix est gay ! Il s'est marié avec son petit copain l'an dernier. Quand as-tu couché avec lui ?

— Tu accordes trop d'importance aux étiquettes, Andy. C'était l'affaire d'une nuit, après une soirée *Fashion Rocks*. À un moment donné, Miranda nous a demandé de prendre des commandes de boissons dans le backstage VIP. Nous avions l'un et l'autre bu beaucoup trop de martinis. C'était amusant. Au final, on est chacun allé au mariage de l'autre, et alors ? Il faut que tu te détendes un peu.

Andy se souvenait d'avoir acquiescé, sur le moment, mais ça, c'était avant qu'on ne lui mette une robe de mariée sur le dos et qu'on ne l'envoie retrouver devant l'autel un homme qui l'avait peut-être trompée, en l'obligeant à croiser au passage le large sourire (un rien coquin, elle aurait pu le jurer !) d'un garçon sur lequel elle avait toujours, plus ou moins, fait une fixette.

Le reste de la cérémonie s'était déroulé dans le flou le plus total. Il avait fallu le bruit du verre brisé sous la semelle de Max pour ramener Andy à la réalité. *Crack !* Et voilà, ils l'avaient fait. À compter de cet instant, elle ne serait jamais plus simplement Andy Sachs, quoi que cela veuille dire, et son nom serait indéfiniment associé à l'un de ces deux statuts – dont aucun à cet instant précis ne lui paraissait très engageant : mariée ou divorcée. Comment en était-elle arrivée là ?

Sur le bureau, le téléphone sonna. Andy jeta un coup d'œil à l'horloge : 10 h 30.

— Bonjour, Andy. Max, sur la une, annonça Agatha dans l'Interphone.

Agatha arrivait chaque jour de plus en plus tard, mais Andy ne pouvait se résoudre à lui faire une réflexion. En tendant le bras vers le téléphone pour répondre à son assistante qu'elle ne pouvait pas prendre l'appel, elle renversa sa tasse de café et, dans la confusion, décrocha sans le vouloir.

— Andy ? Ça va ? Je m'inquiète pour toi, ma chérie. Comment te sens-tu ?

Un filet de café commença à dégouliner du bord du bureau, directement sur son pantalon.

— Je vais bien, répondit-elle tout en cherchant des yeux un mouchoir en papier ou un morceau de brouillon pour éponger le liquide.

En vain. Elle contempla le café imbiber lentement son calendrier, ruisseler sur ses genoux, et elle se mit à pleurer. Une fois de plus. Pour quelqu'un qui n'avait pas la larme facile, elle pleurait beaucoup ces derniers temps.

— Est-ce que tu pleures ? Andy, que se passe-t-il ?

L'inquiétude de Max ne fit qu'accélérer son débit lacrymal.

— Rien, ça va, mentit-elle. (Une tache était en train

de s'élargir sur sa cuisse gauche. Elle s'éclaircit la voix et reprit :) Écoute, je vais devoir repasser me changer avant la Yacht Party, donc je pourrai promener Stanley. Tu annules le promeneur, s'il te plaît ? Tu passeras aussi à la maison, ou tu préfères qu'on se retrouve là-bas ? De quel quai part le bateau, déjà ?

Ils réglèrent quelques détails concernant la soirée, et Andy réussit à raccrocher sans que soit de nouveau évoquée sa crise de larmes. Elle retoucha son maquillage, avala deux antalgiques avec une gorgée de Coca light et s'attaqua à sa journée de travail, sans s'accorder de pause ou presque et, fort heureusement, sans pleurer. Elle dégagea même une demi-heure pour s'offrir un brushing chez Dream Dry avant de repasser en coup de vent à l'appartement pour se changer et boire un verre de pinot grigio bien frais. L'un dans l'autre, elle eut le sentiment d'avoir repris forme humaine.

Max fondit sur elle à la seconde où elle descendit de la passerelle recouverte d'un tapis rouge et arrivait dans le salon extérieur du yacht ; son baiser tendre et parfumé à la menthe, son eau de toilette épicée lui firent légèrement tourner la tête de plaisir. Et puis, elle se souvint de tout le reste.

— Tu es superbe, dit-il en l'embrassant dans le cou. Je suis si heureux que tu te sentes mieux.

Pile à cet instant, la nausée revint de plus belle. Andy vacilla, porta la main à sa bouche. Max plissa le front.

— L'eau est un peu agitée à cause du vent et le bateau tangue. Sois sans crainte, c'est censé se calmer d'une minute à l'autre. Viens, je veux te présenter à tout le monde.

La fête battait son plein, et une bonne centaine d'invités vint les féliciter. Se pouvait-il qu'ils ne soient mariés que depuis quatre jours ? Un petit vent glacial se leva ; Andy porta une main à ses cheveux et resserra son étole en cachemire autour de ses épaules. Tout n'était pas si noir : Barbara avait ce soir-là un autre engagement mondain et ne pourrait se joindre à eux.

— Ce doit être le yacht le plus sublime que j'aie vu à ce jour, observa Andy en contemplant le salon d'inspiration marocaine. (D'un mouvement de tête, elle désigna une tapisserie au motif sophistiqué et caressa du doigt le comptoir en bois sculpté à la main.) C'est d'un goût exquis.

La femme du rédacteur en chef de *Yacht Life*, dont le prénom lui échappait sans cesse, se pencha vers elle :

— J'ai entendu dire qu'ils lui ont donné un chèque en blanc pour la décoration. Au sens premier du terme. Il pouvait dépenser sans compter.

— Qui donc ?

La femme la dévisagea d'un air interloqué.

— Comment ça, *qui* ? Mais Valentino évidemment ! Le propriétaire lui a confié toute la décoration du yacht. Vous imaginez combien ça doit coûter d'engager l'un des couturiers les plus célèbres du monde pour choisir le tissu de votre canapé ?

— Sans doute plus que je ne peux le concevoir, murmura Andy.

Elle le concevait pourtant très bien. Plus grand-chose ne la choquait, après avoir travaillé un an à *Runway*, et s'il lui arrivait encore parfois de tomber des nues ce n'était certainement pas en découvrant les sommes astronomiques que les gens fortunés pouvaient dépenser pour satisfaire leurs caprices.

En face d'elle, la femme (Molly ? Sadie ? Zoe ?) enfourna une mini-tortilla coiffée d'une noisette de tartare et, tout en mastiquant, écarquilla soudain les yeux.

— Oh mon Dieu, il est là ! Je n'arrive pas à y croire ! s'exclama-t-elle, la bouche pleine.

— Qui ça ? s'enquit distraitement son mari.

— Valentino ! Il vient d'arriver ! Regardez !

La femme réussit l'exploit de liquider ce qui lui

encombrait la bouche et de retoucher son rouge à lèvres d'un seul mouvement presque gracieux.

Max et Andy se retournèrent et découvrirent effectivement un Valentino bronzé comme il se doit, les traits crispés, en train de retirer avec précaution ses mocassins avant de poser un pied sur le pont. Un laquais qui se tenait en retrait lui tendit un carlin au museau baveux, qu'il prit sans commentaire et commença à caresser. Il scruta, impassible, l'assemblée, puis se retourna vers l'escalier pour tendre sa main libre à la personne qui l'accompagnait – et qui n'était pas Giancarlo, son compagnon de longue date. Andy vit cinq longs doigts aux griffes rouges s'enrouler, telle une serre, autour de l'avant-bras du couturier.

Noooooon !

Elle coula un regard vers Max. Avait-elle hurlé à voix haute ou seulement en pensée ?

Comme dans une séquence au ralenti, l'apparition redoutée se matérialisa progressivement : la frange, la coupe au carré, puis le visage, les traits crispés par cette expression perpétuellement renfrognée. L'élégant pantalon blanc, la tunique en soie et les escarpins bleu cobalt aux talons vertigineux étaient signés Prada ; la veste d'inspiration militaire et le sac matelassé Chanel. Elle ne portait qu'un seul bijou : une large manchette émaillée signée Hermès, d'un bleu parfaitement coordonné. Andy avait lu, des années plus tôt, que les manchettes Hermès étaient ses nouveaux doudous – ces bracelets avaient détrôné les carrés de soie et, à en croire ce qui se racontait, elle en possédait bien cinq cents, dans toutes les couleurs et de toutes les largeurs imaginables. Andy pouvait au moins se féliciter d'une chose : ne plus être celle à qui il incombait de les dénicher. Partagée entre terreur et fascination, elle ne remarqua même pas que Max lui serrait la main.

— Miranda... souffla-t-elle, en manquant de s'étrangler.

— Je suis vraiment désolé, lui glissa-t-il à l'oreille. J'ignorais qu'elle serait là.

Miranda n'aimant ni les cocktails ni les bateaux, on pouvait raisonnablement en déduire qu'elle n'appréciait pas les croisières d'un soir. Il existait au monde trois personnes – quatre, à la rigueur – susceptibles de la convaincre de grimper à bord d'un bateau, et Valentino était l'une d'elles. Andy avait beau savoir que Miranda ne resterait sans doute pas plus de dix ou quinze minutes, elle était paniquée à la perspective de se retrouver coincée avec la femme qui hantait ses nuits. Cela faisait-il vraiment presque dix ans qu'elle lui avait crié d'aller se faire foutre dans une rue de Paris, avant de sauter dans le premier avion pour rentrer aux États-Unis ? Franchement, il lui semblait que la scène datait de la veille. Ses doigts étaient crispés sur le téléphone ; il lui fallait à tout prix appeler Emily. À ce moment-là, Max lâcha sa main pour tendre la sienne à Valentino.

— C'est un plaisir de vous revoir, monsieur, dit-il, du ton protocolaire qu'il réservait aux amis de ses parents.

— J'espère que vous pardonnerez cette intrusion, répondit Valentino en s'inclinant imperceptiblement. Giancarlo projetait d'assister à la réception à ma place, mais j'étais justement à New York, ce soir, j'avais rendez-vous avec cette charmante dame, et j'avais envie de revoir mon bateau.

— Nous sommes ravis et honorés de votre présence, monsieur.

— Allons ! Suffit de vos « monsieur », Maxwell. Votre père était un ami cher. À ce que j'ai entendu dire, vous avez repris le flambeau avec succès.

Max, ne sachant trop si la remarque était simplement polie ou chargée de sous-entendus, répondit avec un sourire feint :

— Je m'y efforce, en tous les cas. Puis-je vous

apporter à vous et à... miss Priestly un rafraîchissement ?

— Miranda, ma chérie, venez que je vous présente. Voici Maxwell Harrison, le fils de feu Robert Harrison. Maxwell dirige désormais Harrison Media Hol...

— Oui, je suis au courant, le coupa-t-elle avec froideur, en regardant Max d'un air désintéressé.

Andy ne fut pas la seule surprise.

— Ah... mais j'ignorais que vous vous connaissiez, tous les deux, s'étonna Valentino, d'un ton qui semblait appeler une explication.

— Nous ne nous connaissons pas, murmura Max.

— Oui, nous nous connaissons, assena Miranda au même instant.

Il y eut un silence gêné, puis Valentino éclata d'un rire sonore.

— Ah, je devine qu'il se passe quelque chose, ici ! Eh bien, j'ai hâte d'entendre l'histoire. Un jour, peut-être. Ha, ha !

Andy se mordit la langue et sentit le goût du sang. La nausée était de retour, il lui semblait avoir de la craie dans la bouche et, même si sa vie en avait dépendu, elle n'aurait pu articuler un seul mot à l'adresse de Miranda.

Max, heureusement, était bien plus à l'aise en société qu'elle. Il posa une main sur ses reins et dit :

— Et voici ma femme, Andrea Harrison.

Andy faillit le corriger par réflexe – *Andy Sachs* – avant de comprendre qu'il avait délibérément évité de la présenter sous son nom de jeune fille. Ce qui n'avait aucune importance, de toute façon. Miranda avait déjà repéré parmi les invités quelqu'un digne de plus d'intérêt et Max n'avait pas terminé les présentations qu'elle s'était déjà éloignée de cinq mètres. Sans avoir remercié Max ni accordé ne serait-ce qu'un coup d'œil à Andy.

Valentino les gratifia d'un regard contrit, serra plus

étroitement son carlin et s'empressa d'emboîter le pas à sa cavalière. Max se tourna vers Andy.

— Je suis affreusement désolé. J'étais loin de me douter que…

— Tout va bien, l'assura-t-elle en posant une main sur sa poitrine. Je t'assure. Ça s'est passé mieux que je n'aurais pu l'espérer. Elle ne m'a même pas regardée. Il n'y a pas de problème.

Max l'embrassa sur la joue, lui dit qu'elle était superbe et qu'elle n'avait pas à se laisser intimider par qui que ce soit, et surtout pas par Miranda Priestly, dont la grossièreté était légendaire. Il lui demanda de ne pas bouger, le temps qu'il aille chercher deux verres d'eau. Andy le remercia d'un pâle sourire puis observa l'équipage remonter l'ancre. Le bateau commença à s'écarter du quai. Andy écrasa son corps contre le bastingage et inspira à pleins poumons l'air frais d'octobre pour essayer de retrouver une respiration normale. Ses mains tremblaient. Elle croisa les bras et ferma les yeux. La soirée serait bientôt terminée.

Chapitre 6

Un éloge funèbre n'a jamais tué personne

Le lendemain de la Yacht Party, lorsque le réveil de Max sonna à 6 heures, Andy regretta de ne pas avoir un gourdin sous la main – sans trop savoir qui, du réveil ou de son propriétaire, en aurait fait les frais. Les encouragements de Max ne furent pas de trop pour lui insuffler l'énergie de s'extraire du lit, puis d'enfiler un caleçon de sport et un vieux sweat-shirt de Brown. Elle accepta la banane que Max lui tendit avant de partir et la mastiqua lentement pendant le trajet jusqu'à la salle de gym, à un bloc de chez eux. Elle se sentait vidée. Passer sa carte de membre dans le lecteur lui fit l'impression d'un effort surhumain. Elle grimpa sur un vélo elliptique et, dans un élan d'optimisme, régla la machine sur quarante-cinq minutes. Mais c'était présumer de ses forces : sitôt que le programme bascula d'« échauffement » à « brûleur de calories », elle appuya sur le bouton d'arrêt d'urgence, attrapa sa bouteille d'eau et son exemplaire d'*Us Weekly* et battit en retraite sur un banc, à l'extérieur de la salle. Lorsque son téléphone sonna et que le numéro d'Emily s'afficha sur l'écran, il faillit lui tomber des mains.

— Il est 6 h 52. Tu te fiches de moi ? lança Andy en se préparant à faire face à l'offensive.

— Eh bien quoi ? Tu es réveillée, non ?

— Oui évidemment. Je suis à la gym. Mais toi, qu'est-ce que tu fais debout ? Tu as passé la nuit en cellule de dégrisement ? Tu es en Europe ? C'est la deuxième fois de la semaine que tu m'appelles avant 9 heures.

— Andy, tu ne croiras jamais qui vient de m'appeler !

La voix d'Emily vibrait de l'excitation qu'elle réservait en général aux people, aux présidents ou ex-petits amis dont le dossier n'était pas entièrement classé.

— Avant 7 heures du mat' ? Personne, j'espère !

— Devine !

— Non, vraiment, Em...

— Je te donne un indice : c'est quelqu'un que tu vas trouver très, très intéressant.

Andy devina la réponse immédiatement. Mais pourquoi appelait-elle Emily ? Pour soulager sa conscience ? Pour s'excuser en affirmant avoir agi par amour ? Annoncer qu'elle était enceinte de Max ? Il ne pouvait s'agir que d'elle – Andy en aurait mis sa main à couper.

— Katherine. C'est ça ?

— Qui ?

— L'ex de Max. Celle qu'il a revue aux Bermudes et...

— Tu n'as toujours pas tiré au clair cette histoire avec lui ? Franchement, Andy, tu es ridicule. Non, ce n'était pas Katherine – pourquoi diable m'appellerait-elle ? – mais Elias-Clark.

— Miranda ! chuchota Andy.

— Pas exactement. Mais un certain Stanley, qui n'a pas pris la peine de me dire qui il était ni ce qu'il faisait, mais j'ai trouvé toute seule, grâce à Google : c'est le directeur du service juridique d'Elias-Clark.

Andy glissa la tête entre ses genoux. Pile à cet instant, « Call Me Maybe » se mit à résonner dans le studio à plein volume. Andy se redressa et écrasa la main contre son oreille.

— Bref, j'ignore la raison de son appel, mais il a laissé un message, tard hier soir. Il dit que c'est important et me demande de le rappeler dès que possible.

— Merde, lâcha Andy.

Tout en faisant les cent pas entre le vestiaire des femmes et les tapis de stretching, elle aperçut Max qui étirait ses dorsaux dans l'espace musculation.

— Intéressant, non ? reprit Emily. Je dois dire que je suis intriguée.

— Cela doit avoir un rapport avec Miranda. Je l'ai vue hier soir. D'abord en personne, et ensuite dans mes cauchemars. La nuit a été longue.

— Tu l'as vue ? Où ça ? À la télé ? demanda Emily en se marrant.

— Ha, ha, ha. Ma vie est tellement terne que ça dépasse l'imagination, c'est ça ? Je l'ai croisée à la Yacht Party ! Elle accompagnait Valentino. Nous avons bu quelques cocktails ensemble puis nous sommes allés tous les quatre dîner chez Silvano. Je dois dire qu'elle s'est montrée absolument délicieuse. J'étais étonnée.

— Oh mon Dieu, tu me tues ! Et tu ne m'as pas appelée à la seconde où tu es rentrée à la maison ? Ou même des toilettes du restau ? Andy, tu mens ! C'est trop dingue !

Andy éclata de rire.

— Évidemment que je mens, espèce de tarée. Tu crois vraiment que j'aurais pu partager un plat de tagliatelles avec Miranda et ne pas te le dire ? Mais elle était bien là hier soir, et elle ne m'a même pas accordé un regard. La rencontre s'est résumée à respirer son effluve de Chanel N° 5 lorsqu'elle est passée devant moi, sans même une étincelle dans les yeux montrant qu'elle m'avait reconnue.

— Je te déteste.

— Moi aussi. Bon, sans rire, tu ne trouves pas la coïncidence énorme ? Je la revois hier soir pour la première fois depuis une éternité, et elle t'appelle quelques heures plus tard ?

— Ce n'est pas elle qui a appelé, mais Stanley.

— C'est du pareil au même.

— Tu crois qu'ils ont fini par apprendre qu'on glisse le nom de Miranda dans la conversation pour approcher des people ? Ce n'est pas illégal, n'est-ce pas ? ajouta Emily, une note d'inquiétude dans la voix.

— Peut-être qu'ils se sont enfin aperçus que tu avais piraté l'intégralité de son carnet d'adresses et qu'ils veulent porter plainte contre toi avant que ça s'ébruite ?

— Au bout de neuf ans ? Ça m'étonnerait.

— Elle a peut-être décidé qu'elle voulait te reprendre ? hasarda Andy en pétrissant les muscles douloureux d'un de ses mollets. Elle s'est finalement rendu compte que personne ne savait mieux que toi déposer ses vêtements au pressing et aller lui chercher son déjeuner. Elle a compris que tu lui étais indispensable.

— Charmant. Écoute, je saute sous la douche et je file de chez moi dans une demi-heure. On se retrouve au bureau ?

Andy regarda sa montre, ravie d'avoir une excuse pour quitter la salle de gym.

— D'accord. À tout à l'heure.

— Ah... Andy ? Je fais des steaks, ce soir. Arrive de bonne heure pour m'aider, d'accord ? Tu pourras t'occuper des courgettes. Miles ne rentrera pas avant 20 heures.

— Parfait. Je dirai à Max d'appeler Miles. À plus.

Depuis qu'elles avaient appris l'art de le préparer, dans un cours de cuisine pour les nul(le)s, cinq ans plus tôt, le duo tranches de steak-courgettes émincées était devenu un incontournable de leurs dîners. C'était le seul plat qu'elles avaient, l'une comme l'autre, réussi à maîtriser à l'issue de leur formation culinaire. Et quelle que fût la fréquence avec laquelle les steaks-courgettes revenaient au menu depuis (deux ou trois fois par mois, sans doute), ils rappelaient immanquablement à Andy l'année 2004, quand, après son départ de *Runway*, tout avait basculé dans sa vie.

À l'inverse de certaines filles, Andy aurait été bien incapable de dire comment elle était habillée lors de chaque rentrée scolaire, troisième rendez-vous ou anniversaire, de préciser la date de sa rencontre avec telle ou telle amie, ou ce qu'elle avait fait lors de tel ou tel réveillon. Mais l'année 2004 restait gravée dans sa mémoire : ce n'était pas tous les ans qu'on démissionnait, que vos parents divorçaient, que votre petit ami vous plaquait après six ans de relation et que votre meilleure amie (bon, d'accord, *seule et unique* amie) partait s'installer à l'autre bout du pays.

Tout avait commencé avec Alex, un mois à peine après son retour de Paris, et le fameux esclandre. Oui, Andy était sidérée d'avoir pu se comporter aussi mal, et elle rougissait d'embarras chaque fois qu'elle repensait à cet échange houleux. Elle convenait volontiers que c'était la façon la moins professionnelle et la plus grossière de démissionner, aussi atroce que fût le travail en question. Mais que, si c'était à refaire, elle ne changerait probablement rien. L'instant avait été trop jouissif. Elle avait pris la bonne décision en rentrant à la maison retrouver Lily, ses parents et Alex et, son seul regret, c'était de ne l'avoir pas fait plus tôt. Mais une mauvaise surprise l'y attendait : il ne suffisait pas de claquer des doigts pour que tout se remette en place. Pendant un an, à *Runway*, Andy avait consacré toute son énergie à courir à droite à gauche, à découvrir l'univers de la mode et à apprendre à nager au milieu du banc de requins le plus effrayant de toute la planète mode. Obnubilée par la terreur qui l'habitait et par l'épuisement, elle avait à peine eu un instant pour remarquer ce qui se passait autour d'elle.

À quel moment, au cours de cette année-là, Alex et elle s'étaient-ils éloignés, au point qu'il avait fini par penser qu'ils ne partageaient plus assez de choses ?

Il lui soutenait que rien n'était plus pareil entre eux. Qu'il ne la reconnaissait plus. C'était génial qu'elle ait quitté *Runway*, mais pourquoi refusait-elle de voir qu'elle avait changé ? La fille dont il était tombé amoureux n'avait de comptes à rendre qu'à elle-même, la nouvelle Andy, elle, était trop anxieuse de satisfaire les attentes des autres. « Qu'est-ce que ça veut dire ? », lui demandait Andy en se mordant la lèvre et en oscillant entre tristesse et colère. Alex se contentait de secouer la tête. Ils passaient leur temps à se chamailler. Et elle voyait bien qu'elle n'avait de cesse de le *décevoir*. Lorsqu'il lui avait finalement annoncé qu'il voulait faire un break, et que, ah ! au fait, il venait d'accepter sa mutation et partait enseigner dans une antenne de Teach For America située dans le delta du Mississippi, Andy avait été effondrée mais nullement surprise. Officiellement, c'était donc terminé entre eux, mais, au cours du mois qui suivit, ils se téléphonèrent et se revirent par intermittence. Il y avait toujours une bonne raison pour appeler ou envoyer un e-mail – une polaire à récupérer, une question à poser à sa sœur, une stratégie à trouver afin de revendre les billets pour le concert de David Gray achetés des mois plus tôt. Même leurs adieux lui semblèrent surréalistes, peut-être parce que, pour la toute première fois, Andy se sentait mal à l'aise en présence d'Alex. Elle lui souhaita bonne chance ; ils échangèrent une accolade fraternelle. Mais au plus profond d'elle-même, Andy était dans le déni : Alex ne pourrait pas vivre éternellement dans le Mississippi. Ils allaient s'accorder un peu de temps, mettre à profit la distance pour réfléchir, respirer, comprendre ce qui n'allait plus entre eux, puis Alex s'apercevrait qu'il avait fait une double erreur monumentale (en partant dans le Mississippi et en la quittant) et il rentrerait à New York ventre à terre. Ils étaient faits l'un pour l'autre. Tout le monde le savait. Le temps ferait son œuvre…

Sauf qu'Alex n'appela pas. Ni au cours des deux

jours que dura le trajet en voiture jusque là-bas, ni une fois arrivé, ni même lorsqu'il fut installé dans le pavillon qu'il avait loué. Andy continuait à lui inventer des excuses et se les répétait en boucle comme des mantras : *le trajet en voiture l'a épuisé* ; *sa nouvelle vie ne lui inspire que des regrets* ; et son préféré : *il n'y a pas d'antenne-relais dans le Mississippi.* Mais au bout d'une semaine, Andy n'ayant toujours pas reçu le moindre e-mail, il lui fallut admettre l'évidence : Alex était parti, pour de bon. Ou, du moins, il était résolu à prendre du recul, et nullement enclin à revenir dans l'immédiat. Elle pleura tous les matins sous la douche, tous les soirs devant la télé, et parfois dans la journée, quand elle en avait l'opportunité. Sans compter qu'écrire des articles pour *Happily Ever After* n'aidait pas. Était-elle vraiment la mieux placée pour dresser la liste de mariage idéale ou suggérer des destinations de lune de miel hors des sentiers battus quand son petit ami la jugeait odieuse, au point de ne même pas avoir envie de lui passer un coup de fil ?

— Ex-petit ami, corrigea Lily lorsque Andy lui exposa son dilemme.

Elles se trouvaient ce jour-là dans la chambre d'enfant de Lily, chez sa grand-mère, dans le Connecticut, et buvaient un thé aux agrumes sirupeux que Lily avait acheté, après y avoir goûté, chez la manucure coréenne.

Andy en resta bouche bée.

— Dis-moi que j'ai mal entendu.

— Je ne cherche pas à te blesser, Andy, mais je pense qu'il est important que tu commences à regarder la réalité en face.

— Regarder la réalité en face ? Qu'est-ce que tu veux dire ? Ça fait à peine un mois.

— Un mois de silence radio. Pour moi, le message est assez clair. Je ne veux pas que tu penses que…

Andy leva la main.

— C'est bon, j'ai pigé.

— Ne réagis pas comme ça ! Je sais que c'est dur. Je ne dis pas le contraire. Vous vous aimiez. Mais je pense qu'il est temps pour toi d'aller de l'avant.

— C'est l'une des brillantes perles de sagesse que tu as apprises au cours de tes réunions en douze étapes ? railla Andy.

Lily eut un mouvement de recul, mais lui rétorqua posément :

— Je dis ça uniquement parce que je tiens à toi.

— Excuse-moi, Lil, ce n'est pas ce que je voulais dire. Tu as raison, je le sais. C'est juste que je n'arrive pas à croire…

Elle tenta de ravaler ses larmes, mais sa gorge se serra, ses yeux se mirent à brûler et elle lâcha un sanglot.

— Oh, ma chérie !

Lily l'enveloppa de ses bras et Andy s'aperçut que ça ne lui était plus arrivé depuis des semaines. Et c'était pathétiquement bon.

— Alex fait comme tous les mecs, c'est tout. Il prend son temps. Il fait ses trucs. Il reviendra.

Andy essuya ses larmes et réussit à ébaucher un sourire.

— Je sais, souffla-t-elle en hochant la tête.

Andy comme Lily savaient pourtant qu'Alex n'était pas un mec comme les autres et qu'il n'avait fait aucune allusion quant à un éventuel retour, ni plus tard ni jamais.

— Il est temps que tu commences à songer à aller voir ailleurs, décréta Lily en s'affalant par terre.

— Aller voir ailleurs ? Il ne faut pas d'abord être en couple, pour faire ça ?

— Une liaison, une aventure d'un soir – appelle ça comme tu veux. Dois-je te rappeler depuis combien de temps tu n'as pas couché avec un mec ? Depuis Alex, je veux dire. Parce que je vais…

— Je ne crois pas que ce soit vraiment…

— … te le dire : depuis ta deuxième année de fac.

C'était avec Scott Machin Chose, ce garçon qui avait la malchance d'être prognathe, et dont tu avais fait la connaissance dans les toilettes mixtes un soir où j'étais en train de dégueuler. Tu te souviens ?

Andy porta les mains à son front.

— Oh, arrête, par pitié !

— Tu te souviens de la carte Hallmark qu'il t'a envoyée ensuite ? Sur le rabat, ça disait : « Hier soir… », et à l'intérieur : « … tu as chamboulé ma vie tout entière », et toi, tu trouvais que c'était le comble du romantisme !

— Arrête, je t'en supplie !

— Tu as couché avec lui pendant quatre mois ! Malgré ses sandales ringardes, sa manie de t'envoyer des cartes Hallmark pour un oui ou pour un non et son refus catégorique de faire lui-même ses lessives. Tu as prouvé que tu étais capable de porter des œillères en matière de mecs. Alors je dis juste un truc : remets-les !

— Lily…

— Ou pas. Tu es dans une position qui te permet de viser plus haut, si tu veux. Exemple : Christian Collinsworth. Il n'a pas complètement disparu du paysage ?

— Non, mais je l'intéressais simplement parce que je n'étais pas libre. Dès qu'il sentira que je suis disponible, il partira en courant.

— Si par « disponible » tu entends « prête à me jeter à pieds joints dans une autre relation sentimentale », alors tu as probablement raison. Mais si tu veux dire par là « ouverte à l'éventualité d'une relation sexuelle libre de tout engagement, juste pour le fun », je suis certaine que tu le trouveras bien disposé.

— Et si on allait plutôt prendre l'air ? (Andy, prête à tout pour changer de sujet, fit défiler ses mails sur son BlackBerry.) Travelzoo propose des séjours de quatre jours et trois nuits en Jamaïque, vol, hôtel et repas compris, à 399 dollars pour le week-end de Presidents' Day. Pas mal, non ?

Lily ne dit rien.

— Allez ! On va se marrer. On prendra le soleil, on boira quelques margaritas – enfin, pas toi, mais moi, oui – et on rencontrera peut-être des mecs. L'hiver a été rude. On mérite de faire un break.

Andy comprit qu'il y avait anguille sous roche lorsque Lily continua à contempler le tapis en silence.

— Eh bien quoi ? Tu emportes tes bouquins. Tu peux lire sur la plage. C'est pile ce dont on a besoin toutes les deux.

— Je déménage, murmura Lily.

— Tu quoi ?

— Je déménage.

— Tu prends un appart ? Je croyais que le plan consistait à squatter chez ta grand-mère jusqu'à la fin de l'année scolaire et de commencer à chercher un appart cet été.

— Je pars dans le Colorado.

Andy dévisagea son amie. Elle était sans voix. Elle cassa la pointe d'un *rugelach* à la cannelle, qu'elle laissa finalement dans son assiette. Pendant une minute, interminable, les deux amis restèrent muettes. Puis Lily prit une profonde inspiration et se lança :

— Je crois que j'ai besoin de changer d'air. L'alcool, l'accident, le mois de cure de désintox… Il y a trop de choses dans ma tête associées à cette ville, trop de connotations négatives. Je ne l'ai pas encore annoncé à ma grand-mère.

— Dans le Colorado ?

Andy avait une foule de questions à poser, mais elle était trop sonnée pour les formuler à voix haute.

— UC Boulder me propose une bourse intégrale pour enseigner à une seule classe de premier cycle par semestre. Ils ne savent pas ce que c'est que la pollution, ont un super programme, et personne là-bas ne connaîtra mon histoire. (Quand Lily releva la tête, elle avait les yeux embués de larmes.) La seule chose qui me rende triste c'est que tu n'y seras pas. Tu vas me manquer affreusement.

Elles tombèrent en sanglots dans les bras l'une de l'autre, incapables de s'imaginer vivant chacune à un bout du pays. Andy s'efforça d'encourager son amie en lui posant mille questions et en écoutant attentivement les réponses, mais elle était obsédée par cette évidence : dans quelques semaines, elle se retrouverait seule à New York. Sans Alex. Sans Lily. Sans rien.

Quelques jours après le départ de Lily, Andy battit en retraite chez ses parents, à Avon. Elle avait englouti trois portions de purée généreusement riche en beurre et en crème, bu deux verres de pinot et elle se demandait si elle n'allait pas déboutonner son jean quand sa mère lui prit la main, par-dessus la table, et lui annonça que son père et elle allaient divorcer.

— Je ne pourrai jamais assez insister sur le fait que nous vous aimons énormément Jill et toi et que cette situation n'a bien sûr rien à voir avec vous, débita Mrs Sachs d'une seule traite.

— Ce n'est plus une gamine, Roberta. Elle n'imagine certainement pas que c'est à cause d'elle que ses parents divorcent.

Son père parlait d'un ton plus cassant que d'habitude et, en toute honnêteté, Andy devait admettre qu'elle avait remarqué ce changement depuis un certain temps déjà.

— C'est une séparation à l'amiable et décidée d'un commun accord. Aucun de nous deux… ne voit quelqu'un d'autre. Ce n'est pas du tout ça. Simplement, après tant d'années, nous nous sommes éloignés.

— Nous aspirons à des choses différentes, précisa son père, ce qui n'aidait en rien.

Andy hocha la tête.

— Eh bien, dis quelque chose ! s'impatienta

Mrs Sachs, les sourcils froncés par une inquiétude toute maternelle.

— Qu'y a-t-il à dire ? (Andy termina son verre de vin.) Jill est au courant ?

Son père fit signe que oui, et sa mère se racla la gorge.

— Bon, si tu as des questions... ou si tu veux en parler...

Sa mère paraissait anxieuse. Andy coula un bref regard vers son père qui, comme elle s'en doutait, était prêt à se lancer dans une séance de thérapie, à l'interroger sur ses sentiments et à faire des commentaires agaçants du genre : *Quoi que tu éprouves en ce moment, c'est parfaitement légitime* ou *Je sais que tout cela va réclamer un temps d'adaptation.* Et ça, elle n'était pas d'humeur à le supporter. Elle haussa les épaules.

— Écoutez, c'est vos histoires. Tant que vous êtes heureux tous les deux, ça ne me regarde pas.

Elle essuya ses lèvres avec sa serviette, remercia sa mère pour le dîner et quitta la cuisine. Elle avait conscience de se comporter comme la sale gosse qu'elle avait pu être adolescente, mais c'était plus fort qu'elle. Elle avait beau savoir qu'elle n'était pour rien dans la séparation de ses parents au terme de trente-quatre années de mariage, elle ne pouvait s'empêcher de penser : *D'abord Alex, ensuite Lily, et maintenant eux.* C'était trop.

Pour se distraire, elle pouvait compter sur les longues heures de recherches sur Internet, les interviews et la rédaction d'articles pour *Happily Ever After*, et cela fonctionna d'ailleurs très bien pendant un temps, mais elle ne parvenait toujours pas à combler ce vide entre le moment où elle arrêtait de travailler et celui d'aller se coucher. À deux ou trois reprises, à la fin d'une journée de travail, elle était allée boire un verre avec sa rédac' chef, une tigresse qui passait son temps à dévorer des yeux, par-dessus l'épaule d'Andy, les bandes de jeunes diplômés qui grouillaient dans les bars qu'elles fréquentaient. À l'occasion, elle dînait avec une camarade de Brown, ou une amie de passage à New York pour son travail, mais la plupart du temps Andy était seule. Alex avait disparu de la surface de la terre. Il n'avait pas appelé une seule fois, et son unique manifestation s'était résumée à un e-mail laconique : « Merci d'y avoir pensé, j'espère que tu vas bien », en réponse à un long message vibrant d'émotion et, avec le recul, humiliant, qu'Andy avait laissé sur sa boîte vocale le jour de ses 25 ans. Lily était installée à Boulder, et heureuse : elle était intarissable d'enthousiasme au sujet de son appartement, de son nouveau bureau, et d'un cours de yoga qu'elle avait essayé, et adoré. Elle ne pouvait même pas feindre d'être malheureuse par égard pour Andy. Quant à ses parents, ils étaient officiellement séparés ; il avait été décidé que sa mère conserverait la maison et que son père s'installerait dans un immeuble neuf, plus proche du centre-ville. Apparemment, les papiers du divorce étaient en ordre, ils suivaient une thérapie – quoique séparément cette fois-ci – et chacun était « en paix » avec sa décision.

L'hiver, cette année-là, était rigoureux et interminable. Rigoureux, interminable et solitaire. En conséquence, Andy fit ce que toute jeune New-Yorkaise finit par faire un jour ou l'autre au cours des dix premières années passées dans cette ville : elle s'inscrivit à un de ces cours de cuisine qui se font fort de « vous apprendre à faire cuire un œuf ».

L'idée lui avait semblé plutôt bonne : elle n'utilisait son four que pour ranger des catalogues et des magazines ; quand elle « cuisinait », cela se résumait à brancher la cafetière ou à ouvrir un pot de beurre de cacahouète et, même en s'astreignant à un régime frugal, les repas livrés à domicile restaient hors budget. Oui, l'idée *aurait pu* être bonne, si New York ne se transformait pas en mouchoir de poche pile au moment où on a le plus besoin d'anonymat... Qui découvrit-elle en face d'elle, arborant un air suprêmement ennuyé et très intimidant lors du premier cours ? Rien de moins que l'extraordinaire première assistante de *Runway*, Emily Charlton.

Huit millions d'habitants à New York et Andy tombait sur sa seule ennemie déclarée ? Elle aurait tout donné, à cet instant, pour avoir sous la main une casquette de base-ball, des lunettes lui mangeant la moitié du visage ou n'importe quel autre accessoire capable de l'abriter du regard incendiaire qui continuait d'alimenter ses cauchemars et n'allait plus tarder à s'abattre sur elle. Pouvait-elle repartir ? Annuler son inscription ? Reporter le cours ? Elle passait en revue ses options lorsque l'instructeur commença à lire à voix haute la feuille de présence. Au nom d'Andy, Emily sursauta, mais se reprit immédiatement. Les deux filles réussirent à éviter tout contact oculaire pendant la durée du cours et, comme par un accord tacite, feignirent de ne pas se reconnaître. Emily n'assista pas au deuxième cours, et Andy espéra qu'elle avait abandonné. Pour sa part, elle rata le troisième – un empêchement professionnel. Mais l'une et l'autre eurent la mauvaise surprise de se trouver réunies lors du quatrième cours. Et à cause de roulements subtils instaurés au sein des équipes, il leur devint très difficile de continuer à s'ignorer. Les deux filles se saluèrent d'un hochement de tête glacial. À la fin du cinquième cours, Andy lâcha un « Salut » à peine audible dans la direction d'Emily, auquel celle-ci répondit tout aussi indistinctement. Plus qu'une séance ! Il était concevable, vraisemblable même, qu'elles puissent s'en tenir jusqu'à la fin à un échange de sons gutturaux, et Andy se sentit soulagée. Mais lors du dernier cours, l'impensable se produisit : à un moment donné, l'instructeur était en train de lire la liste d'ingrédients du menu du jour et, l'instant d'après, il avait associé les deux ennemies jurées en binôme, chargeant Emily du travail de préparation et confiant à Andy le soin de surveiller les cuissons. Leurs regards se croisèrent pour la première fois, mais chacune détourna les yeux aussitôt. Andy n'avait eu besoin que de ce seul regard pour comprendre qu'Emily appréhendait cette situation autant qu'elle.

Elles s'installèrent côte à côte, sans un mot, et ce n'est que lorsque Emily eut trouvé son rythme de croisière dans la découpe des bâtonnets de courgette qu'Andy se força à parler.

— Alors, comment va la vie ?

— La vie ? Elle va bien.

Emily excellait toujours autant dans l'art du dédain. C'était presque rassurant de voir que rien n'avait changé. Même s'il était évident qu'elle se faisait violence et qu'elle se fichait éperdument de la réponse, Emily lui retourna la question.

— Oh, moi ? Tout va bien. Je n'arrive pas à croire que ça fait déjà un an. Pas toi ?

Silence.

— Tu te souviens d'Alex, n'est-ce pas ? Eh bien, finalement, il est parti s'installer dans le Mississippi, il a trouvé un poste de prof. (Andy ne pouvait toujours pas se résoudre à admettre qu'il avait rompu. Elle s'intima l'ordre de se taire – en pure perte.) Et mon amie Lily – celle qui débarquait toujours tard le soir au bureau, après le départ de Miranda ? Qui a eu un accident pendant que j'étais à Paris ? Elle a déménagé elle aussi ! À Boulder. Je n'aurais jamais pensé qu'une pareille chose soit possible, mais elle est devenue accro au yoga et à l'escalade en moins de six mois. Et en ce moment, j'écris pour un blog consacré au mariage, *Happily Ever After*. Tu en as entendu parler ?

Emily sourit, sans méchanceté, mais sans gentillesse non plus.

— Est-ce que *Happily Ever After* est affilié au *New Yorker* ? Parce que je me souviens que tu me bassinais avec ton projet d'écrire pour eux...

Andy se sentit rougir. Comme elle avait été naïve ! Plusieurs mois à battre le pavé pour décrocher des interviews et écrire des dizaines d'articles qui ne seraient jamais publiés, à démarcher des rédacteurs en chef pour faire son boniment et leur vendre des idées d'articles lui avaient remis les idées en place : dans cette ville, c'était déjà une réussite énorme d'être publiée où que ce soit, d'avoir l'opportunité d'écrire sur quelque sujet que ce soit.

— Ouais, c'était bête de ma part, répondit Andy à voix basse. Et toi ? ajouta-t-elle en regardant à la dérobée les cuissardes d'Emily et son blouson de moto en cuir merveilleusement souple. Toujours à *Runway* ?

C'était une question de pure forme, dictée par la politesse, car il ne faisait pas l'ombre d'un doute qu'Emily avait été promue à quelque poste glamour au sein de la rédaction et se ferait une joie d'y rester jusqu'à ce qu'elle épouse un milliardaire – si elle ne mourait pas avant.

Emily redoubla d'ardeur dans la découpe des courgettes et Andy pria pour qu'elle ne se coupe pas un doigt.

— Non, répondit-elle en lui présentant les bâtonnets de légume.

La tension était palpable. Andy saupoudra les courgettes d'ail émincé, de sel et de poivre avant de les transvaser dans la poêle où l'huile d'olive, qui grésillait, les accueillit avec une gerbe d'éclaboussures.

— Baissez le gaz ! tonna l'instructeur depuis son estrade à l'avant de la salle. L'idée, c'est de les faire dorer, pas de mettre le feu.

Emily régla l'intensité de la flamme en levant les yeux au ciel, et cette mimique discrète suffit à transporter Andy directement dans l'antichambre où elles officiaient à *Runway*, et où Emily passait ses journées à lever les yeux (légèrement plus pétillants à l'époque) au ciel. Miranda appelait pour demander un milk-shake, une nouvelle voiture hybride, un cabas en python, un pédiatre ou un vol pour la République dominicaine, Andy se débattait pour tenter de décrypter le sens de la requête, et Emily, les yeux au ciel, soupirait avec ostentation pour souligner son incompétence. C'était un cycle immuable...

— Em, écoute, je...

Emily tourna la tête si vivement qu'Andy s'interrompit.

— *Emily*, la reprit-elle d'un ton cinglant.

— Emily. Excuse-moi. Comment aurais-je pu l'oublier ? Miranda m'a appelée comme ça pendant un an.

Étonnamment, la remarque fut accueillie par un bref ricanement, et Andy crut même discerner une ébauche de sourire.

— Oui, c'est vrai, en effet.

— Emily, je...

Andy, ne sachant trop comment aborder le sujet, se mit à remuer les courgettes dans la poêle, malgré les instructions reçues, consistant à « les laisser dorer lentement, sans les malmener ».

— Je sais que ça fait déjà un bail depuis euh... tout ça, mais ça me chiffonne que les choses en soient restées là.

— Qu'est-ce qui te chiffonne ? D'avoir intrigué sournoisement pour aller à Paris à ma place, alors que c'était le rêve de ma vie – et en dépit du fait que j'étais là depuis plus longtemps et que je travaillais plus dur que toi – tout ça pour avoir le culot de *démissionner* sur un coup de tête ? Sans réfléchir une seule seconde au fait que ça pourrait mettre Miranda de très mauvaise humeur, et que ça me prendrait trois bonnes semaines pour recruter et former une nouvelle assistante – trois semaines pendant lesquelles j'étais à sa disposition vingt-quatre heures sur vingt-quatre et sept jours sur sept, sans personne pour m'épauler ? (Emily contemplait fixement les courgettes.) Tu n'as jamais pris la peine d'envoyer un e-mail pour dire au revoir, pour me remercier de mon aide, ou me dire d'aller au diable. Rien. Alors voilà où en sont restées les choses.

Andy considéra attentivement sa partenaire de fourneaux. Se pouvait-il qu'Emily ait été blessée qu'Andy ait disparu dans la nature sans donner de nouvelles ? Elle n'aurait jamais cru une telle chose possible si elle n'en avait eu la preuve sous les yeux.

— Je suis désolée, Emily. Je pensais que j'étais la dernière personne au monde dont tu avais envie d'entendre parler. Ce n'est un secret pour personne que je n'adorais pas travailler pour Miranda. Mais je reconnais que ce n'était pas facile pour toi non plus, j'imagine que j'aurais pu me montrer un peu moins difficile.

Emily ricana une nouvelle fois.

— Difficile ? Tu étais une garce de première.

Andy inspira longuement par le nez, et expira par la bouche. Elle regrettait amèrement son *mea culpa* et brûlait d'envie d'assener ses quatre vérités à cette fille, de la traiter de flagorneuse et de lèche-bottes, et de tirer un trait sur toutes les personnes associées à *Runway*. Cette brève évocation avait suffi à ressusciter toutes les vieilles douleurs et angoisses : les nuits sans sommeil, le harcèlement téléphonique, les commentaires qui n'avaient de cesse de la dénigrer, de l'insulter, les remarques passives-agressives. Durant une année entière, Andy s'était sentie tous les matins grosse, idiote et déplacée, et tous les soirs épuisée, claquée et déprimée.

Mais à quoi bon engager le combat maintenant ? Dans une heure et demie, ce cours serait terminé, Andy prendrait ses cliques et ses claques et, avec un peu de chance, elle ne recroiserait jamais plus la route de son exécrable ex-collègue.

— Bon. Les courgettes sont prêtes, annonça-t-elle en les déplaçant sur le feu arrière et en humectant une autre poêle d'huile d'olive. Ensuite ?

Emily y jeta deux poignées de choux de Bruxelles coupés en deux, qu'elle arrosa d'une sauce à la moutarde, au vin et au vinaigre.

— Elle m'a virée, tu le savais ?

Andy lâcha sa cuillère en bois, qui heurta bruyamment le carrelage.

— Elle a fait quoi ?

— Elle m'a virée. Quatre mois environ après ta démission. Je venais de terminer la formation de la nouvelle recrue – la quatrième depuis ton départ ; il devait être 8 heures du matin, elle a débarqué, m'a à peine regardée et m'a balancé que je n'avais pas besoin de revenir le lendemain, ni jamais d'ailleurs.

Andy était bouche bée.

— Tu es sérieuse ? Et tu ne sais pas pourquoi elle a fait ça ?

— Pas la moindre idée, dit Emily en remuant les choux d'une main légèrement tremblante. J'ai travaillé pour elle pendant presque trois ans – j'ai même appris le français pour pouvoir aider Caroline et Cassidy à faire leurs devoirs pendant mon temps libre – et elle m'a jetée comme une malpropre. Je devais être promue quelques semaines plus tard rédactrice mode adjointe, on me l'avait promis, et bam ! Salut. Sans explications, sans excuses, sans un merci – rien.

— Je suis désolée, c'est dégueulasse...

Emily leva la main.

— C'était l'année dernière. Je m'en suis remise. Enfin, plus ou moins – je continue à me réveiller tous les matins en priant pour qu'elle se fasse écraser par un bus et, cela fait, je peux attaquer ma journée.

Sans cette expression de douleur sur le visage d'Emily, Andy se serait réjouie. Bien des fois, elle s'était demandé pourquoi Emily refusait d'admettre que Miranda était un monstre qui humiliait et terrorisait tous ceux qui travaillaient pour elle. Bien des fois, elle avait regretté de ne pas avoir une amie, au bureau. La situation aurait été tellement plus supportable si elle avait eu une complice avec laquelle se lamenter. Personne n'avait travaillé plus dur, et avec plus de dévouement qu'Emily, mais cela n'avait pas empêché

Miranda de renier toutes ses promesses. C'était d'une injustice sans nom.

— Tu sais, dit-elle en s'essuyant les mains sur son tablier, une fois, j'ai écrit son éloge funèbre. Tu trouves ça tordu ?

Emily reposa les pinces et la dévisagea. C'était, depuis le début du cours, leur premier vrai contact oculaire.

— Tu as fait quoi ?

— Au cas où, tu vois ? Je dois reconnaître que ce n'était pas un éloge funèbre très élogieux. Mais c'était étonnamment cathartique. Tu n'es pas la seule à espérer sa mort prématurée.

Emily sourit enfin.

— Ça veut dire que tu travaillais pour un journal ? Après ton départ, j'ai cherché ta trace sur Google, mais je n'ai pas trouvé grand-chose.

La remarque prit Andy de court. Cela lui procurait un curieux sentiment de satisfaction d'apprendre qu'Emily avait tenté de savoir ce qu'elle devenait. Dans les semaines qui avaient suivi son départ de *Runway*, Andy avait souvent songé à l'appeler, pour s'excuser de sa démission abrupte qui mettait forcément la première assistante dans une situation délicate, mais elle s'était toujours dégonflée. On ne pouvait pas hurler « Allez vous faire foutre ! » à Miranda Priestly sans en payer le prix auprès d'Emily Charlton. Aussi Andy avait-elle préféré s'épargner le chapelet d'insultes et de malédictions qu'elle était sûre de récolter avant de se faire raccrocher au nez.

— Bon... sans doute parce qu'il n'y avait pas grand-chose à trouver, dit-elle. J'ai cohabité un petit moment avec Lily, le temps de sa convalescence. Je la conduisais à ses séances de rééducation et aux réunions des Alcooliques Anonymes, ce genre de choses. J'ai réussi à caser quelques papiers dans le journal local – j'écrivais pour le carnet du jour, fiançailles, mariages... Quand je suis finalement revenue m'installer à New York, j'ai envoyé mon CV à peu près à tous les sites répertoriés sur Mediabistro[1], et j'ai fini par piger pour *Happily Ever After*. Pour l'instant, ça marche plutôt bien. Je case pas mal d'articles. Et toi, tu fais quoi ?

— Quel genre d'articles ? C'est un site spécialisé dans les mariages, non ? J'ai déjà consulté leur site partenaire, celui consacré à la déco. Ce n'est pas mal.

C'était, de loin, le plus beau compliment qu'Andy ait jamais entendu à son endroit dans la bouche d'Emily, et cela la rendit expansive.

— Merci ! Oui, on s'intéresse à tout ce qui a trait au mariage – bagues de fiançailles, fleurs, robes, listes de cadeaux et d'invités, lieux, lunes de miel, accessoires, organisatrices, danses d'ouverture… tu vois le genre.

Cela n'avait rien de révolutionnaire, mais Andy s'était aménagé une petite niche agréable et n'était pas totalement malheureuse.

— Et toi, reprit-elle. Tu fais quoi ?

— Mesdemoiselles, dans l'angle ! barrit l'instructeur en pointant une spatule en silicone dans leur direction. Moins de bavardage et plus de cuisine. En dépit de son intitulé, ce cours a l'ambition de vous apprendre à faire cuire autre chose qu'un œuf !

— Oui, je m'en souviens maintenant, dit Emily en hochant la tête. Il y avait cette interview de Victoria Beckham, qui racontait les meilleurs souvenirs de son mariage et qui conseillait à toute future mariée, s'il lui fallait choisir, de ne dépenser sans compter que sur un seul truc – l'alcool, parce que c'est la garantie que les invités s'amusent. C'était toi, donc ?

Andy ne put réprimer un sourire. Que ce qu'elle écrive soit lu continuait à la surprendre.

— Ouais, c'était moi.

— Je m'étais posé la question, puis je m'étais dit qu'il devait y avoir une autre Andrea Sachs. J'étais

1. Annuaire en ligne des blogs et titres de presse ouverts aux collaborations.

persuadée que toi, tu allais plutôt devenir correspondante de guerre ou un truc du genre. Je m'en souviens très bien, maintenant. J'avais créé une alerte Google pour Posh, et je lisais tout ce qui paraissait sur elle. Tu l'as vraiment rencontrée en chair et en os ?

Andy n'en croyait pas ses oreilles. Emily lui posait des questions sur sa vie ? Lui manifestait de l'intérêt ? Se montrait impressionnée par quelque chose qu'elle avait fait ? Hallucinant !

— Pendant un quart d'heure, c'est tout, mais oui, elle m'a reçue dans sa chambre d'hôtel, quand elle est passée à New York, il y a deux ou trois mois. Je l'ai même rencontré lui.

— Non !

Andy hocha la tête.

— Sans vouloir te vexer, comment l'as-tu convaincue d'accorder une interview à un blog ?

Andy hésita. Dans quelle mesure pouvait-elle se montrer franche avec Emily ? Elle décida de se jeter à l'eau.

— J'ai appelé son attachée de presse, j'ai dit que je venais de travailler à *Runway*, pour Miranda Priestly, et que, Miranda étant une fan absolue de Victoria, j'espérais que celle-ci m'accorderait une brève interview au sujet de son mariage.

— Et elle l'a fait ?

— Oui, mademoiselle !

— Mais Miranda n'apprécie pas Victoria Beckham.

Emily transvasa les choux de Bruxelles et les courgettes dans une assiette et se percha sur un tabouret de bar, devant le comptoir. Andy alla au buffet chercher un assortiment de fromages et de crackers, puis revint prendre place sur le tabouret voisin et plaça l'assiette entre elles deux.

— Aucune importance. Tant que Victoria – ou du moins son attachée de presse – apprécie Miranda, ce qui est toujours le cas, le mensonge fonctionne. Pour le moment, j'ai un taux de succès de 100 %.

— Quoi ? Ce n'était pas la première fois que tu faisais ça ?

— Je ne mens pas vraiment, se défendit Andy en croquant un cube de cheddar. Libre à eux d'interpréter.

— C'est génial. Absolument génial. Pourquoi s'en priver ? De toute façon, ce n'est pas en lui servant d'esclave que tu vas arriver à quelque chose. Qui d'autre as-tu rencontré ?

— Eh bien… j'ai obtenu de Britney Spears une *playlist* des dix meilleures chansons pour la première danse, Kate Hudson nous a parlé de son projet de convoler un jour en secret. Jennifer Aniston nous a décrit la robe de mariée de ses rêves ; Heidi Klum nous a raconté sa séance coiffure-maquillage le jour de son mariage, et Reese Witherspoon s'est confiée sur les avantages et les inconvénients de se marier jeune. La semaine prochaine, je dois interviewer J. Lo, à propos des faux pas à éviter lors d'un deuxième ou un troisième mariage.

— C'est totalement dément, dit Emily tout en confectionnant un petit sandwich avec deux cubes de fromage entre deux crackers.

Emily Charlton mangeait ? Andy essaya de masquer sa surprise, sans grand succès visiblement car Emily, entre deux mastications et avec une ébauche de sourire, ajouta :

— Eh oui, je mange, maintenant. C'est le premier truc qui est revenu, quand je me suis fait virer. L'appétit.

— Ça ne se voit pas, souligna Andy avec sincérité, et la remarque lui valut un nouveau sourire. Tu ne veux toujours pas me dire ce que tu fais, en ce moment ?

L'instructeur apparut subitement à leurs côtés en faisant les gros yeux.

— Mesdemoiselles ? Que se passe-t-il ici ? Si je ne

m'abuse, « palabres et grignotages » ne sont pas au programme de cet atelier.

— Si je ne m'abuse, « faire chier le peuple » ne fait pas partie de vos attributions, riposta Emily. De toute façon, nous partions, ajouta-t-elle en regardant Andy.

— Oui, absolument, renchérit celle-ci. Et merci pour tout. Ce cours était fantastique !

L'enthousiasme de sa remarque arracha à Emily un cri aigu de délectation qui attira sur elles tous les regards. Les deux filles rassemblèrent leurs affaires et gagnèrent précipitamment le couloir, hilares.

À cette hilarité aurait pu succéder un instant de gêne, mais il n'en fut rien. Après tout, elles avaient beau se détester cordialement, elles avaient passé assez de temps ensemble pour se sentir à l'aise l'une avec l'autre. Quand Andy suggéra d'aller boire un verre pour poursuivre leur conversation, Emily accepta tout de suite. Trois margaritas plus tard, elles décidèrent d'aller dîner, puis de se revoir le surlendemain. Très vite, elles se retrouvèrent régulièrement pour boire un pot en fin de journée, ou partager un brunch le dimanche, et Andy prit l'habitude de passer à *Harper's Bazaar*, pour boire un café et bavarder avec Emily. Celle-ci venait d'être promue rédactrice mode adjointe, et on lui avait octroyé un bureau pour elle seule, exigu certes, mais doté d'une fenêtre.

Andy devint le « plus un » attitré d'Emily pour toutes les fêtes chic de la planète mode ; Andy invita Emily à participer à ses interviews de stars en la présentant comme son « associée ». Elles se consultaient avant toute décision professionnelle, se moquaient mutuellement de leurs fringues et n'éteignaient jamais leurs portables afin que, même tard le soir, celle qui était de retour d'un rencard puisse appeler l'autre. Andy souffrait toujours du vide laissé par les départs d'Alex et de Lily, elle cédait encore à des accès de tristesse en songeant à ses parents vivant désormais chacun de leur côté, et elle se sentait toujours aussi seule, aussi déconnectée. Mais, de plus en plus souvent, Emily était là, elle l'appelait ou lui envoyait un message, pour proposer de tester un nouveau restaurant de sushis à SoHo ou d'aller faire les boutiques pour acheter un nouveau rouge à lèvres, une nouvelle machine à expressos, une paire de sandales plates.

Ces changements n'intervinrent pas du jour au lendemain, mais l'inconcevable était devenu réalité : Emily Charlton, sa bête noire, était désormais son amie. Et pas une amie parmi d'autres – non, sa *meilleure* amie, celle qu'Andy appelait en premier quand elle avait une nouvelle, bonne comme mauvaise, à annoncer. C'est donc le plus naturellement du monde que, deux ans plus tard – Emily ayant quitté *Harper's* et Andy commençant à tourner en rond à *Happily Ever After* –, germa dans leur esprit le projet de *The Plunge*. Ce fut Emily qui lança l'idée la première, mais Andy affina l'objectif et la mission du magazine, elle se creusa la tête pour trouver des sujets d'articles et de couverture, et dénicha les tout premiers mariages qu'elles couvrirent. Entre le carnet d'adresses d'Emily et son expérience de la presse magazine, la plume d'Andy et sa connaissance de tout ce qui touchait à l'univers du mariage, elles conçurent, du design au contenu, un produit superbe et unique en son genre. Puis Max, un des meilleurs amis du mari d'Emily, était entré dans le paysage, au double titre d'investisseur et de futur époux d'Andy. La vie des deux filles était désormais si intriquée que, parfois, Andy peinait à se souvenir de l'époque où Emily et elle se détestaient. En travaillant d'arrache-pied, et le temps faisant son œuvre, elles avaient l'une et l'autre réussi à laisser Miranda dans le rétroviseur. Jusqu'à aujourd'hui.

Andy, encore en tenue de sport, avait rejoint Emily dans son bureau. Les mains moites de transpiration, les poings serrés si fort que les ongles laissaient des marques dans ses paumes, elle regardait maintenant Agatha composer le numéro bien connu du standard d'Elias-Clark. Elle n'en revenait pas d'éprouver autant d'appréhension, d'être à ce point déchirée entre l'envie de savoir ce qui se passait et la crainte de le découvrir.

— Sommes-nous vraiment sur le point de faire ça ? gémit-elle.

— Bonjour, Stanley Grogin, s'il vous plaît, pour *The Plunge*, annonça Agatha avec un petit hochement de tête d'autosatisfaction, visiblement ravie de jouer un rôle central dans ce drame. Mr Grogin ? Ici l'assistante d'Emily Charlton. Ms. Charlton est actuellement en déplacement, mais elle tenait à ce que je vous rappelle sans délai afin de voir si je peux faire quelque chose pour vous.

Un autre hochement de tête. Andy sentit une goutte de transpiration ruisseler lentement entre ses seins.

— Mmm… je vois. Une conférence téléphonique. Puis-je vous demander ce dont il s'agit ? (Agatha grimaça, comme si elle venait de mordre dans quelque aliment immonde, et leva les yeux au ciel, façon Emily.) Naturellement. Je transmets le message et je vous rappelle. Merci beaucoup.

Sans lui laisser le temps de reposer le combiné, Emily mit fin à la communication en appuyant sur le bouton.

— Alors ? demanda-t-elle, à l'unisson avec Andy.

Agatha but une gorgée de son smoothie vert, sans doute pour faire durer le plaisir.

— Il a dit qu'il aimerait prendre date pour une conférence téléphonique avec vous deux.

— Une conférence téléphonique ? À quel sujet ? demanda Andy.

Que pouvait bien leur vouloir l'avocat d'Elias-Clark après toutes ces années ? Sauf à avoir effectivement eu vent du petit jeu d'Andy consistant à glisser le nom de Miranda pour se faire ouvrir des portes…

— Il ne l'a pas précisé.

— Comment ça, il ne l'a pas précisé ? s'agaça Emily, d'une voix flirtant avec les aigus. Qu'a-t-il répondu, lorsque tu lui as posé la question ?

— Qu'il est généralement disponible le matin avant 11 heures, qu'il s'agit d'un sujet d'ordre privé, et qu'il ne l'abordera qu'avec vous… et deux de ses collègues.

— Bon sang, ça y est ! Elle nous traîne en justice. Elle va faire de notre vie un enfer, c'est sûr… gémit Andy.

— Je peux te promettre une chose, Miranda n'en a strictement rien à fiche de toi ou de moi, lui rétorqua Emily du haut de son autorité recouvrée d'ancienne première assistante. Pour elle, nous sommes mortes, et elle a bien plus important à faire que de déterrer de vieilles histoires à la con. Non, il y a forcément autre chose.

Emily avait raison. Il devait s'agir d'autre chose. Mais Andy était abasourdie de constater qu'il lui suffisait de voir le numéro du standard d'Elias-Clark s'afficher sur leur téléphone pour céder à la panique. Peu importait ce qu'Elias-Clark *voulait*. C'était le diable en personne qui était de retour dans sa vie, qui agitait sa queue fourchue et son sac Prada. Ce simple coup de fil, en remuant des souvenirs douloureux et en faisant naître des angoisses nouvelles, semblait balayer d'un coup les dix dernières années.

Chapitre 7

Il faut que jeunesse se passe

Une semaine s'était écoulée depuis le mariage, et l'état d'Andy était loin de s'améliorer. Elle avait de plus en plus souvent mal à la tête, les idées confuses en permanence, comme par manque de sommeil, ainsi que des nausées et des poussées de fièvre. C'était à croire que jamais elle n'arriverait à se débarrasser de cette maudite crève.

Au moment où elle ouvrait le placard pour attraper un peignoir en polaire archi-râpé, la tête de Max émergea de sous les draps.

— Bonjour, lança-t-il avec son adorable sourire ensommeillé. Reviens ici me faire un câlin.

Andy s'enveloppa dans sa guenille rose pétard et serra la ceinture.

— Je vais faire le café. Ce n'est pas la grande forme. Je ne me sens pas d'aller à la gym, ce matin ; je crois que je vais plutôt aller de bonne heure au bureau.

— Andy ? Tu peux venir une minute ? Je voudrais te parler.

Un instant, bref mais atroce, elle eut la conviction qu'il allait lui avouer son incartade avec Katherine. Peut-être s'était-il aperçu que la lettre de sa mère avait disparu. Peut-être...

— Que se passe-t-il ? demanda-t-elle en s'asseyant au bout du lit, le plus loin possible de lui.

Stanley la contempla d'un regard plaintif, sans doute contrarié à l'idée que son petit déjeuner soit reporté.

Max chaussa les lunettes posées sur sa table de nuit, se redressa sur un coude et cala la tête dans sa paume.

— Je veux que tu ailles chez le médecin. Aujourd'hui. J'insiste.

Andy ne répondit rien.

— Ça fait neuf jours que tu es dans cet état. Neuf jours que nous sommes mariés…

Le sous-entendu n'échappa pas à Andy. Une semaine déjà, et ils n'avaient fait l'amour qu'une seule fois, après quoi Andy s'était immergée une heure durant dans le bain au motif qu'elle était frigorifiée. Ce qui était vrai. Mais Max était à bout de patience, et ses excuses avaient fait long feu. Andy était prête à tout pour se sentir mieux.

— J'ai déjà pris rendez-vous pour ce matin, répondit-elle. En me disant que je pourrais toujours annuler si je me sentais mieux. Ce qui n'est pas le cas.

Max parut satisfait de la réponse.

— Parfait. C'est une excellente nouvelle. Tu m'appelles en sortant, pour me dire ce qu'il en est ?

Andy hocha la tête.

— Est-ce que tout va bien, à part ça ? Je sais que tu es mal fichue, mais tu es… je ne sais pas… distante. Tu l'as été toute la semaine. Est-ce que j'ai fait quelque chose ?

Andy n'avait pas prévu d'avoir cette conversation maintenant. Elle continuait à attendre le moment idéal, quand ils ne seraient ni l'un ni l'autre stressés, pressés ou malades, mais la coupe était pleine. Il était temps d'obtenir des réponses.

— Je sais tout au sujet des Bermudes.

Bien malgré elle, Andy retint sa respiration.

Max plissa les paupières, l'air perdu.

— Les Bermudes ? Tu veux dire, pendant mon enterrement de vie de garçon ?

— Oui, c'est ça.

Allait-il lui mentir ? Ce serait la seule chose, à ce stade, qui puisse empirer la situation. Max la regarda.

— Tu fais allusion à Katherine, sans doute ? dit-il posément, et le cœur d'Andy chavira.

Donc, c'était vrai. La lettre de Barbara ne mentait pas : Max lui avait dissimulé des secrets ; il ne servait plus à rien de le nier.

— Tu l'as vraiment vue, dit Andy, plus pour elle-même que pour Max.

— Oui. Mais j'ignorais totalement qu'elle serait aux Bermudes, tu dois me croire. Certes, ses parents y ont une maison, mais j'étais loin de me douter qu'elle et sa sœur choisiraient justement ce week-end-là pour aller au spa. Un soir, elles nous ont rejoints pour boire des cocktails. Ce n'est pas une excuse, mais, s'il te plaît, ne va pas t'imaginer qu'il s'est passé un truc, parce que ce n'est pas le cas. *Il ne s'est rien passé.*

Quelque chose dans le fait d'entendre ces maigres détails était encore plus éprouvant qu'Andy n'aurait pu l'imaginer.

Mais alors, pourquoi me l'avoir caché ? avait-elle envie de hurler. *Et si c'était des retrouvailles innocentes, pourquoi cette lettre ? Pourquoi toutes ces cachotteries ?*

— Comment l'as-tu su, au fait ? Non pas que ce soit un secret, mais je suis curieux.

— Je suis tombée par hasard sur la lettre de ta mère, Max. Celle où elle te supplie de ne pas m'épouser. Et pas simplement à cause de Katherine, n'est-ce pas ?

À en croire sa tête, Max était lui aussi à deux doigts de vomir, ce qui procura à Andy un bref instant de satisfaction.

— Et c'est manifestement un secret, sinon tu m'en aurais parlé sur le moment. Ou peu après. Cette rencontre signifiait assez à tes yeux pour que tu en parles à ta mère, mais pas à moi.

Max ne répondait rien. Andy souleva Stanley dans ses bras et annonça :

— Je ferais mieux de filer sous la douche si je veux être à l'heure à mon rendez-vous.

— Andy, j'allais t'en parler, je te le jure, mais je trouvais égoïste de t'inquiéter, ou de te mettre mal à l'aise avec un détail sans aucune importance.

— Tu ne voulais pas m'inquiéter ? Mais je n'aurais pas été *inquiète* ! J'aurais peut-être retiré cette bague ! J'aurais peut-être refusé d'enfiler cette robe blanche pour aller proclamer mon amour pour toi devant nos amis et nos familles. Surtout quand *la tienne* m'apprécie si peu. Me juge si peu digne de toi. Voilà le choix que j'aurais pu avoir. Alors ne t'avise pas de m'annoncer tranquillement que tu as passé ça sous silence par égard pour *mon* bien-être !

Après tant de jours à se tourmenter en silence, c'était merveilleux de pouvoir enfin libérer sa colère. Mais Andy savait qu'elle était injuste. Elle avait eu le choix, ce jour-là. Et elle avait décidé, plutôt que de mettre tout le monde dans l'embarras, à commencer par elle-même en se donnant en spectacle, de museler sa jalousie. Parce qu'elle aimait Max, qu'elle lui faisait confiance – ou du moins qu'elle voulait lui faire confiance – et qu'elle était convaincue qu'il existait une explication logique à toute cette histoire. Aurait-elle été capable d'ajourner son mariage quelques minutes avant le début de la cérémonie au motif d'une lettre non datée écrite par une belle-mère peau de vache ? L'avait-elle seulement souhaité ? Bien sûr que non. Mais ça, Max n'avait pas besoin de le savoir pour le moment.

— Andy, tu dramatises...

Elle écrasa Stanley contre sa poitrine et alla s'enfermer dans la salle de bains, après en avoir claqué la porte. L'instant d'après, Max était en train de marteler contre le panneau en criant son nom, mais le son de sa voix se retrouva bientôt couvert par le bruit de la douche. Lorsque Andy entra, habillée, dans la cuisine pour attraper une banane et une bouteille de thé glacé, Max se leva d'un bond et tenta de l'enlacer.

— Andy, il ne s'est rien passé !

Elle se débattit, se dégagea, et Max ne réussit qu'à poser la main sur son épaule.

Elle balaya du regard leur appartement : deux cent quatre-vingts mètres carrés, sur deux niveaux, exposés plein sud, au treizième étage ; il comprenait un bureau, deux chambres, dont la principale donnait sur une terrasse, et une cuisine toute neuve, ouverte sur un vaste living accueillant à la fois un salon et un coin repas. Les Harrison avaient acheté cet appartement à leur fils une fois son diplôme en poche, et sa valeur, aussi importante fût-elle, était sans commune mesure avec celle des autres biens immobiliers de la famille. Pourtant, Barbara avait persuadé Max de ne pas le vendre lorsqu'il avait liquidé tout le reste : à défaut d'autre chose, cet appartement, que Max adorait, représentait un investissement. Quand ils avaient décidé de vivre sous le même toit, Max avait proposé à Andy de le mettre en vente afin qu'ils puissent choisir ensemble leur nouveau logement, mais Andy trouvait ridicule de s'exposer à des dépenses supplémentaires quand cet appartement était parfait pour eux deux. Max l'avait embrassée en se déclarant conquis par son absence de matérialisme. Andy avait éclaté de rire et annoncé qu'elle comptait fermement se débarrasser de la plupart des meubles existants et engager un décorateur.

Aujourd'hui, l'appartement était magnifique, et elle avait une chance folle de vivre dans un tel lieu : les épais tapis berbères, les superbes canapés en velours et les fauteuils généreusement capitonnés étaient autant d'invitations à se pelotonner. Sur les murs étaient exposées des photos de leurs voyages autour du monde. En associant leurs bibelots (la grenouille africaine en lattes de bois d'Andy, qui coassait quand on lui caressait le dos avec un bâton ; le buste de Bouddha allongé que Max avait rapporté d'un périple en Thaïlande), leurs bouquins et leurs milliers de CD, ils avaient créé un foyer chaleureux, accueillant – un havre de paix.

— Appelle-moi quand tu sors de chez le toubib, d'accord ? Je me fais du souci pour toi. Je peux passer t'acheter des médicaments, ou autre chose avant de rentrer à la maison, dis-moi juste ce dont tu as besoin. Il y a encore tant de choses dont nous devons parler, j'en suis conscient, je rentrerai le plus tôt possible. On va surmonter cette crise, je te le promets. J'aurais dû t'en parler, Andy, je le sais, maintenant. Mais je te jure que je t'aime. Et qu'il ne s'est absolument rien passé aux Bermudes, je te le jure. Rien.

La main de Max, sur son épaule, lui faisait l'effet d'une agression.

— Andy ?

Elle ne le regarda pas ; ne répondit rien.

— Andy, je t'aime tellement... Je ferai tout pour regagner ta confiance. C'était une mauvaise décision de ne pas te dire que j'avais croisé une ex, mais je ne t'ai pas trompée. Et je ne suis pas ma mère. S'il te plaît, ce soir, en rentrant, on va parler. D'accord ? S'il te plaît ?

Elle se força à lever les yeux, à croiser son regard. Cet homme qui la scrutait avec inquiétude, apparemment dévoré par la même anxiété qu'elle, était tout à la fois son meilleur ami, son associé et l'homme qu'elle aimait.

Ce n'était pas la fin de l'histoire, Andy le savait. Ils reprendraient cette discussion, et Max devrait déployer encore quelques trésors de persuasion pour la convaincre – mais cela attendrait.

Elle hocha la tête, lui serra le bras et, sans un mot, prit son sac et referma la porte derrière elle.

— Andrea ? Que me vaut ce plaisir, très chère ?

Le Dr Palmer, le nez plongé dans son dossier, ne releva pas la tête pour l'accueillir. Après trente, voire quarante ans à pratiquer la médecine, comment cet homme supportait-il encore d'écouter ses patients se plaindre de maux de tête ou de gorge ? Andy en avait presque de la peine pour lui.

— Je vois là que votre dernier bilan remonte à presque deux ans – il est temps d'en refaire un, vous le savez –, mais ce n'est pas ce qui vous amène aujourd'hui, n'est-ce pas ? Que se passe-t-il ?

— Rien de grave, j'en suis sûre, mais je suis complètement à plat depuis une semaine, et ça ne semble pas parti pour s'améliorer. J'ai des migraines en continu et je suis barbouillée.

— Ça ressemble à un microbe qui traîne en ce moment. Vous avez le nez pris ? Mal à la gorge ?

Il lui fit signe d'ouvrir la bouche. Quand il appuya sur la langue, elle eut un haut-le-cœur.

— Non, pas vraiment. Mais j'ai des poussées de fièvre.

— Hum-hum. Respirez profondément, voulez-vous ? Voilà.

Dans un enchaînement rapide, il lui examina les yeux, les oreilles, et lui pétrit le ventre. Était-ce douloureux ? Non, lui indiqua-t-elle ; en revanche, qu'il ait osé palper ses rouleaux de peau – ou de gras ? – entre ses doigts lui inspirait l'envie irrationnelle de lui mettre son poing dans la figure.

— Bien, comme vous avez la gorge irritée, on va faire une culture de streptocoques, mais je suis presque certain qu'il s'agit d'un petit virus dont votre organisme va se débarrasser tout seul, cela dit, puisque vous êtes là, je vous conseille tout de même de vous faire vacciner contre la grippe, en attendant prenez du paracétamol aussi souvent que le besoin s'en fait sentir, buvez beaucoup, reposez-vous et rappelez-moi si les poussées de fièvre persistent, débita-t-il d'une traite, tout en prenant des notes.

Puis il referma son dossier et se prépara à prendre congé. Pourquoi les médecins étaient-ils toujours pressés ? Andy avait poireauté presque une heure avant d'être reçue et il était prêt à la congédier au bout de quatre minutes ?

— Vous n'êtes pas intéressée par les tests de dépistage des MST, n'est-ce pas ? lança-t-il tout à trac en notant une dernière information, et sans daigner relever la tête.

— Pardon ? toussota Andy.

— C'est le protocole, rien de plus. Nous le proposons à tous les patients célibataires. Libre à eux d'accepter.

— En fait, je suis mariée. Depuis une semaine.

Elle s'émerveilla de l'effet étrange qu'il y avait à le dire. *Mariée.*

— Félicitations ! Bon, eh bien, si c'est tout, je vous laisse. J'ai été ravi de vous revoir, Andy. Je pense que vous allez vous rétablir très vite.

Alors que le Dr Palmer s'apprêtait à quitter la salle d'examen, et avant d'avoir réfléchi à la question, Andy bafouilla :

— J'aimerais faire les examens dont vous parliez, s'il vous plaît. Tous.

Le médecin se retourna.

— Je sais que c'est probablement dans ma tête, et qu'il n'y a pas d'inquiétude à avoir, mais je viens de découvrir que mon mari a croisé son ex à son enterrement de vie de garçon. Je sais, c'est son ex-copine, pas une prostituée, et en plus, je ne crois pas vraiment qu'il se soit passé quelque chose – il m'a juré que ce n'était pas le cas mais… mieux vaut prendre ses précautions, j'imagine ? (Elle dut s'interrompre pour reprendre son souffle.) Nous nous sommes mariés la semaine dernière, ajouta-t-elle plus posément.

Andy savait qu'elle était ridicule. Max ne l'avait pas

trompée, ni avec Katherine ni avec aucune autre, elle en avait la quasi-certitude. Avec elle, il n'avait jamais été qu'aimant et franc, et, même s'il avait commis une erreur en omettant de lui dire qu'il avait croisé Katherine, elle le croyait lorsqu'il lui affirmait qu'il ne s'était rien passé. Et même si, par un hasard improbable, il s'était bel et bien passé quelque chose, quelles étaient ses chances d'attraper une maladie sexuellement transmissible avec Katherine von Herzog, la princesse immaculée ? Chez ces gens-là, on n'avait pas d'herpès. Point. Néanmoins, s'il y avait le moindre risque, si infime soit-il, que son état actuel soit lié à une incartade de Max, autant le savoir.

Le docteur hocha la tête.

— Le laboratoire se trouve au bout du couloir à gauche. Allez faire une prise de sang. Laissez-leur également un flacon d'urine. Quand vous revenez, déshabillez-vous, vous trouverez une chemise en papier sur la chaise, là-bas. L'ouverture est sur le devant. Je reviens dans un instant avec une assistante.

Andy voulut le remercier, mais il s'éclipsa trop vite. Elle fila au laboratoire où une femme corpulente et pas très souriante lui préleva du sang, presque sans douleur, et sans croiser une seule fois son regard, avant de la diriger vers les toilettes. Andy regagna la salle d'examen, enfila la chemise en papier et grimpa sur la table. Elle avisa un vieux numéro du magazine *Real Simple* et avait réussi à se concentrer sur la méthode en dix étapes pour briquer une buanderie quand le médecin réapparut, accompagné d'un autre homme, de type asiatique, qui paraissait à peine majeur.

— Andrea, voici Mr Kevin, notre infirmier praticien. Je suis navré, aucune infirmière n'est disponible pour l'instant. Vous n'y voyez pas d'inconvénient, j'espère ?

— Non bien sûr, mentit Andy.

Par chance, l'examen fut rapide. Andy ne pouvait

pas voir ce que le docteur faisait, et il ne prit pas la peine de le lui expliquer. Elle s'efforçait de faire abstraction du regard fixe que l'infirmier posait entre ses jambes écartées, comme s'il n'avait jamais rien vu de tel auparavant, et au moment où elle commençait à se sentir vraiment très mal à l'aise, le Dr Palmer rabattit d'un coup sec la chemise sur ses cuisses et lui tapota la cheville.

— C'est terminé, Andrea. J'aurais certains résultats dès aujourd'hui, d'autres demain. Tout va dépendre des embouteillages au labo. En partant, assurez-vous auprès de la secrétaire que nous avons un numéro de téléphone toujours valable. Si jamais vous êtes sans nouvelles demain à 17 heures, n'hésitez pas à appeler.

— Euh... très bien. Y a-t-il autre chose que je...

— Non, nous avons tout ce qu'il nous faut. On se reparle très vite.

Et il fila sans laisser à Andy le temps d'ajouter un mot ni même de lui demander quels examens il avait pratiqués.

Ce n'est qu'après avoir réglé le forfait, enfilé son manteau et passé sa MetroCard dans le lecteur de la borne qu'elle s'aperçut que le Dr Palmer s'était bien gardé de la rassurer. Il ne lui avait pas dit : « Je suis certain qu'il n'y a pas lieu de s'inquiéter », ni : « Mieux vaut être prudent, mais je suis sûr que tout va bien », ni même : « Je ne vois rien d'alarmant, *a priori.* » Il s'était contenté d'annoncer : « C'est terminé », avant de filer comme s'il avait le diable aux trousses. Redoutait-il qu'Andy ne fonde en larmes ? Ou bien avait-il été alerté par un symptôme ?

Une fois au bureau, entre Barbara, Katherine, les Bermudes et les chlamydias d'un côté, et Miranda de l'autre, elle eut un mal fou à se concentrer et, franchement, elle n'aurait su dire ce qui lui faisait le plus peur. Elle tenta de se distraire en jetant un œil à la « Page Six » sur le site du *New York Post* mais se retrouva nez à nez avec les jumelles de Miranda. Les fillettes qui avaient tourmenté Andy avaient grandi, mais ne semblaient pas moins malheureuses pour autant. La photo avait été prise la veille, lors d'un vernissage quelconque. Caroline, vêtue de noir de pied en cap, entourait de ses bras un garçon affublé d'une moustache lustrée et de boutons d'acné. Cassidy avait tenté – avec succès, il fallait le reconnaître – le look crâne rasé d'un côté ; entre le pantalon en cuir brillant et archi-moulant qui accentuait son effrayante maigreur et le rouge à lèvres rubis, elle évoquait une poupée en porcelaine gothique. La légende indiquait que les jumelles, de retour à New York pour les vacances d'automne, étaient étudiantes en première année, Caroline à la Rhode Island School of Design, Cassidy dans quelque université française délocalisée à Dubaï. Andy ne put s'empêcher de se demander de quel œil Miranda voyait les choix de ses filles, et cette pensée la fit sourire.

Emily frappa à la porte du bureau et entra sans attendre d'y être invitée.

— Salut. Tu as une mine affreuse. Tu es toujours malade ? Tu as parlé à Max ?

— Oui, et oui.

Andy prit un chocolat dans la coupe qui trônait sur sa table et la poussa en direction de son amie.

Emily soupira, piocha un bonbon, retira son enveloppe et le glissa dans sa bouche.

— Alors, qu'a-t-il dit ? J'ai demandé à Miles, au fait. Il m'a juré qu'il n'y avait pas une seule fille avec eux aux Bermudes. Je le crois. Non pas qu'il ne mente jamais, mais en général je vois tout de suite si…

— C'est vrai, Em. Katherine était là-bas. Il l'a reconnu.

Emily redressa la tête aussi vivement qu'un élastique qui claque. Tout en fixant d'un air absent la petite trace de chocolat sur la lèvre de son amie, Andy se demanda pourquoi elle n'éprouvait rien.

— Comment ça, « Il l'a reconnu » ? Reconnu quoi, exactement ?

Le portable d'Andy émit un petit bruit et un message apparut sur l'écran. Les deux filles se penchèrent pour voir s'il émanait de Max – ce qui était le cas – et Emily interrogea Andy d'un haussement de sourcils.

Qu'a dit le toubib ?

Andy repensa à l'examen, se revit étendue sur cette table froide, son intimité offerte au regard de deux hommes, et elle fut prise d'une furieuse envie d'assassiner Max. Pas une seule fois, depuis le lycée et pendant toutes ces années (dont quelques-unes à barboter dans l'aquarium à requins qu'était New York) où elle avait été sexuellement active, elle ne s'était inquiétée d'avoir contracté une MST. Elle s'était toujours montrée prudente, limite obsessionnelle, et fière de l'être. N'était-ce pas injuste qu'aujourd'hui, quand elle se sentait enfin assez en sécurité pour baisser la garde, pour se donner entièrement à son *mari*, il lui faille endurer la torture d'attendre les résultats de tests de dépistage ?

Résultat des tests en fin de journée ou demain. Sans doute simplement un virus, répondit-elle.

— Andy ?

Andy retira le papier d'un deuxième chocolat et croqua la pointe avant de le mettre tout entier dans sa bouche.

— Pourrais-tu arrêter de t'empiffrer pendant une seconde et m'expliquer ce qui se passe ? demanda Emily en mettant la coupe par terre. Que cette histoire te secoue, c'est une chose, mais je peux t'assurer que ça ne te rendra pas plus heureuse de prendre cinq kilos pour t'être gavée de cochonneries.

— Il n'y a pas grand-chose à expliquer. Je lui ai dit que je savais ce qui s'était passé aux Bermudes, il a craqué et s'est excusé.

Emily pencha la tête de côté. Bien des femmes auraient tué pour avoir cette chevelure auburn aux reflets roux, aux boucles souples, mais Emily passait son temps à répéter qu'elle allait se teindre en blonde.

— Okaaay... mais tu ne sais pas ce qui s'est *vraiment* passé. Tu sais juste qu'il a croisé son ex par hasard.

— S'il te plaît, arrête. Je sais que tu essaies de me remonter le moral, mais Max s'est excusé mille fois, il m'a assuré que rien n'était prémédité, que Katherine se trouvait simplement là avec sa sœur, qu'ils étaient tombés l'un sur l'autre et que, du coup, elle avait passé un moment avec eux. Il affirme qu'il allait me le dire, mais, par je ne sais quel raisonnement tordu, il s'est convaincu que ce serait de l'égoïsme de m'en parler, donc il a préféré la boucler en espérant que l'histoire tomberait aux oubliettes.

— Oh, Andy, je n'arrive pas à croire que...

— Eh bien, fais un effort, l'interrompit sèchement Andy, agacée à l'idée que son amie puisse mettre en doute sa version des faits. J'ai passé la matinée à faire toute une batterie de tests de dépistage.

Emily resta un instant bouche bée – une mimique d'une parfaite inélégance, qui ne lui ressemblait pas du tout – puis elle se mit à rire.

— Andy ! Tu te fiches de moi. Max ne t'a pas refilé de maladie ! Et sûrement pas à cause de Katherine.

— Je ne sais pas quoi te dire. Il m'affirme qu'il ne s'est rien passé. Mais il y a un mois et demi, il était aux Bermudes, en même temps que son ex, et maintenant, je suis malade, j'ai toutes sortes de symptômes bizarres et inexplicables. Qu'est-ce que tu te dirais à ma place ?

— Que tu te fais du cinéma. Franchement, Andy. Des MST ?

Les deux filles se turent pendant un petit moment ; l'équipe était en train d'arriver, au compte-gouttes. Andy entendit Agatha relever les messages qu'elle lui avait laissés tard, la veille au soir.

— Puis-je être une mauvaise amie pendant une

seconde ? Promets-moi que tu ne me détesteras pas d'avoir posé la question.

— Je ne peux rien promettre, mais je vais essayer, répondit Andy.

Emily ouvrit la bouche, hésita.

— Non, rien, excuse-moi. Oublie, se ravisa-t-elle.

— Tu veux savoir ce que j'ai décidé au sujet d'Elias-Clark, c'est ça ? Comment on va s'y prendre ?

Depuis maintenant quatre jours qu'elles avaient été contactées, Emily avait demandé à Andy à cinq ou six reprises ce qu'elle entendait faire. Entre-temps, Elias-Clark avait rappelé pour fixer le jour et l'heure de la conférence téléphonique, et Agatha avait répondu qu'elle reviendrait vers eux dès que possible.

— J'imagine qu'il faut les rappeler, dit Andy.

Emily se contenta de hocher la tête mais sa satisfaction était évidente.

— D'accord. Ça me semble s'imposer. (Son téléphone vibra et elle jeta un œil à l'écran.) C'est Daniel. Je suis sûre qu'il te harcèle toi aussi. Il veut savoir ce qu'on a décidé pour la couverture de février.

— Nous n'avons rien décidé, dit Andy, consciente que sa réponse n'était pas d'une grande aide.

— Tu es toujours d'accord pour que ton mariage fasse la couverture ? À ta place, je n'hésiterais pas une seule seconde.

Andy soupira. Ce point lui était presque sorti de la tête.

— Nous avons récupéré les clichés, ils sont sublimes, on a claqué la quasi-totalité de notre budget éditorial pour les honoraires de Saint-Germain, et nous n'avons rien ne serait-ce qu'à moitié aussi bien à passer à la place. Tout le numéro repose sur ce sujet, résuma Andy. Pigé.

Et puis subitement, sa gorge se noua.

— Em, je fais quoi ? J'ai l'impression que tout part en vrille. Je n'arrive pas à croire que sa mère et sa sœur me haïssent. Et toute cette histoire avec Katherine me perturbe.

Emily balaya les arguments d'un geste.

— J'ai vu comment vous vous regardez. Mon Dieu ! Si Miles et moi avions la moitié de ce qu'il y a entre Max et toi, on serait vernis. Max est en adoration devant toi, Andy. Et je le connais, il doit s'en vouloir à mort, en ce moment, il doit se demander pourquoi il s'est comporté comme un con et il doit être terrifié à l'idée de te perdre. Mais tu sais ce que cela fait de lui ? Un mec. Un mec qui a merdé en mentant par omission, mais qui reste celui dont tu es tombée amoureuse, celui qui t'a toujours dit qu'il n'avait jamais rencontré aucune fille qui lui donne envie de se caser. Avant de te connaître.

Andy décocha un regard à Emily.

— Si c'est ça, sa façon de se caser, je préfère ne pas savoir comment il était du temps de sa carrière de play-boy.

— Tu ne te souviens pas qu'il t'a suppliée d'emménager avec lui six mois après votre rencontre ? Pour votre premier anniversaire, il voulait déjà t'acheter une bague de fiançailles ! Et si ce garçon parle encore une fois de son projet de « fonder une famille », Miles va le tuer. Il t'aime vraiment, Andy, et tu le sais.

— Oui, je le sais. J'ai juste besoin de me le répéter. (Andy toussa et se tamponna les yeux avec un mouchoir en papier.) Bon, c'est d'accord, trancha-t-elle, on passera le mariage dans le numéro de février.

— C'est vrai ?

Le soulagement d'Emily était si évident qu'il en devenait presque comique.

— Oui. Les photos sont vraiment très belles. Ce serait dommage de les gâcher.

Emily acquiesça et s'empressa de quitter le bureau, par crainte sans doute que l'une ou l'autre n'ajoute une remarque susceptible de tout remettre en cause.

Lorsque Andy rentra chez elle, elle avait recouvré

son calme, ou du moins un semblant de calme. Une fois par semaine en sortant du bureau, Max s'entraînait au basket avec son équipe de ligue, mais Andy savait qu'il avait prévu de sécher l'entraînement de ce soir-là pour rentrer tôt et s'occuper d'elle. Si Max quittait le bureau à l'heure habituelle, Andy disposait d'une trentaine de minutes avant le face-à-face. Devait-elle accepter que son mari lui ait menti ? N'était-elle pas assez grande pour savoir qu'il n'y avait jamais de fumée sans feu ? Si Max avait tu cette information, c'était forcément que l'histoire ne s'arrêtait pas là, pas vrai ? Et en ce cas, que faire ? *Le quitter ?* Barbara serait aux anges de voir ce mariage devenir une affaire classée en l'espace de quinze jours. Dans la rue, un homme en costume se retourna pour la dévisager. Avait-elle parlé à voix haute ? Était-elle en train de perdre les pédales ?

Andy lâcha sur le banc de l'entrée son maxi-cabas Vuitton – un de ces fourre-tout géants censés pouvoir supporter deux cent cinquante kilos sans qu'une anse se rompe –, se débarrassa de ses chaussures et consulta sa montre. Encore vingt-cinq minutes à attendre. Le temps de dénicher et manger une tranche de pain complet tartinée de beurre de cacahouète, et boire un Coca light, il n'en restait plus que dix-sept. Comment allait-elle commencer ? *Max, je t'aime, mais je crois qu'on devrait prendre quelques jours pour réfléchir à certaines choses.* Une vraie réplique de film. *Inspire.* Elle improviserait le moment venu, tout simplement.

L'écran de son portable s'éclaira.

Suis là ds 10 mn. Tu as besoin de qqch ?

Rien, merci. À tt de suite.

Et si elle appelait quelqu'un, n'importe qui, juste pour tuer le temps ? Mais pour dire quoi, au juste ? *Salut, Lily. Tu t'es bien amusée, au mariage ? Le retour s'est bien passé ? Super ! Oui, j'attends que Max rentre pour lui dire que j'ai besoin de prendre un ou deux jours de recul afin de réfléchir à la situation. Au bout d'une semaine de mariage, rien que ça !* Elle se mordilla les cuticules en fixant l'horloge du téléphone, qui se mit à sonner et la fit sursauter. C'était un numéro masqué, mais elle avait renoncé depuis belle lurette à filtrer ce genre d'appel.

— Allô ?

Elle ne s'était pas attendue à entendre un tremblement dans sa voix.

— Andrea Sachs ?

— Elle-même.

— Bonsoir, Andrea. Ici, Mr Kevin, du cabinet du Dr Palmer. Je vous appelle pour vous communiquer les résultats de certains tests. Est-ce que je tombe mal ?

Pouvait-il mieux tomber ? songea Andy. *Je vais pouvoir faire d'une pierre deux coups – confirmer que je souffre d'une immonde infection génitale et annoncer que « j'ai besoin d'un peu de recul ». Franchement, c'est idéal.*

— Non, pas du tout.

— Alors voyons... votre frottis est négatif, mais je pense que nous nous y attendions. Quant aux tests de dépistage, j'ai de bonnes nouvelles : ils sont négatifs pour les chlamydias, la gonorrhée, les hépatites, l'herpès, le VIH, le papillomavirus et les mycoses.

Andy était impatiente d'entendre la suite.

— Que des bonnes nouvelles, alors ? dit-elle.

Mr Kevin toussota.

— Eh bien, il y a autre chose...

Andy chercha à se souvenir si un quelconque test manquait à la liste qu'il venait d'énoncer. Il avait cité le VIH, non ? Et l'herpès ? Une maladie d'avant-garde venait-elle d'apparaître, dont elle n'avait pas encore entendu parler ? Avait-il peur de poursuivre parce qu'elle allait mourir ? En ce cas, se jura-t-elle, elle ne partirait pas seule...

— Votre taux de HCG est assez élevé. Félicitations, Andrea ! Vous êtes enceinte.

Dans quelque région reculée de son cerveau, Andy avait deviné ce que Mr Kevin allait lui annoncer – probablement en entendant le mot « félicitations », mais elle n'était pas en mesure de traiter correctement l'information. Il lui semblait qu'on avait jeté un immense drap sombre sur ses capteurs sensoriels. Elle ne voyait plus que du noir. Elle était consciente, elle respirait, mais elle ne ressentait plus rien, n'entendait plus, ne voyait plus. Une foule de questions se bousculaient dans sa tête, bien sûr, mais elle était surtout comme assommée d'incrédulité. Enceinte ? Impossible ! Une erreur s'était glissée quelque part, il n'y avait pas d'autre explication. Et qu'importe cette petite voix, dans sa tête, qui lui susurrait : *Tu t'en doutais, depuis le début. Les nausées, les cycles irréguliers, les courbatures, cette perpétuelle lassitude. Tu le savais, Andy, mais tu étais incapable d'affronter la vérité.*

Les aboiements de Stanley attirèrent son attention. Il n'aboyait que lorsque la porte d'entrée s'ouvrait, ce qui signifiait que Max venait de rentrer.

— Andrea ?

Dans un instant de flottement, elle ne sut si c'était Max, ou Mr Kevin, qui l'appelait.

— Oui, je suis là, répondit-elle dans le téléphone. Merci de l'information.

— Connaissez-vous un obstétricien, ou avez-vous besoin que nous vous recommandions un confrère ? Sans échographie, je ne peux pas préciser le nombre de semaines, mais, à en juger par votre taux de HCG, je dirais que c'est une grossesse qui ne date pas d'hier. Mieux vaudrait sans doute prendre rendez-vous le plus tôt possible.

— Andy ? Tu es là ? appela Max à tue-tête.

La porte d'entrée claqua, et Stanley se mit à aboyer avec frénésie.

— Merci, Mr Kevin, je vais m'en occuper, mentit-elle pour la millième fois de la journée, lui semblait-il.

Une grossesse qui ne date pas d'hier ? Qu'est-ce que cela voulait dire ?

— Salut, chuchota Max dans son dos, avant de lui planter un baiser dans le cou. Avec qui tu parles ?

Andy écrasa la main sur le micro.

— Personne.

— Andrea ? Y a-t-il autre chose que je puisse faire pour vous aider ? s'enquit l'interlocuteur.

— C'est pour ça que je suis malade ? demanda-t-elle.

Mr Kevin s'éclaircit la voix.

— Cela expliquerait certainement les nausées et la fatigue. Le Dr Palmer pense que vos autres symptômes – maux de gorge, fièvre et courbatures – ne sont pas liés à la grossesse. Cela vient plutôt d'un virus, du stress, ou peut-être simplement du fait que vous êtes épuisée, en ce moment. Vous devriez vous sentir mieux très bientôt.

— Oui, j'en suis sûre. Merci de votre appel.

Andy raccrocha, inspira lentement pour tenter de calmer l'emballement de son cœur.

Max attrapa une bouteille de Gatorade verte dans le réfrigérateur et en vida la moitié d'un trait.

— Tout va bien ?

Andy ne répondit pas. Elle ne savait pas si elle était encore en mesure d'articuler un son.

Max s'essuya la lèvre et la regarda d'un air contrit.

— Désolé d'être en retard. Je sais que nous devons parler, ce soir. Que se passe-t-il ? Tu as des nouvelles du toubib ? Viens, on va s'asseoir.

Tout en se laissant entraîner vers le canapé, Andy évalua la distance qui séparait le salon des toilettes, au cas où elle serait prise de vomissements. Max commença à lui caresser les cheveux, et elle n'eut pas la force de chasser sa main.

— Parle-moi, ma chérie. Je sens que cette semaine a été interminable pour toi, entre le mariage, l'état dans lequel tu es… et ce pataquès à propos de Katherine. Dont j'ai besoin de te reparler, car je ne crois pas avoir été assez clair ce matin : il ne s'est rien passé. Absolument rien. J'ai bien réfléchi à tout ça, et je veux que tu saches que je suis prêt à tout – absolument *tout* – pour tirer cette histoire au clair avec toi et te rassurer.

Andy essaya de parler mais elle était bel et bien frappée de mutisme. Un bébé. Leur enfant. Un petit Harrison. Barbara allait-elle rejeter aussi son petit-fils ?

— Que se passe-t-il dans cette jolie tête ? insista Max. Qu'a dit le docteur ? Il t'a donné des antibiotiques ? Tu veux que j'aille à la pharmacie ? Dis-moi ce qu'il y a.

Sans trop savoir d'où lui venait cette énergie, et sans se laisser le temps de le découvrir, Andy se força à sourire. *Enceinte. Enceinte. Enceinte.* Le mot se répétait en écho dans sa tête, et elle aurait voulu le hurler. Elle voulait tellement l'annoncer à Max ! Mais non. Elle avait besoin de temps pour réfléchir.

Elle lui tapota la main.

— On reparlera de tout ça une autre fois, d'accord ? Je ne suis toujours pas dans mon assiette. Je crois que je vais aller m'allonger un petit moment, ça ne t'embête pas ?

Elle se retira sans attendre la réponse.

Chapitre 8

Ni robes Pronuptia, ni gypsophiles, ni souliers à teindre

Cela faisait une semaine que Mr Kevin lui avait annoncé la nouvelle, et Andy n'en avait toujours rien dit à personne. Ni à Emily, ni à Lily, ni à sa mère ou à sa sœur, et certainement pas à Max. Ce dont elle avait besoin, c'était de temps pour réfléchir – pas d'une avalanche d'avis et de conseils non sollicités, et surtout pas des félicitations enthousiastes et des manifestations de joie que l'annonce ne manquerait pas de provoquer. D'un côté, c'était exaltant. Un bébé ! Andy n'avait jamais été de ces petites filles qui, déjà à 10 ans, peuvent décrire dans les moindres détails le mariage de leurs rêves, depuis l'étoffe de la robe jusqu'à la couleur du bouquet, mais elle se projetait sans aucun doute dans la maternité. Elle se voyait mère de deux enfants avant 30 ans, un garçon et une fille (le garçon en premier, bien sûr). Un peu plus tard, en commençant à comprendre que deux grossesses avant le cap de la trentaine – et même *une seule* –, c'était peut-être un peu plus compliqué qu'elle ne l'avait imaginé, Andy avait modifié l'équation. Cela avait occupé pas mal de ses réflexions entre 25 et 30 ans, et elle était parvenue à la conclusion que deux, voire trois enfants entre 30 et 40 ans, ce serait parfait. Les deux premiers, un garçon et une fille, dans cet ordre, naîtraient à deux ans d'intervalle ; ce faible écart serait, en dépit de la différence de sexe, une garantie de proximité et, plus tard, d'amitié. Le troisième enfant, une fille, verrait le jour trois ans plus tard : Andy aurait le temps de souffler un peu mais ne serait pas encore trop vieille, et la nouvelle venue deviendrait la meilleure amie de sa grande sœur, et la petite protégée de son frère.

Ce qu'elle n'avait pas envisagé, naturellement, c'était qu'une pièce de ce puzzle puisse, le jour venu, jeter une ombre sur l'ensemble du tableau. Que tout le monde puisse se rendre compte qu'elle était enceinte le jour de son mariage, c'était un détail, qui la turlupinait certes, mais un détail néanmoins. En revanche, douter du père de son enfant, savoir que sa belle-mère la détestait et découvrir sa grossesse trente secondes avant de suggérer à son mari de « prendre quelques jours pour faire le point », voilà qui modifiait la donne. Toutes les raisons logiques qui l'avaient convaincue de quitter Max s'il s'avérait qu'il l'avait bel et bien trompée avec Katherine – ils n'étaient liés que par un contrat et ils n'avaient pas d'enfants dont ils risquaient de briser la vie – s'étaient évanouies en fumée à cause d'un échantillon d'urine et du coup de fil d'un infirmier.

Les lumières se tamisèrent, la mère d'Andy émergea de la cuisine avec un gâteau recouvert de bougies, et tout le monde se mit à chanter.

— Tu en as bien mis quarante-deux, maman ? Tu as recompté, n'est-ce pas ? demanda Jill.

— Il y en a quarante-trois, la rassura Mrs Sachs. Une en prime pour forcer le destin.

Les garçons et Kyle achevèrent leur interprétation discordante de « Joyeux anniversaire » et insistèrent pour que Jill fasse un vœu.

— J'aimerais que mon mari accepte de faire une vasectomie, chuchota-t-elle en se penchant au-dessus du gâteau.

Andy s'étrangla avec une gorgée de café et les deux sœurs partirent d'un fou rire incontrôlable.

— Qu'est-ce que tu as dit, maman ?

— Que je souhaite santé et bonheur à mes enfants, à mon mari, à ma sœur et à ma mère, annonça Jill, et elle souffla les bougies.

— Hé, Andy, ça va ? demanda Kyle en la poussant du coude.

Son beau-frère lui présenta une part de gâteau sur une assiette en carton, mais Jonah s'en empara avant qu'Andy ait pu réagir.

— Jonah ! Rends ça immédiatement à ta tante ! Tu connais les règles, les dames d'abord !

Jonah releva la tête, fourchette suspendue au-dessus du glaçage, l'air désespéré. Andy éclata de rire.

— Laisse-le. Je prendrai la suivante.

La fourchette de Jonah s'enfonça aussitôt dans le glaçage. Le petit garçon enfourna une généreuse bouchée et remercia Andy d'un sourire chocolaté.

— Non, sérieux, Andy, reprit Kyle en lui tendant une autre part, que personne n'intercepta. Tout va bien ? Tu as l'air un peu... fatiguée.

« Fatiguée ». L'euphémisme par excellence, pour éviter de dire : « Tu as une mine de déterrée. » Oui, sans doute était-elle fatiguée. Pour un millier de raisons.

Elle se força à sourire.

— C'est un peu dur, au boulot, en ce moment. Entre le mariage et tout le reste. Je me serais bien passée d'un voyage professionnel. Bon, heureusement, c'est à Anguilla.

Kyle la dévisagea, visiblement perdu.

— Harper Hallow et Mack. Ils se marient au Viceroy, à Anguilla, ce week-end, et nous couvrons l'événement. Si j'ai bien suivi, lui voulait que ça se passe dans un ancien studio d'enregistrement réhabilité à Fresno – je crois qu'ils se sont rencontrés là-bas pendant une tournée, quelque chose dans ce goût-là –, mais elle n'a rien voulu entendre. Heureusement.

— C'est un sacré avantage en nature. Tu te rends compte ? Le monde entier veut assister à ce mariage, et toi tu y seras !

— C'est dingue, n'est-ce pas ? Je suis sûre que la plupart des filles seraient prêtes à se damner pour avoir son job, renchérit Jill, en épongeant un gros morceau de gâteau mâchouillé sur son épaule.

Même si ce genre de remarque continuait à lui provoquer des bouffées d'anxiété, Andy reconnaissait que son travail était assez incroyable. Elle aimait ce sentiment de créer quelque chose de toutes pièces, d'accompagner le cheminement de nouvelles idées depuis le pitch jusqu'à la publication, en ayant entre-temps peaufiné la mise en page. Il était extrêmement satisfaisant, après avoir consacré une journée à laisser fuser ses idées, de les coucher sur papier le lendemain puis d'attendre éventuellement deux ou trois jours avant d'apporter quelques retouches, et de s'atteler à la préparation des numéros suivants. La variété des tâches et des sujets aidant, on ne s'ennuyait jamais, et il y avait toujours de nouveaux défis à relever. Mais ce qu'Andy appréciait plus que tout, c'était d'être sa propre patronne.

Lorsque Emily lui avait exposé l'idée de lancer leur propre magazine de mariage, en édition papier, Andy avait opposé un refus catégorique. Pour la deuxième fois depuis leurs retrouvailles, les deux filles passaient leur week-end annuel dans un spa, une tradition qu'Andy avait proposé d'instituer le jour où elle s'était aperçue que, après avoir économisé toute l'année pour s'offrir des vacances, elle n'avait personne pour l'accompagner.

Malgré son récent mariage (quelque peu impulsif, selon Andy) avec Miles, un producteur d'émissions de télé-réalité de cinq ans son aîné, qui venait de faire un énorme carton auquel personne ne s'attendait, Emily avait accepté de s'éloigner de son nouvel époux pour s'offrir quatre jours de soins, au soleil et les pieds dans le sable, dans un centre de remise en forme des Caraïbes. Elles étaient en train de barboter dans le plus chaud des trois jacuzzis intérieurs du Mandarin Oriental. Dans le plus simple appareil. Après un massage aux pierres chaudes dans leur romantique chambre double ouverte sur la mer, elles s'étaient retirées dans l'espace de relaxation réservé aux femmes. Emily, se débarrassant aussitôt de sa serviette sur un fauteuil, avait bu quelques gorgées d'infusion de gingembre, grignoté un abricot sec puis, lentement, très, très lentement, elle s'était glissée dans l'eau fumante. Andy avait eu le plus grand mal à ne pas dévorer d'un regard envieux le ratio taille-hanches idéal d'Emily, ses seins parfaits, ses jambes fines et musclées, son derrière rond et sans un gramme de cellulite. Andy était mince elle aussi, certes, mais son corps longiligne était bien moins épanoui et appétissant que celui d'Emily. Tout en s'agaçant de ses excès de pudeur devant sa meilleure amie, elle ne se résolut à se défaire de sa serviette qu'une fois au bord du bassin, dans lequel elle s'immergea en trois secondes. Et pendant qu'Emily bavardait avec animation, Andy, pourtant submergée sous les remous jusqu'au ras du cou, se sentait exposée.

— Comment ça, « non » ? Tu ne m'as même pas laissée t'expliquer mon idée ! se plaignit Emily avec cette pétulance charmeuse qui signifiait qu'elle n'était pas réellement contrariée.

— C'est inutile. La presse papier, j'ai tourné la page. Comme tout le monde, d'ailleurs. Crois-le ou pas, je suis très bien où je suis.

À cette époque, Andy travaillait sous les ordres d'une femme saine d'esprit, écrivait quatre jours par semaine pour *Happily Ever After* et laissait infuser une idée de roman. Elle avait de solides références, des horaires flexibles : si elle s'organisait bien, elle était certaine de pouvoir se dégoter un agent. En termes de salaire, elle se dirigeait peut-être droit vers la précarité, mais peu importait.

— Oui, mais ça, c'est juste un job ! Ce dont je te parle, moi, c'est d'une *carrière*. C'est de devenir chef d'entreprise. On le lance ensemble et ce sera notre bébé. Ne me dis pas que tu n'es pas prête à passer à autre chose et que tu comptes dresser des listes des dix incontournables de ceci ou de cela toute ta vie ! *Happily Ever After* est un charmant petit site qui propose à l'occasion une idée intéressante, noyée dans des tartines de trucs vus et revus. Tu le sais autant que moi.

— Merci.

Emily tapa du poing dans l'eau.

— Ah, ne sois pas si susceptible, Andy ! Tu es sous-employée. Tu vaux tellement mieux que ça ! Je veux que tu écrives de vrais articles de fond, de plusieurs pages, que tu travailles avec des photographes géniaux qui transcriront ta vision et que tu délègues tes idées à d'autres rédacteurs, que tu pourras corriger, guider, superviser. Tu irais interviewer des célébrités jusqu'à l'autre bout du monde et, bien entendu, on accepterait tous les avantages en nature et toutes les ristournes imaginables puisqu'on ne prétendrait pas une seule seconde être objectives. Alors ? Ce ne serait pas marrant, ça ?

Andy fit la moue.

— Ce ne serait pas triste.

— Tu peux répéter ? Ce serait génial ! Je serai le visage public du magazine et m'occuperai de tout ce que tu détestes faire. J'organiserai les fêtes, je courtiserai les annonceurs, j'embaucherai, je virerai. Je trouverai les bureaux, j'achèterai équipements et fournitures. On dénichera des gens formidables capables de gérer le quotidien, afin qu'on puisse se concentrer sur notre boulot et en faire le magazine de mariage le plus vendu de tout le pays. Est-ce que j'ai déjà mentionné la mutuelle et un salaire assez conséquent pour t'assurer ton indépendance financière ? Tu imagines ?

Andy sentit qu'elle commençait à se détendre, que ses épaules se dénouaient. Elle devait admettre que, oui, elle l'imaginait plutôt bien. C'était même, pour tout dire, un projet assez génial. Mais Emily et elle, étaient-elles suffisamment qualifiées pour lancer et diriger un vrai magazine ? Le cumul de leurs expériences – deux ex-assistantes de bas étage passées depuis peu rédactrice ajointe pour l'une, pigiste pour l'autre – suffirait-il ? En quoi leur magazine serait-il différent des dizaines de publications existantes qui s'extasiaient devant la délicatesse d'un voile ou la silhouette d'une robe ajustée ? Et comment allaient-elles financer l'affaire, au juste ? Louer des bureaux à Manhattan ? Dans son studio, Andy avait casé à grand-peine une console qui lui servait également de table de travail ; et même si Emily et Miles vivaient dans une maison de deux étages, bien plus spacieuse et bien plus chic, il n'y avait pas vraiment de place pour une table lumineuse, ni a fortiori pour un « département artistique ». C'était un projet fantastique, mais était-il viable ?

Emily, ravie de son exposé, rejeta la tête en arrière et immergea son élégant chignon haut perché sur le crâne.

— Andy, laisse-moi te dire que ta logique te dessert. Et que tu n'es pas marrante. Laisse-moi m'occuper de tout. J'ai déjà balisé le terrain.

— Ah… Et pour toi, ça remplace un business plan béton ? Quand il nous faudra emprunter de l'argent et que les banques nous demanderont ce qu'on compte en faire, il me suffira de leur répondre qu'Emily a balisé le terrain ?

— Mais c'est vrai ! Miles a une dizaine d'amis, peut-être plus, qui bossent tous dans la finance ou à Hollywood, et qui sont à l'affût de ce genre d'investissement. Ils adorent injecter leur surplus de liquidités dans des start-up – surtout celles liées aux médias ou à l'édition. C'est plus fort qu'eux, ils pensent automatiquement sexe, mannequins et glamour. Et nous n'aurons aucun scrupule à entretenir ce type de fantasmes. Parce que notre magazine sera différent de tous les autres torchons sur le mariage.

Andy avait déjà du mal à assimiler l'idée qu'une dizaine d'investisseurs potentiels n'attendaient qu'à sortir du bois pour injecter des sommes folles dans ce projet, alors croire que leur magazine sortirait du lot...

— Vraiment ? Parce que je commence à connaître l'univers du mariage sous toutes ses coutures et, crois-moi, ce n'est pas facile de trouver en permanence des idées pour renouveler le genre. D'une année sur l'autre, ça ne change pas des masses.

— Hors sujet ! se moqua Emily. (Le bouillonnement commençant à ralentir, elle sortit d'un bond du bassin et alla s'installer sur le banc en face d'Andy pour siroter son infusion.) Le nôtre sera la quintessence du style. Super haut de gamme. Le mariage, version luxe. L'expression « modèle d'exposition » n'apparaîtra jamais dans nos pages. Et il n'y sera jamais question de « petit prix », d'« économies malignes » ou « de beaux bouquets pour trois fois rien ». Il n'y aura pas de carnet d'adresses « spécial bonnes affaires », ni de robes Pronuptia, ni de gypsophile, ni de souliers à teindre.

— Tu es consciente qu'on est au beau milieu d'une crise économique mondiale, n'est-ce pas ?

— Raison, précisément, pour laquelle nos lectrices seront avides de sources d'inspiration ! Tu crois que 99 % des nanas qui lisent *Runway* peuvent s'offrir ne serait-ce qu'un collant photographié dans le numéro ? Bien sûr que non.

Aussi pragmatique soit-elle, Andy se laissa gagner par l'enthousiasme.

— C'est vrai, reconnut-elle. *Runway,* c'est une source d'inspiration pour des femmes intelligentes, pointues et exigeantes qui n'ont pas nécessairement les moyens de s'habiller chez les grands créateurs mais qui savent créer leur propre style avec des pièces plus abordables. Ce serait cohérent que toutes ces femmes qui s'inspirent des looks inaccessibles de *Runway* en fassent autant des mariages tout aussi inabordables que nous présenterions dans *The Plunge*.

— *The Plunge ?* répéta Emily, avec un sourire radieux.

— Tu n'aimes pas ce titre ? On pense à « faire le grand saut », « décolletés plongeants »... C'est simple, évocateur, facile à retenir. L'idéal.

— Je ne l'aime pas. Je l'adore ! *The Plunge.* Tu es géniale, c'est exactement comme ça qu'on va l'appeler ! (Emily se leva et entama une petite danse en tenue d'Ève.) Je savais que tu pigerais. Pourquoi ne commencerais-tu pas à réfléchir à ta destination pour notre numéro zéro ? Sydney ? Maui ? En Provence, peut-être ? Ou à Buenos Aires ? Fais-moi confiance, ça va être fabuleux !

Emily, tout impulsive et un peu timbrée qu'elle soit, avait vu juste. Bien sûr, elles s'étaient heurtées à quelques obstacles et contretemps en cours de route – la livraison des locaux accusa six mois de retard ; la recherche d'un imprimeur se révéla bien plus ardue que prévu ; et lorsqu'elles proposèrent par petites annonces huit postes à pourvoir, elles se retrouvèrent à passer au crible pas moins de vingt-cinq mille candidatures – mais la majeure partie du chemin, du brainstorming initial à la parution du numéro 1, s'était effectuée à peu près sans encombre, et ce, grâce à l'ambition et à la foi aveugle d'Emily, et à l'excellent réseau d'amis pleins aux as de Miles. Max était le plus gros investisseur, à hauteur de 18,33 % des parts ; un groupe de cinq autres personnes en détenait 15 % ; le restant était partagé entre Andy et Emily. En tant qu'actionnaires majoritaires, avec à elles deux 66,67 % des parts, elles étaient assurées d'avoir le dernier mot pour toutes les décisions majeures concernant le magazine.

La ligne éditoriale était axée sur la haute couture et le luxe : robes de créateur en modèle exclusif ; diamants dignes d'être transmis de génération en génération ; les pages pratiques indiquaient quels étaient les plateaux de service les plus élégants, comment louer une île privée pour la lune de miel ou dresser des listes de mariage aussi raffinées qu'uniques en leur genre. La publication démarra modestement, un trimestriel d'à peine une quarantaine de pages, mais, en l'espace de deux ans, Andy et Emily sortaient sept numéros par an (un mois sur deux, plus un numéro spécial en juin) et comptabilisaient plus d'abonnées et de ventes en kiosque qu'elles ne l'avaient projeté au départ.

Ainsi qu'Emily l'avait prédit, très rares étaient les lectrices en mesure de s'offrir les prestations présentées dans *The Plunge*, mais elles étaient dégourdies et possédaient un œil assez averti pour savoir puiser des idées dans les superbes photos et les articles de fond. Au cours de ses premiers mois d'existence, le magazine n'avait d'ailleurs pas donné dans l'excès de luxe et de clinquant. Andy et Emily avaient couvert tous les mariages, auxquels elles avaient eu accès, dès lors qu'ils offraient une touche de glamour : une ex-collègue d'Emily à *Bazaar* qui épousait un rentier dans un yacht club ; une camarade de fac d'Emily dont le fiancé avait réalisé une dizaine de films d'action à succès ; la dermatologue star d'Emily, qui avait accepté que *The Plunge* couvre son mariage avec un célèbre présentateur de journal télévisé à condition que soit également mentionné en toutes lettres son nouveau produit de comblement à base d'acide hyaluronique. Ce n'étaient pas des couples connus à proprement parler, mais les réceptions étaient toujours somptueuses et les photos apportaient au magazine une aura de prestige qu'il n'aurait jamais pu gagner avec ses seules suggestions de listes de mariage et autres choix d'alliances.

Comble de l'ironie, ce fut grâce à un contact d'Andy

que *The Plunge* sortit de la semi-obscurité et devint un phénomène à l'échelle nationale. Max était invité au mariage d'une amie d'enfance. Cette mondaine, superbe, fille d'un milliardaire vénézuélien, épousait le fils d'un « homme d'affaires » mexicain – la précision s'accompagnait invariablement d'un clin d'œil entendu. Il avait suffi d'un simple coup de fil de Max, assorti de la promesse que la mariée aurait le dernier mot sur la sélection de photos avant publication. Ce reportage, avec ses clichés aussi sublimes qu'exclusifs de belles résidences de Monterrey et d'éblouissantes Latino-Américaines ruisselantes de diamants, avait rencontré énormément d'écho sur tous les sites people, et avait même fait l'objet d'une mention dans un reportage de *60 Minutes* consacré au FBI, à « l'homme d'affaires » mexicain, et à l'arsenal de son service d'ordre qui ravalait les commandos de *Marines* au rang d'amateurs.

À compter de ce jour, les portes s'étaient ouvertes sans difficulté. Andy et Emily possédaient une copie du carnet d'adresses professionnel de Miranda et n'hésitaient pas à en faire usage. Elles mirent au point un petit numéro chorégraphié avec autant de précision qu'un ballet : l'une comme l'autre écumaient les sites Internet, les blogs et la presse people pour y dénicher des annonces de fiançailles de star ; elles laissaient passer quelques semaines, le temps que l'excitation retombe, puis appelaient directement la célébrité, ou son attachée de presse – tout était fonction du degré de proximité de l'une ou de l'autre avec *Runway* et Miranda. À ce stade-là, elles glissaient sans vergogne le nom de Miranda dans la conversation, mentionnaient qu'à elles deux elles avaient travaillé sous ses ordres pendant « des années » (ce qui n'était pas un mensonge) et expliquaient (sans trop s'étendre sur les détails) qu'elles avaient ensuite « rayonné » jusqu'à un magazine de mariage haut de gamme. Chaque prise de contact était suivie de l'envoi, par FedEx, d'un exemplaire du numéro avec la noce mexicaine, après quoi elles patientaient exactement une semaine avant de rappeler. Jusque-là, sept célébrités sur les huit contactées avaient accepté que *The Plunge* couvre leur mariage, tant qu'elles restaient libres de vendre entre-temps des photos à un hebdomadaire. Emily et Andy ne s'opposaient jamais à cette clause : leurs photos, leurs portraits très documentés des futurs mariés et l'écriture sobre et accessible d'Andy les plaçaient à des milliers de kilomètres de leurs concurrents vendus aux caisses des supermarchés. En outre, à chaque nouveau numéro dans lequel apparaissait une actrice, un mannequin, un musicien ou un artiste, ou une figure de la vie mondaine, il devenait plus facile de signer avec la célébrité suivante, en général sans avoir besoin de trop mettre en avant le nom de *Runway*. La formule fonctionnait à merveille depuis plusieurs années maintenant. Ces reportages en immersion chez les gens riches et célèbres étaient non seulement le clou de chaque numéro, mais également le trait distinctif du magazine, sa signature, et son argument de vente.

Parfois, Andy avait encore du mal à y croire. Elle feuilletait le numéro de novembre qui venait de sortir, avec Drew Barrymore et Will Kopelman en couverture, et n'en revenait pas de tenir entre ses mains le résultat du projet visionnaire d'Emily et de tout le boulot qu'elles avaient par la suite abattu en tandem – les séances de brainstorming, le travail acharné, et les erreurs. Andy s'était engagée avec hésitation dans l'aventure, c'est vrai, mais le magazine était devenu sa passion, son bébé. Elles pouvaient s'enorgueillir de l'avoir construit à partir de rien, et Andy était chaque jour reconnaissante envers Emily – pour le magazine, ses plaisants dividendes et surtout pour l'avoir présentée à Max.

— Tu crois que Madonna sera là ? demanda Mrs Sachs en rejoignant Andy, Kyle et Jill à table avec son assiette en carton. Elle fréquente le même atelier de kabbale qu'Harper, non ?

Jill et Andy dévisagèrent leur mère.

— Eh bien quoi ? se défendit celle-ci en picorant sa tranche de gâteau – depuis le divorce, elle se montrait de plus en plus attentive à son alimentation. Je n'ai pas le droit de lire *People* chez le dentiste ?

— À vrai dire, je me suis moi-même posé la question, concéda Andy. Mais je ne pense pas qu'elle sera là. En ce moment, elle se trouve dans le Pacifique Sud, je ne sais plus pourquoi. En revanche, l'attachée de presse a confirmé la présence de Demi. C'est moins marrant depuis qu'elle n'est plus avec Ashton, mais ça reste intéressant.

— Personnellement, je voudrais confirmation de ce que Demi Moore est refaite de la tête aux pieds, dit Mrs Sachs. Cela me réconforterait.

— Tu ne serais pas la seule, observa Andy, qui enfourna la dernière bouchée de gâteau.

Entre la nausée et la faim, elle choisissait la première sans hésiter.

— Bon, les amis, la rigolade est terminée, annonça Jill. Jake, Jonah, rapportez vos assiettes à la cuisine, s'il vous plaît, et dites bonsoir à tout le monde. Papa va aller remplir la baignoire, dit-elle en jetant un regard entendu à Kyle, et s'occuper de votre bain pendant que je donne le biberon à Jared. Ensuite, parce que c'est mon anniversaire et que je peux faire tout ce que je veux, j'irai me coucher, et cette nuit, s'il se passe quoi que ce soit, vous vous adresserez à papa. (Elle cala Jared contre sa hanche et planta un baiser sur la joue de son mari qui lui donna une petite tape sur la tête.) C'est bien compris, mes chéris ? Si vous faites un mauvais rêve, si vous avez soif, froid, ou si vous voulez un câlin, cette nuit, vous réveillez votre père. D'accord ?

Les deux aînés hochèrent la tête solennellement et Jared poussa quelques cris aigus en battant des mains. Jill et Kyle rassemblèrent leur progéniture, remercièrent

Mrs Sachs pour le gâteau, tout le monde s'embrassa et ils disparurent à l'étage. Un instant plus tard, Andy entendit l'eau couler dans la baignoire.

Mrs Sachs s'éclipsa en cuisine puis réapparut avec deux tasses d'English Breakfast sans théine, agrémenté de lait et d'édulcorant. Elle en fit glisser une sur la table en direction d'Andy.

— J'ai entendu Kyle te demander tout à l'heure si tout allait bien... commença-t-elle en repêchant le sachet à l'aide de sa petite cuillère, l'air concentré.

Andy ouvrit la bouche puis se ravisa. Étudiante, elle n'était pas du genre à appeler trois fois par jour à la maison ou à entrer dans les détails intimes de ses relations sentimentales avec ses parents, mais dissimuler à sa propre mère qu'elle attendait un enfant se révélait plus dur qu'elle ne l'aurait cru – limite carrément intolérable. Elle savait qu'elle aurait dû le lui dire, elle *voulait* le lui dire. N'était-ce pas aberrant que, à l'exception de son généraliste et des laborantins, Mr Kevin soit le seul au courant ? Pour autant, elle ne pouvait se résoudre à prononcer ce mot – *enceinte*. Il lui semblait déconnecté de la réalité et, aussi ambivalents que soient ses sentiments à l'égard de Max en ce moment, elle ne pouvait décemment pas en informer quelqu'un, même sa propre mère, avant lui.

— Tout va bien, répondit-elle, le regard fuyant. Je suis juste fatiguée.

Mrs Sachs hocha la tête, mais il était clair qu'elle devinait qu'Andy lui cachait quelque chose.

— À quelle heure part ton avion, demain ?

— 11 heures, de JFK. Une voiture vient me prendre ici à 7 heures.

— Bon, au moins, tu vas passer deux jours dans un endroit où il fait chaud. Je sais que tu n'as pas trop l'opportunité de te détendre pendant ces mariages, mais peut-être que tu trouveras une heure ou deux pour en profiter ?

— Oui, je l'espère.

Andy songea brièvement à parler du coup de fil d'Elias-Clark, mais elle se doutait que ce serait ouvrir la porte à une grande discussion. Mieux valait se reposer plutôt que de convoquer l'image de Miranda juste avant d'aller se coucher.

— Comment va Max ? Il n'est pas contrarié de te voir filer si peu de temps après votre mariage ?

Andy haussa les épaules.

— Non. Dimanche, il va au match des Jets avec ses copains, il ne remarquera probablement même pas mon absence.

Mrs Sachs ne releva pas la pique, et Andy se demanda si elle n'était pas allée trop loin. Sa mère avait toujours apprécié Max, et elle adorait voir sa fille heureuse, mais elle n'avait jamais compris le mode de vie aisé des Harrison et ce besoin insatiable de mondanités.

— Je t'ai dit que la semaine dernière, quand j'étais en ville pour le déjeuner de la fédération, je suis tombée sur Roberta Fineman ?

Andy essaya de feindre l'indifférence.

— Non. Comment va-t-elle ?

— Oh, très bien. Elle fréquente quelqu'un depuis des années, maintenant ; je pense que c'est sérieux. Un dentiste, à ce que j'ai entendu dire. Et veuf. Ils vont probablement se marier.

— Mmm… Elle t'a parlé d'Alex ?

Elle s'en voulait de poser la question mais c'était plus fort qu'elle. Même après plus de huit ans de séparation, Andy n'en revenait pas d'en savoir si peu sur sa vie actuelle. Ils ne s'étaient revus qu'une seule fois, par hasard, et Google avait échoué à lui fournir autre chose que des informations biographiques qu'elle connaissait déjà, et des propos rapportés, dans un article vieux de trois ans, où Alex s'enthousiasmait pour la scène musicale de Burlington. Andy avait pu constater qu'il avait fait un troisième cycle à l'université du Vermont et en avait conclu qu'il vivait donc encore là-bas. La fois où ils s'étaient croisés par hasard, Alex avait mentionné une petite amie, une camarade de ski, mais sans donner de détails. Comme on pouvait s'y attendre, il n'avait pas de compte Facebook. Lily ne savait pas grand-chose de plus, à moins qu'elle n'ait choisi de ne rien dire, mais Andy penchait plutôt pour la première option, vu que Lily et Alex n'échangeaient guère qu'une carte postale à l'occasion des grandes vacances et qu'il ne l'avait contactée par e-mail qu'une seule fois, pour s'enquérir de son expérience à UC Boulder à l'époque où lui-même envisageait de s'y inscrire.

— Oui, répondit Mrs Sachs. Il a terminé son master et il revient s'installer à New York avec sa copine. Ou peut-être même l'ont-ils déjà fait ? Elle a un métier artistique, je ne me souviens plus dans quelle branche, mais elle a trouvé un travail en ville. J'imagine qu'Alex va chercher un poste ici.

Intéressant. Alex et la jolie skieuse artiste étaient toujours ensemble, trois ans après. Plus intéressant encore : il revenait s'installer à New York.

— Oui, il m'avait parlé de sa copine lorsque j'étais tombée sur lui au Whole Foods. Mon Dieu, cela remonte à… quoi ? Je commençais tout juste à sortir avec Max… Trois ans ? J'imagine que c'est sérieux, entre eux.

Elle avait fait cette dernière remarque en espérant que sa mère allait démentir, rationaliser, y aller d'un commentaire ou d'une analyse tirés par les cheveux pour affirmer que, non, bien sûr, ce n'était pas sérieux entre Alex et cette fille, mais Mrs Sachs hocha la tête.

— Oui, Roberta espère qu'ils seront fiancés d'ici la fin de l'année. Naturellement, elle n'a que 25 ans, alors je suppose que rien ne presse. Mais je suis certaine que Roberta est aussi impatiente que moi d'être grand-mère.

— Tu es grand-mère. Je te rappelle que tu as déjà

trois petits-fils. De vrais trésors – tous autant qu'ils sont.

Mrs Sachs éclata de rire.

— Oui, ils sont pénibles, n'est-ce pas ? Je ne souhaiterais trois garçons à personne. (Elle but une gorgée de thé.) Je ne me souvenais pas que tu avais revu Alex. Tu me l'avais dit ?

— Je travaillais encore à *Happily Ever After* et je venais de rencontrer Max. Tu faisais une croisière fluviale avec ton club de lecture. Je m'en rappelle parce que je t'avais envoyé un e-mail pour te demander comment ça se passait, et tu m'avais répondu avec un clavier caractériel qui remplaçait tous les y par des z.

— Ta mémoire ne cessera jamais de me surprendre.

— Alex passait l'été à New York, il avait décroché une sorte de stage pédagogique, en lien avec Columbia. Je ne sais pas ce qu'il fabriquait au Whole Foods ce jour-là, mais je me souviens que Max et moi arrivions d'un jogging ; on s'était arrêtés pour acheter de l'eau. Je ne ressemblais à rien, et Alex, lui, était habillé pour un entretien d'embauche. On a bu un café tous les trois, ça a duré dix minutes, et c'était super bizarre, comme tu peux l'imaginer. Il avait dit à ce moment-là qu'il sortait avec une étudiante en master, mais que ce n'était pas une relation sérieuse.

Andy se garda bien de parler de son rythme cardiaque qui s'était emballé tandis qu'elle sirotait son *latte*, de ses éclats de rire un peu trop bruyants, de ses hochements de tête un peu trop vigoureux à chaque vanne ou remarque d'Alex. Elle ne précisa pas non plus qu'elle s'était demandé s'il avait hâte de retrouver sa petite amie, plus tard dans la soirée, s'il était amoureux d'elle, si cette fille était devenue la seule et unique personne réellement capable de le comprendre. Elle ne dit pas non plus combien elle avait espéré que cette rencontre inopinée serait suivie d'un coup de fil, ou d'un e-mail, et combien elle s'était sentie blessée, malgré tout l'enthousiasme que lui inspirait sa nouvelle relation avec Max, de ne plus avoir de nouvelles de lui. Ce soir-là, sous la douche, elle avait pleuré en se remémorant les années qu'Alex et elle avaient passées ensemble, en songeant qu'ils étaient redevenus des étrangers l'un pour l'autre. Il lui avait fallu se secouer, s'ordonner de chasser Alex de son esprit une bonne fois pour toutes, afin de se concentrer sur ses sentiments pour Max. Max qui était beau, sexy, amusant, charmant, et jamais avare d'encouragements.

Elle ne confia rien de tout cela à sa mère, mais il lui sembla que cette dernière comprenait.

Pendant qu'Andy l'aidait à faire la vaisselle et à ranger, Mrs Sachs entreprit de commenter, avec force détails, le mariage de sa fille. Elle passa en revue les toilettes, jaugea la consommation d'alcool des uns et des autres, estima s'ils s'étaient bien amusés, compara cette noce à toutes celles d'enfants d'amis auxquelles elle avait assisté ces dernières années (et dont aucune ne surpassait celle de Max et Andy, naturellement) et tout cela en veillant à ne jamais mentionner les Harrison. Jill fit une brève réapparition pour préparer deux tasses de thé et un biberon, et Andy eut le sentiment de trahir à la fois sa mère et sa sœur en ne leur annonçant pas la nouvelle. Elle se contenta de leur souhaiter bonne nuit, ainsi que, de nouveau, un bon anniversaire à Jill, puis elle se retira dans la chambre qu'elle occupait, enfant, à l'étage.

Un projet de rénovation de cette chambre était à l'œuvre. Andy avait aidé sa mère à choisir un matelas en cent soixante, avec une tête de lit en cuir et une parure complète en percale blanche ornée d'un bourdon expresso, dans l'esprit du linge d'hôtel, mais rien n'était encore achevé. Le couvre-lit à fleurs violet et blanc et la moquette blanche à poils longs, désormais grise à force d'avoir été piétinée en toute illégalité par des semelles de chaussures, lui semblaient accuser un millier d'années. Cinq ou six tableaux d'affichage étaient recouverts de vestiges de ses années lycée : le planning des cours de tennis de l'automne 1997, un assortiment de photos de Matt Damon et Marky Mark découpées dans des magazines, l'affiche de *Titanic*, la liste des numéros de téléphone de l'équipe en charge de l'album de la promotion, une fleur de corsage dont il ne restait que la tige, déformée, une carte postale de Jill, envoyée du Cambodge lors du grand périple qu'elle avait effectué après son diplôme, un talon de chèque de TCBY, datant de l'été où elle avait vendu des yaourts glacés au sortir de la fac, et des photos, des tas de photos. Lily était présente sur toutes ou presque, souriante aux côtés d'Andy ; on y voyait les filles en robes de taffetas, pour la soirée de fin d'année du lycée ; en jean, lors de missions bénévoles au refuge pour animaux d'Avon ; en survêtements assortis, lors de leur – unique – saison dans l'équipe de cross-country. Andy retira l'une des photos punaisées : Lily et elle, à la grande foire de l'État en compagnie d'un groupe de copains, photographiées à leur descente du Gravitron, aussi verte l'une que l'autre. Andy se souvenait de s'être précipitée vers les buissons pour vomir quelques instants à peine après cette photo et elle se rappela que, les trois jours suivants, elle avait tenté de convaincre ses parents que son réflexe vomitif résultait d'un trop grand nombre de tours sur ce manège diabolique, et non d'un acte de rébellion adolescente qui l'avait poussée à abuser de l'alcool (ce qui était bien évidemment le cas).

Elle se laissa choir sur le petit lit légèrement affaissé au centre et composa le numéro de Lily. Il devait être 21 heures dans le Colorado et sans doute Lily venait-elle de mettre Bear au lit. Elle décrocha à la seconde sonnerie.

— Salut ma belle ! Comment va la vie de jeune mariée ?

— Je suis enceinte, lâcha Andy avant d'avoir pu s'en dissuader.

Trois, quatre secondes de silence suivirent, puis Lily reprit :

— Andy ? C'est toi ?

— C'est moi. Enceinte.

— Oh, mon Dieu. Félicitations ! Vous n'avez pas perdu de temps, hein ? Attends, ça ne cadre pas...

Andy retint son souffle pendant que Lily faisait le calcul. Elle savait que tout le monde en ferait autant, et que cela allait la rendre dingue, mais de la part de Lily, c'était différent. Et puis, c'était un tel soulagement de pouvoir le dire à quelqu'un !

— Non, ça ne cadre pas du tout. D'après le toubib, c'est une grossesse « qui ne date pas d'hier », quoi que cela veuille dire, or cela ne fait même pas quinze jours que nous sommes mariés. Je dois passer une échographie la semaine prochaine. Et je flippe...

— Non, surtout pas ! Ça fiche la trouille, je sais, je m'en souviens. Mais c'est tellement merveilleux, Andy. Tu voudras savoir si c'est un garçon ou une fille ?

C'était LA question par excellence – celle à laquelle il était impossible de couper, qu'on posait systématiquement à toute amie qui tombait enceinte. Et même si Lily l'avait posée en toute naïveté, Andy faillit s'étrangler d'émotion, d'autant plus que cette conversation ne serait pas l'occasion de se réjouir de la nouvelle avec sa plus vieille amie, de s'interroger sur le sexe du bébé, de dresser une liste de prénoms préférés ou de débattre des mérites et des inconvénients de telle ou telle marque de ces poussettes ridiculement chères. Il y avait d'autres points à aborder.

— Max doit être fou de joie, non ? Lui qui parle de bébé depuis le jour où il t'a rencontrée !

— Il n'est pas au courant, répondit Andy, si doucement qu'elle n'était pas certaine que Lily l'ait entendue.

— Tu ne lui as pas dit ?

— En ce moment, c'est un peu bizarre entre nous.

Le jour du mariage, je suis tombée par hasard sur une lettre de sa mère, et depuis, ça m'obsède.

— Bizarre comment, exactement ? Assez bizarre pour que tu t'abstiennes d'annoncer à ton mari que tu portes son enfant ?

Une fois qu'elle eut commencé à parler, Andy fut intarissable. Elle raconta tout à Lily, y compris certains détails qu'elle avait cachés à Emily : comme, par exemple, qu'elle s'apprêtait à demander à Max une séparation temporaire lorsqu'elle avait reçu l'appel de Mr Kevin ; ou qu'elle refusait tout contact intime. Pour la première fois, Andy réussit même à exprimer le fait qu'elle se demandait si Max lui disait bien la vérité au sujet de Katherine.

— Donc, voilà la situation. Joli tableau, n'est-ce pas ?

Andy retira l'élastique qui retenait sa queue-de-cheval et secoua la tête. Elle posa la joue contre l'oreiller fleuri et inspira ; cette odeur, sans doute le parfum de la lessive, lui rappelait son enfance, et Andy aurait voulu la sentir toujours.

— Je ne sais même pas quoi dire… Andy, tu veux que je vienne ? Je peux confier Bear à Bodhi et sauter demain dans un avion…

— Merci, Lil, j'apprécie ta proposition, mais je pars demain en reportage à Anguilla. J'appelais juste comme ça…

— Oh, pauvre chou ! Et que Barbara aille au diable ! C'est une sorcière. Tu dois te sentir si vulnérable ! Je me souviens très bien, quand j'attendais Bear, j'étais assaillie d'appréhensions, et même carrément terrorisée à l'idée que Bodhi m'abandonne et que je me retrouve seule, enceinte. Je ne sais pas d'où ça vient, mais quelque chose dans le fait d'attendre un bébé te met dans… cet *état d'esprit*. Je ne sais pas comment expliquer…

— Tu viens de le faire. Et je vois exactement ce que tu veux dire. Il y a une semaine, je songeais à m'éloigner quelque temps de Max pour faire le point. Pour nous donner l'occasion d'être honnête l'un envers l'autre, et de trouver une solution. J'étais prête à le faire. Et maintenant ? Maintenant, il y a un *bébé* ! Le bébé de Max ! Et je veux continuer à lui en vouloir, mais j'adore déjà ce bébé.

— Oh, Andy, je sais. Et ce n'est que le début.

Andy renifla. Elle ne s'était même pas aperçue qu'elle pleurait.

— Si tu crois que tu l'adores, tu n'as encore rien vu, repartit Lily.

— Je... je pensais juste que ça se passerait autrement.

Lily ne dit plus rien pendant un petit moment. Andy connaissait assez bien son amie pour deviner qu'elle répugnait à ramener la conversation sur elle, hésitait à évoquer sa propre expérience.

— Je sais, ma puce, répondit-elle finalement. Parce qu'on a cette vision dans la tête – un beau matin, au bout de deux ans de mariage, tu te réveilles à côté de ton mari qui t'adore, tu files dans la salle de bains, vous scrutez ensemble le bâtonnet sur lequel tu viens de pisser, et vous repartez au lit, fous de joie et d'excitation, hilares, heureux. Tu t'imagines qu'il t'accompagnera à chacun des rendez-vous, qu'il te massera les pieds, t'achètera des cornichons et de la crème glacée... Bon, tu sais combien de fois cette vision devient réalité ? Zéro. Mais je suis là pour t'affirmer que l'aventure n'en reste pas moins merveilleuse.

Andy repensa au jour, presque quatre ans plus tôt, où Lily l'avait appelée pour lui annoncer qu'elle était enceinte. Lily vivait depuis deux ans à Boulder et avait ralenti ses recherches de doctorat pour pouvoir enseigner davantage. Les deux filles n'avaient guère plus l'occasion de se parler, mais lorsqu'elles le faisaient, Andy était toujours envieuse du bonheur qui s'entendait dans la voix de son amie. Et quand Lily s'était découvert un engouement pour le yoga, Andy avait pensé que celui-ci était du même ordre que cette kyrielle d'activités éphémères dans lesquelles elle-même s'était jetée avec passion – le tennis, la poterie, les cours de Spinning, la cuisine. Le jour où Lily avait annoncé que le studio l'embauchait pour faire le pointage des cartes d'abonnement en échange d'un petit salaire et d'un rabais sur les cours, Andy avait hoché la tête d'un air entendu. Lily aussi. Et quand celle-ci avait annoncé qu'elle s'était inscrite à un cours de formation de cinq cents heures, Andy avait ri sous cape. Mais le fait est que Lily avait réalisé ce cursus en un temps record, qu'elle était partie passer les quatre mois suivants dans un ashram à Kodaikanal, en Inde, où elle avait suivi des cours axés sur le « rééquilibrage des émotions » ou le « renforcement des énergies du cœur » sous la houlette de swamis internationalement connus qui avaient tous des noms à coucher dehors, et là, Andy avait commencé à se poser des questions. Peu après son retour aux États-Unis, Lily avait commencé à fréquenter le propriétaire et principal professeur de son studio de yoga, Bodhi (Brian de son vrai nom), un bouddhiste converti originaire de Californie du Nord. Et un an plus tard, Lily l'appelait pour lui annoncer la grande nouvelle : Bodhi et elle allaient avoir un bébé. Andy avait eu du mal à en croire ses oreilles. Un *bébé* ? Avec *Bodhi* ? Elle avait rencontré ce garçon une fois, lorsqu'il avait accompagné Lily dans le Connecticut, et elle avait vraiment eu du mal à passer outre les épaisses dreadlocks, les muscles encore plus épais, et sa manie de siroter toute la journée sa Thermos de thé vert, chaud ou froid selon la saison. Même s'il semblait plutôt sympa, et manifestement amoureux de Lily, Andy ne pouvait s'y faire. Elle n'avait pas posé beaucoup de questions, mais Lily la connaissait trop bien.

— Ce n'est pas un accident, Andy, avait-elle dit. Bodhi et moi avons pris l'engagement de partager notre vie sur le long terme, et nous n'avons pas besoin de trucs et de bidules légaux pour rendre cela officiel. Je l'aime et nous voulons des enfants ensemble.

Non sans culpabilité, Andy avait nourri des doutes tout au long de la grossesse de Lily : qu'est-ce qui lui avait pris ? Qu'est-ce qui l'avait poussée à sauter dans le grand bain ? Mais à la seconde où elle vit Lily allaiter son bébé de deux ou trois semaines, Andy comprit que son amie avait fait le bon choix pour elle-même, pour son compagnon et pour son fils. Pendant un moment, une certaine distance s'était installée entre elles car Andy était incapable de se mettre à la place de Lily, de comprendre ce qu'impliquait son nouveau rôle de mère et de presque épouse, mais elle était heureuse de la vie que son amie s'était construite. Et à présent, elle était reconnaissante que Lily soit sur la même longueur d'ondes qu'elle.

— Des massages de pied et des glaces ? Honnêtement, je me contenterai de quelques semaines sans alerte aux chlamydias.

— Je suis contente que tu arrives à en rire, observa Lily d'une voix où perçait le soulagement. Je sais que c'est un moment difficile, mais je suis tout de même autorisée à me réjouir pour toi ? Tu vas avoir un bébé !

— Je sais. Je n'y croirais pas sans cette fatigue effroyable et ces perpétuelles nausées.

— Moi, avant de savoir ce qu'il en était, j'ai cru que j'avais un cancer, avoua Lily. Comme je n'arrivais carrément plus à garder les yeux ouverts plus de trois heures, je ne voyais pas d'autre explication.

Andy resta silencieuse, analysant combien c'était merveilleux, et étrange, d'être en train d'évoquer sa grossesse avec sa plus vieille amie, et sans doute s'était-elle perdue dans ses pensées car Lily lança :

— Andy ? Tu es toujours là ? Tu t'es endormie ?

— Excuse-moi, Lil, marmonna-t-elle.

— Bon, je vais te laisser.

— Tu me manques, dit Andy en souriant.

— Mais je suis là pour toi, ma puce. Appelle-moi

quand tu veux. Et à Anguilla, autorise-toi quelques bains de soleil, bois une Virgin piña colada et essaie de tout oublier pendant une journée, d'accord ? Tu me le promets ?

— Je vais essayer.

Les adieux s'éternisèrent encore un peu et Andy se dit qu'elle n'avait pas à culpabiliser d'avoir oublié de demander des nouvelles de Bear, ou de Bodhi. S'il y avait un moment, dans la vie, où un peu d'égocentrisme était autorisé, c'était bien celui-là, non ? Elle retira son jean, qui commençait déjà à la comprimer un peu, et son pull. Elle décida de faire l'impasse sur le démaquillage et le lavage de dents. Tout cela pouvait attendre, songea-t-elle en posant la joue contre l'oreiller fleuri et en tirant sous le menton son couvre-lit de petite fille. Demain était un autre jour.

Chapitre 9

Virgin piña colada *on the rocks*

Un vol à 11 heures du matin. Trois heures de retard en raison d'une escale impromptue à Porto Rico. La traversée, depuis Saint-Martin, sur un « ferry » qui vous donnait l'impression de faire du jet-ski en plein ouragan. Et pour finir, une longue attente à la douane, dans une salle non climatisée, suivie d'un trajet en voiture sur des routes poussiéreuses et criblées de nids-de-poule. Ce type de voyages était toujours éprouvant, mais enceinte, c'était quasiment insupportable.

L'hôtel avait compensé tous ces désagréments, encore que le terme « hôtel » ne rendait pas justice aux lieux. C'était le Pays des merveilles. Un arpent de paradis avec des petites villas individuelles au toit de chaume, nichées dans une végétation luxuriante, autour d'une plage en croissant de lune. Le « hall » – un pavillon ouvert aux quatre vents, avec un sol en marbre et du mobilier en bois sculpté dans l'esprit balinais – accueillait des volières aux formes extravagantes, qui résonnaient des chants d'oiseaux tropicaux, et donnait sur l'océan, d'un bleu si intense qu'Andy avait cru, un instant, être victime d'hallucinations. Lorsqu'elle était sortie sur la terrasse de sa suite, elle avait aperçu un singe qui se balançait à une branche, juste au-dessus d'elle.

Elle s'obligea à s'asseoir sur le lit et commença à détailler les lieux. Le lit de deux mètres de large sur lequel elle s'était littéralement effondrée un moment plus tôt, tout de blanc drapé, était doté d'un matelas à la fois ferme et délicieusement moelleux. Il y avait un petit salon en bois de cocotier près de la porte d'entrée ; à gauche du lit, et à côté du système stéréo Bose, un canapé d'angle encadrait une table basse en verre. Entre la charpente en bambou recouverte de chaume et les baies vitrées coulissantes qui ouvraient l'espace sur trois côtés, on avait l'impression d'être en pleine nature. Tout au bout de la terrasse, au-delà des chaises longues en teck agrémentées de coussins à rayures et protégées par un parasol assorti, se trouvait un petit bassin privé qui semblait comme suspendu dans le vide et dont l'eau verte se fondait à la végétation environnante. Dans la salle de bains, immense, toutes les surfaces étaient en marbre blanc, y compris les doubles vasques et les parois de la douche « pluie tropicale » – une cabine presque aussi vaste que la seconde chambre de son appartement new-yorkais. Les serviettes de toilette, si épaisses, moelleuses et blanches qu'elles évoquaient de la barbe à papa, étaient glissées sur des barres chauffantes ; il y avait un bouquet de fleurs de frangipanier dans le dressing ; du shampooing et de l'après-shampooing au parfum délicat dans des flacons de terre cuite, distingués par de petites étiquettes passées dans un cordonnet en chanvre. À l'arrière de la salle de bains, ouverte sur le ciel et comme lovée dans un écrin de palmiers et de buissons luxuriants, se trouvait une vaste baignoire, déjà remplie d'une eau tiède et parfumée. Des sels de bain étaient posés sur le rebord. Une musique discrète s'échappait de quelque part, et l'air, chauffé à blanc par le soleil de l'après-midi, embaumait tout à la fois la végétation et les odeurs de terre.

Sans même attendre d'avoir totalement émergé de sa sieste, Andy retira son legging, son tee-shirt et se laissa glisser dans l'eau parfumée, idéalement tiède dans cette atmosphère humide. Elle ferma les yeux et, machinalement, caressa son ventre, le tata, encore incrédule à l'idée qu'une vie était en train de se développer en elle. Sans s'être préalablement autorisée à réfléchir à la question, Andy songea soudain qu'elle voulait un garçon. Pourquoi, elle n'aurait su le dire. Peut-être parce que sa sœur et Lily avaient toutes les deux des garçons, et qu'ils étaient les seuls enfants en bas âge qu'elle connaissait vraiment – et adorait ? Ou bien parce qu'elle se représentait déjà un adorable petit garçon avec des boucles mi-longues, en blazer et cravate miniatures, pelotonné avec son doudou sur ses genoux ? Il lui semblait se souvenir que Max avait prédit, il y avait déjà un moment de cela, qu'ils n'auraient que des filles. Et qu'il était impatient de leur apprendre à jouer au tennis, au foot et au golf ; qu'il leur ferait enfiler un uniforme, comme des pros, et s'improviserait entraîneur de leur équipe de T-ball[1] ; qu'elles seraient toutes blondes (même si ni Andy ni lui ne l'étaient) et aimeraient leur papa plus que n'importe quel homme sur terre. C'était une des choses qui avaient séduit Andy chez lui – ce garçon qui traînait une réputation de Casanova était finalement un gros tendre, qui désirait fonder un foyer et n'avait pas peur de le dire. Andy ne l'avait jamais connu qu'ainsi, mais la sœur de Max avait immédiatement remarqué que sa rencontre avec Andy l'avait changé et avait fait de lui l'homme qu'il était destiné à devenir un jour. Il allait en mourir de bonheur en apprenant la nouvelle.

Un téléphone sonna, quelque part dans la suite, et Andy paniqua un instant, le temps d'aviser le combiné discret fixé à un mur, à portée de main.

— Allô ?

— Mrs Harrison ? Bonsoir. Je suis Ronald, de la conciergerie. Ms. Hallow m'a prié de vous informer

1. Jeu inspiré du base-ball, qui sert d'initiation aux enfants.

que le dîner de répétition commencera dans une heure, sur la plage. Puis-je vous envoyer quelqu'un pour vous y escorter ?

— Oui, merci. Je serai prête.

Elle ouvrit le robinet d'eau chaude et glissa les pieds directement sous le jet. Physiquement, elle se sentait terrassée de fatigue, mais l'esprit, lui, était parfaitement alerte. Dans une heure, elle assisterait au dîner de répétition du couple le plus puissant de l'univers musical. Harper Hallow avait remporté pas moins de vingt-deux Grammy Awards au cours de sa carrière (à égalité avec U2 et Stevie Wonder) et avait été nominée pour une bonne dizaine de plus ; son fiancé, un rappeur né Clarence Dexter qui ne répondait plus qu'au surnom de Mack, avait gagné des centaines de millions de dollars en développant en parallèle de sa carrière musicale une lucrative ligne de vêtements et de chaussures. Ce mariage allait faire d'eux l'un des couples les plus riches et les plus célèbres du monde.

Andy s'offrit le luxe de barboter encore quelques minutes puis, au prix d'un gros effort, réussit à s'extraire de la luxueuse baignoire d'où elle passa directement sous la douche tropicale, pour se rincer et se raser les jambes, assise sur le petit banc en teck judicieusement installé dans la cabine. En enfilant un pantalon en lin blanc, une tunique soyeuse turquoise et orange et des sandales plates argentées, elle songea qu'Emily serait fière de son élève. À l'instant où elle glissait son carnet de notes et son téléphone dans le cabas en paille fourni par l'hôtel, on sonna à la porte de la villa. Un jeune Caribéen timide, en chemisette impeccablement repassée, la salua et l'invita à le suivre.

Trois minutes plus tard, ils arrivèrent devant un pavillon qui abritait un bar de plein air le long de la piscine. Le soleil n'allait plus tarder à se noyer derrière l'horizon ; l'air s'était rafraîchi et on distinguait déjà un croissant de lune. Quelques centaines de personnes bavardaient par petits groupes, en sirotant un cocktail servi dans une écorce de noix de coco ou de la bière locale en bouteille. Un groupe de reggae de douze musiciens jouait des mélodies des îles, et une bande d'enfants, en vêtements de créateurs, se trémoussait devant eux en gloussant. Andy passa l'assistance en revue, sans repérer ni Harper ni Mack.

Au moment où elle acceptait le verre d'eau pétillante que lui proposait un serveur en uniforme, son téléphone sonna, Andy le sortit de son cabas et se rabattit vers le côté de la tente.

— Em ? Salut. Tu m'entends ?

— Où es-tu exactement ? Tu sais que le dîner de répétition a commencé depuis vingt minutes ?

Emily parlait si fort qu'Andy dut éloigner le téléphone de son oreille.

— Eh bien, oui, j'y suis, en train de baratiner les gens les plus charmants du monde. Tout se déroule à merveille.

— Parce que tu sais qu'on a besoin de détails pour personnaliser l'article, et que les meilleurs discours, ceux qui regorgent de potins, vont avoir lieu ce soir...

— Ce pour quoi je suis là, carnet de notes à la main, répondit Andy en se souvenant à cet instant qu'elle avait toutefois oublié d'emporter un stylo.

Si c'était ça, les effets secondaires de la grossesse pendant le premier trimestre, que se passerait-il au bout de six mois ?

— Comment Harper est-elle habillée ? demanda Emily.

— Em ? Je t'entends super mal. Il y a un vent fou !

Et Andy souffla dans le micro.

— Hmm... Raccroche et envoie-moi une photo. Je meurs d'envie de voir à quoi ça ressemble.

Andy imita une autre rafale.

— D'accord ! Je file !

Elle raccrocha et repartit se mêler aux invités qui papillonnaient autour de l'imposant buffet de fruits de mer, disposé sous une tente cernée de torches en bambou. Andy s'apprêtait à enregistrer quelques notes dans son téléphone lorsqu'une femme équipée d'un casque à oreillette et transportant une chemise en cuir pleine à craquer de papiers se présenta à elle.

— Vous devez être Andrea Sachs, dit-elle, l'air soulagé.

— Et vous l'attachée de presse d'Harper…

— Oui, je suis Annabelle. (Elle saisit Andy par le bras et l'entraîna vers des tables disposées sur le sable.) Vous trouverez des tongs dans cette panière, si vous préférez. Pendant le cocktail, vous pouvez vous restaurer au buffet de fruits de mer, mais il y a aussi des plateaux d'amuse-bouches qui circulent, et, bien entendu, les serveurs vous apporteront la boisson de votre choix. Nourriture et vin – tout a été acheminé spécialement par avion, alors s'il vous plaît, goûtez à tout. Je peux vous procurer un menu, au besoin, pour que vous puissiez vérifier certaines informations.

Andy hocha la tête. Les attachées de presse des stars étaient en général des filles remontées comme des pendules et dotées d'un débit trois fois supérieur à celui du commun des mortels, mais elles leur facilitaient indubitablement la tâche.

— On va bientôt servir le dîner, puis il y aura trente minutes de discours. C'est l'agent de Mack, qui est aussi un de ses meilleurs amis, qui va jouer le maître de cérémonie. Suivront les desserts, puis les digestifs. Des voitures seront à disposition pour conduire les jeunes dans la meilleure discothèque de l'île, et les ramener à l'hôtel. Naturellement, Harper se retirera dans sa suite immédiatement après le dessert, mais si vous voulez faire la fête, vous serez plus que la bienvenue…

— En discothèque ? Oh, je pense que j'irai…

— OK, parfait, l'interrompit la femme en s'arrêtant devant une table ronde de huit couverts, au centre de laquelle trônait un bouquet spectaculaire d'oiseaux de paradis. Nous y voilà.

Les sept autres convives, tous élégants, étaient déjà installés et papotaient entre eux.

— Bonsoir tout le monde, je vous présente Andrea Sachs, du magazine *The Plunge*, annonça Annabelle. *The Plunge* va couvrir les festivités, alors, s'il vous plaît, veillez à ce qu'elle passe un excellent moment.

Andy se sentit rougir en voyant toutes les têtes se tourner vers elle, puis elle entendit une voix chantonner :

— Tiens, tiens, tiens, regardez qui voilà...

Son estomac fit un looping et elle se retrouva catapultée dix ans en arrière.

— Quelle surprise *intéressante* ! reprit Nigel d'un ton moqueur.

Il la contemplait avec un immense sourire carnassier qui faisait étinceler sa dentition trop parfaite dans la pénombre.

Andy voulut répondre mais sa bouche s'était asséchée d'un coup. Annabelle éclata de rire.

— Ah, c'est vrai. J'avais presque oublié que vous aviez travaillé ensemble. C'est parfait ! exulta-t-elle tout en désignant un siège à Andy. Une vraie petite réunion d'anciens de *Runway* !

Ce n'est qu'à ce moment-là qu'Andy remarqua, de part et d'autre du directeur artistique de *Runway*, les visages familiers de Jessica, qui organisait tous les événements du magazine, et de Serena, une rédactrice adjointe. L'une comme l'autre réussissait l'exploit de paraître plus jeune, plus maigre et plus arrogante qu'elle ne l'était dix ans plus tôt, mais en même temps... était-ce vraiment étonnant ? C'était du *Runway* tout craché.

— Mince alors ! Ne suis-je pas la fille la plus vernie du monde ? continua à piailler Nigel. Andrea Sachs, viens t'asseoir ici, à côté de moi.

Il portait un vêtement blanc, un curieux mélange de

peignoir et de robe, par-dessus ce qui ressemblait à un jean très moulant mais qui, après plus ample examen, tenait plutôt du legging. Une écharpe en soie frangée farcie de logos Louis Vuitton s'enroulait autour de son cou puis dégringolait jusqu'aux genoux et, en dépit de la température tropicale, une chapka en vison complétait le look – sans oublier, aux pieds, une paire de pantoufles en velours pourpre.

Nigel, se fendant d'un sourire jusqu'aux oreilles mais totalement dépourvu de bienveillance, tira Andy par la tunique et fronça le nez de dégoût. N'ayant pas vraiment le choix, elle prit place à côté de lui.

— Je ne vais même pas revenir sur la façon dont tu m'as abandonné ! Je t'ai pris sous mon aile, et c'est *comme ça* que tu m'as remercié ? reprit-il. En disparaissant ? Sans même me dire au revoir ?

Après la débâcle parisienne, Andy n'avait pas remis les pieds à *Runway*, mais elle avait écrit une longue lettre à Nigel pour s'excuser d'avoir manqué de respect à Miranda et le remercier de lui avoir servi de mentor. La lettre était demeurée sans réponse. Quelques mois plus tard, elle lui avait envoyé une copie de cette même lettre par e-mail, puis, à deux ou trois reprises, elle lui avait adressé des petits mots (« Comment vas-tu ? Tu me manques ! »). Elle avait même posté quelques commentaires sur son blog. Silence radio. *Nada*. Plus tard, Emily lui avait raconté que, après avoir été virée, elle s'était précipitée dans le bureau de Nigel et heurtée à une porte close et un assistant tout sauf coopératif. Elle aussi lui avait adressé des e-mails ; une fois, elle l'avait même invité à un dîner en petit comité que *Bazaar* donnait en l'honneur de Marc Jacobs, et n'avait jamais reçu de réponse.

Andy s'éclaircit la voix.

— Je suis désolée. J'ai vraiment essayé de...

— Arrête ! couina Nigel en agitant les mains. On ne parle pas boulot à une fête. Les filles ? Vous vous souvenez d'Andrea Sachs, j'en suis sûr...

Ni Serena ni Jessica ne prirent la peine de hocher la tête ou d'ébaucher un rictus. Jessica détailla les vêtements d'Andy avec une désapprobation glaciale pendant que Serena la fixait en sirotant son vin. Nigel jacassait et, tout en buvant sa San Pellegrino à petites gorgées, Andy l'écouta commenter la tenue d'Harper, le manteau de sport de Mack. Ce type était dingue, sans nul doute, mais une part de l'ancienne Andy l'adorait. Pour finir, Nigel lui décocha un regard entendu et se détourna pour bavarder avec sa voisine de gauche, un mannequin. Serena et Jessica se levèrent pour s'adonner à quelques mondanités, et Andy se dit qu'elle devrait en faire autant. Cela faisait des années (dix, pour être précis) qu'elle ne s'était pas sentie aussi mal à l'aise en société. Elle grignota un peu de pain de maïs, sirota son eau citronnée et se massa le ventre sous la table. Était-ce d'être plongée dans l'ambiance, inchangée, de *Runway* qui la barbouillait à ce point ? Ou bien le fait – qu'elle s'efforçait d'occulter – qu'elle se retrouve enceinte, à l'improviste, et que même son mari ne soit pas au courant ?

Les discours commencèrent. La meilleure amie d'Harper, une coiffeuse aussi célèbre pour ses doigts de fée que pour ses plaidoyers en faveur des transsexuels, rendit un hommage touchant, et un tantinet soporifique, aux futurs mariés. Lui succéda un des frères de Mack, un joueur de basket professionnel qui multiplia les parallèles, tous plus déplacés les uns que les autres, entre Mack et Magic Johnson. Puis vint le tour de Nigel qui broda le plus beau des contes, expliquant qu'Harper n'était encore qu'une pré-ado empotée lorsqu'il l'avait rencontrée, méconnaissable pour les millions de fans qui la vénéraient aujourd'hui, et que cette métamorphose était entièrement son œuvre. Ce discours-là déclencha l'hilarité générale.

Lorsqu'on servit les desserts, Andy s'excusa et se leva de table pour téléphoner, sans même réfléchir au coût de cette communication internationale. C'était une urgence.

Emily décrocha à la première sonnerie.

— Tout va bien ? Rassure-moi : ils n'ont pas annulé le mariage ?

— Non, le mariage est toujours d'actualité, répondit Andy, soulagée d'entendre la voix de son amie.

— Alors pourquoi tu m'appelles au milieu du dîner ?

— Nigel est là ! Avec Serena et Jessica. Et je suis à leur table. C'est un cauchemar. Le pire qui soit.

Emily éclata de rire.

— Arrête, ils ne sont pas si terribles. Laisse-moi deviner : Nigel a prétendu que tu ne l'avais jamais recontacté. Que tu l'avais banni de ta vie.

— Exactement.

— Sois juste rassurée de ce qu'*elle* ne soit pas là. Ça pourrait être pire, franchement.

— C'est sûr que deux fois en quinze jours, ça me mettrait à cran. Je pourrais même en perdre la tête.

À l'autre bout du fil, Emily ne disait plus rien.

— Em, tu es toujours là ? Qu'y a-t-il ? Tu remercies ta bonne étoile de n'être pas ici avec moi ? Laisse-moi te dire qu'en ce moment Anguilla n'a rien d'un paradis.

— Écoute, Andy, je ne veux pas te faire flipper…

Emily se tut.

— Oh non, par pitié. Quel malheur vas-tu m'annoncer ?

— Tout va bien ! Mon Dieu, tu as vraiment l'art de dramatiser.

— Em…

— C'est même une nouvelle incroyable. La meilleure peut-être que j'aie jamais entendue.

Andy inspira profondément.

— J'ai parlé à l'avocat d'Elias-Clark, reprit Emily. Il m'a littéralement traquée. Il a dégoté mon numéro de portable et m'a appelée il y a une demi-heure – c'est super tard, pour un coup de fil professionnel. Ça montre combien ils sont enthousiastes ! Tu te rends compte que…

— Enthousiastes ? Mais à quel propos ? Que voulait-il ?

Andy entendit, derrière elle, un invité porter un toast. Soudain, elle aurait tout donné pour être chez elle, dans son lit, blottie contre Max, comme avant – avant de tomber sur cette maudite lettre.

— Bon, d'abord, il a juste répété qu'il souhaitait nous rencontrer et je me suis dit, ça y est, ils nous collent un procès, ils vont nous accuser d'être des usurpatrices et Miranda va…

— Emily. *S'il te plaît.*

— Mais ce n'est pas du tout ça, Andy ! Il ne voulait pas entrer dans les détails au téléphone, mais il m'a plus ou moins fait comprendre qu'ils s'intéressaient à *The Plunge*, je cite : « en tant qu'entreprise ». Ça ne peut vouloir dire qu'une seule chose !

Oui, et Andy savait exactement ce que cela voulait dire.

— Ils veulent nous racheter.

— Exactement !

Andy sentait qu'Emily essayait – sans grand succès – de contenir son enthousiasme.

— Je croyais qu'on était d'accord pour ne pas vendre avant cinq ans. Pour prendre notre temps et consolider les fondations. Nous n'en sommes qu'à la troisième année, Emily.

— Oui, mais tu sais comme moi qu'on ne peut pas laisser passer une opportunité pareille ! protesta Emily d'une voix stridente. On parle d'Elias-Clark. Le plus puissant, le plus prestigieux groupe de presse du monde – rien que ça. Ce pourrait être l'opportunité de notre vie.

Andy ressentit une petite décharge d'adrénaline. Oui, susciter l'intérêt d'Elias-Clark était excitant, et très gratifiant. Mais c'était également terrifiant.

— Ai-je vraiment besoin de te le rappeler, Em ? As-tu oublié que Miranda, en plus de diriger *Runway*, est maintenant directrice éditoriale de l'ensemble des publications du groupe et que, du coup, elle redeviendrait notre patronne ? (Andy marqua une pause pour se calmer.) Un détail mineur, mais que tu voudrais peut-être prendre en considération.

— Je ne m'inquiète pas vraiment pour ça, lui rétorqua Emily.

— Parce que tu n'es pas ici, en ce moment, à table avec son armada de clones décérébrés. Si tu y étais, je pense que tu te ferais du souci.

Emily lâcha un soupir las, laissant entendre qu'elle s'attendait à cette réaction.

— Andy, pourrais-tu simplement montrer un peu d'ouverture d'esprit ? Au moins jusqu'à ce qu'on ait entendu leur proposition ? Je te promets qu'on ne décidera rien qui puisse te mettre mal à l'aise.

— D'accord. Mais je peux te dire d'ores et déjà que la seule idée de retravailler pour Miranda Priestly me met mal à l'aise.

— Mais nous ne savons même pas ce qu'ils vont nous proposer ! Écoute, va boire un verre, essaie de t'amuser et laisse-moi m'occuper du reste, d'accord ?

Andy embrassa du regard le cadre exceptionnel. Peut-être qu'une autre Virgin piña colada ne lui ferait pas de mal.

— Il s'agit juste d'un rendez-vous, Andy. Ensuite, on avisera. Répète après moi : il s'agit juste d'un rendez-vous.

— D'accord, il s'agit juste d'un rendez-vous, dit-elle, puis elle se répéta la phrase trois fois mentalement, et elle essaya de s'en persuader.

Mais franchement, de qui se moquait-elle ? Ce qui s'annonçait était plus terrifiant qu'un simple rendez-vous.

Chapitre 10

Une paire de peignoirs

À quand remontait leur dernier baiser ? Il y en avait eu si peu depuis celui qu'ils avaient échangé devant trois cents invités. Les lèvres de Max sur les siennes lui procuraient une sensation familière, excitante, et lorsqu'il était passé la chercher au bureau en taxi, à l'improviste, Andy n'avait pas cherché midi à 14 heures. Elle était contente de le voir et soulagée d'être de retour d'Anguilla, loin de Nigel et de l'équipe de *Runway*. Pelotonnée dans les bras de Max sur la banquette du taxi, enveloppée par son odeur familière, elle s'abandonnait à ses baisers et se sentait protégée. Elle n'aurait pu rêver retour plus agréable, du moins jusqu'à ce qu'apparaisse sur l'écran vidéo du taxi une publicité pour les vols Jetblue, à destination des Bermudes.

Max suivit son regard et tenta de la distraire en redoublant de fougue.

Andy s'efforça de répondre avec la même ardeur, mais d'un coup d'un seul, elle n'eut plus qu'une pensée en tête : la lettre.

— Andy... protesta Max en la sentant se recroqueviller.

Il voulut lui prendre la main, mais elle la dégagea.

L'afflux d'hormones de grossesse ne devait pas aider... Andy avait lu quelque part que les femmes enceintes prenaient en grippe l'odeur de leur mari. En était-elle déjà à ce stade ?

Elle entra la première dans l'appartement. Stanley fondit sur eux pour leur faire la fête, puis emboîta le pas à sa maîtresse jusque dans la chambre. Andy égrena quelques baisers sonores et le petit chien la suivit sans se faire prier dans la salle de bains ; elle verrouilla la porte, ouvrit le robinet de la baignoire, souleva le bichon dans ses bras et enfouit le visage dans son cou tiède.

— Beurk, tu pues ! chuchota-t-elle contre son oreille pendante.

Stanley était accro aux os à mâcher fourrés au taureau, sorte de crack pour chien, soi-disant emballés dans du pénis de buffle – un détail qui, enceinte ou pas, donnait des haut-le-cœur à Andy chaque fois qu'elle y pensait.

Dans son enthousiasme, Stanley la gratifia de quelques coups de langue sur le visage et aussi, malencontreusement, sur les lèvres. Andy se mit à tousser et Stanley lâcha un jappement contrit.

— C'est bon, mon chou. Tu n'es pas seul responsable de mes envies de vomir, ces temps-ci.

Elle retira sa robe portefeuille, ses collants noirs, ses sous-vêtements et se tourna pour s'examiner de profil. Mis à part la marque rouge vif autour de la taille, là où l'élastique du collant l'avait comprimée toute la journée, Andy devait reconnaître que son ventre était tel qu'en lui-même. Pas totalement plat, constata-t-elle en le caressant, mais ce léger renflement n'était pas récent. À la rigueur, la taille s'était peut-être un peu épaissie, elle était moins marquée qu'un mois plus tôt. D'ici peu, elle ne le serait plus du tout, Andy le savait mais n'arrivait pas à le concevoir – pas plus qu'elle ne pouvait concevoir qu'il y avait, niché dans ses entrailles, un haricot avec un cœur qui battait.

Une fois les lumières tamisées et Stanley allongé de tout son long sur une serviette étalée sur le rebord gigantesque de la baignoire, où il lui suffisait de tremper le museau pour se désaltérer, Andy se laissa glisser dans l'eau en expirant de plaisir. Max frappa à la porte et lui demanda si elle allait bien.

— Oui, ça va. Je prends un bain.

— Pourquoi as-tu fermé la porte à clé ? Je veux entrer.

Andy regarda Stanley, qui haletait, oreilles dressées.

— Je n'ai pas fait exprès, mentit-elle, et elle entendit les pas s'éloigner dans le couloir.

Elle plongea un gant de toilette dans l'eau, le posa bien à plat sur sa poitrine et se concentra sur sa respiration. Longues inspirations, profondes ; lentes expirations. Andy avait appris en lisant l'e-mail hebdomadaire de Baby-Center, qui expliquait le développement de son bébé, que les bains chauds étaient déconseillés pendant la grossesse. Comme elle n'aimait que les bains brûlants, elle avait opté pour un compromis – très chaud, mais pas plus de cinq minutes. On était loin des longues séances de détente paresseuse qu'elle s'octroyait généralement avant d'aller au lit, mais il faudrait s'en contenter.

Pendant que la baignoire se vidait bruyamment, elle enfila son épais peignoir en éponge. La moitié d'un cadeau de fiançailles des grands-parents maternels de Max. Celui d'Andy était rouge vif et, à hauteur du cœur, était brodé en lettres blanches « MRS HARRISON » ; le peignoir de Max était blanc, avec « MR HARRISON » brodé en rouge. En nouant la ceinture, Andy repensa à la dispute qui avait éclaté quand elle avait montré le cadeau à Max.

— Sympa, avait-il dit en se délestant du fameux fourre-tout miteux qu'il trimballait partout – déjà à l'époque.

— Oui, l'attention est charmante, mais ils ne m'ont

pas demandé si je comptais changer de nom, observa Andy.

— Quelle importance ? répondit Max en l'attirant dans ses bras pour l'embrasser. Ma grand-mère a supposé que ce serait le cas. Elle a 91 ans. Fiche-lui la paix.

— Oui, je comprends, ce n'est pas ça, c'est juste que… Je ne vais pas changer de nom.

Max avait éclaté de rire.

— Bien sûr que si.

Au-delà de tout ce qu'il aurait pu dire, ou faire, c'était sa présomption, ce ton sûr de lui qui avait piqué Andy au vif.

— Je suis Andrea Sachs depuis plus de trente ans, et je compte bien le rester. Que ressentirais-tu, si on te demandait de changer de nom ?

— Ce n'est pas pareil…

— Si, c'est exactement pareil.

Max la regarda, ou plutôt la dévisagea.

— Pourquoi ne veux-tu pas prendre mon nom ? demanda-t-il, d'une voix si sincèrement blessée qu'Andy faillit abdiquer sur-le-champ.

— Max, ce n'est pas une revendication féministe, dit-elle en lui serrant la main. Ne le prends pas personnellement. Sachs est le nom avec lequel j'ai grandi, celui auquel je suis habituée, c'est tout. J'ai travaillé dur pour me faire un nom dans le métier et c'est sous ce nom que je suis connue, depuis le début. Est-ce si difficile à comprendre ?

Max ne répondit rien, se contenta de hausser les épaules, de soupirer, et Andy comprit ce jour-là que cette conversation n'était probablement que la première d'une longue série. N'était-ce pas cela, le mariage ? Des discussions, et des compromis ? Elle serra Max dans ses bras, lui planta un baiser dans le cou, et chacun sembla tourner la page, mais le sujet ne tarda pas à devenir un point de friction récurrent. « Quelle femme refuse de prendre le nom de son mari ? »

répétait souvent Max, d'un ton incrédule. Il joua la carte de l'amour filial (« Ma mère t'aime comme sa propre fille » – un argument qui, aujourd'hui, donnait à Andy envie de hurler) ; la carte de la généalogie (« C'est un patronyme qu'ont porté d'innombrables générations »), et celle de la culpabilité (« Je pensais que tu serais fière de m'avoir pour mari – moi, je suis fier que tu deviennes ma femme »). En désespoir de cause, il tenta la menace, sans grande conviction : « Si tu refuses de porter publiquement mon nom, peut-être ne devrais-je pas porter d'alliance en public », mais lorsque Andy se contenta de lui répondre, avec un haussement d'épaules, qu'il était libre d'en porter une ou pas, il s'excusa. Il était déçu, mais s'efforcerait de respecter sa décision. Andy se sentit immédiatement ridicule de s'être braquée sur un détail qui, à l'évidence, n'en était pas un pour Max, et ce d'autant plus qu'elle n'avait même pas d'idée très arrêtée sur la question. Lorsqu'elle se suspendit à son cou en lui annonçant qu'elle resterait Andrea Sachs dans sa vie professionnelle mais serait heureuse de devenir Mrs Harrison dans toutes les autres circonstances de la vie, Max sembla à deux doigts de s'évanouir de gratitude et de soulagement. Andy n'était pas non plus mécontente d'avoir cédé : c'était peut-être antiféministe, vieux jeu, et qui sait quoi d'autre, mais cela lui *plaisait* de porter le nom de son mari. Qui serait bientôt aussi celui de leur enfant.

Quand Andy sortit de la salle de bains, Max lisait *GQ*, allongé sur le lit, vêtu d'un simple boxer Calvin Klein. Il avait la peau mate, comme légèrement hâlée en permanence, un ventre ferme et musclé, mais sans ostentation, et une belle carrure virile. Malgré elle, Andy fut prise d'une bouffée de désir.

— Le bain était agréable ? demanda-t-il en relevant les yeux.

— Comme toujours.

Elle se servit un verre d'eau de la carafe posée sur sa

table de nuit et but une gorgée. Elle avait envie de se retourner, de contempler le corps de Max, mais elle se força à ouvrir son livre.

Dans son dos, Max se rapprocha furtivement, l'enlaça et l'embrassa dans le cou. Andy sentit le renflement des biceps contre ses flancs et une crampe familière lui noua aussitôt le ventre.

— Tu as la peau brûlante. Tu as dû cuire, là-dedans, murmura-t-il, et immédiatement Andy songea au bébé.

Avant même qu'elle n'ait pu réagir, Max avait fait glisser le peignoir, dénudé ses épaules et son buste. Il passa délicatement les mains autour de ses seins. Andy s'écarta et rajusta le peignoir.

— Je ne peux pas, dit-elle en détournant le regard.

— Andy.

La voix était lourde de déception. Une voix de vaincu.

— Je suis désolée.

— Viens là. Regarde-moi. (Délicatement, du bout des doigts, il l'obligea à tourner le visage vers lui et effleura ses lèvres d'un baiser.) Je sais que je t'ai blessée, et je m'en veux à mort. Toute cette situation, ajouta-t-il en décrivant des moulinets avec sa main – ma mère, le fait que tu n'arrives pas à me faire confiance, que tu m'évites… c'est ma faute, et je comprends que tu réagisses ainsi. Mais c'était juste une lettre, et il ne s'est rien passé. *Rien.* Mon seul regret, c'est de ne pas te l'avoir dit. (Il s'interrompit, visiblement contrarié.) Alors arrête, maintenant. Peut-être que la punition est disproportionnée par rapport à mon crime.

Andy sentit sa gorge se nouer.

— Je suis enceinte, murmura-t-elle.

Max se figea. Elle sentit son regard peser sur elle.

— Quoi ? Est-ce que j'ai…

— Oui. Je suis enceinte.

— Oh, mon Dieu ! Andy, c'est une nouvelle

incroyable ! (Il se leva d'un bond et se mit à faire les cent pas, l'air à la fois anxieux et excité.) Quand l'as-tu appris ? Comment ? Tu es allée voir un médecin ? De combien ?

Il tomba à genoux au pied du lit, referma les mains sur les siennes et les serra, fort.

Sa joie crevait les yeux, et c'était réconfortant ; la situation était assez pénible comme ça. Andy ne pouvait même pas imaginer ce qu'il en aurait été si Max avait accueilli la nouvelle avec des sentiments ambivalents – ou pire.

— Quand je suis allée chez le Dr Palmer, la semaine dernière – tu te souviens ? Ils ont fait une analyse d'urine et m'ont appelée le soir même pour m'annoncer la nouvelle.

Elle jugea plus avisé de ne pas préciser qu'elle avait également demandé un dépistage exhaustif des MST.

— Tu le sais depuis *la semaine dernière*, et tu ne m'as rien dit ?

— Je suis désolée. J'avais besoin de temps pour réfléchir.

Max l'observait attentivement, et son expression était indéchiffrable.

— Selon eux, c'est une grossesse « qui ne date pas d'hier ». Ils ne peuvent rien affirmer avant l'échographie, mais je suppose qu'elle remonte à cette fois, à Hilton Head…

Elle observa Max rassembler ses souvenirs. La maison qu'ils avaient louée avec Emily et Miles, pendant une semaine, pour profiter de l'été indien. Le petit interlude sous la douche d'extérieur, un soir, juste avant le dîner. Ils y étaient entrés à deux, en douce, comme des ados. Andy avait juré à Max qu'il n'y avait pas de risque, qu'elle avait eu ses règles la semaine précédente, et dans le feu de l'action…

— La douche ? Tu crois que c'est à ce moment-là ?

Andy hocha la tête.

— Je m'apprêtais à changer de pilule et je faisais

une pause de quelques semaines. J'imagine que je me suis plantée dans les calculs.

— Tu sais ce qu'on dit, n'est-ce pas ? C'était écrit. Ce bébé devait exister.

C'était l'une des répliques préférées de Max. Leur rencontre – elle était écrite. Le succès de son magazine – écrit lui aussi. Leur mariage – de même. Et maintenant, le bébé.

— Pour moi, c'est surtout la preuve concrète que la méthode Ogino ne marche pas, répondit Andy sans pouvoir réprimer un sourire. Mais peut-être que le destin a eu son mot à dire, aussi.

— Quand vas-tu passer l'échographie ? Et connaître la date de l'accouchement ?

— J'ai rendez-vous demain chez la gynéco.

— À quelle heure ?

— 9 h 30. J'aurais préféré en avoir un plus tôt, mais c'est tout ce qu'ils pouvaient me proposer.

Max la laissa à peine achever sa phrase :

— On ira prendre le petit déj' quelque part avant notre rendez-vous, d'accord ?

Et le voyant se jeter sur son téléphone et donner à sa secrétaire des instructions pour annuler, ou reporter, tous ses rendez-vous du lendemain matin, Andy eut envie de le serrer dans ses bras. Pourquoi avait-elle attendu aussi longtemps pour le lui dire ? Elle le retrouvait, son Max, l'homme qu'elle avait épousé. Évidemment, qu'il était fou de joie ! Et qu'il annulait tout, sans une hésitation, pour assister à la première échographie – et aux suivantes, elle était prête à le parier. Bien sûr, qu'il avait instinctivement employé le « nous », tout comme il ne manquerait pas de dire « *nous* attendons un bébé ». Andy n'en avait jamais douté, mais cela demeurait un vrai soulagement d'en avoir la démonstration. Elle n'était pas seule dans cette aventure.

— À vrai dire, avant le rendez-vous, je pensais faire un saut au bureau et travailler une heure ou deux. J'ai pris tellement de retard entre le mariage, les nausées, et maintenant cette histoire avec Elias-Clark...

— Andy. (Il serra fort sa main, en lui souriant.) S'il te plaît.

— D'accord. Un petit déj'. Super idée.

Elle fut prise d'une violente nausée. Sans doute cela se vit-il sur son visage car Max lui demanda si elle se sentait bien. Andy, incapable de parler, hocha la tête et fila dans la salle de bains. Entre deux haut-le-cœur, elle entendit Max commander au petit restau au coin de la rue des *ginger ale*, des biscuits salés, des bananes et de la compote de pommes. Lorsqu'elle retourna au lit, il la contempla avec gentillesse. En dépit des maux de tête, elle se sentait étrangement mieux que ces dernières semaines.

— Ma pauvre chérie. Tu vas voir, je vais bien m'occuper de toi. Viens là, ajouta-t-il en lui faisant signe de s'asseoir à côté de lui.

Il lui souleva les jambes et posa ses pieds sur ses genoux. Andy ferma les yeux. Le massage était divin.

— Notre lune de miel aux Fidji tombe à l'eau, observa-t-elle, c'était la première fois qu'elle y pensait depuis presque quinze jours. Encore que je ne voie pas ce qui nous empêcherait d'y aller, si tout est normal.

Max arrêta le message et la regarda.

— Tu ne vas partir à l'autre bout du monde, à des milliers de kilomètres de ton médecin. Infliger à ton corps le stress du décalage horaire et du voyage ? Hors de question. Nous aurons tout le temps d'aller aux Fidji plus tard.

— Tu n'es pas contrarié de louper ça ?

Max secoua la tête.

— Nous allons tout donner à notre bébé, Andy, tu vas voir. Tu vas aménager la nursery idéale, avec plein d'animaux en peluche, de livres, de ravissants vêtements, et je vais apprendre tout ce qu'il y a à savoir sur les bébés afin d'être opérationnel dès le premier jour. Je changerai les couches, je donnerai les biberons, j'irai la promener en poussette. On lui lira des histoires chaque jour, on lui racontera comment nous nous sommes rencontrés, pendant les vacances, on l'emmènera voir l'océan, pour lui faire sentir le sable sous ses pieds et lui apprendre à nager. Elle sera couverte d'amour. Par ta famille et par la mienne.

— Elle ?

— Oui, évidemment, que ce sera une fille. Une magnifique petite fille blonde. C'est écrit.

Lorsque Andy rouvrit les yeux, le réveil indiquait 6 h 45. Elle était sous la couette, encore enveloppée dans son peignoir, et Max ronflait doucement à côté d'elle. Les lumières étaient tamisées mais pas éteintes ; sans doute avaient-ils l'un et l'autre sombré au milieu d'une conversation.

Quand ils furent douchés et habillés, Max héla un taxi et demanda au chauffeur de les conduire chez Sarabeth, un charmant salon de thé de l'Upper East Side, situé à proximité du cabinet de la gynécologue. Andy ne put avaler qu'un toast tartiné de confiture maison et une tasse de camomille, mais elle prit plaisir à observer Max dévorer une omelette au fromage, des frites, du bacon croustillant, un verre de jus d'orange et un grand *latte*, sans jamais cesser de parler, avec animation, du rendez-vous qui les attendait, des dates possibles du terme, des questions à poser au médecin, de la façon dont ils allaient annoncer la nouvelle à leurs familles.

Le cabinet de la gynéco se trouvant à six blocs de là, ils remontèrent Madison à pied. Il y avait du monde dans la salle d'attente ; Andy repéra trois femmes manifestement enceintes, dont deux accompagnées de leur mari, mais les autres patientes lui semblèrent *a priori* trop jeunes, ou trop âgées, pour procréer. Comment avait-elle pu ne jamais prêter attention, jusque-là, à ce genre de détail ? C'était étrange de se trouver ici avec Max, main dans la main, de donner leurs deux noms au secrétariat. Andy avait trouvé choquant que la réceptionniste lui accorde à peine un regard lorsqu'elle avait annoncé qu'elle venait passer une échographie. Sa première échographie ! N'était-ce pas une nouvelle qui intéressait *tout le monde* ?

Un quart d'heure plus tard, une assistante l'appela, puis lui tendit un flacon stérile.

— Les toilettes se trouvent au bout du couloir, à droite. Apportez ensuite votre échantillon dans la salle d'examen numéro cinq. Votre mari peut vous attendre là-bas.

Max lui sourit, lui lança un regard qui disait « bonne chance » puis suivit l'infirmière jusqu'à la salle d'examen. Lorsque Andy l'y retrouva trois minutes plus tard, il arpentait de long en large la pièce de la taille d'une cabine d'essayage.

— Comment ça s'est passé ? lança-t-il en se passant la main dans les cheveux.

— Je me suis pissé sur la main. Comme d'habitude.

— C'est si compliqué que ça ? demanda Max en rigolant, l'air soulagé de cette distraction.

— Tu n'imagines même pas.

Une autre infirmière arriva, une femme corpulente au sourire doux et aux cheveux argentés. Elle plongea un bâtonnet dans l'échantillon d'urine, déclara que tout était parfait, puis elle prit la tension d'Andy (parfaite, également) et lui demanda à quand remontaient ses dernières règles ; Andy ne put lui indiquer qu'une date approximative.

— Très bien, ma belle. Le Dr Kramer sera là dans un instant. Pesez-vous et n'oubliez pas de soustraire cinq cents grammes pour les vêtements, déshabillez-vous à partir de la taille, et couvrez-vous avec ceci, ajouta-t-elle en lui tendant une feuille de papier et en lui désignant la table d'examen.

Max et Andy, mi-fascinés, mi-révulsés, découvrirent la sonde reliée à l'échographe. L'infirmière leur souhaita une bonne journée et referma la porte derrière elle.

— J'avoue que je m'attendais à un truc qu'on promène sur le ventre, dit Andy. C'est toujours comme ça qu'ils font à la télé...

La porte se rouvrit. Le Dr Kramer avait sans doute entendu la remarque car elle lança, avec un sourire :

— J'ai peur qu'il ne soit encore un peu tôt pour une échographie abdominale. Votre fœtus est encore si petit que seule une échographie endo-vaginale peut le distinguer.

Elle se présenta à Max et commença à régler la machine. C'était une femme menue et jolie, qui approchait de la quarantaine, aux mouvements rapides et assurés.

— Comment vous sentez-vous ? demanda-t-elle par-dessus son épaule. Vous avez des nausées ? Des vomissements ?

— Oui, et oui.

— C'est totalement normal. Chez la plupart des femmes, les nausées régressent à partir de la douzième ou de la quatorzième semaine. Vous arrivez à garder les breuvages clairs, les biscuits, ce genre d'aliment ?

— En général, oui.

— Inutile pour l'instant de trop surveiller votre alimentation. Le bébé trouve tout ce dont il a besoin dans votre corps. Efforcez-vous simplement de manger souvent et en petite quantité, et de beaucoup vous reposer, d'accord ?

Andy hocha la tête. Le Dr Kramer demanda à Andy de se décaler un peu vers le bord de la table et de glisser les pieds dans les étriers. Andy sentit une légère pression et une brève sensation de froid entre les jambes, puis plus rien.

— C'est parti, annonça le Dr Kramer en déplaçant la sonde.

Une image composée d'amas noirs et blancs apparut à l'écran, et le médecin pointa du doigt une tache blanche qui donnait l'impression de flotter dans un trou noir.

— Ici. Vous voyez ? Ce vacillement, juste là ? C'est le cœur de votre bébé en train de battre.

Max se leva comme un ressort de son fauteuil et agrippa la main d'Andy.

— Où ça ? Ici ?

— Oui, c'est ça. (Le médecin scruta un instant l'écran.) Et ça m'a tout l'air d'un battement fort et sain, ajouta-t-elle. Attendez, un instant… Voilà.

Elle déplaça la sonde, augmenta le volume, et une pulsation rythmique, enveloppée d'une acoustique sous-marine, et aussi rapide qu'un galop de cheval, emplit la pièce.

Allongée sur le dos, Andy ne pouvait soulever son cou que de quelques centimètres mais elle voyait très bien l'écran, le petit grain blanc et son minuscule cœur palpitant : son bébé. Il était réel, il était vivant, et il se développait en elle. Elle resta parfaitement immobile mais ne put retenir ses larmes, et lorsqu'elle tourna la tête vers Max, qui lui serrait très fort la main, le regard rivé à l'écran, elle vit que ses yeux étaient eux aussi embués.

— Vous en êtes, je dirais, à dix semaines et cinq jours, et tout semble parfait. On affinera la datation à la prochaine échographie puisque vous n'êtes pas sûre de la date de vos dernières règles, mais d'après ce que nous voyons aujourd'hui, vous devriez accoucher le 1er juin. Félicitations !

— Le 1er juin, souffla Max. Un bébé de printemps. C'est idéal.

Les doutes, les angoisses et la colère qu'avait fait naître cette maudite lettre ne disparurent pas comme par enchantement – Andy doutait de pouvoir y arriver un jour –, mais voir cet embryon de vie en elle, savoir qu'elle et Max l'avaient conçu ensemble, et qu'ils deviendraient ses parents pour toujours, les relégua à l'arrière-plan. Et lorsque le docteur les laissa seuls et que Max, fou de joie, se jeta sur elle pour la serrer dans ses bras en criant « Je t'aime ! », si fort qu'Andy éclata de rire, ils se diluèrent même un peu plus encore. Elle allait faire en sorte que tout s'arrange avec Max. Elle pardonnerait et dépasserait ses incertitudes. C'était la seule façon d'aller de l'avant. Elle le ferait pour leur bébé.

Chapitre 11

Plus, ou moins célèbre que Beyoncé ?

The Plunge avait installé ses bureaux dans un bâtiment heureusement en tous points différent de la tour Elias-Clark, et de celui, vétuste et sans ascenseur, qui abritait la rédaction d'*Happily Ever After*. Originellement un entrepôt de bois dans les années 1890, l'immeuble avait connu un certain nombre de transformations – usine d'emballage de viande, usine agroalimentaire, entrepôt de tissu puis atelier de confection – avant d'être réhabilité, de façon prévisible, en plateaux à usage professionnel, avec des baies vitrées du sol au plafond, des murs de briques apparentes, des planchers de récupération, le tout offrant une vue sur l'Hudson – soit, en termes plus prosaïques, sur les côtes du New Jersey. Andy se souvenait encore de l'excitation d'Emily lorsque, trois ans plus tôt, leur agent immobilier les avait amenées tout au bout de la 24e Rue. Avec ses airs de forteresse, l'immeuble était imposant, mais Andy s'était demandé si le quartier n'était pas un peu trop… brut ?

— Brut ? s'était moquée Emily en enjambant avec précaution un homme inconscient, vautré près de l'entrée. Il a du caractère et c'est exactement ce dont nous avons besoin !

Avoir privilégié le caractère au détriment d'un bon chauffage, d'une climatisation et de garanties raisonnables de ne pas se faire assassiner continuait à agacer Andy, mais elle ne pouvait nier que leurs locaux surpassaient de très loin tous ceux qu'elles avaient pu visiter – sans compter qu'ils étaient également meilleur marché.

Elle mobilisa toute son énergie pour ouvrir la grille métallique de l'ascenseur, entra dans la cabine, puis la referma, un mouvement qu'elle maîtrisait désormais même en transportant plusieurs gobelets de café brûlant. Chaque jour, elle se jurait qu'elle allait plutôt emprunter les escaliers et remettait, invariablement, l'expérience au lendemain. Parvenue au troisième, elle sourit à leur réceptionniste du moment, comme d'habitude une jeune diplômée surqualifiée qui ne restait que le temps qu'on lui trouve une remplaçante.

C'était agréable d'être en retard, parfois.

— Bonjour, Andrea, dit Agatha.

Elle était vêtue ce jour-là d'une robe bleu marine, d'un collant blanc cassé et de chaussures rouges à gros talons. Andy, une fois de plus, se demanda où son assistante trouvait l'énergie d'être toujours à l'avant-garde des tendances. Ce devait être épuisant.

— Bonjour ! chantonna Andy d'une voix puissante tandis qu'Agatha, tel un chien de garde, attendait qu'elle entre dans son bureau – une version plus vaste, et fermée par des parois de verre, des boxes alentour. Suis-moi. Si tu as une minute, bien sûr, ajouta-t-elle avec un rire forcé en songeant que l'ordre avait été un peu trop direct.

— Emily appelle, genre, toutes les trois secondes, pour savoir si tu es arrivée. Je lui ai promis de te diriger droit dans son bureau dès que ce serait le cas.

— Je l'ai prévenue de mon retard, ce matin. C'est la première fois en six mois qu'elle arrive avant moi, et elle est hystérique ? se moqua Andy en songeant que le coup de fil d'Elias-Clark devait être pour quelque chose dans la mauvaise humeur de son associée. OK, j'y vais. Si jamais le bureau de presse d'Harper appelle, tu voudras bien faire suivre la communication chez Emily ?

Agatha hocha la tête. Elle paraissait s'ennuyer à mourir.

The Plunge avait un point commun avec *Runway* : une petite équipe de collaboratrices qui avaient toutes des jambes interminables, de préférence perchées sur des stilettos, et s'habillaient exclusivement chez les créateurs. En vertu du partage des tâches, Emily avait été responsable du recrutement, à l'exception de Carmella Tindale, mi-chroniqueuse, mi-directrice générale. Andy l'avait débauchée d'*Happily Ever After* et elle était à ses yeux une collaboratrice indispensable. Carmella était une femme légèrement en surpoids, avec des cheveux châtains indisciplinés et deux bons centimètres de racines grises ; elle avait un faible pour les combinaisons-pantalons informes, associées à des sabots en hiver, et à des claquettes orthopédiques en été ; son seul sacrifice au style étant un authentique (selon Emily) sac à dos Prada qu'elle avait personnalisé avec une intéressante association de taches de peinture, de strass et de fils de couleur. En matière de mode, Carmella était un désastre, mais Andy l'adorait. Les autres filles de l'équipe étaient de proches cousines de la galaxie *Runway*, toutes plus grandes, plus minces et plus jolies les unes que les autres. C'était déprimant.

— Bonjour Andy !

C'était Tal, une Israélienne élancée à la peau très claire, à la chevelure noir de geai, et à la silhouette de nature à envoyer un tank dans le décor. Elle portait ce jour-là un pantalon de treillis moulant associé à une veste courte et des bottines en daim à talons hauts.

— Bonjour, Tal. Tu as contacté les gens d'O.P.I. ? Nous avons besoin d'une réponse définitive d'ici la fin de la semaine. (Tal hocha la tête, au moment où le portable d'Andy se mit à sonner.) Génial, tiens-moi au courant dès que tu as des nouvelles. Max ? Tu es là ?

— Bonjour, mon amour. Comment te sens-tu ?

Il suffit que Max pose la question pour qu'Andy, qui se sentait très bien jusque-là, soit prise de nausée.

— Ça va. Je m'apprête à entrer dans le bureau d'Emily pour une réunion. Que se passe-t-il ?

— J'ai réfléchi à un truc. Que dirais-tu d'inviter ma mère et ma sœur, ta mère, Jill et Kyle, et aussi ton père et Noreen à dîner à la maison ? On pourrait prétexter qu'on souhaite leur montrer les planches contacts du mariage et leur demander de nous aider à choisir les photos de l'album, et ensuite, on leur annoncerait la nouvelle.

Maintenant que Lily et Max étaient au courant, Andy avait décidé d'annoncer au plus vite sa grossesse à sa famille – et à Emily. Elle n'avait que trop tardé.

— Oh... je ne sais pas.

— Ce serait super ! On doit encore passer cette échographie... comment elle l'a l'appelée, déjà ?

— La mesure de la clarté nucale.

— Oui, c'est ça. Donc, on s'occupe de ça en début de semaine prochaine, on s'assure que tout est en ordre, ce qui sera le cas, et ensuite on fait de nos parents les gens les plus heureux du monde. Je peux demander à notre agence d'événementiel de trouver un traiteur. Ils s'occuperont de tout, vaisselle, cuisine, nettoyage... Tu n'auras pas à lever le petit doigt. Qu'en dis-tu ?

Andrea sourit à une fille du département artistique qui passait devant elle – une pseudo-clone de ses consœurs de *Runway* –, chaussée de cuissardes et parée de cinq bons kilos de chaînes en or nouées et entortillées à son cou d'une main experte.

— Andy ?

— Excuse-moi. Euh... d'accord ? Ça peut être sympa.

— Ce sera génial ! On dit samedi prochain ?

— Non, Jill, Kyle et les gamins repartent au Texas ce matin-là. Le vendredi soir, peut-être ?

— Parfait. Je préviens tout le monde et je règle les détails. Andy ?

— Mmm ?

— Ça va être super. Ils vont être fous de bonheur pour nous.

Andy ne put s'empêcher de songer à Barbara. Qu'allait-elle penser de la nouvelle ? La belle-fille détestée qui lui donnait un petit enfant tant espéré. Quel dilemme ! Son visage repulpé au Botox ne révélerait sans doute rien. Et puis, peut-être qu'apprendre qu'un bébé était en route allait tout changer…

— C'est une idée géniale, renchérit-elle. La meilleure façon de le leur annoncer.

— Je t'aime, Andy.

Elle hésita à peine une fraction de seconde, puis répondit :

— Je t'aime moi aussi.

— Andy ! Rapplique ! ordonna Emily depuis son box vitré d'un ton sinistrement familier.

— Bon, j'entends que tu es convoquée. On se parle plus tard, dit Max avant de raccrocher, et Andy perçut un sourire dans sa voix.

Dans le bureau d'Emily, Andy s'installa dans l'un des fauteuils à armature métallique et se débarrassa de ses mocassins pour enfouir les orteils dans l'épais tapis en peau de mouton. Faisant fi de leur budget déco frugal, Emily avait dépensé une fortune, sur ses deniers personnels, pour aménager un espace de travail tout droit sorti des pages de *ELLE Decor*. Le bureau laqué rouge, les fauteuils design en cuir blanc et le tapis en peau de mouton n'étaient qu'un avant-goût. Une vitrine discrète, aux lignes épurées, accueillait ses livres et ses collections de magazines ; les immenses baies vitrées étaient occultées par des rideaux blancs, translucides, et sur l'unique mur en briques apparentes s'alignaient toutes les couvertures de *The Plunge* depuis son lancement. Devant les deux parois vitrées qui isolaient le bureau du reste du loft, Emily avait suspendu des figurines en verre coloré et des ornements qui capturaient la lumière et dispersaient des rais de couleurs dans toutes les directions. Deux dalmatiens grandeur nature (une sculpture contemporaine) folâtraient dans un coin et, dans un mini-frigo Sub-Zero encastré dans le flanc d'une bibliothèque horizontale, Emily stockait ses bouteilles d'Évian, de champagne rosé et d'Honest Tea. Une dizaine de photos personnelles élégamment encadrées étaient disséminées sur toutes les surfaces planes. Andy se souvint qu'Emily aspirait à être l'assistante de Miranda depuis l'âge de 12 ans. Peut-être aspirait-elle même à *être* Miranda ?

— Dieu merci te voilà enfin ! lança Emily en détachant les yeux de son écran. Laisse-moi deux secondes, j'envoie juste cet e-mail…

Andy remarqua les bandes de lecture posées sur un coin du bureau et reconnut les photos de son mariage. Elle prit la première et l'étudia. Elle l'avait adorée en la découvrant sur l'écran de l'ordinateur, et la trouvait encore plus belle en tirage. C'était peut-être, de toutes celles qui avaient été prises ce jour-là, celle où elle souriait sans aucune arrière-pensée. L'orchestre commençait à jouer leur première danse et Max s'était approché, dans son dos, pour l'enlacer. Il l'avait embrassée à la naissance du cou, ce qui l'avait chatouillée. De surprise, elle avait renversé la tête contre son épaule en éclatant d'un rire ravi. C'était une photo sur le vif, sans le moindre apprêt. Pour une couverture, un tel choix sortait des sentiers battus, mais Andy comme Emily aimaient se démarquer.

— Tu ne trouves pas incroyable qu'on se prépare à boucler le numéro de mars ? demanda Andy en fixant la photo.

— Mmm… marmonna Emily, les yeux rivés à son écran.

— Tu crois vraiment qu'on peut utiliser une photo prise sur le vif en couverture ? Ce n'est pas un peu... léger ?

Emily soupira.

— Sur le vif ou pas, ça reste une photo de Saint-Germain. On ne risque pas de la confondre avec une de celles que nous ont envoyées tes cousines depuis le site de Shutterfly.

— C'est vrai. Et je l'aime énormément...

Emily sortit un paquet de Marlboro et un briquet du premier tiroir de son bureau, en prit une et tendit le paquet à Andy.

— C'est notre *lieu de travail*, Emily, observa Andy en détestant le ton donneur de leçon de sa remarque.

Emily approcha l'extrémité de sa cigarette de la flamme, inspira profondément, puis exhala un long trait net de fumée.

— On fête quelque chose.

— Ça fait six ans, dit Andy en regardant la cigarette avec envie. Pourquoi ça m'a l'air toujours aussi bon ?

Emily réitéra son offre mais Andy secoua la tête. Elle savait qu'elle aurait probablement dû sortir du bureau, le temps qu'Emily termine sa cigarette – elle devait penser au bébé, maintenant – mais son amie l'aurait tuée.

— Que fête-t-on ? reprit Andy, hypnotisée par les longues inhalations sensuelles de son amie.

Emily se trémoussa curieusement dans son fauteuil.

— Tu ne devineras jamais qui m'a appelée ce matin.

— Beyoncé ?

— Non. Pourquoi elle ?

— Plus, ou moins célèbre que Beyoncé ?

— Qui est plus célèbre que Beyoncé ?

— Emily, vas-y, dis-moi...

— Non, tu dois deviner. Tu n'y arriveras jamais, mais essaie.

— C'est encourageant. Alors voyons... Jay-Z ?

Emily lâcha un grognement.

— Tu manques vraiment d'inspiration. Qui serait *a priori* la dernière personne de l'univers à appeler ici pour nous demander un rendez-vous ?

Emily souffla dans ses mains pour les réchauffer.

— Obama ?

— Tu es invraisemblable ! Tu n'as pas une once d'imagination !

— Emily...

— Miranda, putain ! Miranda Priestly a appelé ce matin.

— Non, fit Andy en secouant la tête. Factuellement impossible. À moins qu'il ne se soit produit une révolution de palais dont nous n'ayons pas entendu parler, Miranda n'a pas appelé ici. Parce que Miranda n'appelle jamais nulle part. Parce que, aux dernières nouvelles, Miranda est physiquement, mentalement et émotionnellement incapable de composer un numéro de téléphone sans l'aide de quelqu'un.

Emily tira une bouffée rapide sur sa cigarette puis l'écrasa dans un beau cendrier en verre teinté qu'elle rangeait dans son tiroir.

— Andy ? Tu as écouté ?

— Pardon ?

Emily la dévisageait avec incrédulité.

— As-tu écouté un traître mot de ce que je viens de dire ?

— Oui, bien sûr. Mais répète. J'ai du mal à traiter l'information.

Emily poussa un soupir théâtral.

— Bon d'accord, ce n'est pas elle en personne qui a appelé. Mais sa première assistante, une Sud-Africaine qui s'appelle Charla. Elle a demandé si on accepterait de la rencontrer, à son bureau. Dans quinze jours. Elle a insisté sur le fait que ce serait un rendez-vous avec Miranda en personne.

— Comment sais-tu qu'elle est sud-africaine ? demanda Andy, uniquement pour agacer Emily.

Qui sembla effectivement sur le point d'exploser.

— Tu n'as pas entendu ce que je viens de te dire ? Nous – toi et moi – allons rencontrer Miranda.

— Si, j'ai entendu. D'ailleurs, en cet instant, je me retiens de suffoquer.

— Il n'y a qu'une seule explication, conclut Emily en tapant dans ses mains. Elle souhaite nous entretenir d'une éventuelle acquisition.

Andy regarda son portable et le rangea dans son sac.

— Tu es folle si tu t'imagines que je vais y aller.

— Évidemment, que tu vas y aller.

— Absolument pas. Mon cœur n'est pas de taille à supporter ça. Et je ne te parle même pas de mon amour-propre.

— Andy, cette femme est directrice éditoriale d'Elias-Clark. Elle décide des publications de tous les magazines du groupe. Si, pour Dieu seul sait quelle raison, elle me demande d'être là à 11 heures vendredi en quinze, toi, mon amie et cofondatrice de *The Plunge*, tu y seras aussi.

— Tu crois qu'elle sait que l'on utilise son nom pour approcher les people ?

— Andy, je pense très franchement que c'est le cadet de ses soucis.

— Je crois avoir lu quelque part qu'elle a autorisé cet historien connu, très intello, à écrire sa biographie… Peut-être est-ce pour cela qu'elle veut recueillir nos souvenirs ?

Emily leva les yeux au ciel.

— Mmm. Très vraisemblable. Sur les millions de personnes avec lesquelles elle a travaillé au cours de sa carrière, elle veut faire témoigner la fille qu'elle a virée sans raison devant trente personnes, et celle qui lui a dit d'aller se faire foutre à Paris. Trouve autre chose.

— Je ne vois rien d'autre. Mais tu sais quoi ? Ça ne me gêne absolument pas de ne jamais le savoir.

— Qu'est-ce que tu veux dire ?

— Juste ça. Je pense que je peux vivre une vie bien

remplie et épanouie sans savoir pour quelle raison Miranda souhaite soudain nous voir.

Emily soupira.

— Quoi ? fit Andy.

— Rien. Je savais que tu ferais des histoires. Bon, de toute façon, j'ai confirmé le rendez-vous.

— Non !

— Si. Je pense que c'est important.

— Important ? répéta Andy, consciente de la pointe d'hystérie dans sa voix. Au cas où ça t'aurait échappé, cela fait des années que nous ne sommes plus les esclaves de cette tarée. Au prix d'un travail acharné et de beaucoup d'abnégation, nous avons bâti notre propre magazine, notre réussite, et ce, sans terroriser ni détruire la vie de qui que ce soit. Jamais je ne remettrai un pied dans le bureau de cette femme.

— Ce n'est plus le même, répliqua Emily en balayant l'argument d'un geste. Elle a changé d'étage. Pour pouvoir déclarer que tu n'y remettras pas les pieds, il faudra que tu viennes d'abord à ce rendez-vous. Quoi qu'il en soit, moi, j'ai besoin de savoir ce qu'elle nous veut, et je ne peux pas y aller seule.

— Pourquoi pas ? C'est la femme de ta vie ! Vas-y, et tu me raconteras. Ou n'y vas pas. Franchement, je m'en fiche.

— Arrête de dire n'importe quoi, Andy, rétorqua Emily, visiblement de plus en plus exaspérée. Lorsque Miranda Priestly t'appelle pour te proposer un rendez-vous, tu y vas, point barre. (Emily tendit le bras par-dessus le bureau pour attraper la main d'Andy et, avec un regard de chien battu et une moue enjôleuse, elle ajouta :) S'il te plaît, dis que tu viendras.

Andy dégagea sa main d'un mouvement brusque et ne répondit pas.

— Allez, Andy, s'il te plaît ! Fais ça pour ta meilleure amie et ton associée. Pour celle qui t'a présenté ton mari ? implora Emily.

— Tu ne recules devant aucun argument.

— S'il te plaît ! Je t'invite à déjeuner au Shake Shack en sortant.

— Waouh ! Et maintenant tu sors le grand jeu.

— S'il te plaît ? Fais-le pour moi. Je t'en serai redevable éternellement.

Andy poussa un gros soupir. Rendre visite à Miranda sur son territoire était aussi enthousiasmant que la perspective de passer une journée en prison, mais Andy devait admettre, en son for intérieur, qu'elle aussi était curieuse.

Elle appuya les mains sur le bureau en exagérant l'effort que cela lui demandait de se lever.

— Bon, d'accord. Mais je veux un tee-shirt Shack en plus de mon hamburger-frites et milk-shake, et un body pour mon bébé.

— Marché conclu ! chantonna Emily visiblement ravie. Je t'offre la panoplie compl… (Elle s'interrompit, les yeux ronds.) Qu'est-ce que tu viens de dire ?

— Tu as bien entendu.

— Non, je ne crois pas. Il m'a semblé que tu parlais d'un bébé, mais tu n'es pas mariée depuis cinq minutes alors c'est impossible que… (Emily regarda Andy dans les yeux et poussa un gémissement.) Oh mon Dieu, tu ne plaisantes pas ! Tu es enceinte ?

— On ne peut plus enceinte.

— Mais c'est quoi, votre problème ? Pourquoi cette précipitation ?

— Disons que ce n'était pas prévu…

— Comment ça ? Vous ne saviez pas comment on fait les bébés ? Tu as consacré les quinze dernières années de ta vie à *ne pas* tomber enceinte. Qu'est-ce qui s'est passé ?

— Merci de ton soutien.

— Eh bien, disons que diriger un magazine et s'occuper d'un nouveau-né ne sont pas franchement des activités compatibles. Ce que je vois, c'est la façon dont ça va affecter *ma* vie.

— Tu as le temps de te retourner. J'entame à peine mon quatrième mois.

— Et tu maîtrises déjà le jargon, à ce que j'entends. (Emily sembla se livrer à quelque calcul mental, puis elle se renversa dans son fauteuil, et un sourire diabolique se dessina sur ses lèvres.) Waouh ! Tu ne l'avais effectivement pas du tout prévu. Est-il seulement de Max ? ajouta-t-elle dans un chuchotement réjoui.

— Évidemment ! Qu'est-ce que tu imagines ? Que je suis ressortie en douce après mon enterrement de vie de jeune fille au spa, et que j'ai passé la nuit à m'envoyer en l'air avec un des profs de yoga ?

— Reconnais que ça aurait été plutôt cool.

— Tu ne veux pas me poser des questions de personne normale ? Comme, par exemple, la date de mon accouchement, ou si je connais déjà le sexe du bébé ? Ou même simplement comment je me sens ?

— Tu es sûre que ce ne sont pas des jumeaux ? Ou des triplés ? Parce que *ça*, ce serait amusant.

Andy soupira et Emily leva aussitôt les mains.

— D'accord, d'accord, excuse-moi. Mais reconnais que c'est quand même incroyable. Tu es mariée depuis quoi ? un mois ? et tu es déjà en cloque de trois mois ? Ça ne te ressemble pas vraiment, c'est tout. Comment va réagir Barbara ?

Cette dernière question piqua Andy au vif, probablement parce qu'elle se la posait elle aussi.

— Tu as raison, ça ne me ressemble pas. Mais c'est comme ça, et même Barbara Harrison ne peut rien y faire. Et si tu passes outre tout le reste et que tu te concentres uniquement sur le bébé, c'est assez génial. Il arrive plus tôt que nous ne l'espérions, mais ça reste génial.

— Hum-hum.

Le manque d'enthousiasme d'Emily n'était pas surprenant. Elle n'avait jamais dit ouvertement qu'elle ne voulait pas d'enfant, mais comme elle et Miles étaient mariés depuis bientôt cinq ans et qu'elle n'était pas la plus attentive des tantes avec les nièces de Miles, Andy avait supposé que c'était le cas. Les enfants étaient une source de désordre. Ils avaient toujours les mains poisseuses, ils étaient bruyants, imprévisibles ; ils vous faisaient grossir, vous condamnaient à l'inélégance, du moins pendant un bon moment. Rien de tout cela ne ressemblait à Emily.

On frappa à la porte, et Agatha entra.

— Daniel demande si tu pourrais faire un saut dans son bureau. Ce ne sera pas long, il veut juste te montrer un truc, et comme il attend un coup de fil…

— Vas-y, dit Andy, soulagée d'avoir enfin annoncé la nouvelle. On pourra reparler de tout ça plus tard.

— On en reparlera, compte sur moi. Mais ne perdons pas de vue le rendez-vous pour autant, d'accord ? Il faut qu'on parle de ce qu'on va porter ce jour-là.

Emily contourna le bureau et écarta les pans du cardigan en cachemire d'Andy.

— Bon, rien de détectable à l'œil nu, mais on n'est jamais trop prudent. Tu devrais tout de même mettre ta robe trapèze en laine – celle avec les épaulettes dorées. Elle n'est pas extraordinaire mais, au moins, elle est un peu ample au niveau des hanches.

Andy éclata de rire.

— Je prendrai la remarque en considération.

— Andy, je suis sérieuse. C'est une grande nouvelle, j'ai pigé, mais nous devons être au top pour Miranda. Tu ne vas pas vomir, n'est-ce pas ?

— Non, ça va aller.

— Super. Je te tiens au courant des avancées avec les gens de Vera. N'oublie pas de rappeler Saint-Germain, ils attendent ton coup de fil.

Emily attrapa son trench et son cabas et agita la main sans se retourner.

— Et encore toutes mes félicitations, Andy ! cria-t-elle.

Andy se recroquevilla. Emily parviendrait-elle à ne pas ébruiter la nouvelle dans toute la rédaction ? Et, dans le cas contraire, serait-ce vraiment un problème ? Elle était enceinte et, si tout se passait bien – et Andy se surprit à espérer avec ferveur que ce soit le cas –, dans six mois, elle aurait un bébé. Un bébé. Elle s'imagina un instant tenir dans ses bras un nouveau-né à la peau douce et parfumée. Le rendez-vous avec Miranda, les potins – quelle importance ? Andy posa les mains sur son ventre, et sourit pour elle-même. Un bébé.

Chapitre 12

Accusations de harcèlement inventées de toutes pièces, plus une ou deux camisoles de force

Andy entra dans le Starbucks le plus proche de la tour Elias-Clark et dut un instant s'accrocher au comptoir. Sa dernière visite remontait à près de dix ans, mais les images qui lui revenaient étaient si nettes, et si pénibles, qu'elle se crut sur le point de s'évanouir. Un bref regard alentour lui confirma qu'aucun visage, derrière les caisses ou aux machines à café, ne lui était familier. Et puis elle aperçut Emily, qui la hélait depuis une table, dans un coin.

— Dieu merci, te voilà enfin ! s'exclama celle-ci, et elle but une longue gorgée de café glacé en prenant d'évidentes précautions pour éviter de faire baver son rouge à lèvres.

Andy consulta sa montre.

— J'ai presque un quart d'heure d'avance. Depuis combien de temps es-tu là ?

— Tu ne veux pas le savoir. Je m'habille, me déshabille et me rhabille depuis 4 heures du matin.

— Un programme de tout repos… (Emily leva les yeux au ciel.) Mais je t'accorde que le jeu en valait la chandelle, concéda Andy en regardant avec approbation la jupe crayon en laine, le col roulé en cachemire ultra-moulant et les bottes à talons aiguilles vertigineux. Tu es splendide.

— Merci. Toi aussi, répondit Emily machinalement sans détacher les yeux de son téléphone.

— Oui, cette robe que j'ai empruntée fait son petit effet. Pas mal pour un vêtement de future maman, tu ne trouves pas ?

Emily releva la tête d'un coup, l'air paniqué.

— Je plaisante. J'ai mis la robe que tu m'as prescrite, et ce n'est pas un vêtement de maternité.

— Charmant.

Andy réprima un sourire.

— Dans combien de temps se met-on en route ?

— Cinq minutes ? À moins qu'on ne parte tout de suite ? Tu sais combien elle adore les retardataires.

Andy vola une gorgée du café d'Emily. Il était horriblement sirupeux, presque trop épais pour être aspiré à la paille.

— Comment peux-tu boire cette cochonnerie ? Bon, ne perdons pas de vue que nous ne devons strictement rien à Miranda, reprit Andy. Nous venons pour l'écouter – c'est tout. Elle n'est plus en position de saccager nos vies d'un claquement de doigts.

L'argument sonnait très bien mais Andy n'était pas certaine d'y croire elle-même.

— Andy, ne te leurre pas. Elle est directrice éditoriale de l'ensemble des publications du groupe. Elle reste la femme la plus puissante dans l'univers de la mode, et de la presse. Elle peut parfaitement saccager nos vies sans autre raison que son bon plaisir, et je suis prête à parier que toi aussi tu es debout depuis 3 heures du matin.

Andy se leva et boutonna sa doudoune – elle avait l'intention de mettre un manteau plus élégant, mais il faisait un froid polaire et elle n'avait pas envie de grelotter en plus de claquer des dents de peur. Elle avait consacré une demi-heure à ses préparatifs, comme tous les jours, et enfilé, suivant les conseils d'Emily, la robe avec les épaulettes. Elle n'avait rien d'exceptionnel, mais on ne pouvait rien lui reprocher non plus.

— Bon, on y va. Plus tôt on arrivera, plus tôt on repartira.

— Ça commence bien, grommela Emily en secouant la tête.

Elle se leva et remonta la glissière de son sublime spencer en fourrure.

Elles parcoururent la distance qui les séparait de la tour Elias-Clark sans échanger un mot, et Andy se sentit à peu près d'attaque, jusqu'au moment de pénétrer dans le hall et de se présenter au comptoir de l'accueil, ce que ni l'une ni l'autre n'avaient plus refait depuis le jour de leur premier entretien d'embauche.

— C'est surréaliste, observa Emily en jetant des regards à la dérobée alentour.

Ses mains tremblaient.

— Je ne vois pas Eduardo au tourniquet. Ni Ahmed au stand de presse. Je ne reconnais personne...

— Mais elle, tu la reconnais, n'est-ce pas ? demanda Emily.

Tout en rangeant son badge visiteur dans son sac, elle désigna des yeux un point derrière son épaule. Andy suivit son regard et avisa immédiatement Jocelyn qui traversait le hall. Andy avait appris que Jocelyn, récemment promue rédactrice en chef des pages « Beauté » de *Runway* et coqueluche de la bonne société, n'avait pas chômé en dix ans : deux gamins avec son mari millionnaire – un banquier –, un divorce puis un remariage avec un milliardaire au pedigree prestigieux, dont étaient issus deux autres enfants. À la voir, pourtant, personne n'aurait pu s'en douter : elle paraissait toujours aussi jeune et mince qu'à l'époque, et elle n'avait pas pris une ride. Bien au contraire. La trentaine lui seyait à ravir et elle dégageait un calme et une assurance régalienne qu'elle n'avait pas étant plus jeune. Andy ne put s'empêcher de la dévisager.

— Je crois que ça va être au-dessus de mes forces...

murmura-t-elle, submergée par une brusque bouffée d'angoisse.

S'était-elle vraiment crue capable de revenir en ces lieux, pour débarquer dans le bureau de Miranda Priestly comme si de rien n'était ? Quelle idée calamiteuse ! Elle n'avait plus qu'une envie – prendre ses jambes à son cou.

Emily lui attrapa le bras, l'obligea à franchir le tourniquet, puis la traîna dans l'ascenseur où, par chance, elles étaient seules. Emily appuya sur le bouton du dix-huitième étage et se tourna vers Andy.

— On va aller jusqu'au bout, d'accord ? dit-elle d'une voix légèrement tremblante. Regarde le bon côté des choses : au moins, nous n'avons pas à passer par l'étage de *Runway*.

Les portes de l'ascenseur coulissèrent avant qu'Andy ne puisse répondre, et elles se retrouvèrent, sans surprise, face à un espace de réception aveuglant de blancheur et glaçant d'austérité. Suite à sa prestigieuse promotion, Miranda avait émigré dans un bureau majestueux à l'étage de la direction, tout en conservant intact son antre chez *Runway*. Ce qui lui laissait le loisir, apparemment, de passer d'un bureau à l'autre, et de terroriser le double de personnes en moitié moins de temps.

— Je parie qu'ils n'ont pas refait la déco, marmonna Andy.

La réceptionniste, une jeune fille brune aux gestes agiles, avec une coupe au carré presque trop stricte et des lèvres rouge pétard, leur adressa un sourire qui tenait plus du rictus.

— Andrea Sachs et Emily Charlton ? Par ici, s'il vous plaît.

Sans leur laisser le temps de confirmer leur identité ni même de dénouer leurs écharpes, la fille effleura le digicode avec son badge, poussa la monumentale porte en verre et s'engouffra dans le couloir ; bien qu'elle fût perchée sur des talons de dix centimètres, Emily et Andy durent courir pour ne pas se laisser distancer.

À la faveur de ce marathon le long d'un labyrinthe de couloirs, elles dépassèrent de somptueux bureaux dont les baies vitrées offraient une vue stupéfiante sur l'Empire State Building, occupés par des cadres supérieurs arborant de luxueux costumes et tous affairés à leurs missions d'encadrement. Elles échangèrent un regard. Tout allait si vite ! Elles n'allaient même pas disposer d'un instant pour s'asseoir, reprendre leur souffle, se prodiguer des encouragements. La fille ne leur avait pas offert un verre d'eau ni même proposé de les débarrasser de leurs manteaux. Pour la toute première fois, Andy comprit – comprit vraiment – ce qu'avaient pu ressentir les rédactrices, les journalistes, les mannequins, les créateurs, les annonceurs, les photographes et tous les membres de la rédaction de *Runway* lorsqu'ils étaient contraints de quitter la relative sécurité de leur bureau pour s'aventurer dans celui de Miranda. Rien d'étonnant à ce qu'ils aient tous eu l'air de zombies !

Elles parvinrent enfin dans l'antichambre d'une suite en tout point similaire à celle que Miranda avait occupée à *Runway* : deux bureaux d'assistantes, immaculés, faisaient face à une double porte, grande ouverte sur un très vaste bureau jouissant d'une vue impressionnante, à la décoration élégante, dans une palette de gris et de blanc occasionnellement ponctuée d'une touche de jaune pâle et de turquoise ; l'ambiance évoquait une maison de plage inondée de soleil. Andy avisa des photos de Caroline et de Cassidy, dans des cadres en bois flotté et teinté qui avaient l'air à la fois patinés par le temps et contemporains. Les jumelles, désormais âgées de 18 ans, rivalisaient de beauté et affichaient, chacune à sa façon, un air vaguement hostile. Un long trait turquoise, au tracé grossier, semblait déchirer la moquette d'un blanc presque aveuglant. À l'instant où Andy remarquait l'immense tapisserie sur le mur du fond, une création en patchwork conçue comme un tableau, une porte s'ouvrit à l'intérieur du bureau, livrant passage à la maîtresse des lieux en personne. Qui, sans un regard pour quiconque se trouvait dans l'antichambre, commença à distribuer des ordres.

— Charla ? Vous m'entendez ? Charla ! Il y a quelqu'un ?

La dénommée Charla qui se préparait à accueillir Andy et Emily leur fit signe de patienter, attrapa un bloc à pince, sans doute le Bulletin, et fila à toutes jambes dans le bureau de sa patronne.

— Oui, Miranda, je suis là. Puis-je...

— Appelez Cassidy et dites-lui de demander à son professeur de tennis de nous accompagner ce week-end. Appelez ensuite le professeur en question, pour lui demander la même chose. Je ne tolérerai aucun refus. Dites à mon mari que nous partirons de l'appartement demain à 17 heures précises. Informez-en également le garage, et prévenez le personnel du Connecticut de notre heure d'arrivée. Faites apporter par coursier chez moi, avant notre départ, un exemplaire de ce livre qui vient de sortir, celui dont ils ont fait la critique dimanche dernier, et programmez un coup de téléphone avec l'auteur pour lundi matin à la première heure. Réservez une table pour déjeuner aujourd'hui à 13 heures et passez l'information à l'équipe new-yorkaise de Karl. Renseignez-vous pour savoir où sont logés les gens de Bulgari, et faites-leur livrer des fleurs – en quantité. Prévenez Nigel que je serai prête pour mon essayage à 15 heures sans faute et assurez-vous d'avoir réuni la robe et tous les accessoires. Je sais que les chaussures ne seront pas encore arrivées – elles sont fabriquées sur mesure à Milan – mais veillez à ce que j'en aie une réplique exacte pour notre répétition. (À ce stade, elle reprit enfin son souffle, en contemplant le plafond, comme si elle faisait un effort de mémoire.) Ah oui, et convenez d'un rendez-vous avec les gens de Planned Parenthood afin que nous puissions régler les détails du gala de printemps. Est-ce que mon rendez-vous de 11 heures est arrivé ?

Andy était si absorbée par cette litanie de requêtes minutieuses (son esprit s'était par automatisme mobilisé pour les assimiler) qu'elle entendit à peine la dernière phrase. Un coup de coude d'Emily la ramena en sursaut à la réalité.

— Prépare-toi, lui chuchota celle-ci en retirant son manteau et en le lâchant par terre, à côté du bureau de l'assistante.

Andy fit de même.

— Ah, et comment ? Tu as une idée ? siffla-t-elle.

— Miranda peut vous recevoir, annonça Charla, dont le visage fermé n'était pas de bon augure.

Elle ne se donna pas la peine de les accompagner. S'imaginait-elle qu'elles connaissaient le protocole ? Ou bien avait-elle décidé qu'elles n'étaient pas des visiteuses de marque ? Toujours est-il qu'elle ne les escorta pas dans le saint des saints et, lorsqu'elles s'avancèrent, avec autant d'assurance que possible, Andy entendit Emily prendre, comme elle, une profonde inspiration.

Par miracle, Miranda ne les toisa pas. Elle ne les salua pas, non plus, ni ne les invita à s'asseoir et, pour tout dire, elle ne releva même pas la tête. Rien n'indiquait qu'elle avait conscience de leur présence. Andy dut lutter contre l'envie d'annoncer à Miranda que certains de ses desiderata avaient été exaucés, que la table pour son déjeuner avait été réservée et que le prof de tennis n'avait pas eu le dernier mot. Elle sentait combien Emily était tendue elle aussi. Elles restèrent plantées là, dans un silence presque insoutenable, et quand Andy risqua un regard vers son amie, elle la découvrit désemparée, et comme paralysée de peur.

Miranda, assise du bout des fesses sur son fauteuil en métal, le dos droit comme un i et sa légendaire coupe au carré aussi lisse qu'une perruque, portait une jupe plissée gris charbon, en laine, peut-être même en cachemire, une blouse en soie imprimée dans une éclatante palette de rouges et d'orangés, élégamment rehaussée d'un cache-épaules en lapin blanc et d'un pendentif – un solitaire en rubis, de la taille d'un œuf en sucre. Son vernis à ongles et son rouge à lèvres étaient coordonnés. Andy observa, fascinée, Miranda boire une gorgée de café – les lèvres minces et laquées de rouge bordeaux qui s'enroulaient sur le bord du gobelet, la langue qui suivait sans hâte le contour de la lèvre supérieure, puis celui de la lèvre inférieure. C'était comme regarder un cobra dévorer une souris.

Et enfin – enfin ! – elle daigna détacher les yeux de ses papiers pour les poser sur ses visiteuses, mais rien ne sembla indiquer qu'elle les voyait ou les reconnaissait. Puis elle inclina imperceptiblement la tête de côté, les regarda à tour de rôle et dit :

— Oui ?

Oui ? Comme dans : *Que puis-je pour vous, intruses ?* Andy sentit son cœur accélérer encore un peu plus. Se pouvait-il que Miranda n'ait pas compris que c'était à *son* initiative qu'elles se trouvaient là ? Elle faillit s'évanouir de reconnaissance lorsque Emily se décida à parler.

— Bonjour, Miranda, dit-elle d'une voix plus assurée que ne le laissaient présager son expression et le sourire factice plaqué sur ses lèvres. C'est un plaisir de vous revoir.

Andy sourit elle aussi, par réflexe, et opina énergiquement. Pour ce qui était de rester détendue et zen, de ne pas perdre de vue que cette femme ne pouvait plus leur faire de mal et qu'elles n'attendaient rien d'elle, c'était réussi : elles étaient au garde-à-vous, en train de sourire comme des chimpanzés.

Miranda resta impassible.

Emily fit une nouvelle tentative.

— Nous sommes ravies que vous ayez souhaité nous rencontrer. Y a-t-il quelque chose que nous puissions faire pour vous ?

Andy entendit Charla, dans l'antichambre, inspirer nerveusement. Cette situation pouvait dégénérer, et très vite. Miranda semblait surtout déconcertée.

— Oui, évidemment, je vous ai fait venir pour parler de votre magazine, *The Plunge*. Elias-Clark s'y intéresse et souhaite le racheter. Mais que voulez-vous dire, exactement ? Vous êtes ravies de me re-voir ? demanda-t-elle, en fusillant Emily du regard.

Comme celle-ci la fixait à son tour et semblait frappée de mutisme, Andy n'eut plus guère le choix.

— Emily veut simplement dire que nous ne nous sommes pas revues depuis l'époque où nous travaillions ici toutes les deux. Il y a près de dix ans ! Emily était votre première assistante pendant deux ans et moi…

— Deux ans et demi ! aboya Emily.

— … et moi, pendant un an.

Miranda caressa de la pointe d'un ongle rouge sa lèvre tout aussi rouge, et luisante d'une humidité qui n'augurait rien de bon. Elle fronça les sourcils, l'air concentré, puis, au terme d'un long silence pesant, déclara :

— Je ne m'en souviens pas. Vous comprendrez naturellement que j'aie eu un certain nombre d'assistantes depuis.

Emily semblait en proie à une rage meurtrière. Terrifiée à l'idée de ce qu'elle pourrait riposter, Andy se motiva pour monter au front. Elle lâcha un petit rire forcé, qui même à ses propres oreilles résonnait d'amertume.

— Eh bien, je suis soulagée que vous ayez oublié, car ma… mon… mandat ici ne s'est pas terminé dans les meilleurs termes. J'étais très jeune, et Paris, aussi merveilleux soit-il, m'a fait tourner la tête…

Andy devina que c'était au tour d'Emily de la fusiller du regard pour tenter de la faire taire, mais ce fut Miranda qui l'interrompit.

— Êtes-vous, l'une ou l'autre, cette incapable qui a

sombré dans la catatonie et qu'il a fallu interner dans un hôpital psychiatrique ?

Andy et Emily secouèrent la tête.

— Et aucune de vous n'est cette folle qui a menacé à plusieurs reprises d'incendier mon appartement…

Le ton était plus affirmatif qu'interrogatif, même si Miranda observait attentivement leur réaction. Les voyant secouer une fois de plus la tête, elle fronça les sourcils.

— Je me souviens de cette fille tout à fait quelconque, avec des chaussures très bas de gamme, qui a porté plainte pour harcèlement, mais elle était blonde.

— Ce n'est pas nous, affirma Andy, même si Miranda dévorait d'un regard mauvais ses bottines qui n'étaient pas outrageusement bas de gamme, mais n'étaient pas signées d'un grand créateur non plus.

— En ce cas, sans doute n'étiez-vous pas très intéressantes…

J'imagine… songea Andy, avec un sourire qui cette fois n'était pas forcé. *S'entendre dire d'aller se faire foutre et se faire planter à Paris en pleine* Fashion Week *ne mérite pas qu'on s'en souvienne. C'est bon à savoir.*

La voix stridente de Miranda, identique à celle qui hantait ses souvenirs et ses cauchemars, la tira brutalement de sa transe.

— Charla ! Châr-lâ ! Il n'y a donc personne ? Châr-lâââ !

Une jeune fille qui de toute évidence n'était pas Charla, mais une version encore plus jeune, plus jolie et plus nerveuse, apparut sur le seuil du bureau.

— Oui, Miranda ?

— Charla, faites venir Rinaldo. J'ai besoin de quelqu'un pour vérifier des chiffres.

La requête mit visiblement la fille en état de panique.

— Ah, euh, eh bien, je crois que Rinaldo est absent aujourd'hui. Il est en vacances. Y a-t-il quelqu'un d'autre que je puisse appeler ?

Miranda soupira si profondément, et avec une

déception si manifeste, qu'Andy se demanda si mini-Charla n'allait pas se faire virer sans autre forme de procès. En quête d'un signe de réconfort, elle coula un regard discret vers Emily mais celle-ci, mains nouées comme pour une prise d'étranglement mortelle, semblait au bord du coma.

— Faites venir Stanley, en ce cas. Immédiatement. C'est tout.

La doublure de Charla quitta le bureau sans demander son reste, le visage déformé par une grimace de terreur, et Andy eut envie de la serrer dans ses bras. Au lieu de quoi elle pensa à son Stanley à elle, qui était à la maison, en sécurité, et probablement en train de mâchonner un os au taureau, et elle regretta soudain de n'être pas avec lui. Ou ailleurs, n'importe où, sauf dans ce bureau.

Quelques instants plus tard, entra un homme d'un certain âge vêtu d'un costume étonnamment ringard et, sans être accueilli par un mot de bienvenue ni y avoir été invité, alla s'asseoir à la table de conférences.

— Miranda ? Pourriez-vous me présenter vos visiteuses ?

Tandis qu'Emily restait bouche bée, Andy, tout aussi abasourdie, faillit éclater de rire. Qui était ce téméraire, affublé d'un costume de voyageur de commerce, qui osait s'adresser à Miranda comme si elle n'était qu'une simple mortelle ?

Miranda sembla un instant décontenancée, mais elle fit signe à Andy et Emily de la suivre autour de la table.

— Stanley, voici Andrea Sachs et Emily Charlton, respectivement rédactrice en chef et directrice de la publication de *The Plunge*, le dernier-né sur le marché des magazines de mariage, ainsi que je l'ai porté à votre attention il y a quelques semaines. Mesdames, je vous présente Stanley Grogin.

Andy attendit qu'on leur précise la qualité de ce Stanley Grogin, en vain.

Stanley fouilla dans des dossiers en marmonnant, puis sortit d'une chemise en cuir trois liasses agrafées, et en fit glisser un exemplaire vers chacune de ses trois interlocutrices.

— Notre offre, dit-il.

— Offre ? répéta Emily d'une voix étranglée.

C'était le premier mot qu'elle prononçait depuis plusieurs minutes, et il s'apparentait à un cri de détresse.

Stanley décocha un regard à Miranda.

— Avez-vous passé les grandes lignes en revue avec elles ?

Miranda daigna à peine le regarder.

— Miranda a mentionné qu'elle, euh, vous... et Elias-Clark, j'imagine, seriez intéressés par un rachat, bafouilla Emily.

— Depuis son lancement, il y a trois ans, *The Plunge* affiche une courbe de croissance constante, en termes à la fois d'abonnements et d'annonceurs, débita Miranda. Je suis impressionnée par son degré d'élégance et de sophistication, deux qualités qu'il est rare de trouver dans le créneau des magazines de mariage. Le portrait d'une célébrité, chaque mois, est particulièrement attractif. Ce que vous avez accompli mérite d'être applaudi.

Miranda croisa les mains sur sa liasse de papiers et regarda Andy.

— Merci, répondit celle-ci d'une voix éraillée.

— S'il vous plaît, prenez le temps de considérer notre offre, dit Stanley. Et de la faire examiner par votre entourage, naturellement.

À ce stade, Andy comprit combien, en se présentant à ce rendez-vous sans « entourage », elles donnaient l'impression de jouer en division amateur. Elle commença à feuilleter la liasse, et Emily en fit autant. Tandis que des bribes de phrases lui sautaient aux yeux – *actuelle équipe éditoriale*, *transition*, *relocalisation de la rédaction*, etc. etc. –, sa concentration se mit à fléchir et plus rien de ce qu'elle lisait n'eut bientôt de sens. Ce n'est que parvenue à l'avant-dernière page que son regard retrouva son acuité, en découvrant le montant offert – tellement énorme que la réalité reprit ses droits. Des millions. Il était difficile de passer outre à ces *millions*.

Stanley clarifia quelques points, leur donna des copies de la proposition pour les transmettre à leur équipe juridique (*note à moi-même*, songea Andy : *embaucher une équipe juridique*), puis leur suggéra de prendre date pour un nouveau rendez-vous quinze jours plus tard afin de discuter des derniers détails qui pourraient susciter des interrogations. Tout était formulé de telle sorte que la transaction passe pour un fait accompli, et que le refus d'une offre aussi généreuse d'un groupe de presse aussi prestigieux s'apparente à une preuve de démence.

Mini-Charla apparut à ce moment-là pour annoncer que la voiture de Miranda était avancée et l'attendait pour la conduire à son déjeuner. Andy brûlait d'envie de demander si Igor était toujours son chauffeur et, le cas échéant, comment il allait, mais elle s'obligea à tenir sa langue. Miranda ordonna à la fille de lui apporter un verre de San Pellegrino glacé avec une rondelle de citron vert ; rien n'indiquait qu'elle avait entendu l'information concernant la voiture mais elle se leva.

— Emily, An-dre-âââ, dit-elle d'un ton cérémonieux.

Andy attendit qu'elle ajoute : « Ravie de vous avoir rencontrées », ou : « Enchantée de vous avoir revues », ou : « Je vous souhaite un bon après-midi », ou encore : « J'ai hâte de connaître votre réponse », mais les quelques secondes de silence qui suivirent signifièrent que les politesses s'arrêteraient là. Miranda les gratifia d'un hochement de tête, lâcha à voix basse qu'elle n'allait pas passer sa journée à attendre leur réponse et quitta le bureau d'un pas décidé. Lorsqu'elle eut disparu dans le couloir, Andy s'aperçut qu'elle était en apnée depuis une bonne minute.

— C'est toujours une aventure, n'est-ce pas ? lança

Stanley en rassemblant ses paperasses. Nous sommes impatients de connaître votre sentiment. Le plus tôt sera le mieux. Appelez-moi si vous avez des questions, ajouta-t-il en leur tendant à chacune sa carte de visite. Je suis plus facile à joindre qu'elle. Mais naturellement, vous le savez déjà.

Il leur donna une poignée de main de pure forme, puis s'éclipsa à son tour sans rien ajouter.

— Il gagnerait à bosser son approche des autres, marmonna Emily.

— Tu crois qu'il sait qui nous sommes ?

— Évidemment. Je suis même prête à parier qu'il connaît nos signes astraux. Il travaille pour Miranda.

— C'est sûr qu'à eux deux, ils forment une équipe de rêve, chuchota Andy. Combien de temps a duré ce rendez-vous ? Sept minutes ? Huit ? Nous ne méritions sans doute pas une invitation au restaurant.

Emily attrapa le poignet d'Andy et le serra.

— Aïe !

— Tu arrives à croire à ce qui vient de se passer ? Viens, tirons-nous d'ici. Il faut qu'on parle.

En remerciant Charla et sa doublure, Andy songea combien il était incroyable que Miranda l'ait appelée par son prénom pendant toute la réunion. Elle avait envie de s'asseoir un instant avec ces deux malheureuses (si Charla ne semblait pas brisée outre mesure, sa doublure, en revanche, avait le regard mort et l'expression léthargique des gens en dépression clinique) pour les rassurer, leur affirmer que, si elles décidaient de s'accrocher, il y aurait une vie après Miranda Priestly. Et qu'un jour, en dépit de flash-back occasionnels proches du syndrome post-traumatique, elles seraient remises de leur année d'esclavage et fières d'avoir survécu au boulot d'assistante le plus dur du monde. Elle se contenta de leur sourire avec gentillesse et de les remercier quand elles leur tendirent leurs manteaux, puis de déguerpir à toutes jambes à la suite d'Emily tant qu'il lui restait une once de dignité.

— Nous allons au Shake Shack *uptown*, ou à l'original ? demanda Andy à l'instant où elles arrivèrent sur le trottoir.

Brusquement, elle était morte de faim.

— Franchement, Andy, soupira Emily. Tu es en train de penser à un hamburger, en ce moment ?

— On avait passé un accord ! ShackBurgers, frites et milk-shake. Et un body pour le bébé. C'était la condition de ce rendez-vous !

Emily se dirigea au pas de course vers le Starbucks où elles s'étaient retrouvées à peine une demi-heure plus tôt.

— Peux-tu te concentrer pendant une seconde sur autre chose que la bouffe ? lança Emily en commandant un thé glacé et un café noir. Je sais que je te suis redevable, d'accord ? Tiens, bois ça.

Elle lui tendit le gobelet de thé, et Andy, agacée mais peu désireuse de faire une scène, la suivit jusqu'à une table au fond de la salle.

— J'ai du mal à y croire, piailla Emily, les yeux brillants d'excitation et les mains tremblantes. Bon, *j'espérais* qu'il s'agirait d'une offre de rachat. Miles en était convaincu, mais j'avais encore des doutes. Ils veulent nous racheter ! Miranda Priestly est *impressionnée* par notre magazine ! Elias-Clark nous veut dans son écurie. Tu te rends compte ?

Andy hocha la tête.

— Tu imagines qu'elle ne nous a même pas reconnues ? Et nous qui nous faisions un sang d'encre.

— Andy ! Cette sorcière de Miranda Priestly veut racheter *notre* magazine ! Tu n'imprimes pas, ou quoi ?

Andy but une gorgée de thé et remarqua que ses mains tremblaient elles aussi.

— Oh si, j'imprime. C'est le truc le plus dingue que j'aie jamais entendu. Flatteur, certes – mais complètement dingue.

Emily la dévisagea, comme frappée de stupeur, et resta un long moment bouche bée avant de secouer lentement la tête.

— Oh, mon Dieu ! Il ne m'était jamais venu à l'esprit que...

— Que quoi ?

— Mais évidemment, tout s'emboîte.

— Tout quoi ?

Emily plissa le front et pinça les lèvres dans une moue qui trahissait... de la déception ? du désespoir ? de la colère ?

— Emily ?

— Tu ne veux pas vendre à Elias-Clark, n'est-ce pas ? Tu as des réserves.

Andy sentit sa gorge se nouer. Cette conversation prenait un mauvais tour. Que leur magazine ait suffisamment de succès pour avoir attiré l'attention du groupe de presse le plus en vue du monde lui procurait bien sûr une bouffée d'orgueil. Elias-Clark les voulait dans son portefeuille. Existait-il meilleure gratification de leur travail ? Mais... Mais Elias-Clark allait de pair avec Miranda Priestly. Se pouvait-il qu'Emily puisse vouloir vendre *The Plunge* à Elias-Clark ? Andy n'avait encore rien répondu mais l'ambiance s'était instantanément tendue.

— *Des réserves ?* répéta-t-elle en toussant. Oui, j'imagine qu'on peut le formuler ainsi.

— Andy, ne vois-tu pas que c'est pour ça que nous travaillons depuis le début ? Pour vendre le magazine ? Et ce que nous n'imaginions pas réalisable avant des années se concrétise aujourd'hui. Le groupe de presse *le plus prestigieux* de la planète nous fait une offre démentielle. Qu'est-ce qui pourrait ne pas te convenir là-dedans ?

— Je suis tout aussi flattée que toi, Em. Qu'Elias-Clark veuille racheter notre petit magazine est hallucinant. Incroyable, à tous les niveaux. Et tu as vu le prix qu'ils proposent ? (Andy se frappa le front.) Jamais je n'aurais pensé voir pareille feuille de salaire de toute ma vie.

— Alors pourquoi, à ta tête, on croirait que tu viens

d'enterrer ton chien ? demanda Emily en refusant l'appel de Miles, dont la photo venait d'apparaître sur l'écran de son portable.

— Tu sais pourquoi. Tu l'as bien vu, toi aussi.

Emily feignit de ne pas comprendre.

— Je n'ai pas eu le temps de passer chaque phrase au peigne fin, mais dans l'ensemble, ça...

Andy sortit sa liasse de documents et alla directement à la page 7.

— Tu as remarqué cette petite clause, ici ? Qui stipule que la totalité de l'équipe éditoriale senior doit rester en place pendant au moins une année calendaire, afin de faciliter la transition ?

— Une année, c'est rien, trancha Emily en balayant l'objection de la main.

— C'est *rien* ? Mince ! J'ai déjà entendu ça, mais je ne me souviens pas où, ni quand...

— Oh, Andy, arrête. Tu peux tout faire, pendant un an.

— Faux, répliqua Andy en dévisageant son amie. La seule chose que je ne puisse pas faire pendant un an, c'est travailler pour Miranda Priestly. Je pense l'avoir déjà prouvé.

— Tu sais que tu n'es pas seule, dans cette histoire ? Nous sommes associées, et ceci est un rêve qui devient réalité.

L'offre était flatteuse, sans aucun doute, mais comment Emily pouvait-elle accepter l'idée de vendre leur bébé, et à Elias-Clark par-dessus le marché – pour ne rien dire de la perspective de retravailler là-bas pendant un an ? C'était inconcevable, et elles n'avaient même pas encore eu l'occasion de débriefer leur rendez-vous – Miranda version 2.0, son nouveau bureau et ses assistantes traumatisées.

Andy se frotta les yeux.

— Peut-être que nous dramatisons l'une et l'autre. Pourquoi ne pas consulter un avocat spécialisé dans la presse et lui demander de négocier les termes du contrat pour nous ? Peut-être pourrait-on se débarrasser de cette clause ? Et qui sait – un autre acquéreur va peut-être se présenter, maintenant qu'il y a une offre sur la table ? Si Elias-Clark est à ce point intéressé, il y a des chances pour que d'autres le soient également.

Emily se contenta de secouer la tête.

— Pour l'amour de Dieu, c'est Elias-Clark ! C'est Miranda Priestly ! C'est une consécration.

— Je suis en train de faire un effort, Em.

— Un effort ? Ça me dépasse que tu ne sautes pas sur cette opportunité.

Andy ne répondit pas tout de suite.

— Et toi ? Pourquoi es-tu si pressée de vendre ? demanda-t-elle finalement. C'est la première proposition que nous recevons, et des années plus tôt que prévu. Pourquoi se précipiter ? Prenons notre temps, pesons le pour et le contre, puis arrêtons-nous sur la meilleure décision pour nous deux.

— Tu te fiches de moi, Andy ? Ce serait de la folie furieuse de ne pas accepter cette offre. Je le sais, et tu le sais toi aussi.

— J'aime *The Plunge*, dit Andy, à voix basse. J'aime ce que nous avons construit ensemble. J'aime nos bureaux, notre équipe, et le fait de passer mes journées avec toi. J'aime que personne ne nous dise quoi faire, ni comment le faire. Je ne suis pas certaine de vouloir déjà renoncer à tout ça.

— Je sais que tu l'aimes. Moi aussi, je l'aime. Mais c'est une opportunité pour laquelle des millions de gens seraient prêts à tuer père et mère. Tous ceux qui ont un jour bâti une entreprise à partir de rien le savent. Il faut voir grand, Andy.

Andy se leva, rassembla ses affaires et serra le bras d'Emily.

— L'offre est sur la table depuis cinq secondes. Accordons-nous un peu de temps pour y réfléchir, d'accord ? On trouvera une solution.

De frustration, Emily frappa machinalement du poing sur la table. Pas fort, mais Andy tressaillit.

— Je l'espère bien, Andy. Je suis disposée à en discuter plus longuement, mais je peux d'ores et déjà te dire que nous ne pouvons pas laisser cette opportunité nous filer entre les doigts. Je ne nous laisserai pas creuser nous-mêmes la tombe de notre réussite.

Andy glissa l'anse de son sac à l'épaule.

— Tu veux dire que tu ne *me* laisseras pas creuser la tombe de *ta* réussite, j'imagine ?

— Non, ce n'est pas que j'ai dit.

— Mais c'est bien ce que tu sous-entendais.

Emily haussa les épaules.

— Bon, d'accord, tu les détestes, mais ce sont les meilleurs, et ils nous offrent l'opportunité de nous rendre riches, sans rien devoir à personne. Est-ce que tu pourrais retirer tes œillères, pour une fois ?

— Pour contempler avec la même vénération que toi ta ligne de mire ? Dans laquelle se trouve depuis toujours Elias-Clark – et, soyons franches, également Miranda Priestly.

Emily la fusilla du regard. Andy savait qu'elle aurait dû s'arrêter là, mais c'était plus fort qu'elle.

— Tu sais quoi ? Je suis prête à parier tout ce que tu veux que tu te reproches, encore aujourd'hui, d'avoir été virée. Tu as beau avoir été la meilleure assistante qu'elle ait jamais eue, tu continues à exonérer Miranda de t'avoir jetée à la porte comme une vieille chaussette.

La fureur se lut sur le visage d'Emily, et Andy comprit qu'elle était allée trop loin.

— N'allons pas sur ce terrain-là, d'accord ? se contenta de répondre Emily.

— Comme tu veux. Je vais faire quelques courses pendant la pause déjeuner. Je te retrouve au bureau, annonça Andy, et elle tourna les talons sans rien ajouter.

La journée allait être très, très longue.

Chapitre 13

Je pourrais aisément être morte d'ici là

Dans le taxi, Andy renversa la tête contre le dossier et respira le parfum de vanille, nullement déplaisant, que diffusait le désodorisant suspendu au rétroviseur. Si sa mémoire était bonne, c'était la première fois depuis des semaines qu'une odeur ne lui donnait pas envie de vomir. Elle était en train d'inspirer profondément lorsque son téléphone sonna. C'était Max.

— Salut.

Elle espéra qu'il n'allait pas évoquer le rendez-vous chez Elias-Clark : ce soir-là, ils devaient annoncer la grande nouvelle à leurs familles et Andy, qui attendait ce moment avec impatience, voulait chasser Miranda de ses pensées.

— Andy, où étais-tu passée ? J'ai dû laisser un millier de messages à Agatha. Alors ? Le rendez-vous ?

— Moi ? Oh, ça va, merci. Tu devais être inquiet !

— Non, sérieux, comment ça s'est passé ? Ils veulent vous racheter, c'est ça ?

Elle se redressa d'un bond.

— Oui. Comment le sais-tu ?

— Qu'auraient-ils pu vouloir d'autre ? Je le savais. Je le savais ! exulta-t-il. Miles et moi avons parié sur le montant de l'offre. Vous devez être drôlement excitées.

— Je ne suis pas certaine qu'*excitée* soit le mot que j'aurais choisi. *Terrifiée* serait peut-être plus approprié.

— Tu devrais être super fière, Andy ! Tu as réussi. Emily et toi avez construit ce magazine à partir de rien, et maintenant le groupe de presse le plus prestigieux de la planète veut vous le racheter. On peut difficilement faire mieux.

— Oui, c'est un honneur. Mais il y a indiscutablement quelques détails inquiétants.

— Aucun que tu ne puisses arranger, j'en suis certain. Je peux te recommander un excellent avocat d'un cabinet spécialisé dans le multimédia auquel nous avons déjà fait appel. Ces gens-là peuvent aplanir n'importe quel problème.

Andy commença à se pétrir les mains. L'offre datait à peine du matin mais, à entendre Max, l'affaire était dans le sac.

— À quelle heure nos invités arrivent-ils ? demanda-t-elle, pour changer de sujet. Tu crois qu'ils se doutent de quelque chose ?

— Je te l'ai dit, j'ai la situation en main. Deux chefs sont ici en ce moment même, mari et femme, et ils sont en train de préparer un festin. Tout le monde sera là d'ici une heure. Ils vont tous sauter au plafond quand on va leur dire qu'on attend un bébé et, maintenant, nous avons également cette incroyable nouvelle à partager.

— Non, non, je ne veux pas en parler…

— Andy ? Tu m'entends ? Écoute, j'ai quelques coups de fil à passer. À tout à l'heure, d'accord ?

Max raccrocha et elle renversa de nouveau la tête contre le dossier. Son mari était un des investisseurs du magazine, et non des moindres. Qu'il soit ravi de l'offre d'Elias-Clark était parfaitement compréhensible ; en plus de l'auréoler d'une réputation de visionnaire, celle-ci était de nature à renflouer les caisses de la famille Harrison. Mais Andy ne se sentait pas encore prête à partager cette nouvelle. Le bébé, d'accord, mais passer une soirée entière à parler de Miranda Priestly ? Merci bien, sans façon.

À 22 heures, et en dépit de ses réserves initiales, Andy devait reconnaître que la soirée avait été un franc succès. D'ailleurs, tous leurs invités étaient encore là. Concernant sa propre famille, cela n'avait rien de surprenant car, pour eux, l'heure de « prendre congé » sonnait simplement le coup d'envoi de la cérémonie des adieux : il fallait encore échanger des accolades, poser des questions de dernière minute, faire un saut aux toilettes, proposer une fois de plus d'aider à débarrasser, embrasser toutes les personnes présentes sans exception. C'était en revanche très inhabituel de la part de Barbara, qui arrivait toujours avec un léger retard de bon aloi, se montrait une invitée ordonnée et pleine de considération, et était toujours prompte à filer après avoir remercié son hôtesse. À l'exception d'Elisabeth qui s'était éclipsée une heure plus tôt pour retrouver des amis, leurs familles proches au grand complet campaient donc toujours dans le salon, bavardant avec animation, buvant sans modération et riant comme des adolescents.

— Je suis absolument ravie pour vous deux, dit Mrs Harrison, d'un ton qui ne laissait rien transparaître de ses vrais sentiments.

Peut-être était-elle sincère ? Peut-être qu'avec ce bébé – la promesse d'un nouveau Harrison – Andy avait gagné un peu de respect et que Barbara était plus encline à l'accepter ? Elles étaient assises côte à côte sur la banquette.

— Je vais être grand-mère, mon Dieu, mon Dieu... Naturellement, c'est ce que j'ai toujours souhaité, mais si vite ! On peut dire que c'est une surprise.

Andy s'efforça d'ignorer le « si vite ». Max avait insisté pour passer sous silence le fait que le bébé n'était pas programmé – il ne voulait pas qu'on puisse voir là un *accident* –, mais Andy était certaine que Barbara n'était guère ravie à l'idée qu'elle et Max aient pu délibérément concevoir un enfant deux mois avant le mariage. N'était-ce pas là des pratiques typiques des classes inférieures ?

— Naturellement, si c'est un garçon, vous l'appellerez Robert, reprit Mrs Harrison, et le ton n'avait, intentionnellement, rien d'interrogatif.

Détail encore plus exaspérant, la remarque était adressée à Max, comme s'il était seul à décider de ce genre de détails.

— Naturellement, répondit Max, sans même un coup d'œil en direction d'Andy.

Pour elle, il n'avait jamais fait de doute que leur premier-né, s'il s'agissait d'un garçon – mais même probablement dans le cas contraire –, serait baptisé en hommage au père de Max. Tant de présomption, cependant, la hérissa.

Jill croisa son regard et toussa. Sans discrétion.

— On ne sait jamais, dit-elle. J'ai le sentiment que ces deux-là vont avoir une petite fille. Un amour de petite fille. Une adorable créature tout sucre tout miel – contrairement à mes trois garnements. C'est du moins ce que je leur souhaite.

— Oui, une fille, ce serait charmant, approuva Mrs Harrison. Mais à un moment donné, nous voudrons un garçon pour reprendre le flambeau des affaires familiales.

Andy se retint de souligner qu'elle, une femme donc, était parfaitement capable de diriger une entreprise, et que n'importe laquelle de ses filles le serait également. Tout comme elle se retint de mentionner que le père de Max, un homme, n'avait pas exactement brillé de sagacité dans ses décisions pour le compte d'Harrison Media Holdings.

Tandis que Max croisait son regard et articulait silencieusement un « merci », Mamita, sa grand-mère maternelle, assise en face d'elle sur le canapé, déclara :

— Cet enfant ne naîtra pas avant six mois. Je pourrais aisément être morte d'ici là, et si c'est le cas, j'insiste pour qu'il porte mon nom. Ida est un prénom qui va revenir à la mode, non ? Tous les prénoms d'antan reviennent à la mode.

— Mamita, tu n'as que 88 ans et tu es solide comme un roc, protesta Andy.

— Dieu t'entende, lui répliqua sa grand-mère, avant de cracher trois fois, coup sur coup.

— Assez parlé des prénoms ! décréta Jill en frappant dans ses mains. Quelqu'un reprendra du déca ? Sinon, je pense qu'il est l'heure de lever le camp et de laisser les futurs parents se reposer.

— C'est vrai que je suis un peu fatiguée... avoua Andy en regardant sa sœur avec reconnaissance.

— Personne dans notre famille n'a vécu au-delà de 80 ans, repartit sa grand-mère. Tu serais bien folle de croire que je ne puisse pas mourir d'un jour à l'autre.

— Maman, arrête. Tu pètes le feu. Viens, allons chercher nos affaires.

Mamita fit signe à sa fille de lui ficher la paix.

— J'ai vécu assez longtemps pour voir celle-là se marier, ce que je n'aurais jamais cru possible. Et non seulement mariée, mais enceinte. Espérons que les miracles vont continuer.

Il y eut un silence gêné, puis Andy éclata de rire. C'était Mamita tout craché. Elle serra sa grand-mère dans ses bras et chuchota à Jill :

— Merci de les faire débarrasser le plancher.

— Avant que tout le monde ne s'en aille, nous avons une autre nouvelle à vous annoncer... déclara alors Max en se levant pour attirer l'attention générale.

— Oh, mon Dieu, ce sont des jumeaux ! gémit Mamita. Deux petits morpions identiques d'un coup, d'un seul.

— Des jumeaux ? répéta Barbara, d'une voix qui grimpa d'au moins trois octaves.

Andy sentit Jill se tourner vers elle et la questionner des yeux, mais elle était trop occupée à fixer Max d'un air lourd d'avertissements pour y répondre.

— Non, non, ce ne sont pas des jumeaux, reprit Max en évitant son regard. Cela concerne *The Plunge*. Il semblerait qu'Andy et Emily aient…

— Max, s'il te plaît, ne fais pas ça, dit Andy à voix basse et d'un ton aussi dur qu'elle le pouvait sans déclencher de scène.

Soit il ne l'entendit pas, soit il se moquait pas mal de ses protestations.

— … eu une offre incroyable de la part d'Elias-Clark pour racheter *The Plunge*. Une offre scandaleusement généreuse, pour être plus précis. Ces deux-là ont carrément accompli l'impossible en obtenant qu'une start-up aussi jeune soit remarquée et courtisée en si peu de temps. Levons tous notre verre au travail acharné de notre Andy.

Aucun verre ne se leva. En revanche, tout le monde se mit à parler en même temps.

Mr Sachs : Elias-Clark ? Ce qui veut dire remettre ça avec qui tu sais ?

Barbara : Eh bien, cela n'aurait pas pu mieux tomber ! Vous serez déchargée de votre petit passe-temps et vous pourrez vous atteler à un projet bien plus gratifiant, comme par exemple vous consacrer à votre bébé. Et peut-être pourrais-je vous faire entrer dans quelques comités…

Jill : Waouh, félicitations ! Même si tu refuses, c'est un honneur.

Mrs Sachs : Je ne peux pas supporter l'idée que tu retravailles avec… avec… Ah ! C'est quoi, son nom, déjà ? Cette harpie qui t'a torturée pendant un an ?

Mamita : Alors quoi ? Tu te tues à la tâche pour construire tout ce bazar, et maintenant tu tournes les talons et tu vends tout ? Je ne vous comprendrai jamais, vous, les jeunes.

Andy darda un regard noir sur Max, jusqu'à ce qu'il traverse le salon pour la rejoindre.

— C'est merveilleux, n'est-ce pas ? dit-il en l'enveloppant de ses bras. Je suis si fier d'elle !

Sans doute Jill avait-elle surpris l'expression d'Andy car elle se leva d'un bond et décréta qu'ils avaient tous eu assez d'émotions pour la soirée et qu'il était temps de partir pour laisser Andy et Max aller au lit.

— Je t'appelle demain de l'aéroport, d'accord ? ajouta-t-elle en se hissant sur la pointe des pieds pour se suspendre au cou d'Andy. Je suis super heureuse pour vous. C'est vraiment génial. Et je ne vais même pas t'engueuler de me l'avoir annoncé en même temps qu'à ta belle-mère. Sois sans crainte, je ne suis pas vexée.

— Parfait, répondit Andy avec un grand sourire. Je découvre que, lorsqu'on est enceinte, tout ce qu'on fait est toujours bien.

— Profites-en tant que tu le peux, répondit Jill. Les gens ne s'intéressent à toi que pour le premier. Au deuxième, tu as beau être enceinte jusqu'aux yeux et sur le point d'accoucher, personne ne te cède son siège. Quant au troisième ? On te demande carrément s'il était prévu. Comme si ça dépassait l'entendement qu'on puisse l'avoir décidé...

Andy éclata de rire.

— On ne peut pas vraiment dire que nous l'ayons fait volontairement...

— Ah bon ? Vas-y, j'écoute...

Andy se rapprocha de sa sœur et glissa une mèche derrière son oreille. Elle avait presque oublié le plaisir de ces apartés. Jill habitant maintenant à l'autre bout du pays, elles ne se voyaient plus que rarement et presque toujours en présence des gamins, de Kyle, de Max et de leur mère. Pendant longtemps, les deux sœurs n'avaient pas été très proches. Ayant neuf ans de différence, Jill était déjà en fac alors qu'Andy n'était encore qu'une petite fille. Mais au cours des cinq ou six dernières années, elles avaient pris le pli de s'appeler régulièrement et s'efforçaient de se rendre visite plus souvent. Lorsque Andy s'était fiancée, entre les préparatifs du mariage et les échanges de confidences à propos de ces créatures exaspérantes et mystérieuses qu'étaient les maris et les fiancés, les sujets de conversation s'étaient multipliés, et Jill avait été une demoiselle d'honneur enthousiaste et attentive. Rien, cependant, comprit Andy en regardant sa sœur renfiler ses bottes de cavalière, n'aurait pu les mettre plus rapidement sur la même longueur d'ondes que cette grossesse. Depuis dix ans, la vie de Jill tournait autour de l'éducation de ses garçons, et Andy avait beau comprendre les préoccupations de sa sœur, elle ne s'en était jamais sentie proche. Maintenant qu'elle était sur le point de devenir mère à son tour, elle se doutait que Jill et elle auraient plus en commun qu'à aucun autre moment de leur vie, et soudain elle était impatiente de partager cette expérience avec sa sœur.

Le temps que chacun rassemble et enfile chaussures et manteau, échange des accolades et adresse une dernière salve de félicitations, vingt minutes avaient passé. Lorsque la porte se referma enfin, Andy était à bout de forces.

— Fatiguée ? demanda Max en lui massant les épaules.

— Oui, mais heureuse.

— Tout le monde semblait ravi. Et ta grand-mère était dans une forme rare.

— Pas si rare que ça, hélas. Mais oui, ils étaient tous très heureux, dit-elle en se retournant vers Max, qui était debout derrière le canapé.

Elle décida de ne pas lui reprocher d'avoir évoqué l'offre d'Elias-Clark. Il s'était démené pour organiser la soirée parfaite, et sans doute était-il simplement fier et heureux de ses succès. Mieux valait se concentrer sur le positif.

— Merci pour cette soirée. C'était incroyable de le leur annoncer à tous en même temps.

— Tu t'es régalée ? C'est vrai ? demanda Max, et sa voix résonnait de tant d'espoir qu'Andy en conçut une tristesse inexplicable.

— Bien sûr, que c'est vrai.

— Moi aussi. Et tu as vu comme tout le monde était ravi concernant *The Plunge* ? Non, franchement, c'est hallucinant. À peine trois ans d'existence et déjà une offre de…

Andy leva la main.

— On en reparlera plus tard, d'accord ? Laisse-moi profiter de cette soirée.

Max s'avança pour l'embrasser et la poussa contre l'îlot de la cuisine en se collant contre elle. Andy fut parcourue d'un frisson d'excitation et, pour la première fois depuis le mariage, elle ne se sentait ni épuisée ni nauséeuse. Max lui mordilla la lèvre, délicatement d'abord, puis il redoubla de fougue. Andy jeta un coup d'œil au couple de cuisiniers qui était en train de ranger la cuisine. Max suivit son regard.

— Viens, dit-il d'un ton brusque, en lui enveloppant le poignet des doigts.

— Tu ne dois pas les payer ? gloussa-t-elle tandis qu'il l'entraînait vers leur chambre, l'obligeant presque à courir. On ne devrait pas au moins leur dire au revoir ?

Max l'attira dans leur chambre et referma discrètement la porte. Sans rien ajouter, il la déshabilla, l'enlaça et, tout en l'embrassant, il se laissa tomber à la renverse sur le lit. Elle lui immobilisa les mains contre les oreilles puis l'embrassa dans le cou.

— Ça me rappelle quelque chose, dit-elle.

Max la retourna sur le dos, s'allongea sur elle et Andy s'abandonna à ces sensations merveilleuses – le poids de son corps, l'odeur de sa peau, ses caresses. Ils firent l'amour tendrement. Puis Andy posa la tête sur sa poitrine et écouta sa respiration devenir régulière. Elle entendit Stanley saluer de quelques aboiements le départ des cuisiniers. Sans doute s'était-elle assoupie car, lorsqu'elle rouvrit les yeux, elle grelottait sur les couvertures et Stanley s'était niché entre eux deux.

Elle se faufila sous la couette, mais au bout de dix

minutes, puis de quinze, elle ne dormait toujours pas. C'était là un autre effet de la grossesse : cette fatigue paralysante, associée à des insomnies inexplicables. À côté d'elle, Max respirait paisiblement, sa poitrine se soulevait avec une prévisibilité régulière. Il dormait toujours d'un sommeil de plomb, sur le dos, mains repliées sur le sternum comme un cadavre, sans quasiment jamais bouger ni changer de position. Un Boeing 747 aurait pu atterrir dans leur chambre qu'il aurait à peine lâché un soupir avant de tourner imperceptiblement la tête et de recommencer à respirer, puissamment, régulièrement. C'était suprêmement énervant.

Andy se glissa hors du lit, enfila le peignoir de Mrs Harrison et les chaussettes de voyage en bouclettes achetées au stand de presse de JFK. Elle souleva Stanley qui poussa un gémissement, puis s'engagea à pas de loup dans le couloir pour aller s'effondrer sans grâce sur le canapé. Le contenu de l'enregistreur vidéo se révéla décevant : il y avait pour l'essentiel de vieux matchs de foot que Max avait enregistrés pour finalement les regarder sur Internet ; quelques émissions sportives ; un épisode de *Private Practice* ; un *60 Minutes* qu'elle avait déjà vu ; un épisode de *Modern Family* qu'elle avait promis à Max de regarder avec lui ; la dernière heure de l'émission *Today* spécial mariage diffusée quinze jours plus tôt. Quant aux programmes en direct, entre les traditionnelles émissions de troisième partie de soirée, quelques publireportages et une rediffusion de *Design Star* sur HGTV, ce n'était guère plus réjouissant. Andy s'apprêtait à jeter l'éponge lorsqu'un titre, dans la case horaire de minuit, attira son regard : *La grande prêtresse de la mode : la vie et l'époque de Miranda Priestly.*

Oh merde ! songea-t-elle. *Suis-je vraiment obligée ?* Andy était la seule personne de son entourage à ne pas être allée voir le film en salle, lors de sa sortie un an plus tôt. À quoi bon ? La voix, le visage, le ton perpétuellement déçu, les sempiternelles réprimandes...

Andy s'en souvenait comme si elles dataient d'hier – alors quel besoin avait-elle d'aller les contempler sur grand écran ? Mais maintenant qu'elle était en sécurité dans son salon, sa curiosité prit le dessus. *Je dois le regarder*. Son pouce ne marqua qu'une brève hésitation avant de sélectionner le programme et, aussitôt, une Miranda en robe Prada blanc cassé, perchée sur de sublimes chaussures ornées d'une discrète boucle dorée, et parée de l'incontournable bracelet Hermès, lui lança un regard noir. Elle paraissait furieuse.

— Ce n'est ni le lieu ni l'endroit, déclarait-elle de sa voix glaciale au pauvre hère qui tenait la caméra.

— Excusez-nous, Miranda, répondait l'interlocuteur.

Il y eut un écran noir et, une seconde plus tard, elle était de retour, toujours dans son bureau mais vêtue cette fois d'un tailleur en laine – Chanel sans doute – et chaussée de bottines. Elle arborait une expression tout aussi revêche que dans la scène précédente.

— Aliyah ? A-li-yaaah !

La caméra pivotait vers une jeune fille grande et excessivement maigre qui n'avait pas plus de 21 ans, vêtue d'un legging blanc brillant, d'un superbe gilet en cachemire par-dessus une chemise en soie de coupe masculine et de bottines étrangement similaires à celles de Miranda. Ses cheveux ondulés étaient emmêlés – mais c'était un désordre étudié, celui-là même qu'Andy n'arrivait jamais à reproduire – et elle avait le regard charbonneux. Entre son look séduisant et sensuel et son expression terrifiée, elle donnait le sentiment que Miranda venait de l'interrompre au beau milieu d'ébats sexuels dans l'antichambre.

— Faites savoir à tout le monde que je suis prête pour la répétition. Elle était prévue pour cet après-midi, mais je vais quitter le bureau dans vingt minutes. Assurez-vous que la voiture sera là. Appelez Caroline sur son portable pour lui rappeler son rendez-vous de tout à l'heure. Et qu'est devenu ce cabas que vous deviez faire réparer ? J'en ai besoin avant 15 heures. Ainsi que de la robe que je portais pour la soirée de la New York Public Library l'an dernier, ou l'année d'avant. À moins que ce ne soit pour la soirée de gala du Sida pédiatrique ? Ou lors de cette soirée dans ce sinistre loft sur Varick après les collections d'automne, l'an dernier ? Je ne me souviens pas mais vous voyez de quelle robe il s'agit. Faites en sorte qu'elle soit chez moi à 17 heures, avec la bonne paire de sandales. Et un choix de boucles d'oreilles. Réservez une table pour ce soir de bonne heure chez Nobu et une demain pour le petit déjeuner au Four Seasons. Et assurez-vous qu'ils auront cette fois un stock suffisant de jus de pamplemousse rose, pas simplement le jaune, qui est infect. Dites à Nigel de me retrouver à 14 heures au studio de James Holt ; annulez mon rendez-vous chez le coiffeur, mais confirmez celui pour la manucure-pédicure. (À ce stade, elle s'interrompait, un instant seulement, pour reprendre son souffle.) J'aurais besoin du Book ce soir après 23 heures, mais avant minuit. Et ne le laissez pas, je répète, ne le laissez pas à cet imbécile de portier. Ne le déposez pas non plus dans mon appartement en mon absence. Nous avons des… hôtes pour la nuit, je ne peux pas leur faire confiance. C'est tout.

La fille hochait la tête d'une façon qui n'inspirait guère confiance. Une nouvelle, comprit immédiatement Andy, et qui n'était qu'à quelques heures, pour ne pas dire minutes, de prendre la porte. Elle n'avait ni stylo ni papier à la main. Comment pourrait-elle se souvenir de cette litanie de requêtes ? Par réflexe, un feu nourri de questions fusa dans l'esprit d'Andy : *À qui renvoie ce « tout le monde », qui doit être informé pour la réunion ? Où se trouve le chauffeur en ce moment, et peut-il être de retour ici à temps ? Où va-t-elle ? Caroline est-elle déjà au courant qu'elle a un rendez-vous cet après-midi, et de quoi s'agit-il ? De quel cabas parle-t-elle ? Sera-t-il prêt d'ici 15 heures et, si oui, comment je fais pour le rapatrier au bureau ? Où sera-t-elle à 15 heures ? Encore au bureau, ou déjà chez elle ? De quelle robe s'agit-il ? Je sais qu'elle portait une robe différente à chacune de ces soirées, alors comment savoir de laquelle elle parle ? M'a-t-elle donné une indication de couleur / coupe / créateur pour affiner la recherche ? Quelles sandales ? Y a-t-il une rédactrice accessoires ici en ce moment, et peut-elle se procurer les boucles d'oreilles dans les temps ? Lesquelles iront le mieux avec la mystérieuse robe ? À quelle heure exactement dois-je réserver chez Nobu ? Et dans lequel ? Celui de Tribeca, ou celui de la 57ᵉ Rue ? Et le petit déjeuner au Four Seasons ? Dois-je réserver à 7 heures ? 8 heures ? 10 heures ? Penser à adresser au directeur du restaurant un petit cadeau pour le remercier de se montrer conciliant pour le jus de pamplemousse rose. Trouver Nigel, lui transmettre toutes les informations le concernant, et enchaîner avec tous les rendez-vous esthétiques. Réserver une suite au Peninsula en prévision du moment où Miranda m'appellera au milieu de la nuit pour se plaindre de ses invités de passage (des amis de son mari, sans aucun doute) et exigera une solution de repli immédiate. Prévenir le chauffeur d'un probable trajet tardif de chez Miranda à l'hôtel. Veiller à ce qu'il y ait des San Pellegrino en stock dans la chambre, penser à y apporter le Book, une tenue de travail appropriée pour demain, accessoires, chaussures et articles de toilette compris. Prévoir de ne pas fermer l'œil de la nuit afin de soutenir Miranda dans l'épreuve. Répéter.*

La caméra délaissait Miranda pour suivre la fille, de retour à son bureau – celui-là même qu'avait occupé Andy dix ans plus tôt –, et la filmait en train de prendre frénétiquement des notes sur des Post-it riquiquis. Puis le cameraman zoomait au moment où une larme, une seule, glissait sur sa joue à la peau de pêche. Andy, la gorge soudain nouée, mit le film en pause.

— Ressaisis-toi ! siffla-t-elle entre ses dents en remarquant sa main crispée sur la télécommande, les ongles enfoncés dans sa paume et ses épaules quasiment remontées au niveau des oreilles.

L'image sur l'écran avait beau être figée, elle avait la trouille de lever les yeux et se retrouvait presque en proie à la même terreur que lorsqu'elle regardait ces films dans lesquels des jeunes filles couraient seules dans d'épaisses forêts, écouteurs vissés dans les oreilles, sans se douter qu'un tueur en série était sur le point de surgir de derrière un arbre. Voilà pourquoi Andy avait refusé de voir le film à sa sortie, en dépit des encouragements et des moqueries de son entourage. Ce malaise avait été le sien vingt-quatre heures sur vingt-quatre pendant une année entière. Pourquoi avait-elle besoin de se l'infliger de nouveau ?

Stanley jappa en croisant son reflet dans la vitre de la fenêtre, et Andy l'attira contre elle.

— Que dirais-tu d'une tasse de tisane, mon grand ? Qu'est-ce qui te ferait plaisir ? De la menthe ?

Le bichon la regarda fixement sans réagir.

Elle se leva, s'étira, resserra les pans de son peignoir. Par flemme d'attendre que l'eau bouille, elle fouilla dans la grande coupe de capsules de café et de thé que Max laissait sur le comptoir de la cuisine et dénicha une infusion de plantes. Elle glissa la capsule dans la machine, ajouta un sachet de vrai sucre (fini, les édulcorants artificiels !) et ajouta un nuage de lait. Moins d'une minute plus tard, elle était de retour sur le canapé.

Emily étant restée en contact avec une poignée de gens chez *Runway*, Andy était au courant de quantité de frasques récentes de Miranda – les requêtes ridicules, les licenciements scandaleux, les humiliations publiques. Apparemment, l'âge ne lui avait appris ni l'humilité ni l'indulgence. Cette bonne femme continuait à dévorer ses assistantes plus vite que son déjeuner. Elle n'avait pas perdu la manie de ponctuer chaque ordre ou presque d'un « C'est tout » ni celle de harceler son équipe nuit et jour par téléphone, pour les réprimander de n'avoir pas lu dans ses pensées ou de n'avoir pas su anticiper ses besoins, avant de leur raccrocher au nez, et de rappeler cinq minutes plus tard. Andy n'avait pas besoin de regarder ce petit florilège pour que tout lui revienne. Aujourd'hui encore, une certaine sonnerie de portable Nokia, désormais rétro, entendue dans un bus ou à l'autre bout d'un bar surpeuplé, réussissait à la plonger dans une panique paroxystique.

Il avait fallu des mois, après ce fatidique après-midi parisien, avant qu'Andy ne puisse dormir une nuit entière sans se réveiller en hoquetant, terrorisée à l'idée d'avoir une fois de plus égaré le Bulletin ou dirigé Miranda dans le mauvais restaurant pour son rendez-vous du déjeuner. Depuis qu'elle avait quitté *Runway*, elle n'avait jamais plus ouvert un exemplaire du magazine et, naturellement, celui-ci continuait à la narguer dans les épiceries, les salons de coiffure et de manucure, les salles d'attente des médecins. Il était partout. Lorsqu'elle s'était vu offrir un poste à *Happily Ever After*, par une fille qui n'avait que quelques années de plus qu'elle et qui lui promettait « une très grande indépendance » du moment qu'elle écrivait sur des sujets consensuels et qu'elle rendait ses papiers en temps et en heure, il lui avait semblé connaître un nouveau départ. Lily partait s'installer à Boulder. Alex avait rompu. Ses parents venaient d'annoncer leur séparation. Andy avait fêté ses 24 ans un mois plus tôt, et elle vivait seule dans ce qu'il lui semblait, pour la première fois en presque deux ans, une ville tentaculaire et oppressante. Avec pour seule compagnie sa télévision et l'occasionnelle amie de fac, si elle se donnait la peine de lui faire signe. Et puis, heureusement, Emily.

La voix stridente de Miranda la ramena à la réalité. Le direct s'était remis en route automatiquement. La future ex-assistante s'efforçait de se remémorer les mille et une tâches dont elle allait devoir s'acquitter.

En voyant passer sur le visage de la fille des expressions qu'elle ne reconnaissait que trop – la surprise, puis la panique et enfin l'accablement en comprenant que la bataille était perdue d'avance –, Andy fut de tout cœur avec la malheureuse. Lorsque tomberait le couperet, elle seule s'étonnerait de son renvoi, tant elle était convaincue que ce boulot était l'antichambre d'un monde meilleur, où l'attendait un avenir radieux. La fille n'était probablement pas en mesure de comprendre que, dans huit ou dix ans, assise dans son salon, avec peut-être un mari, et un bébé en route, elle continuerait à être prise de nausées et d'envies de meurtre chaque fois qu'elle entendrait une certaine sonnerie de portable, apercevrait un foulard blanc ou tomberait par accident sur un certain programme télé.

Une incrustation au bas de l'écran annonça qu'une journée avait passé depuis la scène précédente, et Miranda, sanglée dans un trench Burberry, un sac Saint Laurent glissé à l'épaule, traversait l'antichambre pour se rendre à un déjeuner ou à une réunion.

Elle fixait la première assistante, une fille qu'Andy n'avait jamais vue mais dont elle pouvait identifier le rôle parce qu'elle se tenait derrière le bureau qu'avait occupé Emily, jusqu'à ce que la fille ose lever les yeux.

— Renvoyez-la, ordonnait Miranda sans prendre la peine de baisser la voix.

— Pardon ? laissait échapper la doublure d'Emily, plus parce qu'elle était en état de choc que parce qu'elle avait mal entendu.

— Elle, disait Miranda avec un mouvement de tête en direction de l'assistante junior. C'est une idiote. Je veux qu'elle soit partie avant mon retour. Commencez immédiatement les entretiens de recrutement. Je compte sur vous pour que vous vous acquittiez mieux de votre mission cette fois.

Sur ce, Miranda resserrait la ceinture de son trench autour de sa taille microscopique et quittait le bureau d'un pas décidé. La caméra pivotait vers l'assistante junior, qui n'aurait pas paru plus choquée si on l'avait frappée. Andy secoua la tête et, avant que les yeux doux et candides de la fille ne puissent s'emplir de larmes, elle éteignit la télé. Elle en avait assez vu.

Chapitre 14

Miranda Priestly t'a trouvée resplendissante

Andy éclata de rire en voyant Emily serrer de toutes ses forces les accoudoirs du fauteuil et s'asseoir avec précaution. Elles avaient des sièges au bord du terrain, au premier rang.

— Je ne vois pas ce qu'il y a de drôle, pesta Emily en lui lançant un regard noir. Moi au moins, je suis simplement blessée – pas énorme.

Andy baissa les yeux et contempla son ventre, désormais bien rond. À cinq mois, nul ne pouvait plus ignorer son état.

— Je suis énorme, acquiesça-t-elle en souriant.

— À cette place, on pourrait se prendre pour Jay-Z, approuva Emily en regardant autour d'elle. De temps en temps, Miles assure.

Miles et Max étaient au paradis des mecs, assis carrément sur le banc de touche, d'où ils observaient les échauffements. À voir leurs têtes pivoter de droite à gauche, ils ne perdaient pas une miette du spectacle chaque fois qu'un joueur de deux mètres et quelques courait, lançait, dribblait et faisait un dunk.

— Je regrette de ne pas m'intéresser aux Knicks, ou au basket en général, observa Andy en se frictionnant le ventre. J'ai l'impression que nous n'apprécions pas notre chance à sa juste valeur.

Une clameur monta des gradins derrière elles lorsque Carmelo Anthony déboula sur le terrain.

— Arrête ! dit Emily en levant les yeux au ciel. Je suis ici pour profiter du premier rang généralement réservé aux VIP, et toi tu es venue pour la bouffe. Tant que cela est bien clair, tout va bien.

Andy enfourna une généreuse fourchetée de gratin aux truffes.

— Tu devrais vraiment goûter ça… Eh bien quoi ? ajouta-t-elle en voyant Emily blêmir. Le médecin m'a ordonné de prendre quinze kilos…

— Quinze en neuf mois, non ? Pas en quatre mois et demi, rétorqua Emily en considérant d'un air dégoûté son assiette garnie. Certes, je ne suis pas une experte en grossesse, mais à ce rythme-là, tu vas ressembler à Jessica Simpson…

Andy sourit. Maintenant que les nausées s'étaient dissipées, oui, elle s'accordait de temps à autre un cupcake supplémentaire, ou une part de pizza. Et, effectivement, elle n'avait pas pris que du ventre – son visage et son derrière s'étaient, eux aussi, arrondis. Mais elle n'y prêtait attention que lorsqu'elle discutait avec Emily, qui continuait à taxer les femmes enceintes de « grosses » et à juger qu'« elle se laissait un peu trop aller ». Andy, pour sa part, en était venue à accepter l'idée que seule la nourriture lui procurait, ces temps-ci, un vrai plaisir, et que personne, en regardant une femme enceinte, ne se disait qu'elle était costaude ou menue, grosse ou mince, ou même grande ou petite ; elle était enceinte, point.

Les garçons se retournèrent et agitèrent la main ; Emily agita la sienne et grimaça aussitôt en se tenant l'abdomen.

— Putain ce que ça fait mal ! Et ils ne m'ont même pas donné un antalgique digne de ce nom ! À cause de quelques pauvres nazes devenus accro à l'OxyContin, on est tous condamnés à se contenter à vie de l'Advil.

— Je t'ai dit que c'était de la folie de venir, ce soir. Qui va au Madison Square Garden le jour même de sa sortie de l'hôpital ?

— Et j'étais censée faire quoi ? demanda Emily. Rester à la maison en pyjama et mater un film sur Lifetime[1] pendant que vous étiez tous ici ? Sans compter que, à la maison, je n'aurais jamais vu Bradley Cooper, ajouta-t-elle en désignant du menton le premier rang d'en face.

— Et il n'aurait pas pu admirer ton superbe hâle doré.

— Exactement, fit Emily en se caressant les pommettes du bout des doigts.

Le séjour de fin d'année sur l'île de Vieques, en compagnie d'Emily et de Miles, avait été absolument fabuleux : une sublime villa au bord de la plage, avec deux grandes suites, une piscine privée, un barman qui semblait spécialisé dans les cocktails au rhum, et rien d'autre à faire de ces journées sinon nager, jouer au tennis et lézarder sur la plage. Non contents de n'avoir à faire aucun effort vestimentaire, certains soirs, ils n'avaient même pas pris la peine de se changer et avaient dîné en maillot de bain et tunique de plage. Andy et Emily avaient décidé d'un commun accord de ne pas parler de l'offre d'Elias-Clark, ni du boulot, pendant les vacances et, à l'exception de la mention de la maison de plage qu'elle comptait acquérir après avoir touché le pactole, Emily avait tenu promesse. Andy savait qu'elle ne faisait que retarder l'inévitable, et une conférence téléphonique avec Stanley était déjà programmée le lundi suivant leur retour. Mais pendant la semaine ? Grasse matinée, beuveries (Andy s'autorisa quelques coupes de champagne, puis se rabattit sur

1. Chaîne du Câble qui vise essentiellement un public féminin.

les Virgin piñas coladas, certes sans alcool mais ultra-caloriques, et elle comprit enfin ce qu'endurait Max qui, même après toutes ces années, ne touchait plus une goutte d'alcool), magazines people et bains de soleil, huit heures par jour. Andy ne se souvenait pas d'avoir passé des vacances plus reposantes – jusqu'à la crise d'appendicite d'Emily.

— Je suis sûre que c'est juste une intoxication alimentaire, avait annoncé celle-ci le matin du huitième jour en se présentant à la table du petit déjeuner, livide, transpirante et en état de choc. Et n'allez pas imaginer une seule seconde que je suis enceinte, parce que ce n'est pas le cas.

— Comment le sais-tu ? Si tu vomis, tu es probablement...

— Si la pilule en plus de mon stérilet ne suffit pas à m'empêcher de tomber enceinte, alors je suis un monstre, bonne pour être exhibée dans des foires. (Elle se plia en deux et lutta pour reprendre son souffle.) Je ne suis *pas* enceinte.

Miles lui lança un regard empreint de sympathie tout en mordant à pleines dents dans son toast.

— Je t'avais pourtant dit d'éviter ces moules...

— Oui, mais je les ai partagés avec elle, et je vais très bien, objecta Max en servant deux tasses de décaféiné pour Andy et lui.

— Il suffit d'une, fit valoir Miles qui survolait les gros titres du *Times* sur son iPad.

Emily se leva précautionneusement en se tenant le ventre et regagna sa chambre en catastrophe.

— Je suis inquiète pour elle, dit Andy aux garçons.

— Ce soir, elle sera remise sur pied, l'assura Miles sans détacher les yeux de son écran. Tu sais comment elle est.

Max et Andy échangèrent un regard.

— Tu devrais peut-être aller voir si elle se sent mieux ? souffla Max à voix basse, et Andy hocha la tête.

Elle trouva Emily roulée en boule sur le lit, en train de se tordre de douleur, le visage crispé.

— Je ne crois pas que ce soit une intoxication alimentaire, murmura-t-elle.

Andy appela la réception de l'hôtel pour s'enquérir d'un médecin et on lui promit de lui envoyer immédiatement l'assistante médicale des lieux. La femme jeta un œil à la malade, lui tâta plusieurs fois le ventre et diagnostiqua une crise d'appendicite. Elle pianota un message sur son téléphone et, quelques instants plus tard, une fourgonnette de l'hôtel vint chercher Emily pour l'emmener à la clinique. Andy, Miles et Max s'entassèrent à l'arrière et laissèrent la malade s'allonger sur la banquette du milieu. Cela faisait plus d'une semaine qu'ils étaient à Vieques, mais, à l'exception d'une brève excursion dans un autre hôtel le temps d'un déjeuner, aucun d'eux ne s'était aventuré hors de l'enceinte de l'hôtel. Le trajet jusqu'à l'hôpital était court, mais la route était cahoteuse ; personne ne pipait mot et seuls les gémissements d'Emily ponctuaient le silence. Et lorsque enfin ils arrivèrent sur le parking de l'hôpital, Max fut le premier à dire tout haut ce que tous pensaient tout bas.

— C'est ça, l'hôpital ? demanda-t-il en contemplant, l'air sidéré, le bâtiment délabré qui évoquait un local d'épicerie croisé avec un hangar d'aviation militaire.

Une enseigne en néon, sur la façade, indiquait bien *Centro de salud de familia*, même si plus de la moitié des lettres étaient grillées.

— Je refuse de mettre un pied là-dedans, trancha Emily en secouant la tête – un effort qui sembla l'amener au bord du trépas.

— Tu n'as pas vraiment le choix, observa Miles. (Il lui glissa un bras sous l'épaule et fit signe à Max d'en faire autant.) Tu ne peux pas rester comme ça.

Ils pénétrèrent dans un hall désert, à l'exception d'un adolescent qui regardait un épisode d'*Alliances*

& Trahisons datant du début des années 80 sur une télévision noir et blanc fixée en hauteur.

— Sortez-moi d'ici, gémit Emily. Ce sont eux qui vont me tuer.

Miles lui frictionna les épaules pendant que Max et Andy partaient chercher de l'aide. Il n'y avait personne derrière le comptoir de l'accueil, mais l'infirmière de l'hôtel, qui les avait accompagnés, prit la liberté d'ouvrir une porte latérale et d'appeler à tue-tête. Une dame en blouse apparut, l'air surpris.

— J'ai ici une jeune femme qui souffre probablement d'une crise d'appendicite. J'ai besoin d'une analyse de sang et d'une radio abdominale immédiatement, déclara l'infirmière avec autorité.

La dame en blouse jeta un coup d'œil au badge de son interlocutrice et opina avec lassitude.

— Emmenez-la derrière, dit-elle en faisant signe au groupe de la suivre. Nous pouvons faire l'analyse de sang, mais la radio est en panne, aujourd'hui.

On les conduisit le long d'un couloir dont les lumières clignotaient à intervalles imprévisibles. Andy entendit Emily commencer à pleurer et songea que, en dix ans, c'était la toute première fois qu'elle voyait son amie perdre sa contenance.

— C'est juste une prise de sang, la rassura-t-elle du mieux qu'elle put.

La femme poussa le groupe dans la salle d'examen, posa une blouse en coton d'une propreté douteuse sur la table et quitta la pièce sans un mot.

— Pour une prise de sang, vous n'avez pas besoin de vous déshabiller ni de vous changer, indiqua l'infirmière de l'hôtel.

— Tant mieux parce qu'il était hors de question que j'enfile ce truc, répliqua Emily en se tenant le ventre.

Une aide-soignante entra, l'air surpris, et consulta son bloc à pince :

— C'est vous, la borréliose ?

— Non, indiqua Miles, avec un froncement de sourcils inquiet.

— Cette jeune femme souffre certainement d'une crise d'appendicite, intervint l'infirmière de l'hôtel. J'ai juste besoin d'une numération formule sanguine et d'une radio pour le confirmer. Elle s'appelle Emily Charlton.

Après cinq autres minutes où chacun vérifia deux fois – et même trois – que l'aiguille de la seringue sortait bien d'un emballage scellé, Emily tendit son bras gauche, puis grimaça lorsque l'aiguille piqua la veine. L'infirmière de l'hôtel la conduisit ensuite dans une autre salle pour procéder à la radio, car la machine venait soi-disant d'être réparée, puis revint leur annoncer la nouvelle : il s'agissait bien d'une crise d'appendicite et il fallait opérer – sur-le-champ.

En entendant cela, Emily, qui était assise sur la table d'examen, manqua de tomber à la renverse.

— Jamais de la vie ! C'est hors de question !

Miles se tourna vers l'infirmière de l'hôtel.

— Y a-t-il un autre hôpital sur l'île ? Un endroit peut-être… un peu plus moderne.

La femme secoua la tête.

— Oui, mais c'est une clinique. Ils ne sont pas équipés pour les interventions chirurgicales, et même s'ils l'étaient, je ne la recommanderais pas.

Emily commença à sangloter et Miles semblait lui aussi sur le point de s'évanouir.

— Bon, je suis sûr qu'il est déjà arrivé que des clients de l'hôtel aient à subir des interventions bénignes, n'est-ce pas ? Avons-nous une autre solution ?

— Il faudrait vous transférer à San Juan par hélicoptère.

— D'accord. Est-ce que ce sera rapide ? C'est ainsi que les autres clients ont procédé ?

— Je crains que non. Nous avons eu une femme, une fois, qui a perdu les eaux, et une autre qui souffrait de calculs rénaux – un cas horrible. Ah, et nous avons également eu ce monsieur d'un certain âge qui a fait une crise cardiaque sans gravité. Mais non, aucun d'eux n'est allé à San Juan. Ils sont tous partis à Miami.

— Pendant combien de temps encore peut-on retarder l'opération ? demanda Max.

— Ça dépend. Le plus tôt sera le mieux évidemment. Il faut éviter la péritonite. Mais comme elle ne souffre pas depuis très longtemps et que son taux de globules blancs n'a pas explosé, je dirais que vous pouvez arriver à temps à Miami.

Andy n'eut pas besoin d'en entendre davantage pour basculer en mode gestion de crise comme elle l'avait si souvent vu faire à *Runway*. En jonglant avec son téléphone et celui de Max, en criant des ordres à Miles, elle réussit à affréter un petit avion à hélices en moins d'une heure, et tout cela pendant qu'ils étaient lancés sur les routes criblées de nids-de-poule en direction de l'aéroport. Elle réserva une ambulance qui les attendrait à la descente de l'avion à Miami International et contacta un chirurgien généraliste de l'hôpital Mount Sinai – un vieux copain de fac de Max – afin qu'il trouve quelqu'un pour opérer Emily en urgence. Andy et Max diraient au revoir à leurs amis, puis retourneraient à l'hôtel pour faire les bagages avant de sauter dans le premier vol à destination de Miami.

Tandis qu'Andy faisait ses adieux à Miles et à Emily à bord du coucou, Max déclara :

— Tu es incroyable. Tu débrouilles les problèmes comme une vraie pro. Je n'ai jamais vu ça.

— Elle est géniale, renchérit Emily avec un faible sourire. Je l'ai formée moi-même.

— Ouais, mais toute garce que tu sois, tu n'arrives quand même pas à la cheville de Miranda, répliqua Andy en lui tapotant gentiment le front. La prochaine fois, trouve-moi un défi un peu plus retors.

L'opération, toutes choses considérées, se déroula sans encombre. Comme l'appendice d'Emily s'était partiellement rompu, les médecins la gardèrent en observation à l'hôpital pendant près d'une semaine, mais il n'y eut aucune complication majeure. Andy et Max restèrent deux jours à Miami, assez longtemps pour être témoins de l'arrivée de l'extravagante composition florale – une attention, comme l'indiquait sobrement la carte, du « bureau de Miranda Priestly ». La convalescence d'Emily signifiait que la conférence téléphonique allait devoir être reportée. Heureuse d'être débarrassée du spectre d'une nouvelle conversation avec Elias-Clark pendant une semaine entière, Andy retrouva *The Plunge* et se remit au travail le cœur léger. Elle explora une poignée de boutiques pour bébé dans son quartier, testa quelques poussettes sur les trottoirs et choisit des parures de lit susceptibles de convenir à l'un ou l'autre sexe, d'un vert très doux et ornées d'un motif d'éléphant blanc. Lorsque Emily l'appela deux minutes après avoir atterri à JFK pour lui annoncer que Miles leur avait dégoté des « places de malade » pour le match des Knicks le soir même, Andy resta sans voix. Qui d'autre qu'Emily était capable, quelques jours après avoir subi une ablation de l'appendice et à peine descendue d'un avion – avec une mine splendide, de surcroît –, de filer assister à un match de basket ?

Elles regardèrent l'équipe s'échauffer encore un petit moment, puis, sur l'insistance d'Andy, elles gagnèrent le salon VIP pour refaire le plein de munitions. Andy entassa dans son assiette suffisamment de crevettes à la sauce cocktail, de pinces de crabe et de beurre, de poulet, d'épis de maïs grillés et de sablés pour nourrir quatre personnes. Elle déposa ses réserves sur une table, le temps de repartir chercher un gobelet XXL de Coca (oh, juste pour cette fois, elle n'allait pas mourir !) ainsi qu'une portion généreuse de fondant au chocolat.

— Tu vises la médaille d'or, hein ? lança Emily en picorant sa minuscule assiette de crudités.

— Je suis enceinte de cinq mois, et je suis partie pour me transformer en baleine. Alors autant en profiter et vivre un peu, répondit Andy en séparant d'un coup de dents une crevette de sa queue.

Emily était trop occupée à essayer de repérer des têtes connues pour s'offusquer des manières d'Andy. Elle balayait le salon VIP du regard, discrètement, lentement, en examinant chaque visage, chaque sac à main, chaque paire de chaussures. Et puis, soudain, Andy la vit écarquiller les yeux.

Elle suivit son regard et inspira si vivement qu'un morceau de crevette se coinça dans sa gorge. Elle pouvait encore respirer, mais elle avait beau tousser, tousser, il refusait de circuler, dans un sens comme dans l'autre.

Emily lui décocha un regard exaspéré.

— Tu ne pourrais pas être plus discrète, s'il te plaît ? Miranda est là !

Andy, qui commençait à paniquer, absorba autant d'oxygène qu'elle le put, toussa à s'en déchirer la gorge et, enfin, expulsa le morceau de crevette qui atterrit dans sa main.

— C'est répugnant, siffla Emily entre ses dents. Tant que tu y es, la prochaine fois, pourquoi tu ne vomis pas carrément ?

— Ça va mieux, merci de ta sollicitude.

— Qu'est-ce qu'elle fiche à un match des Knicks ? Miranda n'est pourtant pas une fan de basket… (Emily coula un autre regard discret.) Ah ! Je vois… Elle est avec son petit copain. C'est lui qui doit être fan de basket.

Andy plissa les yeux et reconnut, à l'autre bout du salon, Rafael Nadal, assis à côté de Miranda. Ils buvaient du café et Miranda riait à tout ce que disait son cavalier. Miranda avait beau avoir des dents parfaitement alignées, d'une taille normale et sans aucun détail saillant, les rares fois où Andy l'avait vue sourire, elle en avait eu la chair de poule. Le mouvement étirait sa peau pâle, affinait encore davantage ses lèvres, qui se décoloraient, et ses dents donnaient l'impression qu'elle était prête à mordre si on avait l'imprudence de trop s'approcher… Andy frissonna.

— La vache ! Il est sublime, soupira Emily qui avait renoncé à toute discrétion.

— Tu crois qu'ils couchent ensemble ? demanda Andy.

Emily la regarda, les yeux écarquillés, les sourcils haussés jusqu'au milieu du front.

— Tu te fiches de moi, pas vrai ? Elle n'en ferait qu'une bouchée. Non, c'est son petit chéri. Sa muse.

Andy trempa une pince de crabe dans le beurre.

— Allons retrouver les garçons. Je ne veux pas risquer de me retrouver nez à nez avec elle. J'ai eu assez d'émotions, ces derniers jours, et toi aussi.

— Ne sois pas ridicule, répondit Emily en se levant, et le mouvement lui arracha une grimace de douleur.

Elle lissa ses cheveux et chassa une peluche imaginaire de son pull en cachemire.

— On va aller la saluer, évidemment. Elle a envoyé des fleurs à l'hôpital ! Ce serait d'une grossièreté sans nom de ne pas la remercier.

— Ce n'est pas *elle* qui les a envoyées, Emily. Souviens-toi comment…

Mais c'était trop tard. Emily lui avait déjà empoigné le bras pour l'obliger à se lever. Et, moins de dix secondes plus tard, elles étaient devant la table de Miranda.

Andy regarda son poignet, sur lequel la main d'Emily était toujours refermée comme un étau, et pria pour qu'une alarme incendie susceptible de mobiliser l'ensemble des unités de pompiers de la ville se déclenche par erreur et oblige tout le monde à prendre ses jambes à son cou. Mais il n'y eut qu'un silence stupéfait de part et d'autre de la table, jusqu'à ce que Nadal, encore plus beau de près, s'éclaircisse la voix.

— Vous avez quelque chose que vous aimeriez me

faire signer ? Ou bien je le fais simplement sur cette serviette en papier ? demanda-t-il en regardant Emily, puisque Andy gardait les yeux rivés au sol.

— Oh, non ! Non, non, répondit Emily en rougissant, ce qui ne lui ressemblait pas du tout.

Nadal éclata de rire.

— Idiot que je suis. Vous n'êtes certainement pas là pour mon autographe, mais pour celui de Ms. Priestly. J'aimerais bien avoir autant de belles jeunes femmes en adoration devant moi, ajouta-t-il en se tournant vers Miranda.

— Rafa ! protesta celle-ci en riant, vous me flattez.

Moi aussi, songea Andy. Rafael Nadal ne venait-il pas de dire qu'elles étaient belles ?

Miranda posa la main sur le bras de Nadal et gloussa.

Emily et Andy échangèrent un regard. Miranda était en train de *flirter* ?

Par chance, Emily recouvra l'usage de la parole avant que la situation ne devienne encore plus gênante.

— En fait, je suis Emily Charlton, et voici Andy – Andrea – Sachs. De *The Plunge*.

Tes anciennes esclaves, précisa Andy en pensée.

— Merci infiniment pour vos fleurs ! Elles étaient sublimes et c'était très attentionné de votre part.

Miranda les dévisagea l'une et l'autre sans réagir, même si Andy *savait* qu'elle les reconnaissait. Quand Miranda la toisa attentivement, Andy sentit ses joues s'enflammer ; lorsque ce regard s'attarda sur ses chaussures (une paire de Converse cracra exhumée des entrailles de son placard – Andy estimait que, compte tenu de son état, elle méritait d'être chaussée confortablement), elle fut prise de l'envie presque irrépressible de s'amputer des deux pieds ; mais ce ne fut que quand Miranda releva les yeux et les posa sur son ventre qu'elle eut vraiment envie de s'enfuir en courant.

— Eh bien, eh bien, fit Miranda, en contemplant la

taille d'Andy comme s'il s'était agi d'un écran IMAX. Vous attendez un heureux événement, à ce que je vois.

— Oui, euh, mon mari et moi attendons un bébé, s'empressa de répondre Andy, poussée par quelque force obscure à mentionner l'existence de Max. J'en suis à un peu plus de la moitié.

Elle se prépara à affronter la remarque qui allait inévitablement suivre : un « Ah bon ? C'est tout », accompagné d'un haussement de sourcils – aussi personne ne fut plus stupéfait qu'elle lorsque Miranda sourit de nouveau. Ce sourire-là, curieusement, n'avait rien d'effrayant.

— C'est formidable pour vous, dit-elle avec une apparente sincérité. J'adore les bébés. C'est votre premier ? Vous êtes resplendissante.

Le choc était tel qu'Andy se retrouva frappée de mutisme. Elle se contenta de dévisager Miranda, en hochant la tête et en se caressant le ventre d'un geste protecteur. Elle n'était pas certaine d'avoir bien entendu.

— Oui, c'est son premier, et ils ne veulent pas connaître le sexe. Mais soyez sans crainte, Miranda. Andrea n'accouche pas avant la fin du printemps, ce qui nous laisse tout le temps de discuter des détails de…

Un éclair glacial passa dans le regard de Miranda, ses lèvres se retroussèrent comme deux cobras prêts à lancer l'assaut.

— Ne vous ai-je jamais appris qu'il était grossier de parler affaires en société ? gronda-t-elle.

Emily recula comme si elle avait été giflée.

— Je suis désolée, je ne voulais pas…

— Miranda, soyez sympa avec elles, intervint Rafael en riant puis, ayant croisé le regard d'un ami, ou d'un fan, près du bar, il se leva en s'excusant.

— Ravi d'avoir fait votre connaissance. Et bonne chance pour… tout.

Andy ne put s'empêcher d'entendre un avertissement dans sa voix.

— Je suis désolée, Miranda, je pensais juste q… que… bafouilla Emily.

— S'il y a quelque point dont vous souhaitez discuter, je vous suggère d'appeler Stanley lundi matin.

Emily hocha la tête et Andy s'apprêtait à annoncer qu'elle devait se rendre aux toilettes, ou retrouver son mari d'urgence, ou faire n'importe quoi d'autre, mais Miranda tourna de nouveau son attention vers elle.

— Quant à vous, An-dre-âââ, je vais demander à mon assistante de vous envoyer un exemplaire de ma liste de naissance. Je pense que vous la trouverez très utile.

Andy toussota et, ne sachant trop quoi répondre, se contenta de dire :

— Oh, je n'en doute pas. Merci infiniment.

— Mmm. Et si vous avez besoin d'une quelconque recommandation pour les agences de nounous, ou d'assistantes maternelles, n'hésitez pas à me le faire savoir. Je dispose de quelques ressources formidables.

Andy était en train de lutter pour ne pas s'évanouir. C'était sans nul doute la conversation la plus longue qu'elle ait jamais eue avec Miranda Priestly sans essuyer de réprimandes, recevoir des ordres ou se sentir humiliée. Un court instant, Andy resenti même de la culpabilité à penser : *Naturellement, Miranda possède les meilleures recommandations pour embaucher d'autres gens pour élever ses enfants.*

Au lieu de quoi, elle lui sourit et la remercia.

— C'était un plaisir de vous voir Miranda, dit Emily, une note de désespoir dans la voix. J'espère que nous nous reparlerons très bientôt.

Miranda l'ignora, gratifia Andy d'un hochement de tête et s'en alla récupérer son cavalier.

— C'est moi qui délire, ou c'était la conversation la plus étrange de la terre ?

— Quoi ? Non, je trouve que ça s'est très bien passé, répondit Emily.

— Emily ! Elle ne t'a même pas demandé comment tu allais !

— Quoi ? Elle est comme ça, il n'y a rien de personnel. Elle a été adorable au sujet de ta grossesse. Elle t'a dit que tu étais resplendissante ! Au royaume Priestly, c'est quasiment une déclaration d'amour.

— Oui, et ensuite, elle a failli t'arracher la tête avec ses crocs ! Donc même Satan a un faible pour les bébés. Super. Mais je ne peux pas rester enceinte éternellement, Em. Si nous vendons à Elias-Clark, tu vas devoir faire ta part du boulot et te faire mettre en cloque à ton tour.

Emily blêmit.

— Arrête tout de suite.

— Je suis sérieuse ! s'exclama Andy dans un éclat de rire. Il n'y a qu'en présence d'une femme enceinte que Miranda Priestly se comporte en être humain. Je sais qu'on tourne autour du pot depuis un moment, mais s'il te plaît : tu ne peux pas sérieusement envisager de lui vendre *The Plunge* !

Emily écarquilla les yeux.

— *Envisager ?* Un peu, oui, que je l'envisage ! Et même que j'y *compte* ! Et si tu avais ne serait-ce qu'une once de sens des affaires, tu penserais comme moi.

— Et toi, si tu avais une once d'instinct de survie, tu ferais comme moi : tu prendrais le maquis, et plus vite que ça.

— Arrête de dramatiser ! soupira Emily avec ostentation.

— Dix ans de psychothérapie, de flash-backs et de cauchemars – tu appelles ça dramatiser ? Si elle et toi êtes disposées à couvrir les honoraires de mon psy, à financer des stocks illimités de somnifères et des massages bihebdomadaires, je peux éventuellement reconsidérer la proposition. Mais, sans ça, je ne pourrai pas survivre.

Les garçons apparurent devant elles.

— Vous ne devinerez jamais qui on vient de croiser, dit Max, bien trop excité pour qu'il puisse s'agir de Miranda Priestly.

— Une certaine éditrice de mode célèbre ? demanda Emily avec le plus grand sérieux.

Max fronça les sourcils.

— Non… Megan Fox ! Avec son mari, le type qui joue dans *Beverly Hills*. Ils étaient assis juste à côté de nous.

— Elle est encore plus sexy en vrai, précisa Miles en parfait gentleman, et comme aucune des filles ne répondit, il échangea un regard avec Max. Que se passe-t-il ici ?

— Nous venons d'avoir droit à un intermède Priestly, expliqua Andy en se tournant vers Max, en quête de soutien.

Bizarrement, il s'anima aussitôt.

— Priestly ? Tu veux dire, Miranda ? C'est vrai ? Elle a mentionné le rachat ? Elle n'est pas trop énervée que vous tardiez tant à revenir vers eux ?

— On ne tarde pas tant que ça, n'exagérons rien, riposta Andy en le regardant de travers. Le premier contact a eu lieu juste après notre mariage, et ils voulaient voir les chiffres du dernier trimestre avant de s'engager. Sans compter que Miranda part en vacances de Thanksgiving jusqu'au nouvel an. Nous sommes à peine à la première semaine de janvier. Franchement, on ne peut pas parler de procrastination.

Andy savait qu'elle se montrait sur la défensive, mais c'était plus fort qu'elle.

Miles assena une tape dans le dos de Max.

— Allons chercher des bières. L'ambiance est un peu tendue, ici.

Max hocha la tête.

— Ce que je veux dire, c'est qu'il vaudrait mieux avancer vos pions sans trop lambiner afin qu'elle ne pense pas que…

— On a couvert nos arrières, le coupa Andy, en montrant plus d'agacement qu'elle n'en avait l'intention.

— Je donnais juste un avis, protesta Max, mains levées en signe de reddition.

Chaque fois qu'ils avaient abordé le sujet, Max avait été intarissable à propos du prestige qu'il y avait à entrer dans le giron d'Elias-Clark, l'honneur que c'était de recevoir une offre aussi impressionnante après une si courte existence dans le secteur ; cette vente, avait-il insisté, libérerait Andy, elle lui permettrait d'essayer une autre activité qui l'attirait – au prix d'un séjour d'un an en enfer, naturellement. Andy, c'était plus fort qu'elle, soupçonnait Max de penser avec son portefeuille, et de vouloir se vanter d'avoir fait d'une pierre deux coups – réalisé un investissement visionnaire et épousé une femme intelligente. Elle savait qu'Harrison Media Holdings battait de l'aile, plus encore que l'année précédente. Et comme Max avait insisté pour se marier sans contrat, sur des termes d'égalité – un arrangement qui favorisait largement Andy et faisait enrager sa belle-mère – les revenus de l'un étaient également ceux de l'autre, Andy se réjouissait de ce qu'ils puissent tirer tous les deux bénéfices de cette vente, si jamais elle aboutissait. Ce dont elle se réjouissait beaucoup moins, c'était de cette pression permanente, assortie d'arguments médiocres, que Max n'avait de cesse d'exercer sur elle. Cherchait-elle, elle, à peser sur les décisions professionnelles de son mari ?

— Quand vous aurez terminé, les filles, on sera au bar, lança Miles. Pas de crêpage de chignon, OK ? Le match va commencer d'une minute à l'autre.

Emily se tourna vers son amie, mais le premier réflexe d'Andy fut d'éviter de croiser son regard.

— Qu'est-ce qu'il y a ? demanda-t-elle en relevant finalement la tête.

— Tu es vraiment décidée à ne pas donner ton accord, n'est-ce pas ? Ni maintenant, ni jamais ?

Emily entrelaça ses doigts ; elle semblait faire un effort surhumain pour garder les mains sur ses genoux et sa nervosité évoquait celle d'un tigre prêt à bondir.

Andy ouvrit la bouche pour expliquer une fois de plus son point de vue, se ravisa, puis se jeta finalement à l'eau :

— En ce moment, je ne peux tout simplement pas gérer ça en plus de tout le reste. C'est trop, Em. Je sais que tu peux le comprendre. J'essaie de ne pas me laisser submerger au boulot, mais j'ai perdu des semaines entières de travail, à vomir et à me traîner d'épuisement, et le bébé sera là dans à peine quelques mois ! J'ai tellement de choses à préparer d'ici là. Le moment est mal choisi pour vendre à qui que ce soit, et a fortiori à *elle*...

— Donc, c'est non. Tu mets ton veto, c'est bien ça ?

Le désespoir d'Emily était palpable.

Évidemment, qu'elle disait non ! Et si elle en avait eu le culot, elle aurait même dit ce qu'elle pensait vraiment, à savoir : *Je préférerais mourir, ou ne plus avoir un rond, ou ne jamais plus retrouver de boulot nulle part plutôt que de retravailler un seul jour pour cette bonne femme.* Mais parce que Andy était Andy, qu'elle avait les conflits en aversion, qu'elle détestait décevoir les gens, elle répondit :

— Ce n'est pas un non définitif. Simplement temporaire.

Une étincelle d'espoir réapparut sur le visage d'Emily.

— OK, je peux comprendre. En ce moment, ça fait un peu trop. Nous allons de toute évidence avoir une incroyable saison de mariages ce printemps. Stanley a même parlé d'organiser une séance de travail préparatoire pour voir comment nous pourrions conjuguer nos ressources avec celles d'Elias-Clark...

— Ouais, réexaminons tout ça quand le bébé sera né.

Tout en se sentant coupable d'induire son amie en

erreur, Andy ne put s'empêcher de se demander quand Emily s'était entretenue avec Stanley à son insu.

— Si tant est qu'ils soient encore intéressés, observa Emily, les lèvres pincées.

— Ne t'inquiète pas pour ça. Et à ce moment-là, nous aurons encore plus de numéros à notre actif, plus d'abonnés, et comme tu fais super bien ton boulot, encore plus d'annonceurs. Depuis le lancement, nous avons progressé d'un cran à chaque trimestre, et il n'y a aucune raison qu'il en aille différemment maintenant. En outre, personne ne sait mieux que toi que, plus on se rend inaccessible, plus on se fait désirer…

— Je doute que la recette fonctionne avec Miranda. Elle n'est pas du genre à courir après qui que soit. Mais si c'est ça ou rien, je suppose que je n'ai pas le choix, conclut Emily, avec une résignation qui ne lui ressemblait pas.

— C'est exactement ça, l'idée ! s'enthousiasma Andy pour essayer d'arracher un rire à son amie.

La mine de vaincue ne dura qu'un instant.

— J'espère que le bébé te rendra plus accommodante. Ou que tu seras devenue si grosse que je pourrais tout simplement te faire rouler sur le côté pour t'écarter du chemin. Je vais appeler Stanley cette semaine et lui dire que nous interrompons momentanément les négociations. Jusqu'à la naissance de ton bébé.

Andy hocha la tête.

— Viens, allons chercher un verre, dit Emily. On mérite un toast.

Elle aida Andy à s'extraire du siège et l'effort les fit l'une et l'autre ciller de douleur et d'inconfort.

— Que célébrons-nous, exactement ? voulut savoir Andy.

— J'ai survécu à mon passage dans une clinique paumée au fin fond d'une île. Miranda Priestly t'a trouvée resplendissante, rien que ça. Et nous allons très probablement vendre notre petit magazine au groupe de presse le plus puissant du monde. Si tout ça ne mérite pas un mojito sans alcool, alors rien ne le mérite.

Emily partit rejoindre les garçons au bar ; elle avait retrouvé sa bonne humeur et avait une allure folle. Andy savait qu'elle venait de commettre une énorme bêtise, qu'elle n'avait fait que repousser l'inévitable, mais elle se jura de chasser cette pensée de son esprit. Aussi longtemps qu'elle le pourrait.

Chapitre 15

Tout faire pour ne pas essayer, c'est encore essayer

Lorsqu'elle émergea d'un sommeil abyssal, la première chose qu'Andy remarqua, ce fut le parfum caractéristique de la lavande, et le mélodieux ressac des vagues.

— Je suis heureuse que vous ayez pu vous détendre, dit la masseuse à voix basse en remettant de l'ordre dans l'assortiment de flacons d'huile. Vous avez besoin d'aide ?

Andy batailla pour faire le point ; elle avait l'impression que ses lentilles de contact étaient en verre.

— Non, ça ira, merci, répondit-elle, et en son for intérieur, elle remercia Olive Chase d'avoir choisi d'enterrer sa vie de jeune fille au spa de l'hôtel Surrey et d'avoir insisté pour y inviter Andy.

Lorsque cette dernière avait protesté et fait valoir qu'une heure suffirait pour réaliser l'interview, l'actrice avait éclaté de son superbe rire et lui avait répondu qu'elle allait lui réserver un soin prénatal de luxe, avec gommage aux sels, bain de lait et massage intégral, grâce à un polochon en forme de bouée spécialement conçu pour permettre aux femmes enceintes de s'allonger sur le ventre. S'il y avait un moment où Andy avait adoré son travail, c'était bien celui-là. Aux journalistes du *New Yorker* le respect de la déontologie, et à elle un après-midi de pure félicité.

Elle se hissa à la force des bras en position assise et laissa la serviette glisser jusqu'à sa taille. Son ventre était énorme ; la peau était tendue comme celle d'un tambour et, quelque position qu'elle adopte, couchée, assise ou debout, l'inconfort restait le même. Les sensations de pression et de lourdeur ne se dissipaient que lorsqu'elle était immergée dans l'eau ; aussi passait-elle le plus de temps possible dans la baignoire. À huit mois et demi, elle n'allait plus au bureau tous les jours. Mais quand Olive avait invité *The Plunge* à participer aux festivités de son enterrement de vie de jeune fille, Andy avait sauté sur l'occasion : le mariage de l'actrice aurait lieu peu après l'accouchement, et Andy ne voulait pas tout louper.

Elle posa les pieds par terre avec précaution, puis rassembla ses vêtements et entreprit d'enfiler un legging de maternité, avec bandeau extensible, un très vilain soutien-gorge, à mi-chemin entre la brassière de sport et le soutien-gorge d'allaitement, et une tunique à fronces d'une couleur aubergine hideuse. Outre le fait que s'habiller était devenu une tâche fastidieuse, à ce stade, il devenait tout bonnement impossible de trouver des vêtements mignons ou un peu classes. Elle glissa ses pieds enflés dans une paire de Birkenstock (boucler ou lacer des chaussures par elle-même aurait réclamé trop de contorsions) et elle se félicita qu'Emily ne soit pas là pour voir cet accoutrement.

Elle repensa au drame qui avait éclaté la veille, au bureau. Elles avaient reçu un coup de fil d'Elias-Clark, à l'improviste, le premier depuis que, en janvier, Emily les avait dissuadés d'insister. Andy se trouvait chez l'obstétricien pour un contrôle de routine – un des tout derniers ; elle avait du mal à y croire – lorsque Emily l'avait appelée, hystérique et le souffle court.

— Stanley vient de me laisser un message, il a dit que c'était important et que nous devions le rappeler *immédiatement.* À quelle heure viens-tu au bureau, aujourd'hui ?

— Je ne sais pas, avait répondu Andy, en toute sincérité. J'étais censée en avoir terminé, mais le médecin trouve que le bébé ne bouge pas assez. Je crois que je dois passer d'autres examens.

— Donc tu seras là à 11 heures ? À midi ? Mais tu viens, *n'est-ce pas* ?

Andy s'était efforcée de ne pas se formaliser du total désintérêt d'Emily pour la santé de son bébé.

— Oui, je vais venir, avait-elle répondu, dents serrées. Dès que je peux.

Le Dr Kramer s'inquiétait de ce que Bébé Harrison semblait « roupiller » un peu trop souvent. Un examen avait déjà été mené, suivi d'une échographie et d'un test d'effort, et aucun des résultats n'avait été concluant. Le docteur avait alors prié Andy et Max d'aller déjeuner, elle avait recommandé à sa patiente de manger un dessert, ou de boire un soda très sucré pour donner un petit coup de fouet au bébé, et leur avait demandé de revenir une heure plus tard pour recommencer le test d'effort.

— Ceci n'a rien d'une situation d'urgence, avait-elle ajouté d'un ton dégagé, ne vous inquiétez pas. Vous êtes suffisamment proche du terme pour que, même si nous devions déclencher l'accouchement aujourd'hui, tout se passe très bien.

Max et Andy avait échangé un regard : déclencher l'accouchement *aujourd'hui* ? Par chance, le second test avait été meilleur, et Andy s'était sentie respirer à nouveau. À son arrivée à la rédaction, Emily avait été moins compréhensive.

— Bon, on va rappeler Stanley immédiatement, avait-elle dit en suivant Andy dans son bureau. Tu enlèveras ton manteau plus tard.

— Je vais bien, et le bébé aussi. Merci d'avoir demandé.

— Évidemment, que tout va bien, sinon tu ne serais

pas là. En revanche, si on fait la sourde oreille aux messages de Miranda Priestly, ça pourrait se gâter.

La secrétaire les avait mises en relation et Emily s'était empressée d'expliquer pourquoi elles avaient tant tardé à rappeler.

Stanley avait feint – ou pas – de n'avoir pas entendu et était entré dans le vif du sujet :

— Je voudrais, de la part d'Elias-Clark, revoir le montant de notre proposition de rachat à la hausse, de 12 %. Miranda souhaiterait, naturellement, une réponse tout de suite.

Emily avait regardé Andy, qui avait secoué énergiquement la tête.

— Pas maintenant ! avait-elle articulé en désignant son ventre. On était d'accord pour ne pas parler de ça maintenant.

Emily semblait sur le point de faire une crise cardiaque.

— Nous allons revenir vers vous dans les plus brefs délais, avait-elle répondu. Andy n'en a plus pour longtemps. Je veux dire, dès que le bébé sera né, nous serons mieux à même de...

La remarque de Stanley n'avait rien eu d'encourageant :

— Je le fais savoir à Miranda. Je sais que je n'ai pas besoin de vous rappeler que la patience n'est pas son point fort.

— Andy ne prendra pas un long congé maternité, avait promis Emily dont les articulations avaient blanchi à force de serrer le combiné. Bien sûr, cela peut remettre cette conversation à dans deux mois, mais cela ne changera...

— Miranda n'a que faire des congés maternité, avait assené Stanley. Elle-même n'a été absente que trois jours à la naissance des jumelles.

— Oui, et c'est remarquable, avait murmuré Andy dans le haut-parleur en vrillant l'index sur sa tempe pour bien signifier ce qu'elle pensait de ce comportement.

Stanley s'était raclé la gorge.

— Je veux juste être franc avec vous. Mais vous avez été très claires quant à votre calendrier. Mesdames, au revoir.

Lorsqu'il eut raccroché, Emily avait regardé Andy avec fureur :

— On risque de se retrouver le bec dans l'eau !

Andy l'avait dévisagée posément.

— Nous avions un accord : on en reparlera après la naissance du bébé.

— Et si on envoyait notre avocat discuter avec eux ? Ça nous laisserait le temps de nous retourner.

— Ce n'est pas une solution. Franchement, Em : ils viennent de revoir leur offre à la hausse. Ils meurent d'envie de nous racheter. Jusque-là, attendre n'a fait qu'améliorer les conditions. Deux mois de plus, ça ne changera rien.

— Cette grossesse est en train de devenir une excuse pour tout, avait dit Emily d'une voix calme, mais son énervement était palpable.

Cet après-midi-là, un coursier leur avait livré deux boîtes orange, reconnaissables entre mille. Chacune contenait trois bracelets Hermès, tous différents et ornés de superbes motifs. Andy avait souri en voyant avec quelle précipitation Emily les enfilait. Peut-être que se faire désirer était bel et bien attirant aux yeux de Miranda.

Andy frissonna au seul souvenir de cet épisode. La masseuse la conduisit jusqu'à la salle de relaxation et l'aida à s'installer sur une chaise longue recouverte de tissu éponge. Une minute plus tard, Olive la rejoignit, drapée dans un peignoir ; elle venait de se faire faire un soin du visage et sa peau, naturellement sans défaut, irradiait.

— Comment était-ce ? demanda-t-elle en piochant dans une petite assiette d'abricots secs et d'amandes.

— Divin. C'était le paradis, répondit Andy aussi naturellement qu'en présence d'une amie.

Il y avait quelque chose de surréaliste à bavarder avec autant de décontraction avec la femme la plus célèbre, peut-être, du monde. Les films d'Olive Chase avaient rapporté 950 millions de dollars à l'échelle internationale. Son visage était connu partout, des campements de Bédouins en Égypte aux villages les plus perdus d'Amazonie, en passant par les grands déserts de glace de Sibérie. Jusque-là, sa vie était une route jonchée d'échecs amoureux, et la presse avait scruté à la loupe toutes ses déconvenues et tribulations sentimentales. Et puis, au moment où le monde entier avait renoncé à la voir trouver (et garder) un homme, ou même tomber amoureuse, et que le statut de célibataire la plus sublime du monde lui collait plus que jamais à la peau – au grand désespoir de centaines de milliers d'illustres inconnus qui tous juraient être faits pour elle –, Olive était apparue sur un tapis rouge avec, justement… un illustre inconnu à son bras. On aurait eu beau enjoliver les faits après coup, ou réécrire l'histoire, Clint Stever, ingénieur de formation mais web-designer par passion, était et resterait un type *lambda*. Lorsqu'ils s'étaient rencontrés l'année précédente, à la faveur de circonstances vagues (qu'Andy se faisait fort de clarifier pendant l'interview), Clint vivait à Louisville, dans le Kentucky, à des années-lumière de la vie clinquante d'Hollywood et, apparemment, le seul film d'Olive Chase qu'il avait jamais vu était une production de studio « Spécial Noël » sortie une vingtaine d'années plus tôt. Clint avait 29 ans, un physique dans la moyenne, y compris en termes de taille et de poids, et dans toutes les interviews de lui qu'Andy avait pu voir à la télé il semblait demeurer totalement insensible aux fastes de sa nouvelle vie aux côtés de sa méga-star de fiancée. Il avait de bonne grâce signé un contrat de mariage qui ne lui rapporterait pas un cent en cas de divorce – quels que soient la durée du mariage, le nombre d'enfants ou les gains qu'Olive aurait engrangés le temps de leur union. Il se soumettait aux interviews, escortait sa future épouse sur les tapis rouges et assistait à des soirées ultra-exclusives lorsque cela était nécessaire, sans jamais paraître impressionné, intimidé, dépassé par les événements, ni même, en fait, intéressé. Olive, de son côté, était intarissable sur « le nouvel homme de sa vie », « son fiancé sexy », et affirmait qu'il la rendait plus heureuse qu'elle n'aurait jamais pu l'imaginer. Bien que de dix ans son aînée, et en dépit du fait qu'elle avait partagé le lit de tout ce que la planète people comptait d'acteurs, d'athlètes et de musiciens (des deux sexes car, selon la rumeur, elle ne pratiquait pas de discrimination en matière d'orientation sexuelle), Olive était, à en croire ce qui se disait, raide dingue de son M. Tout-le-Monde, et toujours partante pour parler de lui.

— Parfait. Je suis folle de cet endroit. (Olive s'installa sur la chaise longue à côté de celle d'Andy et replia ses jambes fines sous elle.) Toutes mes amies sont encore occupées pour un petit moment, donc j'ai pensé que nous pourrions en profiter pour bavarder.

— Bien sûr, approuva Andy en sortant son carnet, mais Olive, visiblement peu pressée de démarrer l'interview, fit signe à une employée du spa qui se tenait discrètement près de la porte. Ma chérie, croyez-vous pouvoir faire une entorse au règlement et nous apporter de vraies boissons ? Je crois que le thé, aujourd'hui, ça ne va pas le faire.

— Naturellement, miss Chase, répondit la femme avec un sourire radieux. Que puis-je vous apporter ?

— Je rêve d'une margarita Patrón, sans sel. (Elle marqua une pause et secoua la tête.) Non, en fait, avec une double dose de sel. Au diable la rétention d'eau ! Voulez-vous un Shirley Temple ? proposa-t-elle en se tournant vers Andy. Non, probablement pas. Avec tous ces colorants chimiques qu'ils mettent dans les cerises au marasquin, c'est le cancer assuré, non ? Je pense que pour vous ça sera une eau gazeuse !

Andy tomba immédiatement sous le charme.

— J'ai semé Daphné, mon attachée de presse,

poursuivit Olive en se penchant vers Andy avec une mine de conspiratrice. Elle va être furax ! Mais franchement, que peut-il m'arriver ? Vous écrivez pour un magazine de mariage ! Ce n'est pas comme une interview pour… je ne sais pas, *60 Minutes*.

— Absolument, renchérit Andy, ravie de ces quelques minutes de conversation spontanée avec la star.

Si elle pouvait faire en sorte qu'Olive continue à boire des cocktails, elle pourrait lui demander ce qu'elle voulait. *US Magazine* avait déjà acquis les droits des premières photos à paraître du mariage mais Andy espérait recueillir le matériau pour écrire un article plus fouillé, qui serait illustré par une dizaine de photos variées et se démarquerait des deux doubles pages, bâclées, par la force des choses, qu'*US* publierait un jour et demi après l'événement.

— Quand accouchez-vous ? À ce que je vois, ça pourrait être d'un instant à l'autre.

— À ce que je sens aussi ! répondit Andy en riant. Mais, en fait, ce n'est pas avant quelques semaines.

Olive contempla son ventre avec envie.

— J'ai hâte d'être enceinte. C'est un garçon ou une fille ?

— Je ne sais pas encore. J'aime bien l'idée de la surprise au terme de tout ce travail.

Une expression qu'Andy échoua à interpréter se peignit sur le visage d'Olive et elle songea qu'il lui fallait changer immédiatement de sujet. Mais Olive la prit de court.

— Alors, par où commençons-nous ? Voulez-vous que je vous raconte mon enfance par le menu ? Depuis la conception ?

Andy éclata de rire. Olive était différente de toutes les autres célébrités qu'elle avait interviewées jusque-là. La plupart étaient connues. Et complètement barjot. Toutes étaient des femmes séduisantes et intrigantes. Et puis il y avait Olive Chase, sans nul doute la plus célèbre et la plus accomplie d'entre elles et qui, elle, semblait totalement... normale. Certes, il y avait le corps de rêve, la chevelure sublime, la peau magnifique, le rire qui rendait accro... Mais aussi cette gentillesse désarmante, cette spontanéité avec laquelle elle se montrait disposée à parler de tout (et sans la présence d'une attachée de presse !). C'était le genre de femme dont on sentait immédiatement qu'elle pourrait devenir une amie, et pas du tout ce à quoi Andy s'attendait.

— On pourrait commencer par votre rencontre avec Clint, proposa-t-elle, le stylo en suspens au-dessus du carnet, en priant *in petto* pour une réponse autre que des platitudes d'ordre général.

— Ah, ça, c'est une question facile. Nous nous sommes rencontrés de la même façon que tout le monde, aujourd'hui – sur Internet !

Andy essaya de contrôler son excitation ; elle n'avait jamais lu nulle part qu'Olive fréquentait les sites de rencontre en ligne.

— J'imagine qu'il n'y a pas beaucoup de célébrités qui trouvent leur futur mari sur un site de rencontre. N'aviez-vous pas des craintes pour votre vie privée ?

Olive but une rasade de margarita et rabattit sa chevelure soyeuse tout en faisant mine de réfléchir.

— Si, bien sûr. Mais il fallait bien que je trouve un moyen ! Si vous saviez avec combien d'acteurs, d'athlètes, de mannequins, de musiciens, de rentiers ou tout simplement de parfaits connards je me suis maquée au cours des années ! Je crois que je suis sortie avec tous les cons d'Amérique du Nord, et un certain nombre de leurs homologues européens. Du coup, j'ai fini par passer pas mal de soirées seule chez moi, à surfer sur les sites où on rencontre des gens normaux. Et ils regorgent de mecs géniaux ! Drôles, charmants, adorables. Des hommes qui écrivent des poèmes, qui sont passionnés de pêche à la mouche, qui ont construit leur maison eux-mêmes du sol au plafond, ou qui enseignent en lycée... J'ai correspondu par e-mail avec un type de Tampa qui élevait seul ses trois gamins depuis que sa femme était morte d'un cancer des ovaires. Vous imaginez ?

Andy secoua la tête.

— Moi non plus ! Dans ma vie de tous les jours, je ne rencontrais jamais ce genre d'hommes, uniquement des types qui n'avaient qu'une hâte – m'assurer qu'ils étaient bourrés de talent, canons, riches et puissants. Et j'en avais ma claque. J'ai créé un profil dans lequel j'ai été honnête sur ma personnalité, je n'ai pas mis de photo, et n'ai fait aucune allusion à mon métier. J'étais persuadée que, sans photo, personne ne me contacterait, mais je me trompais. Vous seriez étonnée. Clint a été un de mes premiers correspondants et le courant est tout de suite passé. On pouvait s'envoyer jusqu'à dix ou douze e-mails par jour. Au bout de deux semaines, on a commencé à se téléphoner. Comme ni l'argent ni le statut social n'entraient en ligne de compte, nous avons appris à nous connaître de la façon la plus naturelle qui soit : en prenant notre temps.

— Je vois tout à fait ce que cela peut avoir de séduisant, observa Andy avec sincérité.

— Il est tombé amoureux de la vraie Olive, pas d'une quelconque créature médiatique.

— Comment s'est passée votre première rencontre en chair et en os ?

Andy s'enjoignit de ne pas montrer trop d'empressement. Elle ignorait ce qui poussait Olive à lui confier des détails qu'elle n'avait partagés avec aucun autre journaliste, mais elle était prête à tout pour éviter que ce flot de confidences ne se tarisse.

— Voyons... Ce devait être au bout de cinq ou six semaines, après s'être parlé tous les jours au téléphone. À ce moment-là, il savait que j'habitais à L.A., et que je voulais devenir actrice. Il a proposé de venir me voir, mais je ne pouvais pas prendre le risque d'être pourchassée par les paparazzi tout le temps de sa visite. Pour ne rien dire de ma maison, qui aurait pu l'intimider. Donc, c'est moi qui suis allée à Louisville.

Olive prononçait ce nom comme les autochtones – *Lou-ah-ville*.

— Vous êtes allés à *Louai-ville* ? demanda Andy en échouant à imiter la prononciation d'Olive.

— Tout à fait. J'ai pris un vol commercial, avec correspondance à Denver – la totale. Je n'ai pas voulu qu'il vienne me chercher à l'aéroport, de crainte qu'il n'y ait des photographes en embuscade. Il m'a rejointe à mon hôtel.

— N'y a-t-il pas un vieil hôtel de charme très célèbre, à Louisville, qu'ils ont récemment…

— Oh, non, je suis descendue au Marriott, l'interrompit Olive en rigolant. Pas de penthouse, ni de suite présidentielle ou de maître d'hôtel particulier – aucun traitement spécial. Juste une bonne vieille chambre basique, sous un pseudo.

— Et ?

— Et c'était génial ! Attention, comprenez-moi bien. La salle de bains était pour le moins sommaire, mais notre première rencontre a été incroyable. Je lui avais donné rendez-vous dans ma chambre, pour ne pas risquer d'être reconnue dans le hall, et au téléphone il a plaisanté en disant que je n'y allais pas par quatre chemins, mais lorsque je lui ai ouvert la porte, j'ai aussitôt su que tout allait très bien se passer.

Andy sirota une gorgée d'eau.

— Et ça a été le cas ?

— Bien mieux que ça, glapit Olive. C'était génial ! Naturellement, il m'a reconnue tout de suite, ajouta-t-elle et, bizarrement, dans sa bouche, cette remarque n'avait rien de pédant. Mais je lui ai expliqué que j'étais la même personne que celle avec laquelle il avait correspondu par mail et bavardé pendant toutes ces semaines. Il était surpris, ou peut-être sous le choc – il avait fait des cauchemars, il avait rêvé que j'étais un homme, de deux cents kilos –, mais nous avons débouché une bouteille de vin et repris nos conversations là où nous les avions laissées. On a parlé des endroits qu'il avait envie de visiter, de nos chiens, de sa relation avec sa sœur et de la mienne avec mon frère. Nous nous sommes ouverts l'un à l'autre, comme des gens normaux. J'ai immédiatement su que j'allais l'épouser.

— C'est vrai ? Immédiatement ? C'est incroyable.

Olive se pencha vers elle avec une mine de conspiratrice.

— Bon, pas immédiatement, mais sans aucun doute deux heures après, après avoir fait l'amour. Je n'avais jamais pris mon pied comme ça. (Olive hocha la tête, comme pour signifier qu'elle était d'accord avec elle-même.) Oui, c'est à ce moment-là que je l'ai su.

— Mmm, fit Andy en regardant ses notes.

Faites que mon téléphone ait tout enregistré clairement, pria-t-elle en silence. Car personne n'allait jamais croire ça. Andy regarda la margarita d'Olive ; le verre était encore à moitié plein. Était-ce vraiment son premier ? En même temps, la star semblait parfaitement sobre. Le téléphone d'Andy sonna, et elle coupa la sonnerie en s'excusant.

— Répondez ! l'implora alors Olive. Je jacasse depuis une heure. Laissons une chance à quelqu'un d'autre.

— Non, ça va. Je suis sûre que ce n'était pas important.

— Répondez !

Andy regarda Olive, qui avait affiché son plus beau sourire hollywoodien, et elle comprit qu'elle devait lui obéir. Mais lorsqu'elle décrocha, son interlocuteur avait déjà raccroché.

— Loupé, dit-elle en relançant l'enregistrement.

— Et vous, alors, dites-moi ? reprit Olive. Vous êtes mariée ? Vous êtes tombée enceinte par accident ? Vous êtes célibataire et vous avez fait appel à un donneur de sperme ? J'étais moi-même à deux doigts d'en passer par là.

Andy sourit et songea à sa grand-mère.

— Non, je suis tout bêtement mariée. Pourtant on peut dire qu'il s'agit d'un accident.

— Pourquoi ? Parce que vous ne preniez aucune précaution, mais que vous disiez à tout le monde que vous n'essayiez pas ? C'est ma préférée ! Moi je dis : quand on n'est pas dans le camp des défenseurs, alors on est dans celui des attaquants. Tout faire pour ne pas essayer, c'est encore essayer – vous voyez ce que je veux dire ?

— Il y a encore quelques mois, j'aurais été d'accord avec vous, répondit Andy en rigolant.

L'employée apparut et leur demanda si elles souhaitaient commander deux autres verres.

— Je sais que beaucoup de gens pensent que sept mois, ce n'est pas assez pour connaître vraiment quelqu'un, mais pour nous, cela a suffi. J'ai l'impression que nous nous connaissons depuis toujours. Je ne peux pas l'expliquer. Il y a comme une connexion entre nous, et qui n'a rien à voir avec mon boulot ou le sien. Vous comprenez ?

— Oui, mentit Andy, pour qui s'engager pour la vie avec quelqu'un qu'on connaît depuis sept mois confinait à la folie pure et simple.

Un téléphone sonna. Cette fois, c'était celui d'Olive.

— Allô ? Oh, bonjour, mon cœur. (Elle poursuivit la conversation en chuchotant et, à un moment donné, gloussa comme une adolescente.) Clint ! Sois sage ! Je suis avec une journaliste. Non, tu ne peux pas. C'est une journée réservée aux filles ! OK. Moi aussi, je t'aime.

Elle raccrocha et se tourna vers Andy.

— Excusez-moi, chérie, que disiez-vous déjà ? (Son téléphone vibra et elle consulta un SMS.) Ah, apparemment, les autres filles ont terminé. Avez-vous tout ce qu'il vous faut ? Si vous voulez vous joindre à nous, vous êtes la bienvenue...

La proposition était faite avec gentillesse mais Andy sentit qu'un refus de sa part serait bien accueilli.

— Je euh... Merci, c'est vrai que j'espérais évoquer les détails du mariage. Je ne pourrais pas y assister parce que je serai en congé maternité à ce moment-là, mais mon associée, Emily, y sera.

— Je veux que vous veniez ! protesta Olive avec une moue adorable.

Andy dut se retenir pour ne pas se pâmer.

— J'adorerais, croyez-moi. Santa Barbara est une destination de rêve, mais je ne pense pas pouvoir laisser le bébé. Peut-être pourriez-vous me dévoiler par avance quelques détails concernant la robe, les fleurs... Comment vous avez procédé pour choisir le traiteur, les décorations, ce genre de choses ?

— Oh, pour ça, vous pouvez voir directement avec ma styliste. C'est elle qui s'est occupée de tout.

— De tout ? Elle a choisi votre robe ?

Olive hocha la tête et se leva.

— La robe, le menu, les fleurs, la musique, tout. Elle me connaît par cœur. Je lui ai donné carte blanche.

Depuis des années qu'elle couvrait des mariages, Andy n'avait jamais rien entendu de tel. Olive Chase n'avait pas voulu mettre sa patte au jour le plus important de sa vie ? Vraiment ?

Sans doute son incrédulité se lisait-elle sur son visage car Olive éclata de rire.

— J'ai trouvé *le mec* ! Après plus de vingt ans de célibat, à me faire mener en bateau, tromper et à toujours me retrouver seule, j'ai finalement déniché l'âme sœur. Pardonnez-moi, mais vous croyez que j'en ai quelque chose à foutre des *fleurs* ?

Andy se leva, avec moins de grâce qu'Olive, et sourit. On aurait pu imputer cette désinvolture à la maturité d'une femme de 39 ans, mais, Andy était convaincue qu'Olive Chase, célèbre pour son extraordinaire poitrine et sa capacité à pleurer sur commande, avait compris ce qui avait échappé à quantité d'autres femmes sur le point de se marier.

— C'est juste, dit Andy, en s'abstenant d'ajouter un commentaire.

— Eh bien, merci pour le verre et la conversation. Je ferais mieux d'aller retrouver mes copines. J'ai été ravie de vous rencontrer.

— Merci, et bonne chance pour tout, dit Andy en esquissant un geste de la main.

Mais Olive avait déjà tourné les talons, extrait son téléphone de son sac et riait joyeusement avec la personne à l'autre bout du fil. Andy se rassit et expira longuement. Elle avait, en termes d'indiscrétions, plus de munitions qu'elle ne pouvait en rêver sur l'une des personnes les plus célèbres au monde, mais tout ce qui lui trottait dans la tête, c'étaient les derniers mots d'Olive : *J'ai déniché l'âme sœur... vous croyez que j'en ai quelque chose à foutre des fleurs ?*

Andy étira les jambes et contempla distraitement par la fenêtre les toits des immeubles. Avant de replonger tête la première dans la frénésie de la ville, de reprendre les préparatifs pour l'arrivée du bébé, de retrouver les coups de fil professionnels et le stress incessant d'Emily, elle voulait s'offrir encore un peu de calme et prendre le temps de réfléchir à tout ce qu'Olive venait de lui dire. Si elle se laissait aller, elle repenserait à son propre mariage, à l'attention obsessionnelle qu'elle avait portée au moindre détail et au temps qu'elle avait consacré à veiller à ce que tout soit parfait, mais aussi aux trois années qui l'avaient précédé et pendant lesquelles elle avait été la petite amie puis la fiancée de Max, qu'elle avait accepté d'épouser parce que c'était un bel homme accompli et charmant, facile à vivre, qui recueillait l'approbation de sa famille et de ses amies, et qu'elle l'aimait. Le mari qu'elle s'était choisi était aussi proche de la perfection qu'elle pouvait l'imaginer : riche, beau, gentil, désireux d'avoir des enfants. Mais quelque chose lui avait-il échappé en route ? Ce mariage était-il vraiment écrit ? Elle aimait Max, bien sûr, mais était-il réellement son âme sœur ? L'aimait-elle autant qu'Olive aimait Clint ?

Elle soupira et reposa son verre. Pourquoi s'acharnait-elle à se torturer ? Max était parfait – comme mari, et futur père, et, oui, aussi comme âme sœur. C'était naturel d'être anxieuse et perturbée juste avant d'accoucher. Elle regarda autour d'elle pour s'assurer qu'elle était seule et elle appela Max. Il ne décrocha pas, mais entendre sa voix sur son répondeur la réconforta.

— Salut, mon cœur, chuchota-t-elle. Je voulais juste te faire un coucou. Je ne vais pas tarder à rentrer, j'ai hâte de te retrouver. Je t'aime.

Elle raccrocha et sourit, puis se frictionna le ventre. Il n'y en avait plus pour très longtemps, maintenant.

Chapitre 16

Fais-lui passer un essai sur route

— Oh, mon Dieu, elle est magnifique ! Viens par là, ma puce, tata Lily meurt d'envie de faire ta connaissance depuis si longtemps. Waouh ! Qu'est-ce que tu ressembles à ton papa !

— Oui, c'est presque troublant, n'est-ce pas ? renchérit Andy en tendant le bébé à son amie. Lily, je te présente Clementine Rose. Clem, voici tata Lily.

— Et ses yeux ! Ils sont verts ? Et tous ces cheveux bruns ! Quelle chance il a, ce bébé, d'arriver au monde avec une telle tignasse ! On croirait une ravissante version miniature de Max.

— Je sais, dit Andy en observant sa fille étudier sa plus vieille amie. Il paraît qu'elle ressemble également au père de Max. Rose c'est pour Robert. À croire que je suis juste une matrice bon à produire des clones Harrison.

Lily éclata de rire.

Son amie lui avait manqué plus que jamais depuis la naissance de Clementine. Andy avait noué des liens amicaux avec certaines des jeunes mamans du groupe de soutien qu'elle fréquentait depuis un mois, mais la plupart du temps elle était seule et en souffrait beaucoup. Peu accoutumée à ces interminables plages de désœuvrement qu'offre un congé maternité, elle passait d'une tâche routinière à une autre, l'esprit et le corps embrumés par le manque de sommeil. Les journées se succédaient, indiscernables l'une de l'autre, ponctuées par la répétition quasi à l'identique des tâches – donner le sein, tirer le lait, changer les couches, donner le bain, habiller, bercer, chanter, promener, cuisiner, et nettoyer. Les petites choses du quotidien (la lessive, les courses, aller à la poste ou au drugstore) qu'Andy était accoutumée à caler dans d'étroits créneaux de temps volés dans une journée frénétique dévoraient maintenant des heures, des journées entières parfois, puisque Clementine et ses exigences incessantes étaient désormais prioritaires. Andy adorait passer du temps avec sa fille et pour rien au monde elle n'aurait renoncé à traîner au lit avec son bébé lové contre elle, à s'offrir un sandwich sur la High Line au beau milieu d'un après-midi tiède pendant que Clem tétait son biberon, à danser un slow avec sa fille sur les tubes de *Chicago* dans l'intimité de leur salon, mais la tâche se révélait bien plus ardue qu'elle ne l'avait imaginé.

Barbara était médusée qu'Andy ait refusé d'embaucher une auxiliaire de puériculture à domicile – jamais, dans l'histoire, un Harrison n'avait vécu ses premiers mois sans avoir à son service une employée dûment diplômée et dédiée exclusivement à son bien-être –, mais Andy avait tenu bon.

— Si je l'avais laissée faire, ta mère aurait même embauché une nourrice, avait-elle dit à Max après une visite particulièrement pénible de sa belle-mère, mais il s'était contenté de rire.

La mère d'Andy venait une fois par semaine leur tenir compagnie et donner un coup de main à sa fille, et Andy attendait ces visites avec impatience, en dehors de cela, elle n'avait guère d'interaction avec l'extérieur. Jill était retournée au Texas. Emily n'oubliait jamais de demander des nouvelles de Clementine lorsqu'elle téléphonait, mais Andy comprenait qu'Emily n'appelait pas pour savoir combien de fois Clem avait fait caca ce matin-là, ou si elle avait apprécié le temps passé dans le ventre maternel. Emily ne voulait qu'une seule chose : reprendre la conversation concernant Elias-Clark. Miranda et Stanley rôdaient tels des requins, et Emily comptait littéralement les jours qui la séparaient de la fin du congé maternité d'Andy. La seule personne qui acceptait, parce qu'elle en avait le loisir, de parler des tétées de 4 heures du matin et des avantages et des inconvénients de la tétine, c'était Lily, mais Lily se trouvait à des milliers de kilomètres de New York, occupée avec son propre enfant, et enceinte du suivant.

Andy s'assit avec précaution sur le canapé ; elle sentait que Lily l'observait. Bien qu'il fût déjà 13 heures, Andy portait encore un pantalon de survêtement de Max, des chaussons fourrés qui ressemblaient à des UGG d'intérieur, et un pull à capuche si ample qu'il ne pouvait avoir appartenu qu'à un footballeur américain.

— C'est toujours aussi inconfortable, là en bas ? demanda Lily, compatissante.

— Aucune amélioration.

Andy désigna du menton le verre de limonade qu'elle avait déposé devant Lily. Celle-ci sourit et but une gorgée.

— On dit qu'on oublie tout, et je n'avais jamais cru que ce serait possible, et pourtant je te jure que c'est le cas. Sauf de la douleur à cause des points. Ça, je m'en souviens.

— Je ne suis pas sûre de pouvoir te pardonner de ne pas m'avoir mieux préparée. Tu es censée être ma meilleure amie. Tu étais déjà passée par là. Et tu ne m'as rien dit !

Lily leva les yeux au ciel.

— Évidemment, que je ne t'ai rien dit ! C'est une règle tacite entre toutes les femmes partout dans le monde, et il faut la respecter. C'est encore plus important que de ne pas coucher avec les ex de tes amies.

— C'est une belle connerie, si tu veux mon avis, trancha Andy. Moi, je raconterai à toutes celles qui veulent l'entendre les détails sanglants. Les femmes méritent de savoir à quoi s'attendre. Tous ces mystères façon société secrète de parturientes sont ridicules.

— Est-ce que ça t'aurait vraiment aidée à traverser l'épreuve ?

— Oui ! Ça m'aurait peut-être évité de croire que j'étais en train de mourir au moment d'accoucher. Et j'aurais bien aimé savoir que les tétées, c'est comme avoir un piranha accroché à tes seins.

Lily sourit.

— Et que la péridurale ne marche presque jamais des deux côtés ? Que tu finis par te demander très sérieusement si tu pourras un jour porter autre chose que les culottes jetables de grand-mère, en résille, que tu as volées à l'hôpital ? C'est ça dont tu parles ?

— Oui ! Précisément.

— Hum-hum. Rêve toujours. Tu aurais fait une dépression nerveuse si on t'avait raconté le moindre de ces détails, et, par ailleurs, tu n'aurais pas eu la joie de les découvrir par toi-même.

— Non, franchement, c'est trop nul.

— Crois-moi, c'est très bien ainsi.

Andy se souvenait encore du choc, et de son incrédulité, lorsque le Dr Kramer, après six heures de travail, avait extirpé d'entre ses jambes un nouveau-né vagissant et sanguinolent en annonçant : « C'est une magnifique petite fille ! » Il avait fallu une dizaine de changements de couche, et une quantité infinie de bodies roses, de couvertures et d'ours en peluche avant qu'Andy ne réalise enfin qu'elle avait une fille. Une petite fille. Adorable, parfaite, incroyable.

Clementine lâcha un cri qui ressemblait plus à un miaulement. Andy la prit des bras de Lily et la ramena dans sa chambre.

— Bonjour, mon amour, roucoula-t-elle.

Elle l'allongea délicatement sur la table à langer, retira le body violet et une couche trempée. Elle lui essuya les fesses, les badigeonna de lotion, l'enveloppa dans une couche propre et la rhabilla avec un tee-shirt à rayures roses et grises, un caleçon et un petit chapeau assortis.

— Et voilà, ma puce. Tu te sens mieux, n'est-ce pas ?

Elle la souleva, la nicha aux creux d'un bras d'un geste plein d'assurance, puis regagna le salon, où Lily était en train de rassembler ses affaires.

— Ne pars pas, protesta Andy.

Elle se sentait sur le point de pleurer. Les crises de larmes imprévisibles s'étaient depuis peu stabilisées, mais elle avait la gorge nouée, elle ne pouvait le nier.

— Je n'en ai pas envie, l'assura Lily. Vous allez me manquer tellement, toutes les deux. Mais j'ai rendez-vous avec mon ancien directeur de thèse, à l'autre bout de la ville. Si je lambine, je ne serai jamais à l'heure.

— Quand vais-je te revoir ? demanda Andy.

— Il faudra que toi tu viennes me voir lorsque ce bébé-là sera né, dit Lily en désignant son propre ventre.

Les deux filles se serrèrent dans leurs bras, puis Andy posa les mains en coupe autour du gros ventre de Lily, se pencha et dit :

— Sois cool avec ta maman, d'accord ? Pas de culbute, là-dedans.

— Trop tard.

Après d'ultimes embrassades, Andy regarda son amie disparaître le long du couloir et essuya quelques larmes. Les hormones, rien de plus, se rassura-t-elle, et elle commença à remplir le sac de couches ; si Clem et elle ne partaient pas immédiatement, elles allaient être en retard.

Elle marcha aussi vite que le lui permettaient ses cicatrices et la poussette. Clem était en pleurs.

— Nous sommes presque arrivées, cocotte. Est-ce que tu peux tenir encore un peu ?

La salle de jeux et de gym pour les tout-petits où se réunissait chaque semaine le groupe de jeunes mamans se trouvait à deux pas, et c'était une chance car les pleurnicheries de Clem avaient gagné en intensité et s'étaient transformées en crise de sanglots. Sous le regard compatissant des autres mères, Andy extirpa sa fille de la poussette, se laissa choir avec elle sur le sol rembourré et, sans pudeur, dénuda son sein gauche. Clem, le corps raide à force de pleurer, le visage crispé, les yeux résolument fermés, trouva cependant le téton comme si elle avait un sonar et s'y cramponna de toutes les forces de ses lèvres. Andy laissa échapper un soupir de soulagement. Un coup d'œil alentour lui confirma qu'elle n'était pas la seule : trois autres mères étaient en train de dévoiler un sein. Deux autres étaient occupées à changer une couche, et trois autres encore affalées par terre, l'air hébété ou au bord des larmes, étaient penchées au-dessus d'un bébé mécontent et peu coopératif. Une seule des femmes paraissait douchée de frais et convenablement vêtue – la tante de l'un des bébés.

L'animatrice du groupe, Lori, une femme aux cheveux bouclés qui se revendiquait « coach de vie » professionnel, prit place dans le cercle des mères stressées, distribua, de façon quelque peu hystérique, un sourire à tous les nourrissons sans exception, puis elle souhaita la bienvenue aux participantes par une citation :

— « La maternité : tout amour commence et se termine là. » Un sentiment superbement résumé par Robert Browning, ne trouvez-vous pas ? L'une d'entre vous aimerait-elle dire ce qu'il lui inspire ?

La mère de Theo, une grande Black élégante qui se torturait à essayer de décider si elle devait, ou pas, abandonner sa carrière juridique pour se consacrer à plein temps à son fils, lâcha un soupir à fendre l'âme.

— Il a dormi six heures d'affilée toutes les nuits,

cette semaine, et les deux dernières, il s'est réveillé tous les trois quarts d'heure, en larmes, inconsolable. Mon mari a essayé de me relayer à quelques reprises, mais il a commencé à s'endormir au travail. Que se passe-t-il ? Pourquoi cette régression ?

Les questions suscitèrent des hochements de tête dans le cercle. C'était ainsi que chaque session débutait. Lori, la « coach de vie » baba cool, lisait une belle citation stimulante, et aucune des mères ne prenait la peine de feindre un quelconque intérêt – deux ou trois d'entre elles se montraient même carrément hostiles. Chaque fois, l'une d'elles posait de but en blanc la question qui lui rongeait l'esprit, et les autres mères suivaient le mouvement. Par un accord tacite et immuable, le groupe se réappropriait la parole, et ce putsch faisait toujours sourire Andy.

Elle ne pouvait s'empêcher d'imaginer Emily assistant à l'une de ces réunions. Sans doute les dévisagerait-elle avec pitié toutes autant qu'elles étaient, ces jeunes mères pas maquillées, claquées de fatigue, couvertes de bave et de caca, réduites à une vie sans douche, sans sexe, sans gym ni sommeil et qui faisaient cercle autour de leur « coach de vie » prodigue en histoires dignes d'un camp de boy-scouts. Et pourtant, quelque chose dans cette scène lui procurait un incroyable soulagement : ces femmes n'étaient peut-être pas ses amies les plus proches, mais à ce moment précis de sa vie, elles la comprenaient mieux que personne d'autre. Elle s'étonnait d'avoir pu se lier aussi rapidement avec de parfaites inconnues, et elle ne l'avait dit à personne, mais elle adorait ces réunions.

— Je te reçois cinq sur cinq. Nous sommes dans le même bateau, répondit Stacy tout en réagrafant la bretelle de son débardeur spécial allaitement, et sa petite Sylvie, huit semaines et bien plus de cheveux que la plupart des nouveau-nés, lâcha un rot aussi sonore que celui d'un homme. Je sais qu'il est encore trop tôt pour songer aux entraînements au sommeil, mais je suis en train de devenir folle. La nuit dernière, elle est restée éveillée de 1 heure à 3 heures, et elle était à la fête ! Elle souriait, roucoulait, agrippait mon doigt. Mais à la seconde où je l'ai remise au lit, elle a flippé.

— Stacy, je connais tes réticences à l'égard du cododo, dit Bethany, directrice marketing d'une société de cosmétiques et, de son propre aveu, infichue d'appliquer correctement du rouge à lèvres. Mais dans ce cas, je pense que tu devrais reconsidérer ta position. Tu n'imagines pas combien ça nous facilite les choses d'avoir Micah à côté de nous la nuit. Il te suffit de rouler sur le côté, de lui présenter un sein, et hop ! Tu peux te rendormir. Oublie toutes les âneries sur le développement et la création des liens affectifs - moi, je fais ça par pure fainéantise.

Stacy glissa la couverture de sa fille sous ses bras.

— Oui, mais j'ai l'impression que je ne peux pas faire ça à Mark. Déjà que Sylvie me pompe 99,99 % de mon temps… Ne dois-je pas faire au moins semblant d'avoir encore une vie de couple ?

— Une vie de couple ? Avec un bébé de deux mois ? piaula Melinda, la mère de Tucker, qui venait de subir une opération à cause d'un problème à un œil. Ta vie sexuelle est donc si torride, que tu ne veuilles pas la mettre en péril en ayant un bébé dans ton lit ?

Tout le monde éclata de rire, et Andy approuva d'un hochement de tête : Max et elle n'avaient pas encore réussi à retrouver une vie sexuelle, et cela ne l'ennuyait pas du tout.

Rachel, la dernière arrivée dans le groupe, une petite blonde avec une peau marbrée et une cicatrice sinueuse sur la main droite, se pencha en avant :

— Je viens de subir mon examen postnatal des six semaines, dit-elle, presque en chuchotant.

— Oh, mon Dieu ! Ils t'ont enlevé les fils ? demanda Sandrine, avec son léger accent français.

Sa fille, une crevette de quatre mois qui avait la double nationalité, commença à pleurer. Rachel hocha la tête. Une grimace de terreur et de dégoût apparut sur son visage, et elle aussi se mit à pleurer.

— C'est notre seul sujet de conversation, avec Ethan. Il décompte les jours sur un calendrier, sur la porte du frigo, depuis des semaines… Et la simple idée me panique. Je ne suis pas prête ! gémit-elle.

— Évidemment, que tu ne l'es pas, renchérit Bethany. Je ne pouvais même pas y penser avant la fin du troisième mois. Et une amie m'a dit que, avant six mois, la douleur est insoutenable.

— Max me fait des avances avec cette étincelle dans l'œil, mais il ne comprend pas, intervint à son tour Andy. À mon contrôle des six semaines, je jure que même mon obstétricienne était horrifiée par le tableau, là en bas. Comment puis-je laisser mon mari voir ça ?

— C'est simple. Tu l'en empêches, dit Anita, une fille plutôt discrète.

— Ma sœur, qui a eu trois enfants, jure que ça s'améliore. Que tu récupères au moins assez pour travailler à concevoir le suivant, dit Andy.

— Torride. Vivement le début des réjouissances, plaisanta Rachel.

— Excusez-moi, les filles, mais vous me fichez la trouille, intervint Sophie, la seule femme du groupe à ne pas être mère. Toutes mes amies qui ont eu des mômes jurent que ce n'est pas si terrible.

— Elles mentent.

— Comme des arracheuses de dents.

— Et elles continueront à te mentir jusqu'à ce que tu aies toi-même un gamin et que tu sois en mesure de leur reprocher leurs mensonges. C'est la règle.

Sophie éclata de rire et fit voler son casque de cheveux auburn. Sa coupe au carré était récente, le dégradé autour du visage parfait. Elle était la seule d'entre elles à ne pas être affublée de legging, sweat-shirt ou robe à taille Empire. Ses ongles étaient impeccables, sa peau était hâlée et resplendissante de santé. Andy était prête à parier n'importe quoi que ses jambes et son maillot étaient épilés et que, sous ce pull près du corps et décolleté en V, Sophie portait un soutien-gorge en dentelle au lieu d'un banal modèle en Lycra. Et probablement même un string. C'était presque trop à supporter.

Même sa petite protégée était magnifiquement habillée. La petite Lola, neuf semaines, était vêtue de pied en cap d'écossais Burberry : la robe froncée, le collant, le bandeau, les chaussons – tout était assorti. Pendant les réunions, le bébé pleurait rarement, semblait ne jamais baver et, d'après tatie Sophie, faisait des nuits de sept heures. Sophie l'amenait chaque semaine aux réunions de groupe pendant que sa belle-sœur, la maman de Lola, partageait ses longues journées de travail entre son cabinet en ville et l'unité de soins pédiatriques de Mount Sinai. Apparemment, cette femme prenait les groupes de soutien pour jeunes mamans pour une sorte de garderie – bien qu'aucun des bébés ne puisse encore se tenir assis – et elle avait demandé à Sophie d'y conduire Lola à sa place.

C'est ainsi que, chaque semaine, sans faute, la mince et séduisante Sophie amenait une Lola sur son trente et un écouter Andy et ses camarades du groupe se plaindre, pleurer et mendier des conseils. Le pire, c'était qu'Andy aurait voulu la détester, mais qu'elle en était bien incapable. Sophie était trop adorable.

— Je ne sais pas si je peux supporter d'entendre parler d'une vie sexuelle normale, à ce stade, observa Rachel.

— Ne t'inquiète pas, je suis loin d'avoir une vie sexuelle normale, répondit Sophie en contemplant le sol.

— Pourquoi ? demanda Andy. Je croyais que tu habitais avec ton petit ami qui est en adoration devant toi. De l'eau dans le gaz ?

Sophie se mit à pleurer. Andy n'aurait pas été plus

choquée si la fille s'était levée et avait entamé un strip-tease.

— Excusez-moi, ce n'est pas le lieu, geignit-elle, ravissante même lorsqu'elle pleurait.

— Pourquoi ne nous racontes-tu pas ce qui se passe, intervint Lori la cheftaine d'une voix lénifiante, horripilante – elle était visiblement ravie de cette opportunité de contribuer aux échanges. Ici, nous pouvons nous épancher librement. Et je parle, j'en suis sûre, au nom de toutes, en t'assurant que tout ce qui se dit ici reste ici.

Sophie semblait ne pas l'avoir entendue – ou plutôt avoir choisi, comme toutes les autres, de l'ignorer –, mais au bout d'un moment, après s'être délicatement mouchée et avoir embrassé Lola, elle lâcha :

— Je le trompe. Mon petit ami.

Suivirent quelques secondes de silence ouaté ; même les bébés s'étaient tus. Andy s'efforça de ne rien montrer de sa surprise. À en croire tout ce qu'elle avait raconté, Sophie adorait son petit ami. Elle dépeignait Xander comme un garçon doux et attentionné, sensible, attentif à ses sentiments, mais capable de passer six heures d'affilée le dimanche à regarder des matchs de foot à la télé. Ils sortaient ensemble depuis des années, venaient d'emménager sous le même toit et, jusqu'à récemment du moins, Sophie pensait que tout allait pour le mieux, qu'ils allaient se marier, avoir des enfants. Le sujet n'avait jamais été abordé de façon très directe, mais Sophie sentait que c'était un fait acquis et, bien que de six ans sa cadette, elle commençait à se sentir prête.

— Définis ce que tu entends par « tromper », dit Bethany, et Andy fut soulagée que quelqu'un ait rompu le silence.

— Bon, ce n'est rien de bien extraordinaire, répondit Sophie en fixant ses mains. Nous n'avons pas... couché ensemble, ni rien.

— En ce cas ce n'est pas tromper, décréta Sandrine.

Vous les Américains, vous êtes tellement à cheval sur les nuances – toutes sans exception, franchement. Si tu aimes ton petit ami et qu'il t'aime, le reste n'est qu'un béguin. Ça passera.

— C'est ce que je pensais moi aussi, mais ça ne passe pas ! se lamenta Sophie. C'est un de mes étudiants en photographie, je le vois trois fois par semaine. Ça a commencé par un flirt appuyé, essentiellement de sa part, même si je dois reconnaître que j'étais flattée. Quand on vous manifeste autant d'attention…

— Xander n'est pas attentif ? demanda Rachel.

Sophie se tordit les mains.

— Non, plus vraiment. Depuis que nous avons emménagé ensemble… Je ne sais pas d'où ça vient, mais j'ai l'impression d'être un meuble.

— Je peux t'assurer que beaucoup d'entre nous ici regrettent que leur mari ne les confonde pas avec un meuble, plaisanta Andy.

La remarque suscita des éclats de rire et des hochements de tête. Mais pas de la part de Sophie.

— Oui, mais nous n'avons pas d'enfant ensemble. Nous ne sommes pas mariés. Nous ne sommes même pas fiancés ! Ce n'est pas un peu prématuré pour se comporter comme des colocs ?

— Que s'est-il passé, au juste, avec ton étudiant ? Juste un petit flirt ? Crois-moi, Xander n'est pas rongé par la culpabilité chaque fois qu'il se marre avec une collègue, et tu ne devrais pas l'être non plus, dit Anita.

— Hier soir, nous sommes allés dîner après le cours. Avec d'autres personnes, s'empressa de préciser Sophie. Mais ensuite, tout le monde s'est dispersé, et il a insisté pour me raccompagner chez moi. Au début, je veillais à ce qu'il garde ses distances parce que je savais que Xander serait à la maison, mais on a fini par se peloter dans ma rue, à deux pas de chez moi. Ce qui est vraiment débile parce que Xander aurait pu sortir à tout moment. Mon Dieu, où avais-je la tête ?

— J'en conclus que c'était agréable ? hasarda Stacy.

Sophie leva les yeux au ciel et lâcha un gémissement.

— Agréable ? Tu veux dire *fantastique*.

Quelques filles applaudirent et Sophie ébaucha un sourire puis se frappa le front, assez violemment.

— Ça ne se reproduira plus. Vous êtes d'accord avec moi : ce serait pire d'en parler à Xander pour soulager ma conscience que de prétendre qu'il ne s'est jamais rien passé.

— Évidemment ! trancha Sandrine avec une autorité toute régalienne. Ne fais pas ta prude.

D'autres femmes hochèrent la tête, parce qu'elles étaient d'accord avec Sandrine – ou qu'elles n'en attendaient pas moins de la part d'une Française.

— Je me sens tellement coupable ! J'aime Xander, je l'aime vraiment. Mais je commence à me demander si cela ne veut pas dire...

— Bon, as-tu décidé ce qui va se passer la prochaine fois que tu verras... Comment s'appelle-t-il ? demanda Anita, toujours pragmatique.

— Tomás. Je le vois demain, en cours. Bien sûr, je lui ai déjà dit que c'était une erreur, que ça ne devait jamais plus se reproduire, mais je n'arrête pas de penser à lui. Et... (Sophie s'interrompit et regarda nerveusement autour d'elle)... il m'a envoyé un mail. Il me disait qu'il était impatient de me revoir. Est-ce que je suis une garce ?

Un des bébés commença à pousser des braillements ; un sein fut dénudé d'urgence, et les pleurs se turent.

— Ne sois pas trop dure avec toi-même, Soph, dit Andy en posant Clementine à plat ventre sur ses genoux et en lui tapotant le dos en cadence. Vous n'êtes pas mariés, vous n'avez pas de gosse et tu es très séduisante. Vis un peu ! Tu vas peut-être me détester de dire ça, mais je pense que tu devrais foncer, et faire

faire un essai sur route à Tomás. Et tu pourrais nous raconter ce qu'il en est la semaine prochaine...

La suggestion fut accueillie, là encore, par des éclats de rire. Pensaient-elles qu'en l'absence de serments, ou de progéniture, la relation de couple de Sophie et Xander était moins sérieuse que la leur ? Andy ne savait trop quoi en penser. Elle se sentait un peu coupable d'encourager Sophie à tromper Xander, mais moins, probablement, qu'elle ne l'aurait dû. La petite séance de pelotage avec Tomás (dont le prénom lui-même était ultra-sexy) semblait on ne peut plus excitante. N'était-on pas censé goûter aux plaisirs des sens, avant que toute notre vie ne tourne autour des conversations sur les tire-lait, les laxatifs et les crèmes pour nourrissons ? Sophie allait le comprendre par elle-même – elle retournerait vers Xander en appréciant mieux ce qu'ils partageaient. Ou pas. Peut-être Tomás était-il l'homme qu'il lui fallait ? Ou peut-être était-ce encore un autre, totalement différent et qu'elle n'avait pas encore rencontré ? Andy avait beau savoir que, dans l'histoire, Xander risquait d'y laisser quelques plumes, elle ne pouvait s'empêcher de penser que ce n'était pas si grave.

Deux autres bébés commencèrent à s'agiter ; il était bientôt 15 heures, et Lori annonça que la séance était terminée.

— Nous repartons avec des sujets de réflexion intéressants, mesdames, conclut-elle tandis que tout le monde commençait à ranger biberons, tétines, anneaux de dentition, serviettes, plaids, couvertures d'allaitement et animaux en peluche. La prochaine fois, nous aurons la visite d'une spécialiste du sommeil de Baby 911 qui nous expliquera quand et comment régler les petits sur un emploi du temps. Soyez gentilles de me prévenir par e-mail si vous ne pouvez pas vous libérer. Et comme toujours, votre compagnie a été très stimulante ! Je vous souhaite une excellente semaine.

Elle quitta la salle et leur laissa quelques instants

pour bavarder entre elles et, au moment où la porte se referma, Andy entendit, à côté d'elle, un gémissement peu discret.

— Elle trouve ça vraiment stimulant, des nanas qui passent leurs journées en pantalon de survêtement couvert de vomi et de caca ? marmonna Bethany. Non, franchement !

— Vous avez vu sa tête lorsque j'ai dit que nous nous étions pelotés ? dit Sophie. Elle se creusait la cervelle pour trouver une citation inspirante sur le sujet, c'est sûr.

Andy remballa son bazar et dit au revoir aux autres femmes. Elle commençait déjà à les considérer comme des amies.

Elle ne remarqua que Max était rentré que lorsqu'elle avança la poussette dans le salon et commença à déballer ses affaires.

— Mais qui vois-je là ? demanda-t-il en plantant un baiser sur la joue d'Andy et en tournant immédiatement son attention vers Clementine, qui gratifia son papa d'un immense sourire édenté que, par réflexe, Andy se surprit à imiter. Regarde çe bébé, comme il est heureux ! s'extasia-t-il en soulevant sa fille de la poussette pour la nicher confortablement au creux de son bras.

Il déposa un baiser délicat sur son nez puis la tendit à Andy.

— Tu ne veux pas la garder ? Je suis sûre qu'elle adorerait passer un peu de temps avec son papa.

— Il faut absolument que je m'allonge un petit moment, répondit Max en se dirigeant vers leur chambre. La semaine a été affreusement longue. Et très stressante.

Andy lui emboîta le pas et déposa Clem sur le lit.

— Tu m'en vois navrée. Mais j'ai vraiment besoin d'une demi-heure, pour prendre une douche et manger un bol de céréales.

Elle embrassa sa fille et l'installa sur l'oreiller de Max.

— Andy, dit-il alors, de ce ton qu'il employait parfois avec elle – celui qui signifiait qu'il était *à ça* de perdre patience. J'ai beaucoup de pression en ce moment.

— Eh bien, rien de mieux que quelques gazouillis de bébé pour la faire baisser. Profite de ta fille, répondit Andy en refermant la porte de la chambre derrière elle.

Elle prit une douche rapide dans la salle de bains des invités puis enfila un pantalon de yoga et une polaire. Il ne restait plus de lait dans le réfrigérateur, mais elle se confectionna un sandwich au beurre de cacahouète et à la banane, attrapa un Coca light et alla s'effondrer sur le canapé. Depuis combien de temps n'avait-elle pas regardé un épisode de série sans un bébé suspendu à son sein ? Ou mangé un repas sans être interrompue ? C'était une parenthèse de pure félicité. Sans doute s'était-elle assoupie car, lorsqu'elle rouvrit les yeux, Max et Clementine l'avaient rejointe sur le canapé. Max avait dégrafé le pyjama de Clementine et lui chatouillait le ventre. Pour le récompenser, Clem lui offrait le plus beau des sourires.

— Ça va ? demanda-t-il.

— Mieux, répondit Andy.

Elle se sentait infiniment plus détendue qu'un instant plus tôt. À cause des sautes d'humeur, c'était tous les jours comme ça : une succession de hauts et de bas, d'élans d'euphorie et de vagues d'abattement.

Clem, qui souriait, poussa un glapissement de délectation.

— Tu crois qu'elle vient de rire ? demanda Max. Je croyais qu'elle était encore trop petite pour ça.

Andy lui serra le bras.

— Ça ressemblait incontestablement à un rire.

Elle s'était toujours imaginé qu'elle serait raide dingue de son enfant, mais jamais elle n'avait anticipé que son mari craquerait tout autant. Max était un père merveilleux – engagé, présent, affectueux, et drôle – et il y avait peu de spectacles au monde qui la ravissait autant que ces interludes père-fille. En dépit de quelques petits accrochages comme celui qui s'était produit un peu plus tôt, où chacun cherchait à protéger jalousement son territoire, Andy savait que tout se passait pour le mieux. Et ce, pour la première fois depuis de nombreux mois. Sa fille était en bonne santé et heureuse, son mari était gentil, et attentionné la plupart du temps, et si ces quelques mois passés avec son bébé étaient certes exténuants, ils n'avaient pas de prix. La lettre de Barbara, les cachotteries de Max concernant l'épisode des Bermudes n'étaient plus que des souvenirs lointains, et les quelques angoisses qui subsistaient encore étaient imputables aux hormones ou au manque de sommeil, voire aux deux. Andy contempla sa petite famille. Ils étaient ensemble, épuisés mais heureux, en train de profiter de leur bébé, et elle comptait bien savourer chaque seconde de ce bonheur.

Chapitre 17

Entre *James Bond* et *Pretty Woman*, avec un zeste de *Mary Poppins*

— Tu es bientôt prête ? claironna Max depuis le salon.

Andy savait qu'il était en train de boire une canette de *root beer*, elle l'imagina allongé sur le canapé, en costume sombre près du corps et mocassins italiens de luxe, sirotant sa bière sans alcool tout en consultant avec nonchalance son iPhone, les cheveux courts, les joues rasées de frais ; il devait embaumer le shampooing et l'after-shave mentholé et, inexplicablement, le chocolat. Sans doute était-il impatient d'arriver à la fête et de faire le tour des invités, qu'il connaissait et appréciait. Peut-être même tapait-il du pied avec impatience. Pendant ce temps, à l'autre bout du couloir, Clementine buvait son biberon dans les bras d'Isla, la baby-sitter australienne de 22 ans qu'Andy avait embauchée sur la recommandation d'une maman du groupe – et après vérification de ses références *via* Google. En d'autres termes : une parfaite inconnue.

Une sonnette tinta et Andy crut d'abord que cela venait de la télévision, mais lorsque Stanley commença à aboyer et qu'elle vit sur l'écran du babyphone Clem et Isla pelotonnées dans le fauteuil, elle se dit qu'il s'agissait d'une livraison de traiteur. Pour Isla, sans doute. Puis le téléphone fixe sonna, et Andy empoigna le combiné.

— C'est bon, laissez-le monter, lança-t-elle précipitamment.

— Andrea ? Désolé, je voulais juste vous prévenir que…

Une voix perçante, dans le hall d'entrée, interrompit le portier.

— Bonsoir ! Il y a quelqu'un ? Bonsoir…

— … que Mrs Harrison est en train de monter chez vous, reprit le portier. Elle a dit que vous l'attendiez.

— Oui, bien sûr. Merci, répondit Andy en baissant les yeux – elle était nue comme un ver.

Elle entendit Max accueillir sa mère dans le hall. Un instant plus tard, il entrebâilla la porte de la chambre et glissa la tête.

— Hé, ma mère vient d'arriver. Elle était invitée à un vernissage, juste à côté. Elle s'est dit qu'elle allait s'arrêter pour dire bonjour au bébé.

Andy le dévisagea et remarqua son sourire penaud.

— Tu te fiches de moi ?

Comme si là, tout de suite, j'avais besoin de ta mère dans les pattes, songea-t-elle.

— Désolée, ma chérie. Elle était vraiment à deux pas, et elle est attendue autre part dans une demi-heure. Elle ne fait que passer en coup de vent. Je me disais qu'on pourrait boire un verre tous les trois avant d'aller à nos soirées respectives.

— Max, je ne suis même pas habillée, protesta Andy en désignant d'un grand geste l'enchevêtrement de serviettes de toilette, de robes noires et de sous-vêtements sur le lit.

— Ne t'inquiète pas pour ça, elle est venue pour voir Clem. Prends ton temps. Je vais te servir une coupe de champagne, et tu nous rejoins quand tu es prête.

Elle voulait l'étriper de ne pas l'avoir consultée quant à cette surprise totalement inopportune, mais elle se contenta d'acquiescer, sans un mot, et de lui faire signe de refermer la porte. Elle entendit Max présenter sa mère à Isla – « Australie, dites-vous ? Quel pays *intéressant* » –, puis les voix s'amenuisèrent lorsqu'ils se dirigèrent vers le salon. Andy reporta son attention sur un shorty en Lycra, taille S. Elle le fit remonter centimètre par centimètre le long de ses cuisses, et après avoir rencontré de la résistance à chaque étape, la satisfaction d'avoir emmailloté la partie la plus large de ses jambes aurait mérité d'être célébrée. Mais restait encore à se concentrer pour venir à bout du double obstacle des fesses et du ventre. À force de comprimer, de pincer, de faire rouler les chairs et de tirer sur la gaine, quand celle-ci fut enfin en place, Andy sentit des gouttes de transpiration ruisseler le long de son dos et entre ses seins. Ses cheveux, coiffés par un professionnel pour la première fois depuis la naissance de Clementine, étaient maintenant collés sur son visage et son cou. Elle attrapa un magazine pour s'éventer et se mit à rire en songeant au tableau qu'elle offrait, en gaine amincissante et soutien-gorge d'allaitement couleur chair d'où elle débordait de toutes parts. Si ça, ce n'était pas sexy… !

Son portable sonna sur la table de nuit. Elle roula tel un porcelet engraissé sur le lit pour l'attraper.

— Ce n'est pas le bon moment, répondit-elle machinalement, avec cette franchise que seule une jeune maman peut se permettre.

— J'appelais juste pour te souhaiter bonne chance, ce soir.

Entendre la voix chaleureuse et familière de Jill apaisa immédiatement Andy.

— Bonne chance pour quoi ? Parce que je vais être une grosse vache laitière au milieu d'une mer de gens sublimes, ou bonne chance parce que je laisse ma petite fille qui vient de naître avec une inconnue que j'ai, en gros, trouvée sur Internet ?

— Les deux ! répondit Jill avec enjouement.

— Je ne sais pas comment je vais y arriver, gémit Andy, consciente d'être déjà très en retard.

— Comme toutes les autres : tu t'habilles tout en noir, tu vérifies ton portable toutes les quatre à cinq secondes, et tu bois autant que les circonstances le permettent.

— Excellent conseil. Boire et vérifier le téléphone. Maintenant, il me reste encore à caser mon derrière dans la robe noire à manches longues. Tu te souviens ? Celle avec la fente dans le dos que je portais tout le temps, avant d'être enceinte ?

Jill éclata de rire.

— Tu as accouché il y a à peine quatre mois, Andy. N'attends pas de miracle.

Andy contempla la robe étalée sur le lit. Selon qu'elle faisait un 36 ou un 38, la robe était à peine ajustée et élégante, ou bien moulante et sexy et, en fonction des accessoires, parfaite en toutes occasions, pour un verre en amoureux comme pour un mariage. Ce soir-là cependant, elle donnait l'impression d'avoir été faite pour une poupée ou, à la rigueur, une pré-ado.

— Parce que le miracle ne se produira pas, c'est ça ? murmura-t-elle.

— Probablement pas. Mais quelle importance ? D'ici deux mois, cette robe t'ira de nouveau à la perfection, alors quelle différence ?

— La différence, c'est que je n'ai rien d'autre à me mettre !

Andy ne voulait pas donner l'impression d'être hystérique, mais elle transpirait de plus en plus, l'heure tournait et, en matière de robe, elle n'avait pas de plan B.

— Bien sûr que si, répondit Jill, du même ton qu'elle s'adressait à Jonah lorsqu'il se montrait particulièrement ronchon. La robe noire avec les manches trois quarts ? Celle que tu portais au brunch de Mamita en mars ?

— Non ! C'est une robe de maternité. Parfaite pour l'anniversaire d'une dame de 89 ans.

— Songe que plus la robe est ample, plus tu paraîtras mince.

Andy soupira.

— Je dois te laisser. Désolée, je n'ai absolument pas le temps de te poser des questions sur ta vie. Sans compter que Barbara est ici pour voir Clementine. Je te jure, on croirait que c'est fait exprès : le seul soir où je ne peux pas me permettre d'être énervée parce que je suis déjà une loque... (Andy s'intima l'ordre de se taire.) Et toi ? Tout va bien ?

— Oui, tout va bien. Débarrasse-toi de Barbara et va t'amuser. C'est ta première soirée depuis une éternité. En plus, elle est super importante d'un point de vue professionnel, et tu la mérites.

— Merci.

— Mais n'oublie pas, tu bois autant que tu peux.

— Robe noire, téléphone, cuite. Pigé. Salut.

Andy raccrocha puis regarda le téléphone en souriant. Parfois, sa sœur lui manquait terriblement, surtout des soirs comme celui-là.

Max passa la tête dans l'entrebâillement de la porte.

— Tu n'es pas encore habillée ? Andy ? Que se passe-t-il ?

Elle ramassa une serviette humide qui traînait par terre et s'en couvrit la poitrine.

— Ne me regarde pas !

Max approcha et caressa ses cheveux humides de transpiration.

— Qu'est-ce qui te prend ? Je te vois nue tous les jours. (Comme Andy ne répondait rien, Max désigna la robe sur le lit.) Celle-là fait trop soirée de boulot, ajouta-t-il gentiment, mais Andy comprit qu'il avait certainement entendu la fin de sa conversation et que, sans doute, « soirée de boulot » signifiait ici « trop petite ».

Il ouvrit le placard, commença à fouiller dans le coin des robes et en sortit exactement celle que Jill avait suggérée.

— Celle-ci ? proposa-t-il en la lui présentant à bout de bras. Je t'ai toujours aimée dans cette robe.

Andy renifla, au bord des larmes, et serra plus étroitement la serviette contre elle.

Max retira le cintre et étala la robe sur le lit.

— Enfile-la, et retouche ton maquillage, d'accord ? La voiture nous attend en bas, mais ça va, on a le temps. Viens dire bonjour à ma mère, et ensuite on file.

— Super, marmonna Andy pendant que Max tapotait une micro-noisette de mousse coiffante pour discipliner une invisible mèche rebelle.

Andy se glissa dans la robe de maternité. Jill et Max avaient raison, c'était le seul choix possible, et le résultat n'était finalement pas monstrueux. Paraissait-elle mince et élancée ? Non. Était-elle sexy ? Non plus. Mais la robe avait le mérite de contenir son monumental soutien-gorge d'allaitement, de couvrir sa taille ventripotente et de dissimuler son derrière qui n'avait pas encore retrouvé son envergure normale. Franchement, c'était plus qu'elle n'aurait pu espérer. Elle enfila un collant extra-fin avec couture, et des escarpins Chloé avec un talon de dix centimètres, qui avaient toujours été très inconfortables mais qui, maintenant, comprimaient ses pieds comme des chaussons chinois des pieds bandés. En s'efforçant d'ignorer la douleur sourde qui s'insinuait déjà dans ses chevilles et se transformerait certainement en élancements avant la fin de la soirée, Andy appliqua un nouveau rouge à lèvres acheté spécialement pour l'occasion, lissa son brushing du mieux qu'elle put et se redressa, les épaules bien en arrière. Était-elle redevenue celle qu'elle était avant le bébé ? Pas exactement. Mais, pour une toute jeune maman, elle n'était pas si mal.

Max, derrière elle, la contemplait dans le miroir et lâcha un sifflement admiratif.

— Voilà une maman drôlement sexy, dit-il en l'enveloppant de ses bras.

Elle le laissa un instant effleurer son ventre flasque, puis dit :

— Ces petits bourrelés t'excitent, pas vrai ? Vas-y, admets-le.

Il éclata de rire.

— Tu es magnifique. Et tu as des seins de rêve, ajouta-t-il en glissant délicatement la main sous l'un d'eux.

Andy sourit.

— Le jeu en vaudrait presque la chandelle rien que pour le décolleté, n'est-ce pas ?

— Le décolleté et le bébé.

Il l'entraîna dans le couloir, l'aida à se draper dans son étole en soie et lui serra fort la main lorsque Isla émergea de la chambre de la petite avec, dans les bras, une Clementine aux paupières lourdes. Barbara suivait derrière elle, perchée sur des escarpins couleur chair, et d'une élégance folle en robe fourreau ajustée et boléro assorti.

Andy, par comparaison, eut l'impression d'être un mammouth.

— Bonsoir, Barbara. C'est gentil d'être passée nous voir.

— Oui, très chère. Bon, j'espère que ce n'est pas une intrusion mal venue, mais je me suis aperçue que je n'avais pas vu ma petite-fille depuis des semaines, et comme j'étais dans le quartier…

Elle s'interrompit et laissa son regard errer dans le hall d'entrée.

— Vous avez changé quelque chose ici ? Vous avez repeint, peut-être ? Ou alors, c'est ce miroir ? Quel soulagement ! Je dois dire que je n'ai jamais aimé ce… ce « collage » que vous aviez tenu à accrocher bien en évidence.

— Mère, ce « collage » est une pièce technique mixte d'un nouvel artiste très en vue dont le travail a été exposé partout en Europe, précisa Max. Andy et moi l'avons trouvé ensemble à Amsterdam, et nous l'adorons.

— Mmm, vous savez ce qu'on dit… Les goûts et les couleurs… éluda Barbara d'une voix flûtée.

Max lança un regard contrit à Andy. Qui se contenta de hausser les épaules. Ils étaient mariés depuis un an et, même si elle n'avait pas oublié la lettre de Barbara, loin de là, Andy n'était plus surprise par sa belle-mère.

Dans le salon, Barbara se percha du bout des fesses sur un fauteuil, comme s'il grouillait de punaises de lit.

Andy ne put résister.

— Ah, Max, fais-moi penser à appeler l'exterminateur lundi matin sans faute. Cela fait une éternité qu'il n'est pas passé.

Max lui lança un regard interloqué et Barbara se releva comme un ressort. Andy se retint de rire.

— Comment s'est passé le biberon ? demanda-t-elle à Isla, en refrénant son envie d'arracher sa fille des bras de cette étrangère.

— Très, très bien, elle a bu les cent millilitres en entier. J'ai changé sa couche et maintenant je vais la mettre au lit. Mais elle voulait d'abord dire bonsoir à sa maman.

— Oh, viens là, mon amour ! roucoula Andy, soulagée de cette opportunité de tenir Clementine une dernière fois dans ses bras sans passer pour une mère psychotique. Tu seras sage avec ta baby-sitter, d'accord ?

Andy embrassa la joue dodue de sa fille une fois, deux fois, trois fois, avant de la rendre à Isla, qui la cala confortablement sur son épaule.

— Je vais lui lire *Bonne nuit, la lune*, et la bercer. Ensuite…

— N'oubliez pas de la mettre dans sa turbulette, l'interrompit Andy. (Max lui serra la main.) Quoi ? fit-elle en se tournant vers lui. C'est important.

— Oui, naturellement, s'empressa d'approuver Isla. Je la mets dans sa turbulette, je lui lis *Bonne nuit, la lune*, je la berce jusqu'à ce qu'elle s'endorme, je baisse les lumières sans faire le noir complet et je branche la machine de bruit blanc. Elle se réveillera probablement vers 21 h 30, pour un nouveau biberon, mais même si elle ne se réveille pas, je lui fais tout de même boire le biberon qui se trouve au frigo. C'est bien ça ?

Andy acquiesça en silence.

— Si vous ne vous souvenez pas comment faire fonctionner le chauffe-biberon, plongez-le simplement dans un bol d'eau très chaude pendant quelques minutes. Mais, s'il vous plaît, n'oubliez pas de vérifier la température du lait avant de le lui donner.

— Bon, Andy, apparemment tout est sous contrôle, intervint Max en embrassant sa fille sur le front. Viens t'asseoir un instant avec nous, et ensuite nous y allons.

— Vous avez nos deux numéros de portable, juste au cas où ? Et la feuille que j'ai laissée sur le comptoir, avec les numéros à contacter en cas d'urgence ? Ma mère est au Texas en ce moment, donc elle ne sera pas d'un grand secours… (Elle coula un regard en direction de Barbara, qui était en train de lire attentivement quelque chose.) Donc, le mieux serait d'appeler directement le 911 aussi vite que…

— Je vous promets de prendre le plus grand soin d'elle, l'interrompit Isla avec un sourire patient et rassurant, mais Andy n'en regretta pas moins de n'avoir pas une caméra de surveillance.

Elle s'était juré qu'elle serait une maman cool, détendue, qui ne passerait pas son temps à flipper au sujet des microbes, des baby-sitters et de tout ce qui n'était pas estampillé du label « bio ». Une maman capable de suivre le cours des événements sans devenir chèvre. Mais il avait suffi d'un regard à cet être humain minuscule, vulnérable, qui dépendait entièrement d'elle pour que tout bascule. Andy n'avait confié Clementine qu'à sa mère, et une seule fois, parce qu'elle n'avait pas vraiment eu le choix, à la sœur de Max – et ce, uniquement parce qu'elle avait rendez-vous chez le médecin et qu'elle ne voulait pas exposer Clementine aux germes qui pouvaient traîner dans les salles d'attente. Elle avait retourné tous les pyjamas et bodies qu'ils avaient reçus en cadeaux de naissance lorsqu'il n'était pas mentionné en toutes lettres sur l'étiquette que le tissu n'était pas traité avec un retardateur de flammes toxique ; tout comme elle avait renvoyé tous les jouets en plastique « Made in China », ou non certifiés sans bisphénol A, PVC et phtalates. Au mépris de toutes les promesses qu'elle avait faites – à elle-même, à son mari et à tous celles et ceux qui avaient bien voulu l'écouter, Andy remuait ciel et terre pour s'aligner sur l'emploi du temps de Clem, une routine soigneusement chorégraphiée de tétées, siestes, temps de jeux et promenades, qui passaient en priorité, avant tout et tout le monde. Mais elle n'arrivait pas à se contrôler.

Elle inspira profondément, expira silencieusement par la bouche et se força à sourire.

— Je n'en doute pas, Isla. Merci, dit-elle en regardant la jeune fille emporter Clem dans sa chambre.

La voix de Barbara la ramena à la réalité.

— Andrea, très chère ? Qu'est-ce que ceci ? demanda sa belle-mère en agitant une petite liasse de feuilles du bout des doigts.

Andy prit place sur le canapé et attrapa sa coupe de champagne – du courage liquide. Barbara vint s'asseoir à côté d'elle et croisa les jambes.

— Ceci, dit-elle. C'est intitulé « Liste de naissance de Miranda ». Il ne s'agit pas de Miranda Priestly, n'est-ce pas ?

La liste se trouvait punaisée au-dessus du bureau d'Andy, et on pouvait s'étonner de ce que Barbara soit allée fureter par là, mais Andy n'avait pas assez de combativité pour aborder la discussion sous cet angle-là.

— Ah oui, la liste de Miranda. Elle me l'a envoyée après la naissance de Clementine. Miranda n'aime pas vraiment les gens, mais apparemment elle a un faible pour les bébés.

— Ah bon ? murmura Barbara en parcourant les pages, une étincelle dans les yeux. Eh bien, dites-moi, c'est drôlement complet.

— Tout à fait, acquiesça Andy en regardant par-dessus l'épaule de sa belle-mère.

Elle avait manqué de s'évanouir sous le choc lorsque la liste était arrivée, quinze jours après la naissance de Clementine, en même temps qu'une boîte enveloppée de papier rose et d'un ruban blanc agrémenté d'un hochet en argent de chez Tiffany. À l'intérieur du coffret, il y avait un petit mot sur un papier à en-tête personnel disant « Félicitations pour votre nouvelle extension ! » et, sous une bonne demi-douzaine de couches de papier de soie, était nichée la couverture en vison la plus exquise qu'Andy ait jamais vue. Ou plus exactement, la seule couverture en vison qu'elle ait jamais vue. Elle avait la douceur de la soie et était immense. Andy l'avait aussitôt étalée au pied de son propre lit et elle se blottissait contre elle presque toutes les nuits. Clem ne l'avait encore jamais souillée et Andy était résolue à ce que cela n'arrive jamais. Du vison ! Pour un bébé ! Andy sourit en se souvenant de la remarque d'Emily : c'était de toute évidence Miranda en personne qui avait choisi ce cadeau car aucune assistante n'aurait jamais eu l'idée d'envoyer une couverture en vison de cette taille comme cadeau de naissance. Et, comme si ce cadeau n'était pas assez fabuleux, l'envoi s'accompagnait de la fameuse « Liste de naissance de Miranda ».

Vingt-deux pages, en interligne simple. Une table des matières, avec des rubriques telles que « Articles nécessaires pour la maternité », « Articles nécessaires à la maison : quinze premiers jours », « Articles de toilette », « Nécessaire médical », « Mémo de contrôle ». Naturellement, Miranda indiquait aussi comment assortir les pièces de layette (de préférence siglées Jacadi, Bonpoint et Ralph Lauren) : bodies à manches courtes, à manches longues, grenouillères, chaussettes, chaussons, mitaines, ensemble haut-pantalon pour garçon, robe ou barboteuse avec collant pour les filles. Il était indiqué où se procurer les gants de toilette, les serviettes, les parures de berceau. Les langes, les couvertures de poussette, et celles brodées des initiales du bébé pour le berceau. Elle indiquait même sa marque préférée d'accessoires de coiffure. Mais cela ne s'arrêtait pas là. La liste comprenait des recommandations en matière de pédiatres, de conseillers en lactation, de nutritionnistes pour enfants, d'allergologues, de pédo-dentistes et de pédiatres se déplaçant à domicile. Elle recensait toutes les ressources dont on pouvait avoir besoin pour organiser une circoncision ou un baptême : synagogues et églises fréquentables, mohels, traiteurs, fleuristes. Décorateurs spécialisés dans les chambres d'enfants. Un contact chez Tiffany pour faire graver les initiales du bébé sur des cuillères en argent, des tasses et des assiettes commémoratives. Un diamantaire, chez qui le papa pourrait acheter à la maman le cadeau de naissance idéal. Et, le plus important de tout, une liste de personnel qualifié à même d'élever lesdits bébés : auxiliaires de nuit, nounous, baby-sitters, tutrices, orthophonistes, ergothérapeutes, conseillers éducatifs – tous et toutes sélectionnés et homologués par Miranda en personne.

Barbara termina sa lecture et reposa la liste sur la table.

— C'est très attentionné de la part de Ms. Priestly de la partager avec vous, observa-t-elle. Elle doit vraiment voir quelque chose de spécial en vous.

— Mmm, marmonna Andy, peu encline à faire

voler en éclats le respect soudain que lui manifestait sa belle-mère.

La liste, Andy le savait, avait été compilée par des assistantes, et la seule chose flatteuse était que Miranda ait demandé à son staff de la lui envoyer à *elle*. Avec la couverture en vison, qu'Andy exhiba sans vergogne devant sa belle-mère.

— Extraordinaire ! souffla Barbara en la caressant avec révérence lorsque Andy la posa sur ses genoux. C'est un cadeau de naissance unique en son genre, et très attentionné. Je suis certaine que Clementine l'adore.

— Mère, vous pouvez rester si vous le souhaitez, mais Andy et moi devons partir. La voiture attend en bas depuis vingt minutes et nous sommes maintenant officiellement en retard.

Barbara hocha la tête.

— Je comprends, mon cher. Mais je ne pouvais pas passer à côté d'une occasion de voir ma petite-fille.

Andy, magnanime, sourit.

— Clem en était ravie elle aussi, mentit-elle. Vous êtes la bienvenue, n'importe quand.

Elle s'abstint de faire remarquer que Barbara n'avait tout de même pas poussé l'affection jusqu'à prendre sa petite-fille adorée dans ses bras, ni même à lui caresser le front. Sa belle-mère avait admiré Clem en respectant une distance de sécurité et, pour la première fois, Andy entrevit ce qu'avait dû être l'enfance de Max aux côtés d'une telle mère.

Elle se leva en même temps que Barbara, lui déposa un baiser sur la joue et se détourna pour prendre sa minaudière, quand la main de Barbara se referma sur la sienne.

— Andrea, je voudrais vous dire quelque chose, commença-t-elle, de son ton très Park Avenue.

Andy paniqua. Max était déjà à mi-couloir, en train d'attraper leurs manteaux. Elle ne se souvenait pas à quand remontait son dernier tête-à-tête avec Barbara Harrison et elle n'était pas en mesure de…

La main de Barbara se crispa et Andy se sentit halée vers sa belle-mère. La distance qui les séparait était si mince qu'elle humait son parfum discret et voyait les rides autour de ses lèvres, si profondes que même les meilleurs produits de comblement n'auraient pu en venir à bout. Elle retint son souffle.

— Très chère, je voulais juste vous dire, pour ce que ça vaut, que vous êtes une mère merveilleuse.

Andy était bouche bée. Elle n'aurait pas été plus choquée si Barbara lui avait avoué être accro à la méthamphétamine.

Ce revirement venait-il de ce que Miranda Priestly l'avait estimée digne de recevoir sa liste de naissance ? Probablement. Et peu importait. Le compliment restait agréable à entendre dans la bouche d'une belle-mère qui la jugeait indigne de son fils, et d'autant plus agréable qu'Andy savait qu'il était mérité : elle n'était pas exempte de défauts, mais elle était une sacrée maman.

— Merci, Barbara, répondit-elle en serrant les mains de sa belle-mère. Cela signifie beaucoup pour moi, surtout venant de vous.

Mrs Harrison se dégagea en tortillant les poignets et elle chassa un cheveu imaginaire de son œil. L'instant de grâce était passé. Mais Andy garda le sourire.

— Bien, je ferais mieux d'y aller, chantonna Barbara. Je ne peux pas me permettre d'être en retard, ce soir. Tout le monde sera là.

Elle accepta l'aide de Max pour enfiler son manteau puis lui présenta sa joue.

— Au revoir, mère, dit-il en l'embrassant. Merci d'être passée.

Il était évident, à son expression, qu'il avait entendu leur conversation. Andy attendit que la porte se referme derrière sa belle-mère puis, tout en s'enveloppant d'une étole en cachemire, elle lança avec un sourire :

— Eh bien, dis donc, c'est un vrai miracle ! Elle m'a quasiment fait une déclaration d'amour.

Max éclata de rire.

— Ne nous emballons pas, tempéra-t-il, mais Andy voyait bien qu'il était heureux lui aussi.

— Elle m'aime ! feignit d'exulter Andy en riant. La toute-puissante Barbara Harrison adore Andy Sachs, mère extraordinaire !

Max l'embrassa.

— Elle a raison, tu sais.

— Un peu, que je le sais.

Isla les rejoignit dans le couloir.

— Je vous promets de prendre le plus grand soin d'elle.

Et avant qu'Andy ne puisse ajouter quoi que ce soit, ou aller embrasser son bébé une dernière fois, Max l'entraîna dans le couloir, la poussa dans l'ascenseur, puis sur la banquette arrière d'une Lincoln qui embaumait le cuir neuf, et comme chaque fois qu'elle montait dans une limousine de la compagnie Town Car, cette odeur rappela à Andy son année à *Runway*.

— Tout va bien se passer, la rassura Max en lui serrant la main.

Le chauffeur se rangea devant le Skylight West, à l'angle de la 10e Avenue et de la 36e Rue, à la suite d'une longue queue de limousines d'où émergeaient des couples séduisants en tenue de cocktail. Andy ouvrit sa portière avant même que leur voiture ne soit complètement à l'arrêt.

— Tu ne trouves pas incroyable qu'Emily ait organisé une soirée pareille en aussi peu de temps ? demanda-t-elle à mi-voix tandis que Max l'aidait à descendre de voiture. Faire une fête pour nos trois ans est une idée géniale, mais la faire sponsoriser par Vera Wang et Laura Mercier, c'était un coup de génie.

— Et un coup de pub tout aussi génial, renchérit Max. Connaissant Emily, elle aura réussi à faire venir tous les noms qui comptent, et tu sais *qui* aime ce genre de fête…

— Qui ? demanda Andy, l'air interloqué.

— Elias-Clark ! Les événements comme celui-ci sont dans la droite ligne de leur stratégie. Organise une fête bien clinquante, convainc une belle brochette de célébrités de se montrer et, le lendemain, tu as des papiers dans tous les carnets mondains. Emily sait que cette soirée va hisser *The Plunge* à un niveau supérieur, et le rendre encore plus désirable aux yeux de Miranda.

La remarque de Max était celle, purement factuelle, d'un homme d'affaires familier du monde de la presse, mais elle n'en énerva pas moins Andy.

Ils étaient arrivés devant l'ascenseur qui allait les mener sur le toit terrasse, mais Andy retint Max par la main et fit signe aux autres invités – tous sublimes, mais dont aucun n'avait un visage familier – de monter sans eux.

— Ça va ? s'inquiéta Max.

Andy sentit sa gorge se nouer. Son téléphone vibra et un texto apparut sur l'écran.

— Emily veut savoir où nous sommes, dit-elle.

— Viens, montons, et profitons de cette soirée. D'accord ?

Max lui prit la main et elle se laissa entraîner dans la cabine de l'ascenseur.

Une très jeune femme, en robe rouge sexy, se faufila entre les portes juste avant qu'elles ne se referment.

— Vous allez sur la terrasse ? demanda-t-elle.

— Pour la fête de *The Plunge* ? demanda Max, et la fille lui fit un grand sourire.

— Je n'étais même pas invitée, reprit-elle. Ma patronne avait un empêchement et je l'ai suppliée de me donner son carton. C'est *the place to be* ce soir. Hé, attendez ! ajouta-t-elle tandis que son visage s'éclairait.

Vous êtes Max Harrison, n'est-ce pas ? Waouh ! C'est dingue !

Max et la fille échangèrent une poignée de main. On aurait dit qu'elle venait de rencontrer Ryan Gosling.

Quand les portes de l'ascenseur se rouvrirent, Max regarda Andy en haussant les sourcils, un sourire espiègle aux lèvres. Andy nota mentalement de trouver Emily sans délai pour lui rapporter ce potin croustillant, mais cela lui sortit de la tête dès l'instant où elle posa un pied sur la terrasse. C'était un endroit magique – absolument magique. L'espace à ciel ouvert semblait s'étendre sur des kilomètres, et seules les lumières scintillantes du *skyline* créaient une délimitation spectaculaire entre la fête et l'ensemble de l'île de Manhattan. Droit devant, la cime tout en miroitements bleutés de l'Empire State Building dépassait de l'enseigne en néon rouge du *New Yorker*. À droite, le soleil venait tout juste de se coucher sur l'Hudson et projetait de spectaculaires ombres violet foncé et orange, tandis qu'au second plan brillaient les lumières du New Jersey. C'était l'heure où toute la ville opérait sa transhumance quotidienne, les lumières étaient en train de s'éteindre dans les immeubles de bureaux et dans les magasins, pour s'allumer dans les appartements, les bars et les restaurants ; la cacophonie habituelle de sirènes, klaxons et musiques montait de la rue. En cette douce soirée d'octobre, la ville tout entière bourdonnait de vie, et Andy songea qu'il n'y avait pas plus bel endroit sur terre que New York.

— Tu as vu ce putain d'endroit ? C'est dément, non ?

Emily venait de surgir à ses côtés, sortant de nulle part. Sa silhouette scandaleusement sublime était comme sculptée dans une robe bandage rose fluo signée Hervé Léger et ses cheveux retombaient en cascade sur ses épaules nues. Qu'Emily ne s'embarrasse pas de demander des nouvelles de Clementine, ou d'Andy n'était guère surprenant. Elle avait rendu visite à Andy au sortir de la maternité, et avait apporté à Clementine un petit ensemble robe, bonnet et mitaines en cachemire – un cadeau hors de prix et inutilisable puisqu'on était en juin – mais depuis, elle avait surtout brillé par son absence. Les deux filles communiquaient par conférence téléphonique avec divers membres de l'équipe et échangeaient des e-mails plusieurs fois par jour, mais un léger froid s'était insinué dans leur amitié. Andy ne savait pas trop si c'était lié au bébé, à son refus de discuter de l'offre d'Elias-Clark ou si elle se montrait simplement hypersensible, mais il lui semblait que quelque chose avait changé entre elles.

Max lui fit signe qu'il allait au bar et serait de retour dans une minute.

Andy se tourna vers Emily et essaya de plaisanter :

— Tu as fait raccourcir et reprendre cette robe ? Tu trouvais que sa coupe corsetée n'était pas assez marquée ?

Emily recula d'un pas et regarda son ventre.

— Elle est trop moulante ? J'ai eu des hallucinations devant mon miroir ? Parce que le résultat me semblait très bien !

Andy lui donna une petite tape sur le bras.

— Arrête, tu es superbe, et ce n'est que la jalousie de la baleine drapée dans le rideau de douche qui parle.

— C'est vrai ? Aaah… Je trouvais moi aussi qu'elle m'allait bien, mais on ne sait jamais. Tu es beaucoup mieux, toi aussi.

— C'est généreux de ta part. Merci.

— Non, c'est vrai. Tes nichons ont presque retrouvé une taille normale, et j'adore les escarpins Chloé. Tu as vu cet endroit ? ajouta-t-elle en désignant l'assemblée. C'est dingue, non ?

Andy pivota lentement sur elle-même et embrassa la scène du regard. Des flammes dansaient dans des braseros en fonte. Des guirlandes de minuscules ampoules blanches se croisaient et formaient une treille au-dessus de leur tête. Une foule de privilégiés triés sur le volet allait et venait en riant et en sirotant le cocktail spécial de la soirée, un mélange divinement enivrant de tequila Patrón, sirop de canne, coriandre et jus de citron. Les corps se mouvaient avec grâce entre le bar aux lumières tamisées et les canapés de cuir blanc disposés autour des tables basses en Plexi. Des grappes d'invités se tenaient devant les rambardes d'où ils admiraient le panorama.

Emily tira sur sa cigarette et expira lentement la fumée. Andy n'était plus enceinte. Une clope, juste une, ça n'allait pas la tuer. Elle tendit la main vers le paquet.

— Tu en veux une ? demanda Emily.

Andy hocha la tête. La première bouffée lui brûla la gorge et avait un goût exécrable, mais tout s'améliora très vite.

— Mon Dieu que c'est bon !

Emily se rapprocha.

— Patrick McMullan est là, il prend des photos. Il paraît que Matt Damon et sa ravissante femme sont ici, mais je ne les ai pas encore vus. Il y a une flopée de mannequins de Victoria's Secret, autant te dire que les mecs sont à la fête. Et Agatha vient de recevoir un message de l'attachée de presse d'Olive Chase, disant qu'elle et Clint pourraient faire un saut après un autre événement à Tribeca. Je ne sais pas trop comment tout ça s'est goupillé, mais cette fête est en train de devenir LA soirée de l'année.

Max, de retour, tendit à Andy un cocktail tequila-coriandre.

— Désolé, Em, je ne savais pas ce que tu voulais.

Emily fonça vers le bar avant même qu'Andy n'ait le temps de battre des cils.

— Je ne t'ai pas vue fumer depuis des années, observa Max en regardant avec insistance la cigarette.

Andy prit une autre bouffée. C'était un délice – tant la cigarette que l'air surpris de Max.

Sur un canapé, non loin d'eux, Miles bavardait avec quelques membres de l'équipe de *The Plunge*, et plus particulièrement avec Agatha, qui portait une combinaison-short sans manches en crêpe blanc, ceinturée sur sa taille inexistante par un lien doré en forme de serpent, et une paire de chaussures à talons en lamé or démentes – qui, sur n'importe qui d'autre, auraient fait camelote et *fashion victim*, mais qui, aux pieds d'Agatha, avaient une allure folle. Miles et elle semblaient être devenus copains comme cochons, ce qu'Andy n'appréciait guère, mais avant qu'elle n'ait pu s'appesantir sur le sujet, Miles l'aperçut et se leva d'un bond.

— Je propose un toast, annonça-t-il en brandissant sa bière. À Andy et Emily – où qu'elle soit. Qui ont réussi à rendre les mariages beaux et intéressants. Élégants et stylés. Et apparemment, nous ne sommes pas les seuls à le penser.

Tout le monde, à sa table, poussa des acclamations.

Miles trinqua avec Andy, puis avec Agatha.

— Bon anniversaire, *The Plunge* ! reprit-il. À ce superbe bébé de 3 ans !

Andy fit son plus beau sourire, trinqua avec les autres convives et, après quelques minutes à parler de tout et de rien, s'excusa pour se mettre en quête d'Emily. Elle voulait s'assurer que le spectaculaire gâteau de mariage qu'elle avait commandé à une diva du design culinaire (son unique participation aux préparatifs de la soirée) était prêt pour son apparition solennelle.

Elle longeait le petit bar quand une voix familière la héla. *C'est impossible*, songea-t-elle en se refusant à tourner la tête. *Il vit à Londres maintenant. Il n'est presque jamais à New York. Il n'est même pas sur la liste des invités.* Ce n'est que lorsqu'elle sentit la main tiède s'enrouler autour de son avant-bras nu qu'il lui fallut se rendre à l'évidence.

— Alors quoi ? Tu me snobes ? plaisanta-t-il en l'attirant vers lui.

Comme d'habitude, il portait un costume sur mesure, de coupe européenne, et une chemise en popeline blanche ouverte un bouton trop bas, sans cravate. Ses joues étaient ombrées d'une barbe d'un jour, et peut-être avait-il une ou deux rides supplémentaires autour des yeux, qui n'enlevaient absolument rien à son sex-appeal. Et, à son sourire, on voyait bien qu'il le savait.

Il n'y avait qu'une seule chose à faire : oublier le brushing en voie d'effondrement et s'approprier comme un atout les kilos de grossesse relocalisés dans les fesses, les cuisses et les seins. Andy cambra les reins pour mettre en valeur son imposante poitrine et observa Christian Collinsworth la toiser d'un regard nonchalant.

— Christian, murmura-t-elle. Que fais-tu ici ?

Il éclata de rire et but une gorgée de son gin tonic super-tassé, elle le savait.

— Tu penses que je pourrais être à New York, entendre parler de la soirée de l'année et ne pas y faire un saut ? Surtout lorsque nous sommes tous réunis pour fêter la réussite de mon Andy ?

Andy essaya d'adopter, elle aussi, un rire désinvolte, mais ne réussit qu'à produire un son guttural et bien trop sonore qui rappelait le braiment d'un âne.

— Ton Andy ? dit-elle en lui présentant sa main gauche. Je suis mariée maintenant, Christian. Tu te souviens du mariage auquel tu as assisté, il y a un an ? Et nous avons une petite fille.

Ses fossettes se creusèrent pour laisser place à un sourire amusé, et peut-être un poil condescendant.

— C'est ce que j'ai entendu dire mais je n'étais pas certain de pouvoir le croire. Félicitations, Andy.

Pas certain de pouvoir le croire ? Et pourquoi ? Que je puisse être mère est à ce point inimaginable ?

En un instant, la main de Christian était au creux de ses reins, pile à l'endroit où se trouvait un bourrelet qui avait refusé obstinément d'entrer sous la gaine. Christian pinça le relief que rencontraient ses doigts et Andy lui adressa un regard horrifié.

— Eh bien quoi ? fit-il en levant les mains. Tu es devenue mormone, en plus d'être mariée ? Ton mari va débouler de nulle part et me casser la gueule parce que j'ai posé la main sur sa propriété ? Viens, allons te chercher un verre, et tu pourras me raconter tout ce que j'ai raté.

Andy savait qu'elle aurait dû s'éclipser pour aider Emily, appeler la baby-sitter, localiser les toilettes – faire n'importe quoi, plutôt que de suivre aveuglément Christian Collinsworth au bar, mais elle en était incapable. Elle accepta le cocktail qu'il lui tendit et fit de son mieux pour s'adosser au comptoir dans une posture censée incarner à la fois la confiance en soi et le détachement d'une femme sexy. À ce stade, Andy ne pouvait que prier pour que ses seins, lourds et gonflés, ne choisissent pas ce moment pour une petite montée de lait.

— Comment s'appelle ta fille ? demanda Christian.

Il la regardait droit dans les yeux, tout en donnant l'impression qu'il se fichait éperdument de la réponse.

— Clementine Rose Harrison. Elle est née en juin.

— C'est mignon. Et comment t'adaptes-tu à la maternité ?

— Ne te fatigue pas, Christian. Tu as vraiment envie de discuter déficit de sommeil et langes ? Et si on parlait plutôt de ton sujet de conversation préféré : comment vas-tu, depuis la dernière fois ?

Il but une gorgée et sembla réfléchir à la question.

— Plutôt pas mal, je dois dire. Tu sais que je vis à Londres, maintenant ? Et ça marche vraiment bien pour moi. J'ai plein de temps pour écrire, plein d'opportunités pour voyager en Europe, je rencontre tout un tas de nouvelles têtes. New York commençait un peu trop à… s'étioler.

— Mmm…

— Tu ne trouves pas ? Franchement, tu n'en es pas arrivée au stade où tu préférerais vivre n'importe où plutôt qu'ici ?

— En fait, je…

— Andy, Andy, Andy. On s'est bien amusés, tous les deux, non ? Que nous est-il arrivé ?

Andy ne put se retenir d'éclater de rire.

— Que nous est-il arrivé ? Tu veux dire, lorsqu'on s'est réveillés un matin dans ta suite de la Villa d'Este et que tu m'as demandé si je voulais rencontrer ta petite amie ? Qui comme par hasard arrivait dans l'après-midi ? Alors qu'à ce moment-là nous sortions ensemble depuis six mois ?

— Je ne dirais pas…

— Oui, excuse-moi. Nous *couchions* ensemble depuis six mois.

— Ça n'était pas aussi simple. Elle n'était pas ma petite amie à proprement parler. C'était une situation compliquée.

Andy aperçut un éclair vert chartreuse dans son champ périphérique.

— Andy ? fit Christian en se rapprochant un peu plus.

Mais elle ne prenait déjà plus vraiment garde à sa présence. Car elle distinguait maintenant que le vêtement vert chartreuse était en réalité un poncho – un poncho *en fourrure* – et qu'il se rapprochait de plus en plus, en louvoyant. Et avant qu'elle n'ait pu se composer une contenance, elle se retrouva enveloppée dans les bras de Nigel, le visage écrasé contre son torse.

— Ma chérie ! J'espérais bien te croiser ici. C'est une sacrée petite soirée que vous avez organisée là, les filles. Je suis drôlement impressionné.

Christian se pencha vers Andy et lui chuchota à l'oreille :

— Tu veux peut-être dire bonjour ?

Andy jeta un coup d'œil à son sourire, à ses fossettes, et, l'espace d'un instant, elle fut prise de l'envie de glisser sa langue dans la bouche de Christian.

Loin de paraître remarquer qu'Andy était sous le choc, Nigel l'embrassa sur chaque joue et annonça :

— Nous sommes venus avec l'équipe au grand complet, ce soir. Personne ne voulait rater une soirée si délicieuse.

À ces mots, Andy pensa s'évanouir. Était-ce cela, la rançon du succès ? Croiser Miranda tous les quatre matins, partout où elle irait ? Pour sa première sortie en public depuis l'accouchement, avait-elle vraiment besoin de faire face à Miranda Priestly, en plus d'une amie déçue, d'un ex-petit ami au comportement limite goujat, et d'une paire de seins qui n'allait pas tarder à faire des siennes ?

Par chance, Christian s'interposa pour saluer Nigel et, presque aussitôt, les deux hommes se mirent à évoquer le calendrier des prochaines collections. Andy en profita pour jeter un œil à la dérobée à l'équipe de *Runway* : Serena, Jessica et trois ou quatre clones déclinant toute la palette ou presque du sublime – kilomètres de chevelures épaisses, brillantes et impeccablement lustrées, robes moulantes, talons vertigineux, avant-bras toniques, ventres plats, jambes hâlées ; sans oublier des bijoux étincelants. Il n'y avait pas une seule fausse note au tableau.

— Miranda n'est pas là ? bredouilla-t-elle, sans se rendre compte qu'elle interrompait Christian et Nigel.

Ils se tournèrent vers elle et la dévisagèrent. Le regard de Christian était empreint de cette compassion qu'inspirent les doux dingues qui parlent seuls dans le métro. Celui de Nigel trahissait l'amusement.

— Eh bien non, mon chou. Tu crois que Miranda n'a rien de mieux à faire ce soir que de venir ici ?

Si tu n'étais pas aussi égocentrique, ce serait presque mignon... acheva-t-il avec un sourire plein de mansuétude.

Andy le regarda, horrifiée.

— Non ! Je ne tenais pas particulièrement à ce qu'elle vienne...

Nigel hocha lentement la tête et se retourna vers Christian, qui ne fit rien pour dissiper son malaise. Par chance, l'approche de Max et une gorgée de tequila lui sauvèrent la mise.

— Salut, mon cœur, dit-elle, de manière un peu trop ostentatoire peut-être, mais l'éclair qu'elle vit passer sur le visage de Christian valait son pesant d'or. Max, tu te souviens de Christian Collinsworth. Et, naturellement, tu as déjà rencontré Nigel.

— Enchanté, dirent Max et Christian à l'unisson en échangeant une poignée de main.

Andy se sentit fière lorsque Max l'enlaça et lui tapota le dos ; il était plus grand que Christian, plus viril, et il dégageait bien plus d'assurance.

Nigel captura au vol un cocktail coiffé d'une ombrelle rose et leva son verre en direction de Max avant d'y tremper délicatement ses lèvres.

— Ravi de vous revoir, Mr Harrison, dit-il d'une voix chantante.

— Super fête, n'est-ce pas ? dit Max en buvant une gorgée d'eau gazeuse. Qui aurait pu croire qu'un magazine n'ayant que trois ans d'existence puisse attirer tout ce beau monde ?

Andy rougit en comprenant que Max en rajoutait pour le bénéfice de Nigel, mais ce dernier ne sembla pas y prendre garde.

— Toutes les filles adorent les mariages, n'est-ce pas ? Même celle-ci ! piaula-t-il en se montrant du doigt.

Max et Christian lui accordèrent à peine un regard surpris, mais Andy comprit immédiatement.

— Neil et toi allez passer devant monsieur le maire ?

— Karl est déjà en train de travailler sur ma tenue, confirma Nigel avec un sourire jusqu'aux oreilles. Imaginez un croisement entre *James Bond* et *Pretty Woman*, avec un zeste de *Mary Poppins* pour la bonne mesure.

Andy, imitée par Max et Christian, hocha la tête avec enthousiasme, puis Christian prit congé. Andy surprit Max en train de le suivre du regard.

— Ça va être génial, dit-elle, bien que la description de Nigel n'ait pas été très éclairante.

— Ce sera le mariage de l'année, décréta-t-il, sans la moindre ironie ou modestie.

Andy eut un éclair de génie. C'était si parfait, si évident qu'elle ne savait même plus comment tourner sa phrase.

— Tu sais, j'ai honte de le dire, mais *The Plunge* n'a jamais couvert de mariage entre personnes du même sexe. Je dois d'abord en parler à Emily, mais je suis certaine que nous serions toutes les deux ravies de suivre votre mariage. On vous garantirait la couverture, naturellement, et on ferait une interview fouillée qui reviendrait sur votre rencontre, les débuts de votre relation, vos fiançailles, vos jobs respectifs. Je ne peux faire aucune promesse, mais nous pourrions même nous arranger pour que Saint-Germain, ou peut-être Testino, photographie…

Quelque chose dans la façon dont Nigel lui souriait – d'un air rusé, entendu, mais également sympathique – incita Andy à laisser sa phrase en suspens.

— C'est proprement incroyable, dit-il en secouant la tête. C'est comme un coup du destin !

— Donc, tu aimes bien l'idée ? demanda Andy avec espoir en imaginant déjà la réaction extatique d'Emily lorsqu'elle lui annoncerait la nouvelle.

— Je l'adore, chérie. Miranda et moi en discutions ce matin même, et nous étions tous les deux d'accord : ça mérite une couverture. Même si elle préférerait Demarchelier, je continue à penser que c'est un sujet pour Mario. Mais quoi qu'il en soit, ça va être formidable. J'adore quand les grands esprits se rencontrent ainsi !

— Tu en as discuté avec Miranda ? répéta Andy, en cherchant une explication. Je ne pensais pas que c'était le genre de sujet que *Runway*...

— Chérie ! piaula Nigel. Tu es trop mignonne ! Évidemment, que ce n'est pas pour *Runway* ! Mais c'est absolument parfait pour *The Plunge*.

Andy le dévisagea, pas certaine de bien comprendre.

— Donc, tu veux bien qu'on en discute ? Parce que je sais que nous serions emballées de...

Une fois de plus, l'expression de Nigel la poussa à se taire.

— Il n'y a pas besoin d'en discuter, ma belle. Tout est déjà décidé.

Andy se tourna vivement vers Max, qui fixait le sol.

— Oh, tu veux parler de la proposition d'acquisition que nous a faite Elias-Clark, c'est ça ? demanda Andy, sincèrement déconcertée et essayant de retrouver un minimum de self-control.

Personne ne répondit. Nigel la dévisageait comme s'il venait de lui proposer un vol d'essai dans son vaisseau spatial.

— Je sais que l'offre est sur la table, et nous y réfléchissons, mentit-elle. Mais rien n'a encore été décidé.

Un autre long silence, insoutenable, suivit.

Nigel lui sourit avec condescendance.

— Naturellement, mon chou.

Max s'éclaircit la voix et dit :

— Quoi qu'il arrive, votre mariage fera un formidable reportage, je pense que nous pouvons tous nous accorder là-dessus. Encore une fois, félicitations ! Maintenant, si vous voulez bien m'excuser, je vais vous voler Andy un petit moment.

Nigel avait rejoint sa bande de congénères avant même que Max n'ait eu le temps d'entraîner Andy vers le bar.

— Est-ce que j'ai bien compris ? demanda Andy en acceptant le verre de vin que lui tendait Max.

Elle était sonnée.

— Quoi ? Nigel a l'enthousiasme un peu débordant, c'est tout. Mais c'est génial qu'il soit partant pour que son mariage paraisse dans *The Plunge*, tu ne trouves pas ?

— Si, bien sûr. Mais à l'entendre, on aurait cru que l'affaire était déjà dans les tuyaux, comme si Miranda nous possédait déjà et prenait toutes les décisions. Il ne sait donc pas que les négociations sont suspendues pour l'instant ?

Et prêtes à tomber aux oubliettes, compléta Andy dans sa tête.

— Pourquoi te tracasser avec ça ? Tu as toujours dit que Nigel s'enflammait plus vite que la poudre.

Andy acquiesça, sans pouvoir toutefois ignorer cette crainte sourde qui venait de s'insinuer en elle. La seule idée que Miranda puisse décider quels mariages couvriraient *The Plunge*, et qui les photographierait, suffisait à lui donner des sueurs froides. Elle savait désormais, et avec encore plus de certitude qu'auparavant, que jamais elle ne laisserait une telle chose se produire.

— Salut, beauté, je te dis au revoir, lui glissa Christian à l'oreille en surgissant derrière elle.

Andy fut saisie d'un accès de timidité lorsqu'il plaça les mains sur ses hanches pour l'embrasser sur les joues. Puis Christian se tourna vers Max, le fusilla du regard, et ajouta :

— C'était sympa de te revoir, mec. Et félicitations pour ta charmante épouse. C'est la meilleure.

Max avait déjà resserré sa prise autour de l'épaule d'Andy et c'est à peine s'il gratifia Christian d'un signe de tête avant de traîner sa charmante épouse vers leur table.

— Tu n'avais pas besoin d'être grossier, observa-t-elle, même si elle était secrètement ravie de la réaction muette de Max : *Bas les pattes, remballe ton costard étriqué et tes fossettes, et casse-toi.*

— Oh, s'il te plaît. J'aurais été grossier si j'avais dit à ce connard d'arrêter de draguer ma femme sous mes yeux et de dégager de ma vue. Je ne peux pas croire que tu te sois tapé ce type.

Le plus sage, décida Andy, c'était de laisser croire à Max qu'entre Christian et elle, l'histoire avait été anecdotique. Elle prit la main de son mari pour se mêler à la foule d'invités qui entonna « Joyeux anniversaire », avant d'applaudir à tout rompre.

Les trois heures suivantes passèrent dans un brouillard de hors-d'œuvre, de musique et de conversations, et Andy dansa même un peu. Elle parla à des dizaines, peut-être même des centaines de personnes, et bien qu'elle ait arrêté de boire tôt en anticipant une tétée tardive, elle se souvenait à peine d'un seul mot échangé, à l'exception de sa discussion avec Nigel. Pourquoi pensait-il que l'acquisition par Elias-Clark était imminente ? Andy voulait interroger Emily à ce sujet, mais elle se dit que cela pouvait attendre le lendemain. Elle devait reconnaître qu'elle espérait encore – de façon irrationnelle, elle le savait – que toute l'affaire allait s'évanouir. Elle alla donc embrasser son amie pour lui souhaiter bonne nuit, elle la félicita de l'immense succès de cette soirée et elle suivit Max à l'arrière d'un taxi. Lorsque celui-ci s'arrêta devant leur immeuble, Andy se rua quasiment dans le hall d'entrée. Depuis la naissance de Clementine, jamais elle n'avait été séparée d'elle aussi longtemps, et elle ne pouvait pas supporter d'attendre une seconde de plus. Elle prit sa fille qui venait juste de se réveiller dans ses bras et pressa les lèvres sur ses joues rouges et tièdes, et tandis que le petit visage se froissait et que Clementine poussait un gémissement révélateur, Andy songea en souriant qu'elle les aurait volontiers croquées.

— Comment est-elle ? demanda Max après avoir payé Isla et lui avoir appelé un taxi.

— Délicieuse, comme toujours. Le timing est parfait, elle se réveille tout juste pour la tétée de nuit.

Max prit Clem dans ses bras le temps qu'Andy se débarrasse de ses chaussures à talons, de sa robe et de sa gaine inconfortable au possible – qu'elle jeta directement à la poubelle. Puis elle grimpa, nue, sur le lit et en s'effondrant contre la pile d'oreillers, elle lâcha un gémissement de plaisir et tendit les bras.

— Donne-moi mon bébé.

Sitôt que Max déposa le petit ballot plaintif au creux de ses bras, l'univers dans lequel gravitaient Nigel, Emily, *The Plunge* et Miranda Priestly disparut dans un trou noir. Allongée sur le flanc, Andy ouvrit la fermeture à glissière du pyjama de Clem ; elle glissa la main contre le ventre tiède de sa fille et lui caressa la poitrine, le dos, en murmurant doucement à son oreille et en guidant son sein vers sa bouche ; lorsque Clem commença à téter, elle soupira de soulagement. Max remonta la couverture sur la mère et l'enfant ; Andy pressa les lèvres sur la tête de Clem et continua à lui frictionner le dos, en décrivant des cercles lents et réguliers.

— Magnifique, dit Max, la voix rauque d'émotion.

Andy leva les yeux et lui sourit. Il se faufila, tout habillé, à côté d'elles dans le lit.

Andy observa sa fille téter pendant encore quelques minutes, puis elle remarqua que Max fermait les yeux, une ébauche de sourire aux lèvres, et, sans réfléchir, elle lui serra l'avant-bras. Elle fut alors parcourue d'une onde de paix, d'espoir et de bien-être. Cela faisait une éternité qu'elle ne le lui avait pas dit, spontanément, et elle voulait qu'il le sache.

— Je t'aime, Max, chuchota-t-elle.

Chapitre 18

Tais-toi et dégage !

Andy couvrit le visage de Clem de baisers avant de la tendre à Isla. Le bébé lui fit un grand sourire, étira le bras pour attraper sa main, et les grandes eaux commencèrent. Mais ce n'était pas Clem qui pleurait. Andy allait-elle sangloter comme ça jusqu'à la nuit des temps ? Lorsque Clementine partirait le matin, cartable et nattes dansantes dans le dos, pour rejoindre sa classe de CM1, Andy pleurerait-elle comme une Madeleine à l'arrêt du bus ?

— Ce n'est que le troisième jour, la rassura Max en observant ces adieux chargés d'émotion. Ce sera de plus en plus facile.

— Je ne peux pas croire qu'on soit seulement mercredi, dit Andy en se tamponnant les yeux.

Max lui tint la porte ouverte et Andy s'obligea à la franchir. Clem lui manquait affreusement et elle détestait l'abandonner toute la journée, mais c'était tout de même drôlement agréable de retourner travailler. De retrouver des conversations d'adulte, de porter des vêtements décents et immaculés et d'utiliser de nouveau son cerveau pour autre chose que chanter « Tu es le soleil de ma vie ».

— On partage un taxi ? proposa Max.

Il s'avança sur le bord du trottoir et leva le bras.

— Je ne peux pas. Je dois faire quelques courses avant d'aller au bureau. En sortant, je n'ai jamais le temps.

Un taxi s'arrêta. Max embrassa Andy et se glissa sur la banquette arrière.

— Tiens-moi au courant, d'accord ?

Andy fronça les sourcils.

— Isla t'envoie aussi des textos pour te dire comment ça se passe, non ?

— Je parlais de ta conversation avec Emily.

Andy savait exactement ce qu'il voulait dire, mais elle feignit de ne pas comprendre.

— Ce n'est pas aujourd'hui votre réunion au sommet pour décider de ce que vous allez faire ?

— Mmm, marmonna Andy, soudain très désireuse de filer. Bonne journée.

Max referma la portière et le taxi démarra comme un bolide. Andy consulta sa montre. 8 heures. C'en était fini des journées à siroter paresseusement cafés et smoothies à la maison, mais qu'importe – elle aurait préféré de loin passer ces deux heures pelotonnée dans le lit avec sa fille, ou à jouer sur l'épais tapis de sa chambre.

Elle était en train de trier ses vêtements lorsque l'employé du pressing, un quadragénaire équatorien qui ne manquait jamais de lui offrir des Tootsie Roll, lança en criant, par-dessus son épaule :

— Hé, nouveau client ! Bienvenue, monsieur.

Andy ne se retourna pas.

— Combien ça coûterait de faire raccourcir cette jupe ? demanda-t-elle. Juste de trois ou quatre centimètres ? J'aimerais qu'elle tombe pile au-dessus du genou.

— Avec tes jambes, tu peux te permettre de la raccourcir de plus de trois centimètres.

La voix derrière elle lui donna aussitôt des picotements dans les orteils et, avant même de se retourner, Andy sut que c'était Alex.

Son Alex. Son premier amour. L'homme qu'elle avait toujours pensé épouser un jour. Qui avait été à ses côtés tout au long de ses études, puis de l'année d'enfer qu'elle avait vécue à *Runway*, et de la période de convalescence qui avait suivi. Qui avait passé des vacances dans sa famille, assisté aux dîners de fêtes, aux anniversaires, aux célébrations diverses et variées. Alex, qui savait qu'elle détestait les tomates crues mais adorait tous les plats à base de tomate, qui ne riait pas de la voir se cramponner de toutes ses forces à sa main quand un avion traversait une zone de turbulences. Alex, qui pendant presque six ans avait connu chaque centimètre carré de son corps aussi bien que le sien.

— Salut, toi, dit-elle en s'effondrant dans ses bras ouverts pour l'accolade la plus naturelle du monde.

Il l'embrassa sur la joue avec l'enthousiasme d'un oncle exubérant, et mal rasé.

— Je suis sérieux, Andy. Évite de devenir BCBG, sur tes vieux jours.

— Mes vieux jours ? répéta-t-elle d'un air faussement outragé. Aux dernières nouvelles, tu avais deux mois de plus que moi.

Il recula et l'observa lentement, sans s'en cacher. L'affection évidente, le grand sourire, le hochement de tête appréciatif et adorable – tout cela la mit instantanément à l'aise. Mieux : lui redonna même confiance en elle. Bien qu'elle eût encore quatre ou cinq kilos à perdre et que la fermeté des chairs laissât toujours à désirer, elle se sentit séduisante.

— Tu es superbe, Andy. Rayonnante. Et j'ai entendu dire que je devais te féliciter pour la petite Clementine.

Andy le regarda, prise au dépourvu par la chaleur de son sourire. Il semblait sincèrement heureux pour elle.

— Tu l'as appris par ta maman ?

Il hocha la tête.

— J'espère que ça ne te fait pas flipper, mais elle

m'a envoyé les photos de la maternité. J'imagine que ta mère était tellement surexcitée qu'elle les a fait suivre à tout son carnet d'adresses. En tous les cas, ta fille est magnifique, et ton mari et toi semblez très, très heureux.

— Vous avez besoin d'autre chose ? s'enquit l'Équatorien.

— Non. Excusez-nous, nous partons. Merci pour tout.

Andy suivit Alex sur le trottoir. Elle voulait se concentrer sur l'instant présent. En vain. Elle n'arrivait qu'à passer en revue toutes les photos prises à la maternité : celles qui la montraient le visage pâle, sans maquillage et luisant de transpiration, quelques minutes après la délivrance ; Clementine, le corps recouvert de sang et de vernis sur les premiers clichés, puis propre sur les suivants, mais la peau toujours aussi rouge, et le crâne conique ; Max, pas rasé, qui semblait tantôt sur le point de vomir, tantôt à deux doigts d'embrasser quelqu'un. C'étaient les photos les plus intimes qui soient. Andy avait envie d'étrangler sa mère, mais en même temps, quelque part, elle était heureuse qu'Alex ait eu l'occasion de partager un peu ce moment.

— Où allais-tu ? demanda-t-il. Tu as le temps de boire un café ?

Andy regarda sa montre, tout en sachant pertinemment qu'elle allait accepter, quelle que fût l'heure. Après tout, à quoi bon arriver au bureau avant tout le monde ?

— Mmm, d'accord. Je viens tout juste de recommencer à travailler à plein temps, alors si je suis un peu en retard, ce ne sera sans doute pas très grave.

Alex sourit et lui offrit son bras. En l'espace d'un bloc, ils dépassèrent un Starbucks, puis Au Bon Pain, et Le Pain Quotidien. Andy finit par se demander où ils allaient.

— Comment s'est passée la reprise, au boulot ? demanda Alex.

Les températures s'étaient sérieusement rafraîchies et leur respiration dessinait de petits nuages de condensation, mais il faisait un grand soleil et la matinée semblait pleine d'espoir.

Alex venait de soulever le sujet qui était au premier plan des préoccupations d'Andy sitôt qu'elle ouvrait l'œil le matin. Elle avait repris le travail depuis trois jours, et abandonner Clem restait une torture. Naturellement, elle ne pouvait pas se plaindre. Étant sa propre patronne, elle jouissait d'horaires à peu près flexibles et serait toujours disponible pour un rendez-vous chez le médecin ou un nez qui coule. Isla était une perle en qui elle avait une entière confiance, et sa mère prévoyait de passer un après-midi par semaine pour s'occuper de sa petite-fille et veiller à la bonne marche de la maison. Elle avait les moyens d'embaucher des gens de qualité pour la seconder, le soutien de sa famille, un mari impliqué, et un bébé facile. Mais, malgré tout, cela restait difficile de trouver le juste équilibre. Comment faisaient les femmes qui avaient plusieurs enfants, des horaires de travail éreintants, un petit salaire et une aide extérieure minimale, quand elle avait le mérite d'exister ? Andy ne pouvait même pas l'imaginer.

— Ça s'est bien passé, répondit-elle machinalement. J'ai la chance d'avoir un mari génial, et une nounou qui l'est tout autant. Ils me facilitent vraiment la tâche.

— J'imagine que ce n'est pas facile de laisser son petit bout de chou tous les matins. Bon évidemment, ce doit être merveilleux de sortir de chez toi, de parler à des adultes, de te concentrer sur ton travail. Mais elle te manque certainement.

La remarque était présentée comme une évidence, avec empathie et sans jugement. Andy sentit sa gorge se nouer.

— Tu ne peux pas savoir à quel point, répondit-elle en essayant de retenir ses larmes.

Elle se représenta aussitôt Clementine qui, en cet instant, devait gigoter sur son tapis de jeu avant de prendre un biberon tiède et d'aller faire sa première sieste de la journée. Elle se réveillerait heureuse et gazouillante, le visage rose, tiède et chiffonné, les cheveux adorablement ébouriffés. Si elle fermait les yeux, Andy pouvait sentir l'odeur de son cou, le velouté de sa peau et voir ses petites joues rondes. Alex avait beau ne pas avoir d'enfant, Andy devinait qu'il comprenait.

Il la conduisit dans une petite boulangerie en entresol, à mi-chemin entre le bar clandestin et le café parisien. Ils s'installèrent à la seule table libre et, pendant qu'Andy vérifiait son téléphone, Alex alla commander au comptoir.

— Comme d'habitude ? lui lança-t-il, et elle hocha la tête.

— Et voilà, dit-il en revenant.

Il posa devant elle un grand *latte* décaféiné mousseux et but une gorgée de son café glacé. Tout donnait l'impression qu'ils s'étaient quittés la veille.

— Merci, dit Andy en léchant la mousse aussi délicatement que possible. Bon, maintenant c'est ton tour. Tu pourrais commencer par me dire comment tu connais cet adorable *coffee shop* qui se trouve à six blocs de chez moi et que je n'avais jamais remarqué.

— J'aimerais pouvoir te raconter une anecdote qui me ferait passer pour un mec cool mais, en réalité, j'ai trouvé l'adresse dans un guide.

Andy haussa les sourcils.

— Quand je suis revenu m'installer à New York, à la fin de l'été, je me suis senti complètement largué. Du coup, j'ai acheté un de ces guides soi-disant à l'usage des New-Yorkais mais qui sont de fait destinés aux touristes. Il indiquait cette adresse comme étant fréquentée exclusivement par les gens du quartier et les connaisseurs.

— J'achète ce guide à la seconde où j'ai un ordinateur sous la main, dit Andy avec un grand sourire. (Elle but une gorgée de café puis reprit :) Alors, où habites-tu, maintenant ?

— Dans West Village. À l'angle de Christopher et de l'autoroute, tu vois ? Le coin était un peu miteux, autrefois, mais il a été entièrement réhabilité.

— Et tu vas au pressing à Chelsea ? ne put s'empêcher de demander Andy.

Alex lui décocha un regard amusé, qui semblait dire : *Oui, je suis sur ton dos.*

— Non, je ne porte pas mes fringues au pressing à Chelsea. Je vais voir une expo au Rubin Museum. Je t'ai aperçue depuis le trottoir et je suis entré.

— Le Rubin Museum ?

— Les collections d'art himalayen ? Au croisement de la 17e Rue et de la 7e Avenue ? Ne me dis pas que tu n'en as jamais entendu parler, non plus !

— Si, bien sûr ! se défendit Andy, avec trop de véhémence – et ce d'autant plus qu'elle passait devant presque tous les jours et n'y était encore jamais entrée. Alors, qu'est-ce qui te ramène à New York ? Tu viens de terminer ton post-doc, n'est-ce pas ? Je crois que ma mère l'a mentionné. Félicitations !

Si Alex trouvait étrange lui aussi que chacun connaisse des détails sur la vie de l'autre par le biais de leurs mères, il le cachait bien.

— Oui, je l'ai terminé au printemps dernier et je suis resté dans le Vermont tout l'été, pour me balader et me détendre. Je suis revenu ici fin août, en pleine fournaise comme tu imagines, et depuis je me réacclimate. Je n'en reviens pas que la ville ait à ce point changé depuis… depuis l'époque où je vivais ici.

Il y eut un silence. Chacun était plongé dans ses souvenirs.

— En même temps, New York ne change jamais vraiment, observa Andy. L'ambiance est juste différente, quand on vit *downtown*.

— Peut-être. Ou alors, toi et moi travaillions tellement que nous n'avions pas assez l'occasion de nous balader. J'ai eu deux mois où je n'avais que ça à faire. Je commence à bosser la semaine prochaine. Je pensais que je serais excité mais, en fait, je suis plutôt cafardeux.

Andy sirota son café en essayant de faire abstraction du fait qu'Alex n'ait pas encore mentionné une personne dans sa vie. Aucun « nous » n'était apparu au détour d'une phrase, et il n'avait pas motivé par l'existence d'une petite amie son été passé dans le Vermont, son déménagement à New York et ses mois d'errance, apparemment en solitaire, dans la ville. La mère d'Andy avait dit qu'Alex était sur le point de se marier, mais cela ne semblait pas être le cas. Peut-être avaient-ils rompu ?

— Qu'est-ce qui te fait sourire ? demanda Alex, en souriant lui aussi.

Horrifiée à l'idée qu'il puisse lire dans ses pensées, Andy s'empressa de secouer la tête.

— Rien. Tu disais que tu commençais à bosser lundi ? Dans quel coin ?

— Dans West Village. C'est une nouvelle école, qui s'appelle Imagine. Je vais les aider à concevoir leur programme avant l'ouverture, et ensuite j'en serai le proviseur adjoint.

— Imagine, Imagine... Pourquoi ce nom me dit quelque chose ? demanda Andy tout en se creusant la tête. Est-ce qu'il s'agit de cette école privée internationale d'élites, qui permet à un gamin qui déménage de New York à Shanghai, ou dans n'importe quelle autre ville où vivent les traders, de ne pas rater un seul jour de classe ?

— Celle-là même.

— Je me souviens, il y avait un grand article dans le *Times*. Il y a mille gosses sur la liste d'attente, même si l'année coûte dans les 50 000 dollars pour le jardin d'enfants, c'est ça ?

— En termes de frais de scolarité, ça équivaut aux autres écoles privées de Manhattan. Ça paraît plus cher simplement parce qu'ils proposent un cursus sur douze mois. Les études montrent qu'à cause des grandes vacances les écoliers américains sont sévèrement à la traîne derrière leurs homologues asiatiques qui n'ont pas trois mois de vacances dans l'année.

Andy lui donna une bourrade amicale dans l'avant-bras. Elle ne put s'empêcher de remarquer que son muscle était dur comme la pierre. Alex qu'elle connaissait allait courir de temps en temps, ou tirer quelques paniers sur un terrain de basket, mais apparemment, le nouvel Alex était un sportif assidu.

— En gros, monsieur le champion des organisations à but non lucratif, tu vas devenir proviseur adjoint de l'école la plus courue, la plus snob, la plus chère, la plus capitaliste des États-Unis. C'est bien ça ?

Alex eut un sourire triste.

— Correction : elle arrive en troisième position des écoles les plus chères du monde. Et les deux premières sont nos antennes de Hong-Kong et de Dubaï. Mais il faut leur reconnaître un mérite : leur programme est extraordinaire.

Andy baissa les yeux puis regarda de nouveau Alex, qui tripotait nerveusement l'emballage de sa paille. Elle était déchirée entre le désir de renouer le contact à pas mesurés et celui de tout mettre sur la table avec cette honnêteté et cette franchise dont Alex et elle s'étaient toujours enorgueillis.

— Ça va te faire un sacré changement, observa-t-elle. Tu es content ?

La question toucha sans doute Alex plus au vif qu'elle ne l'avait anticipé car il tressaillit.

— Comme je te le disais, leur programme est génial, et c'est une bonne opportunité. Est-ce que j'aurais préféré rester dans le circuit de l'économie solidaire ?

Oui, probablement. Mais je gagnais à peine de quoi vivre et… je deviens trop vieux pour ça.

Voilà, c'était dit. Pas explicitement, mais c'était superflu. Alex avait besoin d'un travail bien rémunéré parce qu'il était marié, ou envisageait de se marier.

Andy avait un millier de questions sur le bout de la langue, mais aucune qui semblât appropriée. Et juste au moment où elle allait murmurer un « Mmm » ou un « Je comprends », Alex ajouta :

— Depuis que le frère de ma petite amie a eu un bébé, elle ne parle que de ça. Et d'après ce que j'ai entendu dire, les bébés, ça coûte assez cher.

— C'est un fait.

C'était tout ce qu'elle avait trouvé à répondre, et elle s'étonnait d'avoir même réussi à le dire. Tout se passait si bien entre eux… Un petit flirt innocent, porté par l'excitation des retrouvailles, l'intérêt de chacun pour la vie de l'autre. *Mais un bébé ?* Étant elle-même mariée et mère d'une petite fille resplendissante, Andy savait qu'elle n'était pas vraiment en droit d'être jalouse. N'importe qui d'un tant soit peu attentionné se serait réjoui qu'Alex ait lui aussi trouvé le bonheur. Et pourtant, elle avait un peu mal au cœur.

Son téléphone sonna et jamais elle n'avait été aussi reconnaissante de l'entendre, mais lorsqu'elle vit le nom d'Emily s'afficher sur l'écran, elle ignora l'appel et rangea le téléphone dans son sac.

— Est-ce que j'ai bien vu ? demanda Alex. C'était Emily Charlton qui t'appelait ?

— La seule et l'unique.

— Vous êtes devenues amies ? Non ! Tout ce dont je me souviens, c'est que vous vous détestiez.

— Plus qu'amies – meilleures amies. Et associées. Nous nous sommes retrouvées à un cours de cuisine et nous avions un point commun très fort : elle haïssait Miranda autant que moi.

Andy s'interrompit. Elle venait de comprendre soudain ce qui avait changé entre elles. L'Emily avec laquelle elle avait renoué au cours de cuisine voyait Miranda pour ce qu'elle était : une folle furieuse, une tornade faite femme et résolue à semer la dévastation et la désolation sur son passage. Quelqu'un à éviter à n'importe quel prix. Aujourd'hui, au lieu de partager la détresse d'Andy à la perspective de retravailler pour cette tarée, Emily était redevenue la fille qu'elle était du temps de *Runway*, celle qui idolâtrait Miranda et aspirait à travailler pour elle depuis l'enfance. Son séjour dans le camp des détracteurs de Miranda avait été de courte durée : sitôt que celle-ci avait montré un intérêt pour *The Plunge*, Emily lui avait pardonné sur-le-champ de l'avoir virée, humiliée, d'avoir piétiné ses rêves. Elle piaffait maintenant de se réunir avec Miranda et le staff d'Elias-Clark pour réfléchir à la façon dont ils pourraient travailler main dans la main. Lorsque Andy, en plaisantant, avait dit qu'elle pourrait ouvrir le feu pendant cette réunion, descendre tous ses participants avant de retourner l'arme contre elle, Emily avait haussé les épaules et lui avait rétorqué :

— Tu ne t'es jamais dit qu'on avait peut-être un peu dramatisé, pendant toutes ces années ? Qu'elle ne gagnera peut-être jamais un oscar pour sa bonté, mais qu'elle n'est pas non plus le diable incarné ?

Le téléphone se remit à sonner. Andy le sortit du sac, à contrecœur.

— Tu ne veux pas répondre ? demanda Alex.

Andy consulta sa montre. Il était à peine plus de 9 heures. Elle se doutait qu'Emily appelait pour savoir quand elles pourraient commencer à discuter de tout ça.

— Je vais la voir au bureau dans un petit moment.

À son tour, Alex regarda l'heure.

— J'ai besoin d'en apprendre un peu plus sur ton magazine. Tu sais que j'ai acheté plusieurs numéros ? Écoute, le Rubin n'ouvre qu'à 10 heures. Tu as le temps de prendre un petit déjeuner rapide ?

Sans doute Andy eut-elle l'air abasourdi, ou tout au moins hésitant, car Alex enchaîna :

— Il y a un *diner* tout à fait correct, au coin de la rue, où on pourrait manger un peu plus qu'un muffin. Qu'en dis-tu ? Tu as encore quelques minutes ?

L'envie de lui demander s'il avait vu le numéro où figurait le reportage sur son mariage la démangeait, mais elle se contenta de répondre :

— Oui bien sûr. Un petit déjeuner, c'est une bonne idée.

Ils s'installèrent dans un box, au fond de la salle du Chelsea Diner. Andy s'efforça de faire comme s'il n'y avait rien d'étrange à se trouver là avec Alex quand, pas plus tard que le samedi précédent, Max et elle y étaient venus avec Clementine, à 6 h 30 ; c'était le seul endroit du quartier ouvert à une heure si matinale. Elle regardait la table qu'ils avaient occupée, en souhaitant presque voir apparaître sa fille en train de gigoter sur son siège bébé, pour la ramener à la réalité. Son téléphone vibra. Emily, une fois de plus. Et, une fois de plus, elle ignora l'appel.

Avant même d'attaquer son omelette au cheddar, elle dit, en bafouillant à moitié :

— Alors, parle-moi de cette mystérieuse petite amie.

Elle avait été dangereusement près d'ajouter « ma mère m'a dit que c'était sérieux entre vous », mais elle réussit à se retenir.

À la seule mention de sa petite amie, Alex sourit et, comme si ce n'était pas assez agaçant comme ça, le sourire semblait sincère.

— Elle a le diable au corps, dit-il en secouant la tête.

Andy faillit en recracher son café. *Au lit ? C'est ça qu'il veut dire ?*

— Avec elle, je n'ai jamais le temps de me reposer sur mes lauriers.

Qu'entendait-il par là ? Qu'elle débordait d'entrain ?

Qu'elle était bagarreuse ? Intelligente ? Culottée ? Drôle ? Charmante ? Tout cela à la fois ?

— Comment ça ? toussa-t-elle.

— C'est quelqu'un qui sait ce qu'elle veut, tu vois ?

Contrairement à toi, semblait-il sous-entendre.

— Mmm...

Elle prit une autre bouchée d'omelette, s'obligea à mastiquer lentement et se rappela qu'elle était mariée, heureuse en couple, et mère. Alex avait assurément le droit d'avoir une petite amie, et même une avec du caractère.

— C'est une artiste, une authentique anticonformiste. Elle travaille beaucoup en free-lance ; elle fait un peu de consulting, un peu d'enseignement, mais pour l'essentiel, elle est enfermée dans son labo, ou en train de chercher l'inspiration.

— Tu es revenu à New York à cause de son travail ?

— Oui et non. Ça ne s'est pas posé en ces termes, mais c'est vrai qu'ici il y a beaucoup plus d'opportunités. Elle a grandi à New York et elle a énormément d'amis ici, et aussi ses parents, son frère et sa famille. Ils forment un vrai réseau à eux seuls. Elle n'avait pas fait mystère, le jour où je l'ai rencontrée à Burlington, qu'elle retournerait à New York à la première occasion.

Andy entendit son téléphone sonner de nouveau, mais n'y prêta pas attention. Elle avait l'impression de vivre les dernières secondes qui précèdent un accident de voiture, quand le cerveau ne traite plus aucune information, excepté l'image qu'on a devant les yeux.

— Tu penses que tu vas l'épouser ?

Elle reposa sa fourchette et regarda Alex dans les yeux. Un frisson la parcourut, à quoi bon le nier ? Elle n'était même pas capable de feindre de l'indifférence, ou un brin de détachement.

Alex éclata de rire, un peu mal à l'aise.

— Tu veux répondre ? demanda-t-il.

— Quoi ? Oh, non ! C'est sûrement Emily. Elle peut être comme ça. Tu étais en train de dire…

Mais le charme était rompu. Alex s'empressa de ramener la conversation sur Andy, il lui demanda si le bébé dormait bien, s'ils avaient des projets de voyage. Une gêne était apparue. Alex paraissait tout aussi nerveux qu'elle, et elle n'arrivait pas à en cerner la raison. Certes, c'était toujours un peu perturbant de s'enquérir des derniers développements dans la vie d'un ex-petit ami, surtout lorsque celui-ci avait compté autant qu'Alex. Comment deux êtres qui avaient été à ce point intimes pouvaient devenir quasiment des étrangers l'un pour l'autre ? C'était une situation banale, bien sûr, mais elle n'en semblait pas moins surréaliste. Andy était certaine que si, dans soixante ans, elle tombait par hasard sur Alex à un coin de rue, elle sentirait toujours un lien aussi fort avec lui, mais elle savait qu'ils ne redeviendraient jamais confidents, ni même réellement amis.

Alex se débrouilla pour payer l'addition avant même qu'elle n'apparaisse sur leur table. Andy le remercia à plusieurs reprises, ce qui ne fit qu'augmenter le malaise.

— Bah, je t'en prie, protesta Alex en lui tenant la porte. Dès la semaine prochaine, je deviens salarié d'une boîte capitaliste. Je vais rouler sur l'or.

Andy lui donna une petite tape sur le bras. C'était un soulagement d'être de retour sur le trottoir.

— Tu prends un taxi ou le métro ? demanda Alex.

— Je ferais mieux de sauter dans un taxi, répondit-elle en songeant aux cinq appels d'Emily.

Alex tendit le bras et, dans la seconde, une voiture pila devant eux.

— C'est la première fois que je trouve un taxi aussi rapidement, observa Andy en se demandant si Alex avait saisi le sous-entendu : *Trop rapidement ; je n'étais pas encore prête à te dire au revoir.*

Il ouvrit les bras et Andy, après une brève hésitation, échangea une accolade, en se retenant de toutes ses forces de ne pas s'abandonner dans les bras d'Alex ni d'enfouir le visage dans son cou. Son odeur était encore familière, tout comme la façon affectueuse dont il lui frictionnait le dos entre les omoplates. Elle aurait pu rester là toute la journée, mais le chauffeur la rappela à l'ordre d'un coup de klaxon.

— C'était super de te voir, dit Alex avec une expression indéchiffrable. Vraiment super.

— Ça m'a fait plaisir à moi aussi. Et merci encore pour le petit déjeuner. La prochaine fois, il faudra qu'on sorte dîner tous les quatre. J'adorerais rencontrer ta petite amie, mentit Andy.

Ferme-la ! hurla-t-elle dans sa tête. *Tais-toi et dégage !*

Alex se mit à rire. Pas méchamment, mais pas très gentiment non plus.

— Ouais, pourquoi pas, peut-être un jour. On reste en contact, d'accord ? Et on n'attend pas aussi longtemps pour se revoir…

Andy se glissa sur la banquette du taxi.

— Bien sûr ! lança-t-elle avec enjouement.

Le taxi démarra avant même qu'Alex n'ait refermé la portière. Cela les fit rire et ils agitèrent la main.

Dix blocs plus loin, Andy respira enfin normalement. Ses mains tremblaient. Lorsque son téléphone se remit à sonner, elle ne maîtrisait pas assez ses gestes pour le localiser dans son sac.

— Allô ? fit-elle, surprise de penser que ce serait Alex.

— Andy ? Ça va ? Je t'ai appelée au bureau mais Agatha m'a dit que tu n'étais pas encore arrivée, et Emily a essayé de te joindre toute la matinée.

Max.

— Oui, ça va. Que se passe-t-il ?

— Où es-tu ?

— Quoi ? Tu me surveilles ? répondit Andy du tac au tac.

— Non, je ne te… enfin, si, sans doute. Je t'ai quittée

il y a plus de deux heures, et ton bureau me dit que tu n'es pas encore arrivée, et que tu ne réponds pas au téléphone. Alors oui, je pense qu'on peut dire que je commençais à m'inquiéter. Vas-y, étrangle-moi.

Andy se radoucit.

— Excuse-moi. Je faisais juste quelques courses. Je suis dans un taxi, je vais au bureau.

— Des courses pendant deux heures ? Et tu ne prends jamais de taxi pour aller travailler.

Andy soupira aussi ostensiblement qu'elle le put.

— Max, j'ai un peu mal à la tête...

Elle culpabilisait de mentir – au sujet du mal de tête, des courses, et aussi par omission, en ne mentionnant pas avoir vu Alex – mais elle voulait à tout prix raccrocher. Était-ce ce que Max avait ressenti, lorsqu'il avait décidé de ne pas lui dire qu'il était tombé par hasard sur Katherine aux Bermudes ? Avait-il lui aussi fait l'expérience de ce que certaines choses – la crampe à l'estomac qu'on pouvait continuer à ressentir à la vue d'une personne, ou les petits frissons, lorsque celle-ci touchait votre bras ou riait à votre plaisanterie – méritaient de rester dans le non-dit, surtout quand, concrètement, il ne s'était rien passé de grave ? Le premier amour, c'était une aventure forte, intime, et ces souvenirs mettaient du temps à s'estomper. Une vie entière. On pouvait aimer son partenaire actuel plus que quiconque sur terre, mais une parcelle de notre cœur restait à jamais réservée à la première personne qu'on avait aimée. C'était cela qu'Andy ressentait pour Alex et, soudain, elle comprenait que c'était également ce que Max éprouvait à l'égard de Katherine.

Elle se radoucit.

— Tu appelais pour quoi, mon amour ?

— Juste pour te souhaiter bonne chance ! Je sais que c'est un grand jour.

Elias-Clark. Voilà pourquoi Max venait aux nouvelles. Emily l'avait probablement appelé à la rescousse pour savoir où elle avait disparu. Une fois de plus, Max et Emily faisaient équipe, contre elle. Andy inspira profondément pour étouffer son agacement. En vain.

— Je te remercie, Max, dit-elle, avant qu'il ne puisse répondre, le signal d'appel émit un bip. C'est Emily. Je te rappelle plus tard, d'accord ?

Et elle raccrocha sans dire au revoir.

— Salut, enchaîna-t-elle.

— Tu es où, putain ? hurla Emily. J'ai passé la matinée à t'appeler !

— Je vais bien, merci. Et toi ?

— Franchement, Andy. Il est super tard, et tu sais qu'il y a plein de trucs dont il faut parler. Où es-tu ?

Le taxi freina devant l'immeuble et Andy avisa Emily, tournant le dos à la chaussée, en train de gesticuler, une cigarette éteinte à la main.

— Ici.

— Où ça, ici ? cria Emily pour être entendue par-dessus le tintamarre d'un chantier du voisinage.

Andy régla la course et, sitôt descendue du taxi, les cris d'Emily lui parvinrent comme en stéréo.

— Tu comptes fumer cette clope ? Ou tu es là pour te laisser bercer par le bruit de ce marteau-piqueur ?

Emily pivota sur ses talons et referma son téléphone d'un coup. Elle alluma sa cigarette, inhala profondément et fonça vers Andy.

— C'est pas trop tôt ! J'avais demandé à Agatha d'annuler tous mes rendez-vous de la journée. Nous avons attendu longtemps pour avoir cette conversation, et nous allons lui accorder toute l'attention qu'elle mérite.

— Bonjour à toi aussi, dit Andy en sentant renaître son appréhension.

— Ou étais-tu passée ? demanda Emily avec autorité en appelant l'ascenseur.

Andy sourit pour elle-même. Elle n'avait pas l'intention de partager Alex avec qui que ce soit.

— J'avais des courses à faire, répondit-elle en repensant au petit déjeuner – le café, la conversation, les rires.

Ils ne s'étaient quittés que depuis quelques minutes et, déjà, il lui manquait. C'était un très mauvais signe, vraiment.

Chapitre 19

Ceviche et peau de serpent : une soirée d'épouvante

Andy était dans sa cuisine, occupée à diluer une cuillère de Pedialyte dans de l'eau chaude quand son téléphone sonna.

— Agatha ? Tout va bien ? demanda-t-elle en coinçant le téléphone entre l'oreille et l'épaule.

Comme d'habitude, dès l'instant où elle ouvrit la bouche, son assistante donna l'impression d'être épuisée à force d'exploitation.

— Emily a appelé de Santa Barbara. J'imagine qu'elle capte mal sur les hauteurs, ou dans la vallée, mais elle voulait que je t'avertisse qu'Olive et Clint sont en pleine crise. La cérémonie a déjà été repoussée d'une heure, l'attachée de presse est introuvable, et Emily a peur qu'ils annulent tout.

— Non… murmura Andy en écrasant le téléphone si fort contre sa joue qu'elle se fit mal.

— Je n'ai pas d'autres détails. Ça n'arrêtait pas de couper, reprit Agatha d'un ton très irrité, comme si Andy avait eu l'indélicatesse de la bombarder de questions.

En quoi, exactement, en l'absence de ses patronnes, les journées de cette fille pouvaient-elles être harassantes ? Que faisait-elle, à part boire du café et répondre à quelques appels ?

Clem commença à pleurer.

— Agatha ? Je dois te laisser, je te rappelle dans un petit moment.

— Tu sais dans combien de temps ? Parce qu'il est déjà 17 heures et…

Combien de fois Andy avait-elle voulu dire cela à Miranda, pour finalement se mordre la langue et poireauter une, trois, cinq heures de plus ? Mais Miranda, elle, ne s'embarrassait pas de culpabilité, même si Andy avait souvent attendu jusqu'à 22 heures, 23 heures, parfois même jusqu'à minuit quand le département artistique avait pris du retard dans l'assemblage du Book. Et aujourd'hui, sa propre assistante s'impatientait à 17 heures ?

— Tu attends que je te rappelle, d'accord ?

Andy raccrocha sans autre explication, même si elle avait envie de hurler qu'elle-même était coincée chez elle avec un bébé qui vomissait depuis vingt-quatre heures, et que son associée se démenait pour les tenir au courant, en plein *black-out* de comm'. Est-ce que ça allait la tuer de rester une demi-heure de plus au bureau à surfer sur Facebook ?

Andy alla chercher Clem, l'embrassa sur le front, puis sur le haut du crâne. Elle avait un peu de fièvre.

— Ça va, ma jolie ? chuchota-t-elle.

Clem poussa un hurlement.

Le téléphone fixe se mit à sonner. Andy l'aurait volontiers ignoré, mais au cas où ce serait le pédiatre qui rappelait, ou Emily qui essayait de la joindre à la maison plutôt que sur son portable, elle se précipita sur le combiné le plus proche.

— Andy ? Tu m'entends ? cria Emily.

— Comme si tu étais à côté de moi. Tu n'as pas besoin de hurler, répondit Andy en frottant une tache de vomi incrustée sur son épaule – sans succès.

— On va voir qui va hurler lorsque je vais t'annoncer que le mariage est annulé ! Bam ! C'est fini !

Je suis au Biltmore, avec huit cents invités, et pas la moindre mariée en vue.

— Comment ça, pas de mariée en vue ?

— Elle a déjà repoussé deux fois. Elle n'est pas là. Personne ne l'a aperçue ! siffla Emily.

Andy inspira profondément. Ce n'était pas bon. Pas bon du tout.

— C'est Olive Chase – une star. Elle a trouvé l'homme le plus parfait au monde. Tu ne crois pas qu'elle a juste pris un peu de retard dans ses préparatifs ? répondit-elle, avec plus de calme qu'elle n'en ressentait.

— Ça fait deux heures qu'on poireaute, Andy ! Et depuis ce matin, il y a des rumeurs qui circulent, à propos d'une dispute qui aurait éclaté hier soir et se serait poursuivie jusque dans la matinée. Rien de précis. Mais le mari d'une invitée qui était hier soir dans la navette de L.A. affirme avoir aperçu Olive, sa mère et sa maquilleuse à l'aéroport de Santa Barbara, attendant pour embarquer sur un vol d'American Airlines à destination de L.A. C'est fini, Andy. Ils ne l'ont pas encore officiellement annoncé, mais je te dis que le mariage est à l'eau, et notre numéro avec.

— Qu'est-ce qu'on va faire ? chuchota Andy, incapable de cacher sa panique.

— Je rentre à New York fissa et on va tout retravailler. Il y a ces deux chanteurs de country qui se sont rencontrés à Nashville – comment s'appellent-ils, déjà ? Lui est vachement plus sexy qu'elle. Leur mariage a eu lieu il y a un mois et demi, ça peut faire le sujet de couverture, ce n'est pas ça qui m'inquiète. Là, pour l'instant, ce qui me panique, c'est tout l'éditorial qu'on avait prévu autour d'Olive.

Effectivement, songea Andy, chaque article de ce numéro avait été plus ou moins choisi pour faire écho au mariage d'Olive : comment choisir un maquillage adapté à des mariées « d'âge mûr » ; où partir en lune de miel pour échapper aux regards indiscrets ;

des guides de voyage à la fois de Santa Barbara et de Louisville, assortis d'interviews de commerçants, d'organisateurs de soirée et d'hôteliers locaux.

— Bon sang, gémit-elle. On ne va jamais y arriver.

— Et ne me lance pas sur le chapitre annonceurs. À vue de nez, je dirais que 60 % d'entre eux, sinon plus, ont acheté des espaces dans ce numéro *uniquement* à cause de ce mariage. Et au moins la moitié d'entre eux sont des nouveaux venus que nous avons absolument besoin de fidéliser.

Andy entendit du bruit dans le couloir, puis la porte d'entrée claqua.

— C'est qui ? demanda-t-elle à tue-tête en essayant de contrôler la panique dans sa voix.

Elle n'attendait personne, mais elle avait indubitablement entendu la porte s'ouvrir et se refermer. Isla avait pris sa journée pour passer les épreuves du GRE, et Max était en voyage d'affaires jusqu'au lendemain.

Elle entendit des pas dans le couloir. Elle serra Clementine contre sa poitrine et écrasa les lèvres sur le combiné.

— Emily ! Quelqu'un vient d'entrer dans l'appartement. Appelle la police ! Qu'est-ce que je...

— Détends-toi, répondit Emily d'un ton irrité. C'est ta nounou. Je lui ai demandé de rappliquer le plus tôt possible.

— Isla ? fit Andy, désorientée. Mais elle a pris la...

— Elle passera ce foutu exam une autre fois, Andy. On a besoin de toi au bureau, tout de suite !

— Mais comment est-ce que tu connaissais...

— Tu te souviens à qui tu parles ? Si j'ai réussi à joindre Miuccia Prada pendant qu'elle faisait du traîneau à chiens dans les Rocheuses canadiennes un 31 décembre, je peux sans problème localiser ta nounou. Maintenant, va t'habiller et file au bureau.

La communication s'interrompit et, malgré elle, Andy sourit.

Isla entra dans la chambre d'enfant.

— Bonjour. Est-ce que Clementine va mieux ?

— Isla, je suis absolument désolée de tout ça ! J'étais loin de me douter qu'Emily allait vous appeler. Elle n'a pas le droit de vous contacter sans ma permission et de vous demander de venir travailler aujourd'hui. Je n'aurais jamais…

— C'est bon, l'interrompit Isla en souriant. Je comprends. Et puis, les deux semaines de salaire supplémentaires m'aideront à défrayer les coûts de scolarité. Donc, c'est plutôt bien.

— Ah… Vous connaissez Emily – elle n'est jamais à court de ressources, répondit Andy avec enjouement en imaginant toutes les façons dont elle pourrait tuer son amie et y prendre plaisir. (Elle embrassa la joue de sa fille et la tendit à Isla.) La fièvre est tombée mais, s'il vous plaît, reprenez sa température dans deux ou trois heures, et si elle a plus de 38, prévenez-moi. Elle peut boire autant de biberons que vous réussirez à lui en faire avaler, et un peu de Pedialyte dilué dans de l'eau, aussi. Faites en sorte qu'elle boive beaucoup. Je rentrerai dès que possible, mais ce sera peut-être tard.

Isla installa Clementine au creux de ses bras et fit signe à Andy de partir.

— Ne vous inquiétez pas, j'ai tout prévu. Emily m'a prévenue que vous auriez besoin que je passe la nuit ici, donc j'ai apporté mes affaires.

— Évidemment… marmonna Andy.

Elle aurait tout donné pour prendre une douche, mais elle savait qu'elle n'en avait pas le temps. Elle se contenta donc d'échanger sa chemise maculée de vomi contre une propre, d'attacher ses cheveux en queue-de-cheval et d'enfiler une paire de baskets qui n'auraient jamais pris le chemin du bureau en temps normal. Moins de dix minutes plus tard, elle claquait la porte de l'appartement. Son téléphone se mit à sonner à la seconde où elle grimpait dans un taxi.

— Tu m'as fait greffer une puce de géolocalisation, ou quoi ? Je monte à l'instant dans le taxi.

— Qu'est-ce qui t'a pris autant de temps ? râla Emily.

— Sans blague, Em ? Ne la ramène pas trop, répondit-elle, du ton le plus taquin qu'elle put, bien qu'elle n'eût pas apprécié la brusquerie d'Emily, qui lui rappelait l'époque de *Runway*.

— Je suis en train de foncer pour choper le dernier vol de nuit pour New York, et je viendrai directement de l'aéroport, demain matin. J'ai déjà prévenu l'équipe ; ils sont tous en route. J'ai dit à Agatha de commander à dîner pour tout le monde. Chinois, c'est le plus rapide. Vous devriez être livrés d'ici vingt minutes. Ah oui ! Je lui ai aussi demandé de planquer toutes les capsules de déca. Ce soir, je veux que tout le monde carbure à la caféine – la nuit va être longue.

— Waouh ! Tu souhaites également nous dire à quelle heure chacun doit faire sa pause pipi, ou nous pouvons décider ça par nous-mêmes ?

Emily soupira.

— Moque-toi autant que tu veux, mais toi et moi savons que nous n'avons pas le choix. Je te rappelle dans cinq minutes.

Une fois de plus, elle raccrocha brusquement – une autre fâcheuse réminiscence de l'époque *Runway*. Andy savait qu'elle allait passer la nuit au bureau et qu'Emily l'avait beaucoup aidée en prenant en charge l'organisation, mais elle ne pouvait dissiper la sensation, familière, d'être aux ordres de l'ex-première assistante de Miranda.

Lorsqu'elle passa la porte du bureau, Agatha leva les yeux, l'air franchement mécontent.

— Je suis navrée, Agatha, mais ce soir, c'est…

— Je sais, l'interrompit la fille en levant la main. Emily m'a déjà tout expliqué. J'ai commandé la bouffe, commencé à boire du café et battu le rappel.

Le ton était tellement las, si ouvertement malheureux, qu'Andy faillit se sentir mal pour elle, avant de se souvenir qu'elle-même avait dû abandonner sa petite fille souffrante aux soins de la baby-sitter, qu'Emily allait passer la nuit dans l'avion, et que de longues heures de travail les attendaient tous et toutes. Elle remercia son assistante du bout des lèvres et s'enferma dans son bureau.

Elle travailla sans interruption pendant près de deux heures, révisa le texte sur les deux chanteurs de country, nota quels détails il faudrait étoffer, ou vérifier. Au moment où elle s'apprêtait à rejoindre le département artistique pour discuter des visuels, Max appela. Elle regarda la pendule. 20 heures. Il devait avoir atterri à Boston.

— Je viens de lire ton mail. Seigneur, ça m'a tout l'air d'un cauchemar.

— Je ne te le fais pas dire. Où es-tu ? demanda Andy.

— Toujours à l'aéroport. Attends une seconde, ma voiture arrive. J'ai rendez-vous avec les gens de Kirby dans une demi-heure en ville. (Max salua le chauffeur, lui donna quelques instructions, puis reprit :) Je viens de parler à Isla. Clem n'a plus de fièvre, et elle était en train de faire chauffer son biberon.

— Sa sieste s'est bien passée ?

— Je ne sais pas, nous n'avons pas parlé longtemps. Elle a dit qu'elle restait dormir ce soir à la maison ?

— Oui, Emily a tout arrangé. Je vais passer la nuit ici.

— Emily a tout arrangé ?

— Ne m'en parle pas.

Max éclata de rire.

— Très bien. Mais tu veux peut-être me dire ce qui se passe ? Ça a l'air grave.

— Je n'en sais pas beaucoup plus que ce que je t'ai dit dans le mail, sinon qu'Olive a annulé le mariage à la dernière seconde. Franchement, je ne l'ai pas vu venir… Heureusement, nous avons un autre mariage en réserve, mais ça fiche en l'air le numéro. C'est la cata.

— Mince. Je suis désolé, Andy. Tu penses que ça va affecter le potentiel de vente ? demanda Max du ton qu'il prenait lorsqu'il essayait de marcher sur des œufs.

— Le potentiel de vente ?

— L'offre d'Elias-Clark, précisa-t-il posément. Il me semble me souvenir qu'Emily a dit en passant que la date butoir approchait. Évidemment, je ne connais pas tous les détails mais j'imagine qu'il vaudrait mieux accepter l'offre avant qu'un problème ne surgisse.

Andy se hérissa.

— Elias-Clark est le cadet de mes soucis, mentit-elle en songeant combien cette nuit de cauchemar avait des relents de *Runway*. De toute façon, tu connais mes sentiments à l'égard de cette offre.

— Je sais, Andy, mais je pense vraiment que...

— Je suis désolée, Max, il faut que je te laisse. J'ai une tonne de travail devant moi, et l'heure tourne.

Il y eut un silence, puis il dit :

— Appelle-moi plus tard, d'accord ?

Andy en convint, puis elle raccrocha. Elle regarda le désordre sur son bureau, les story-boards éparpillés par terre et, derrière les parois vitrées de son box, les assistantes, rédactrices et graphistes qui couraient dans tous les sens, et elle comprit qu'elle allait devoir rassembler jusqu'à la dernière miette d'énergie pour faire face à la nuit de travail qui s'annonçait.

Lorsque son téléphone se remit à sonner presque aussitôt, elle n'attendit même pas qu'Agatha réponde.

— Puis-je parler à Andrea Sachs, s'il vous plaît ? demanda une voix féminine, avec un accent agréable mais impossible à identifier.

— C'est moi. Qui est à l'appareil ? demanda Andy, soudain irritée – qui, à part Max et Emily, osait l'appeler au bureau à 20 heures ?

— Andrea, c'est Charla, l'assistante de Miranda Priestly.

L'irritation céda le pas à la panique. Un appel du bureau de Miranda ? Andy commença à passer en revue toutes les raisons qui pouvaient le justifier, et aucune d'entre elles n'était très attirante.

— Bonsoir, Charla. Comment allez-vous ?

Il y eut un silence. La jeune fille était sans doute en état de choc parce que quelqu'un s'était enquis de son bien-être. Andy ne se souvenait que trop bien de ce qu'on éprouvait à savoir que des gens avec lesquels on parlait tous les jours, voire toutes les heures, n'auraient même pas remarqué si l'on avait cessé d'exister.

— Je vais bien, merci, mentit la fille. Je vous appelle de la part de Miranda.

À la seule mention de ce prénom, Andy se recroquevilla.

— Oui ? fit-elle, la voix étranglée.

— Miranda vous prie de bien vouloir accepter une invitation à dîner ce vendredi soir.

— À dîner ? répéta Andy, incapable de masquer son incrédulité. Vendredi ?

— Oui. Chez elle. Je suppose que vous vous souvenez de l'adresse ?

— Chez elle ?

S'ensuivit un silence glaçant. Andy frissonna puis, au bout d'un moment, dit :

— Oui, je m'en souviens, naturellement.

— Parfait. Donc, elle vous attend. Cocktail à 19 heures, dîner à 20 heures.

Andy ouvrit la bouche, mais aucun son n'en sortit. Après un nouveau silence qui lui parut durer une éternité, elle réussit à articuler :

— Je suis désolée, mais vendredi, je ne suis pas libre.

— Oh ? Ms. Priestly sera navrée de l'apprendre. Je vais l'en informer, dit Charla, et elle raccrocha.

Andy secoua la tête, sidérée par cet échange.

Cela ne rimait à rien. Miranda voulait l'inviter à dîner ? Chez elle ? Pourquoi ? Avec qui ? Tandis que son anxiété allait *crescendo*, Andy comprit qu'il ne pouvait y avoir qu'une seule raison à cette invitation. Elle appela Emily.

— Oui ? répondit celle-ci d'une voix essoufflée.

— Où es-tu ? Tu n'as pas un avion à attraper ?

— Pourquoi crois-tu que je suis en train de courir ? Il y avait des bouchons monstrueux sur l'autoroute, et je viens tout juste d'arriver à LAX. Que se passe-t-il ?

— Eh bien, tu ne vas pas le croire, mais je viens de recevoir un coup de fil du bureau de Miranda.

— Ah ouais ? fit Emily, l'air pas surpris du tout – excité peut-être, mais certainement pas surpris. Elle appelait pour t'inviter à dîner ?

— Oui. Comment le sais-tu ?

Andy entendit une annonce à propos de la clôture imminente de l'embarquement d'un vol à destination de Charlotte, puis une voix d'homme dire :

— Mais, madame, vous n'allez pas à Charlotte…

— Putain ! Vous ne voyez pas que je suis super pressée ? Il faut vraiment que j'enlève mes sandales pour passer le contrôle de sécurité ? Non, franchement ! C'est débile.

— Madame, je vais devoir vous rappeler qu'insulter un agent de la sécurité aérienne est…

Emily lâcha un son à mi-chemin entre le grognement et le sifflement.

— Tenez, les voilà mes foutues sandales.

— Je ne sais pas pourquoi ils ne te passent pas les menottes sur-le-champ, observa Andy.

— Je le sais parce que j'ai reçu le même coup de fil de l'assistante de Miranda, enchaîna Emily.

Andy faillit en lâcher le téléphone.

— Et que lui as-tu dit ?

— À ton avis ? Je lui ai répondu que toi et moi serions ravies d'accepter son invitation. La fille a dit que Miranda pense que ce serait une bonne occasion de voir si nous sommes sur la même longueur d'ondes, d'un point de vue éditorial. C'est un dîner professionnel, Andy. On ne peut pas refuser.

— Eh bien, c'est pourtant ce que je viens de faire. J'ai répondu que je n'étais pas libre.

Il y eut d'autres bruissements et Andy se prépara à affronter la colère d'Emily, qui n'explosa pas.

— Ne t'inquiète pas pour ça, répondit-elle. J'ai répondu que nous serions toutes les deux là, toutes disposées à parler de l'avenir de *The Plunge*.

— Oui, mais je lui ai dit que…

— Charla m'a envoyé un texto il y a dix secondes. Juste après avoir raccroché avec toi, j'imagine. Elle disait que tu n'étais pas libre. Je lui ai répondu que tu l'étais. Allons, Andy ! Nous étions d'accord pour écouter ce qu'ils ont à dire. Et songe un peu à l'expérience que ça va être. Dîner chez Miranda !

— Tu as répondu à l'invitation pour moi ? Tu as accepté à ma place ?

Agatha passa la tête dans le bureau d'Andy, mais celle-ci lui fit signe qu'elle était occupée.

— Oh, Andy, arrête ! Je trouve que c'est un geste charmant de sa part de nous inviter à dîner chez elle. Elle ne fait ça que pour les gens qu'elle apprécie et respecte le plus.

Ce fut plus fort qu'elle : Andy lâcha un reniflement de mépris.

— Tu sais aussi bien que moi que Miranda n'apprécie absolument personne. Elle veut obtenir quelque chose de nous, ce n'est pas plus compliqué que ça. Elle veut *The Plunge*, et cette invitation fait partie de sa stratégie pour l'obtenir.

Emily éclata de rire.

— Évidemment. Et alors ? C'est une perspective si épouvantable, de déguster un dîner préparé par un chef formé dans un des meilleurs restaurants du monde, dans un sublime penthouse de la 5e Avenue dominant Central Park, en compagnie d'une brochette d'invités passionnants et créatifs ? Ça suffit, Andy. Tu vas venir, point barre.

— J'ai envie de vomir. Mais je ne peux effectivement pas rappeler pour te contredire. Est-ce qu'on amènera Max et Miles ? Comment doit-on s'habiller ? Tu crois qu'il y aura d'autres invités, ou bien seulement nous ? C'est au-dessus de mes forces, Em, vraiment.

— Andy, je suis en train d'embarquer. Arrête de stresser, je te trouverai un truc à te mettre, et on va tout baliser. Pour l'instant, la priorité, c'est de sauver le numéro, d'accord ? Je te rappelle dès que j'atterris, ou un peu plus tôt s'il y a du réseau à bord.

Et elle raccrocha.

L'équipe de *The Plunge* au grand complet travailla toute la nuit, toute la journée du lendemain et la nuit suivante, en faisant des micro-siestes à tour de rôle sur un matelas gonflable, dans le cagibi des fournitures, et en allant se doucher dans une salle Equinox, à deux pas de là. Emily supplia les annonceurs ayant acheté des espaces de ne pas se rétracter, plaida leur cause et les convainquit que, même sans Olive Chase, ça valait encore le coup de passer leur pub. Le département artistique travailla d'arrache-pied pour concevoir une nouvelle couverture et mettre en page un nouveau reportage en moins de vingt-quatre heures ; et Andy consacra des heures à peaufiner un éditorial expliquant avec clarté et concision la situation aux lectrices, sans donner l'impression de ravaler la mariée qu'elles avaient finalement choisie au rang de pis-aller. L'équipe était sur les rotules, et personne n'était convaincu que tous ces efforts déboucheraient à coup sûr sur un numéro qui tienne la route.

Le salut arriva à 1 heure du matin, 4 heures à Los Angeles, avec un coup de fil de l'attachée de presse d'Olive, qui leur promit solennellement que le mariage était de nouveau d'actualité. Au début, ni Emily ni Andy ne la crurent, mais la fille, qui semblait aussi hystérique et surmenée qu'elles, leur jura sur sa vie et celle de son premier-né que tout, du lâcher de colombes au « Oui, je le veux » avait été reprogrammé pour l'après-midi suivant.

— Comment pouvez-vous en être certaine ?

— Si vous aviez vu sa tête lorsqu'elles sont revenues à Santa Barbara en hélicoptère, vous le seriez également. Coiffure et maquillage à 9 heures. À 11 heures, brunch des demoiselles d'honneur ; à 14 heures, photos ; 17 heures, cérémonie ; 18 heures, cocktail ; de 19 heures à minuit, réception ; et ensuite fête, jusqu'à défection du dernier combattant. Faites-moi confiance. J'en suis sûre.

Andy et Emily se consultèrent du regard par-dessus le haut-parleur du téléphone. Emily haussa les sourcils – *On fait quoi ?* – et Andy secoua énergiquement la tête – *Non !*

— J'y serai, annonça Emily en poussant un soupir, avant de hurler à Agatha de lui réserver un billet sur le premier vol à destination de Los Angeles, et de faire savoir au photographe basé sur place qu'il allait devoir retourner à Santa Barbara. Andy voulut la remercier, mais Emily leva la main.

— Tu le ferais, si tu n'avais pas de gosse, dit-elle en rassemblant ses affaires pour rentrer chez elle et refaire sa valise.

— Bien sûr, dit Andy, sans en être certaine, cependant.

Cette charrette avait été un enfer et ne serait-ce qu'imaginer de sauter dans un avion était au-dessus de ses forces. Elle ne l'aurait jamais admis, mais si la décision n'avait tenu qu'à elle, elle aurait peut-être opté pour la voie de sortie la plus facile et continué sur la lancée du numéro retravaillé. Mais Emily faisait ce qui s'imposait et Andy lui savait gré de sa persévérance tout au long de l'épreuve.

Tout ce chaos – mettre au rancart le numéro en cours, élaborer un nouveau chemin de fer, pour finalement réintégrer celui qui était prévu au départ – avait empêché Andy de s'appesantir sur la perspective sinistre du dîner chez Miranda, mais sitôt qu'Emily eut confirmé qu'Olive ne ferait pas faux bond cette fois, elle devina qu'elle ne pourrait plus penser à rien d'autre. Miranda. Son appartement. Qui seraient les autres convives ? Les sujets de conversation ? Le menu ? Comment allait-elle s'habiller ? C'était inimaginable qu'après tant de nuits à ne dormir que d'un œil, tel un serf, elle puisse *dîner à la table de Miranda*. La raison lui imposait d'annuler. Elle décida pourtant d'inspirer un grand coup, d'accepter la robe qu'Emily se proposait de lui prêter et de se comporter en adulte. Une soirée. Elle n'allait pas en mourir.

C'est ce qu'elle se répéta en boucle jusqu'à ce que le taxi les dépose devant le somptueux immeuble de Miranda, dans l'Upper East Side, et lorsque le portier en uniforme les invita à monter dans l'ascenseur.

— Vous venez voir Ms. Priestly, dit-il, avec une intonation à mi-chemin entre l'ordre et la question.

— Oui, tout à fait, répondit Andy. Merci.

Emily la gratifia d'un regard d'avertissement digne d'une mère à bout de patience.

Quoi ? articula silencieusement Andy.

Emily leva les yeux au ciel.

Sitôt parvenues au dernier étage, le portier s'éclipsa avant qu'Andy ne puisse s'accrocher à ses basques et le supplier de la reconduire en bas. Elle voyait bien qu'Emily flippait autant qu'elle mais qu'elle cherchait à donner le change, à apparaître calme et maîtresse d'elle-même.

Elles marquèrent un temps d'arrêt devant la porte – cette même porte qu'elles avaient l'une comme l'autre franchie un nombre incalculable de fois – puis Emily se décida à toquer, doucement.

Lorsqu'on leur ouvrit, Andy remarqua aussitôt deux choses : Miranda avait entièrement refait la décoration, du sol au plafond, et la jeune fille mince qui leur avait ouvert, et dont elles ne voyaient déjà plus que le dos, était probablement une des jumelles. Ce dernier point se confirma un instant plus tard quand Cassidy, la main sur la rampe de l'escalier monumental, pivota sur son pied nu et délicat en faisant voler ses cheveux et dit :

— Ma mère va descendre sous peu. Installez-vous, faites comme chez vous.

Puis, sans un autre regard pour les invitées, elle grimpa l'escalier avec une précipitation plutôt puérile pour une fille de 18 ans. Andy se demanda pourquoi, en ce début d'octobre, la jeune étudiante était à la maison plutôt qu'à la fac.

— On fait quoi, maintenant ? chuchota-t-elle.

Elle embrassa du regard l'épaisse moquette couleur étain, l'énorme lustre en pampilles de cristal, les photographies en noir et blanc et à taille réelle de célèbres mannequins des années 50 et 60, l'assortiment de plaids en fourrure disposés sur les canapés d'inspiration victorienne et, le plus surprenant connaissant les goûts de Miranda (ou ce qu'elle croyait en connaître), des rideaux en velours d'un violet criard, au drapé si volumineux qu'il donnait envie d'y enfouir le visage. La pièce était élégante, mais se targuait aussi d'une certaine simplicité. Si la décoration de l'entrée et du salon de réception avait, à l'évidence, coûté bien plus que quatre ans de revenus d'une famille américaine moyenne, le résultat réussissait à donner l'impression qu'elle était accessible, cosy et, le plus surprenant de tout, sans apprêt.

Andy suivit Emily dans le salon et prit place à côté d'elle sur un petit canapé. Elle croisa les jambes, les décroisa ; elle mourait d'envie de boire un verre d'eau. Subrepticement, elle observa les allées et venues du personnel en uniforme, en nombre suffisant pour assurer le service de Downtown Abbey, mais personne ne vint leur offrir quelque chose à boire ou à grignoter. Elle envisageait de faire un saut aux toilettes pour réajuster son collant quand une voix par trop familière lança :

— Bonsoir tout le monde. Soyez les bienvenues. Je suis si contente que vous ayez pu venir, dit Miranda, avant de taper dans ses mains, dans un geste de ravissement assez puéril.

Andy et Emily échangèrent un bref regard – *tout le monde ?* – avant de reporter leur attention sur leur hôtesse qui semblait tellement… différente de d'habitude. C'était la première fois qu'Andy voyait Miranda porter un vêtement qui ne soit pas ouvragé, apprêté ou très ajusté. La maxi-robe vermillon sans manches, en soie, était d'une facture luxueuse et ondoyait autour de ses chevilles en vaguelettes souples et élégantes. Les boucles d'oreilles chandelier en diamants, absolument sublimes, réfléchissaient la lumière dans une succession de minuscules flashes. Une collection de bracelets Hermès cliquetait à son bras gauche, naturellement, et le seul autre accessoire consistait en une bande de cuir très souple enroulée plusieurs fois autour de sa taille de guêpe, par un jeu de superpositions à la fois désinvolte et sophistiqué. Même son éternelle coupe au carré semblait moins stricte que d'ordinaire. Mais plus surprenant encore que la robe, la coiffure ou les bijoux, et surtout plus inattendu : Miranda Priestly arborait un sourire qui avait toutes les apparences d'un sourire humain. Et presque chaleureux.

Emily se leva d'un bond et se précipita vers leur hôtesse ; il y eut un échange de bises et force compliments. Si Miranda feignait d'être heureuse de voir Emily – et Andy ne doutait pas que ce fût le cas –, il fallait reconnaître que la comédie était très convaincante. Emily s'extasia sur les rideaux fabuleux, la vue à couper le souffle, les tirages photo spectaculaires, et Miranda donna l'impression d'accueillir avec plaisir et humilité ces éloges dithyrambiques. Et puis, au moment où Andy songeait que la situation ne pouvait pas devenir plus bizarre, Miranda leur désigna d'un geste d'invite la salle à manger.

— Pouvons-nous passer à table ?

Andy regarda Emily, qui accusa brièvement le coup. Il n'y aurait donc pas d'autres convives ? Pas de cocktail ? À ce train-là, elles seraient de retour chez elles dans une heure. Andy soupçonna qu'elle était la seule à être reconnaissante de la tournure que prenaient les événements.

Elles suivirent Miranda dans la salle à manger. Andy remarqua avec soulagement que la table était dressée pour cinq. Deux autres personnes allaient les rejoindre ! La tablée ne serait pas assez nombreuse pour qu'elles puissent se fondre dans le paysage mais cela leur éviterait, au moins, d'être l'unique point de mire de Miranda.

Cassidy réapparut au moment où elles prenaient place.

— Où est Jonas ? demanda Miranda. Il ne dîne pas avec nous ?

Les lèvres étaient pincées, la moue réprobatrice. Ce Jonas ne se hissait visiblement pas très haut dans son estime.

— Non, mère. Ni moi non plus. On m'a dit en cuisine qu'il y avait encore du steak au menu ? Sans rire ?

Cassidy piocha un petit pain aux céréales dans la coupe en bois détournée en corbeille et commença à le croquer comme elle l'aurait fait d'une pomme. Sa moitié de crâne rasé lui donnait un air de sauvageonne sophistiquée et tendance.

Miranda, qui semblait sur le point d'étrangler sa fille, lui ordonna d'une voix glaçante :

— Assieds-toi, Cassidy, tu es impolie avec nos invitées.

Pour la première fois depuis leur arrivée, la jeune fille se tourna vers Andy et Emily.

— Excusez-moi, leur lança-t-elle, avant d'ajouter, à l'intention de sa mère : je suis végétarienne depuis plus d'un an, et que tu refuses d'en tenir compte est vraiment…

Miranda lança la main en l'air.

— Très bien. Je vais demander à Damien de préparer vos assiettes et de les monter dans ta chambre. C'est tout.

La jeune fille lui décocha un regard noir et sembla sur le point de riposter, mais se contenta de piocher un autre petit pain avant de filer.

Elles étaient toutes les trois seules, à présent.

À la surprise d'Andy, Miranda se reprit et redevint charmante. Pendant qu'elles dégustaient l'entrée – un ceviche de thon à l'avocat et au pamplemousse servi dans de délicats bols en cristal –, elle les régala d'anecdotes amusantes sur la Fashion Week d'octobre – les incidents, les petits ratés et les véritables désastres.

— Donc, nous étions tous sur les bancs, en train de twitter et, tout d'un coup – coupure d'électricité. Boum. Le noir total. Je ne sais même pas comment vous expliquer ce qui se passe sur le podium dans ces cas-là !

Miranda éclata de rire et Emily l'imita. Tandis que les serveurs apportaient des assiettes de bœuf Wagyu finement tranché et qu'Andy se demandait ce qui pouvait bien se passer sur un podium plongé dans le noir, Miranda se tourna vers elle.

— Avez-vous des projets de voyage ? demanda-t-elle, l'air non seulement attentif mais intéressé.

— Uniquement pour le magazine, répondit Andy en découpant soigneusement sa viande. Je pense que le mois prochain j'irai à Hawaï couvrir le mariage des Miraflores.

Miranda mastiqua sa bouchée, puis l'avala délicatement. Elle but une gorgée de vin blanc et approuva d'un mouvement de tête.

— Mmm… je me suis toujours demandé comment était l'État d'Aloha pendant la saison touristique. Il faudra que vous me fassiez part de vos impressions. Et faites-moi penser à vous donner le nom de notre chauffeur à Maui, si jamais vous allez là-bas ; c'est le meilleur.

Andy la remercia et risqua un coup d'œil vers Emily, qui la regarda d'un air de dire : *Tu vois ?* Andy ne pouvait pas affirmer le contraire. Elle n'aurait jamais pensé cela possible, mais peut-être Miranda s'était-elle réellement adoucie au cours des dix dernières années.

Elle était en train de leur recommander de visiter une villa en particulier du Tryall Club, un établissement huppé des Caraïbes, lorsqu'un bruit leur parvint depuis l'entrée. Personne ne sembla le remarquer. Miranda poursuivit sa description de la villa – la superbe piscine à débordement, les chambres aux aménagements ultra-modernes, la vue à couper le souffle sur la mer –, puis reporta son attention sur Andy et lui demanda des nouvelles de Clementine.

— Quel prénom ravissant, dit-elle d'une voix flûtée. Avez-vous des photos ?

Avez-vous des photos ? Andy, sachant qu'il serait mal avisé de dégainer son portable, secoua la tête.

— Non, je suis désolée. Pas sur moi.

Miranda se comportait comme une personne... normale. Et Andy s'apprêtait à s'enquérir à son tour des jumelles quand un mouvement, à proximité de la porte d'entrée, détourna son attention. Miranda et Emily suivirent son regard. C'était Charla, qui avançait sur la pointe des pieds, l'air exténué, et semblant ployer sous le poids du Book et des sacs de pressing, en nombre suffisant pour habiller toute la population de l'East Side. Ce n'est qu'après avoir déposé le linge dans le premier placard de gauche et le Book – le précieux, le révéré Book – sur la console située sous un imposant miroir à chevrons que la jeune fille remarqua qu'elle était observée.

— Excusez-moi, Miranda, chuchota-t-elle.

Andy eut envie de se lever pour aller serrer la malheureuse dans ses bras. Charla ne s'était pas montrée particulièrement sympathique, ni en personne ni au téléphone, mais Andy comprenait. Et en cet instant, la pauvre semblait terrifiée.

— Vous excuser de quoi, au juste ? lança Miranda en haussant les sourcils, mais sans paraître aussi horrifiée par cette interruption intempestive qu'Andy ne s'y attendait.

Charla tourna alors vivement la tête vers la porte d'entrée.

— De moi ! chantonna une voix. Elle a essayé de m'empêcher de venir, elle a vraiment essayé, mais il me fallait impérativement une réponse ce soir.

Nigel. Auquel Charla n'avait pas réussi à tenir tête et qui s'était incrusté d'office dans le convoi.

— Charla, c'est tout ! lança Miranda avec une irritation manifeste, et la jeune fille s'éclipsa sans demander son reste.

— Chérie ? Où êtes-vous ? piailla Nigel. Je n'arrive jamais à vous trouver, dans cette caverne !

Miranda frappa dans ses mains.

— Nigel, arrêtez de hurler. Nous sommes ici, dans la salle à manger.

Dire que Nigel fit une entrée remarquée était un euphémisme : drapé dans des couches et des sous-couches de tartan, les mollets enveloppés de chaussettes assorties au kilt, il donnait l'impression qu'un nuage de pluie écossaise venait de s'éventrer dans l'appartement. La musique semblait soudain plus forte. L'ambiance plus électrique. Même l'air ambiant se chargea d'un parfum curieux mais agréable de pins et d'assouplissant ; ou bien était-ce une odeur de laque ?

Miranda soupira, mais on voyait bien qu'elle n'était pas aussi agacée qu'elle voulait bien le laisser paraître.

— Que nous vaut ce plaisir ?

— Je suis affreusement désolé de vous interrompre, vous le savez, mais je vais finir par me tuer à force d'hésiter sur le choix de la double page : est-ce qu'on passe la robe longue de la Renta, ou celle d'Alexander McQueen ? Elles sont complètement différentes, je sais, et je n'arrive pas à trancher. J'ai besoin de votre avis, conclut Nigel en sortant deux planches d'une sacoche à bandoulière en serpent.

Miranda accorda à peine un regard à chaque double page et posa une griffe rouge sur celle de gauche – un ruissellement de volants roses qui ne semblait pas, du moins pour l'œil peu exercé d'Andy, porter la griffe de l'un ou l'autre créateur.

— Celle-ci, évidemment, répondit Miranda en rendant les planches à Nigel. Je pense que la lectrice appréciera de voir qu'Oscar prend des risques.

Nigel opina.

— C'est exactement ce que je pensais.

Comme en réponse à un signal, un serveur surgit tel un ninja et vint remplacer l'assiette de Miranda par un *latte* fumant.

Miranda y ajouta d'un geste délicat une cuillerée de sucre et en but une gorgée. Elle n'invita pas Nigel à s'asseoir, mais ne lui suggéra pas de prendre congé non plus. Après un bref instant de flottement inconfortable, Nigel s'exclama :

— Mais qui vois-je là ?! Quel mal élevé je fais ! La *dream team* du mariage ! Bonjour, Emily. Bonjour, Andrea. Quel effet cela fait-il d'être assises à cette table ?

C'est totalement bizarre et flippant, aurait volontiers répondu Andy, mais elle se contenta de sourire.

— Salut, Nigel. Contente de te voir.

Nigel les dévisagea, avec juste ce qu'il fallait d'insistance pour les mettre mal à l'aise, avant de scruter bijoux, coiffures et vêtements, sans prendre la peine de dissimuler ce qu'il en pensait.

— C'est merveilleux de vous revoir, mesdames. Alors, sommes-nous déjà en train de fêter l'événement ? Ou bien en sommes-nous encore aux assommantes discussions logistiques ?

Andy remarqua que Miranda baissait les yeux et contemplait sa tasse, l'air gêné.

— Nous passons un moment agréable ensemble, répondit-elle sobrement. Marietta, apportez, s'il vous plaît, une assiette à Nigel.

Mais, apparemment, Nigel ne comprit pas le message.

— Mesdames ! Ne sommes-nous pas tous et toutes ravis que *The Plunge* rejoigne la grande famille Elias-Clark ? En ce qui me concerne, je suis aux anges !

(Et, comme personne ne lui répondait, il poursuivit :) Andy, pourquoi ne pas faire part à Miranda de ton idée de couverture ?

Sans doute Andy eut-elle visiblement un blanc, car Nigel lui souffla :

— Sur moi ? Et mon bien-aimé ? Tu ne peux pas avoir oublié !

— Ah oui, murmura-t-elle, sans trop savoir quoi dire mais prête à tout pour combler le silence. Je pensais que ce serait une idée formidable de faire passer le mariage de Nigel et Neil dans le numéro d'avril. Vous vous mariez entre Noël et le jour de l'an, n'est-ce pas ? Pour nous, ce serait un timing parfait.

Nigel se fendit d'un sourire jusqu'aux oreilles.

Emily tourna la tête, plusieurs fois de suite, pour regarder Andy, puis Nigel et Miranda ; on aurait dit qu'elle suivait un échange de balles de l'US Open.

Miranda but une gorgée de vin et hocha la tête.

— Oui, Nigel m'a touché deux mots de votre idée, que je trouve excellente. Naturellement, le tout premier sujet sur un mariage entre personnes du même sexe mérite selon moi une parution dans le numéro de juin. Celui d'avril serait trop anecdotique. Mais j'adore l'idée.

Andy se sentit rougir.

— Juin ou avril, je sais que ce sera formidable, intervint alors Emily. Andy et moi pensions organiser une séance photo à la mairie, quand les tourtereaux iront déposer leurs bans. On serait dans un angle plus sociologique, susceptible de capturer la nature historique du moment.

L'attention de Miranda se focalisa immédiatement sur Emily, et un éclair de colère familier traversa son regard.

— La mairie évoque tout de suite la paperasserie, les détecteurs de métaux et ces gens déprimants qui viennent quémander des aides. Nigel et Neil sont glamour, stylés, sophistiqués. Tout le contraire de l'univers administratif.

— J'approuve, j'approuve totalement ! caqueta Nigel.

— Je vois ce que vous voulez dire, convint Emily, et elle semblait sincère.

Andy fixa la nappe et se détesta de ne pas intervenir.

— Je défends, il va de soi, le mariage homosexuel, mais un article qui rate sa cible ne profitera à personne. Je sais que la lectrice de *The Plunge*, même si elle est ravie que les homosexuels puissent se marier, n'a que faire d'un article politique ennuyeux. Elle veut voir de beaux vêtements ! De belles fleurs ! Des bijoux de luxe. Du romantisme ! N'oubliez jamais ceci, ajouta-t-elle en se tournant vers Andy. Votre seul travail consiste à donner aux lectrices ce qu'elles veulent. Aborder le droit des homosexuels serait un mauvais calcul, et très dommageable.

— Bien dit, murmura Nigel.

Emily semblait mal à l'aise – sans doute se faisait-elle du souci quant à la réponse d'Andy –, mais elle hocha néanmoins la tête.

— Vous avez tout à fait raison, Miranda. Andy et moi nous efforçons toujours de satisfaire les attentes de la lectrice. Nous ne pourrions être davantage sur la même longueur d'ondes. Tu ne penses pas, Andy ? demanda-t-elle, en se tournant vers elle pour lui lancer un regard d'avertissement.

La riposte était là, sur le bout de sa langue, mais Andy se retint. Qu'y avait-il à gagner à un affrontement ? D'une certaine façon, c'était un soulagement de voir réapparaître l'ancienne Miranda. Elle avait réussi à feindre des qualités humaines inexistantes chez elle le temps de manger une entrée et un plat, ce qui était un exploit en soi. La voir déployer charme, grâce et amabilité était perturbant, déstabilisant. Là, au moins, on revenait en terrain connu.

Andy reposa sa tasse de café. Elle allait procéder

en douceur, autant qu'elle le pourrait, mais n'irait pas jusqu'à feindre d'être d'accord avec les trois autres convives juste pour ne pas troubler cette ambiance de trêve. En outre, peut-être n'était-ce pas un mauvais calcul de laisser Miranda sortir du bois. Emily verrait, une bonne fois pour toutes, qu'en cas d'acquisition par Elias-Clark, elles seraient obligées de faire allégeance aux directives de cette femme pendant très, très longtemps.

— J'entends ce que vous dites et, naturellement, nous faisons notre maximum pour offrir à nos lectrices de beaux sujets, mais qui sont aussi intéressants. D'après tous les retours que nous avons, elles adorent entrevoir d'autres cultures et traditions – surtout lorsque celles-ci sont très différentes des leurs. C'est pour cela que je pensais qu'une nouvelle rubrique sur le mariage homosexuel un peu partout dans le monde pourrait les passionner. Les mentalités et les lois sont en train de changer très rapidement, et pas simplement aux États-Unis. En Europe, bien sûr, mais il y a également eu de grandes avancées dans des pays assez inattendus, en Asie et en Amérique latine. Il y a encore du chemin à parcourir, mais pour la première fois, l'optimisme est de mise. Cette rubrique ferait une belle vitrine pour le magazine, et pourrait œuvrer à installer…

Miranda éclata de rire – un rire strident et qui, quoique dénué de joie, s'accompagna d'un sourire qui dévoila ses dents. Andy ne put réprimer un frisson.

— Comme c'est mignon, dit-elle en posant les couverts en travers de son assiette à dessert.

Immédiatement, une équipe de trois personnes surgit pour débarrasser la table, même si deux convives n'avaient pas encore terminé.

— Mignon ? répéta Andy.

— Votre domaine, c'est les mariages, An-dre-âââ. Vous n'êtes pas une publication universitaire. Ni un newsmagazine. Pareils sujets n'ont pas leur place dans *The Plunge*, je ne le permettrai pas.

Je ne le permettrai pas.

Andy releva la tête brusquement, mais elle était apparemment la seule à avoir remarqué que Miranda venait de confirmer, sans ambiguïté, qu'elle projetait d'approuver, corriger, supprimer, autoriser ou interdire, et amender chaque mot qui serait imprimé dans le magazine. Et que, de surcroît, elle ne se souciait même pas de masquer son jeu en prétendant qu'il en irait autrement.

— Oui, mais c'est notre magazine, objecta Andy, dans un quasi-chuchotement.

Miranda eut l'air surpris et, là encore, Emily et Nigel se tinrent cois.

— Votre magazine, c'est un fait, répondit Miranda en reculant sur sa chaise et en croisant les jambes – elle donnait l'impression de s'amuser énormément. Mais ai-je besoin de vous rappeler qu'il vous reste encore un très long chemin à parcourir ?

— Naturellement, il est toujours possible de s'améliorer. Andy et moi étions justement...

— N'importe quel magazine se juge à son numéro de septembre, reprit Miranda en ignorant royalement l'intervention d'Emily. Et le vôtre était... Comment dire ? Chétif. Songez à toutes les marques qui se bousculeront pour acheter des espaces publicitaires sitôt qu'elles auront appris que *The Plunge* est associé à *Runway*, à son expérience, à son prestige. Songez aussi que vous pourriez continuer à citer mon nom, mais en toute légitimité, cette fois.

Emily semblait prête à ramper sous la table.

Andy toussota et se sentit rougir.

— Je suis désolée, mais nous citons *Runway* uniquement pour nous ouvrir des portes ; nous gagnons tout le reste grâce à notre travail, précisa-t-elle, encore sous le choc de découvrir que Miranda était au courant de leur petite combine.

— Oh, s'il vous plaît, ne nous faites pas un infarctus. Bien entendu, que vous avez gagné tout le reste. Vous avez réussi, sinon nous ne serions pas ici. Mais il est temps de remonter la barre d'un cran. Qui étaient ces gens qui ont fait votre dernière couverture, déjà ? Ces Grecs ?

Emily lui dit qu'il s'agissait du fils du Premier ministre grec qui épousait l'héritière d'une des plus vieilles fortunes du monde. Des jeunes gens très glamour, l'un et l'autre diplômés de Cambridge et amis du prince William et de la princesse Kate.

— Eh bien, ils n'avaient rien d'inoubliables, trancha Miranda. Il y en a assez des étrangers – à moins qu'ils ne soient eux-mêmes de sang royal. Nous avons besoin de couples qui incarnent la réussite sociale. Et franchement, à cet égard, le numéro avec votre propre mariage, An-dre-âââ, poussait un peu loin l'interprétation de ce concept. Certes, Maxwell Harrison est issu d'une lignée aux succès notoires, mais il n'est pas un exemple assez fascinant pour porter un numéro entier. Qui achètera un magazine avec d'illustres inconnus en couverture ?

— Nos ventes en kiosque ont été exceptionnelles, ce mois-là, parvint à objecter Andy, tout en n'étant pas en total désaccord avec Miranda.

Emily semblait prête à bondir.

— J'entends ce que vous dites, Miranda. Je pensais que nous aurions dû prendre une autre direction pour la couverture, mais la série de photos de Saint-Germain était un si beau coup…

Miranda lâcha un éclat de rire qui ressemblait à un aboiement.

— Lorsque vous travaillerez pour moi, les grands photographes seront de rigueur. Avec le soutien de *Runway*, vous serez en mesure de négocier les contrats selon vos propres termes.

— Vous voulez dire vos termes *à vous*, observa Andy à voix basse.

— Des termes qui vous assureront la collaboration des plus grands créateurs, photographes, stylistes, et des célébrités de votre choix. Vous n'aurez qu'à demander. Voilà ce que je veux dire.

Nigel partit d'un sifflet.

— C'est la meilleure, mesdames ! s'enthousiasma-t-il. Ouvrez grandes vos oreilles : on n'a pas tous les jours la chance de recueillir un tel conseil de la bouche même de Miranda Priestly.

Andy et Emily échangèrent un regard, mais Miranda n'en avait pas terminé.

— Et vous allez devoir renouveler votre équipe. Je ne veux que les meilleurs. Raison pour laquelle je vous veux *vous*. Mais la période de transition nous permettra précisément de faire le ménage et de nous débarrasser de quelques éléments parasites. Ah, et c'en sera terminé de ces âneries d'« aménagement du temps de travail » ou de « télétravail ». Ce sont des pratiques que nous avons bannies, à *Runway*, et cela fait une énorme différence.

Andy songea aussitôt à Carmella Tindale, sa directrice éditoriale adorée qui ferait sans doute partie de la charrette. Et pire que ça : Andy devrait dire adieu à ses horaires flexibles. Finis, les mardis ou jeudis matin à la maison avec Clem, ou les visites chez le pédiatre.

Emily s'éclaircit la voix.

— Je ne suis pas certaine qu'il y ait dans l'équipe beaucoup de personnes que nous puissions nous permettre de perdre.

Andy lui décocha un regard acéré.

— Nous avons une équipe formidablement dévouée, qui ne compte pas ses heures et consent d'énormes sacrifices pour le magazine, poursuivit-elle. Je ne voudrais pas m'en séparer – d'aucun d'entre eux.

Miranda leva les yeux au ciel comme si cette conversation prenait un tour épuisant.

— Ces filles-là ne comptent pas leurs heures afin de pouvoir dévaliser la réserve de produits et parler au téléphone avec des stars. Chez Elias-Clark, elles auront les mêmes opportunités, multipliées par dix. Raison pour laquelle elles doivent toutes être présentables. Et formées selon les critères de *Runway*. J'y veillerai personnellement.

— Oui, je pense effectivement que… commença Emily, mais Miranda l'interrompit.

— Et pour en revenir au mariage de Nigel… (Miranda marqua une pause pour s'assurer qu'elle avait l'attention générale) je vous garantis que ce sera votre numéro le plus épais à ce jour. De loin.

— Emily et moi avons déjà quelques idées précises sur la façon dont nous voulons qu'il…

— Les amies ! s'écria Nigel. À quoi bon se chamailler pour des broutilles ? Vous êtes toutes bien conscientes, je n'en doute pas, que s'agissant du mariage du siècle – le mien – c'est moi qui trancherai. Considérez que je suis votre souverain intrépide, et vous mes dames d'honneur.

Nigel repoussa sa chaise, se leva et rabattit magistralement sa cape sur les épaules.

Emily éclata de rire la première, suivie par Andy ; Miranda se contenta d'un sourire pincé, hargneux.

— À notre union sacrée ! tonna Nigel, régalien, en saluant à la romaine. Et soyez sans crainte : Nigel a suffisamment de sensationnel en réserve pour tout le monde. Et maintenant, que diriez-vous de porter un toast ?

Comme par magie, un serveur émergea de la cuisine avec quatre flûtes à champagne et une bouteille de Moët sur un plateau.

— Ah non, non, ça ne va pas le faire, marmonna Nigel.

Il disparut dans la cuisine et en revint avec quatre élégants petits verres en cristal. À y regarder de plus près, il s'agissait plutôt de tasses à expresso, mais Nigel ne s'était pas embarrassé de ce détail.

— C'est quoi ? demanda Emily en acceptant le sien délicatement entre le pouce et l'index.

— Nigel, franchement, dit Miranda avec une feinte exaspération mais en acceptant elle aussi un verre.

— Aux géniales collaborations entre femmes de génie ! lança Nigel en brandissant le sien à bout de bras. *The Plunge* est une jeune femme qui a bien de la chance d'avoir autant de prétendants !

— Bien dit, Nigel, approuva Emily en se penchant pour trinquer avec lui.

— Buvez ! ordonna-t-il d'une voix suraiguë, et Emily éclata de rire.

Andy regarda, médusée, Miranda tremper délicatement ses lèvres dans le breuvage, une fois, deux fois. Ne voulant pas être la seule en reste, elle songea à ses années de fac, inspira un grand coup, et vida son verre cul sec. L'alcool brûla sa gorge et lui fit venir les larmes aux yeux. Elle n'aurait su dire si elle venait d'ingurgiter de la vodka, du bourbon, du gin, ou tout autre chose.

— C'est infect, décréta Miranda en examinant le fond d'alcool dans son verre. Je suis épouvantée à l'idée que vous ayez déniché cela sous mon toit.

— Rassurez-vous, répondit alors Nigel avec un sourire diabolique, en faisant apparaître de sous sa cape une flasque en argent et en cuir, dont le bouchon s'ornait d'un gros N chantourné.

Le dîner se termina sans autre incident, mais Andy restait étourdie par la conversation. Lorsque Miranda raccompagna ses invités dans le hall d'entrée, Andy dut prendre sur elle pour ne pas récupérer son manteau précipitamment et s'enfuir à toutes jambes.

— Merci infiniment pour cette soirée incroyable, dit Emily, et, non contente de se répandre en effusions, elle embrassa Miranda sur chaque joue comme si elles étaient d'anciennes camarades.

— Oui, chérie, vous vous êtes vraiment surpassée, renchérit Nigel.

En dépit de la température très douce à l'extérieur, il enfila une paire de mitaines et drapa un châle en cachemire de la taille d'une couverture autour de sa tête et son cou. Seule Andy sembla remarquer que le dos de Miranda se raidissait et que ses mâchoires se crispaient.

— Merci, Miranda. C'était un dîner très agréable, dit-elle à voix basse en boutonnant son manteau d'une main nerveuse.

— An-dre-âââ, répondit Miranda, à voix toute aussi basse, mais dans laquelle résonnait une note de dureté.

Andy releva la tête et faillit perdre l'équilibre : Miranda la dévisageait avec une haine si palpable, si implacable, qu'elle en eut le souffle coupé.

Comme Nigel et Emily débattaient des avantages de partager un taxi, ils ne remarquèrent pas que Miranda enveloppait ses longs doigts minces autour de l'épaule d'Andy, l'attirait vers elle et se penchait pour lui murmurer quelques mots à l'oreille. Jamais Andy ne s'était trouvée aussi près de cette femme ; ses bras et sa nuque se hérissèrent de chair de poule.

— Vous allez signer ces papiers cette semaine et arrêter de nous mettre des bâtons dans les roues.

Avant qu'Andy ne puisse seulement songer à répondre, le liftier apparut à la porte, quelques derniers au revoir furent échangés, et personne ne remarqua qu'Andy se dirigeait vers l'ascenseur sans mot dire.

Ils se retrouvèrent tous les trois sur le trottoir ; Emily et Nigel, éméchés et hilares, se tenaient par la main.

— Au revoir, mes chéries, lança Nigel en se glissant dans un taxi, sans proposer aux deux filles de les déposer ni leur laisser l'opportunité de monter à bord. Je suis impatient de retravailler avec vous.

Au moment où Emily tendait le bras pour héler un second taxi, une limousine s'arrêta devant elles. Le chauffeur, un homme grisonnant dont la physionomie respirait la gentillesse, demanda :

— Vous êtes les invitées de Ms. Priestly ? Elle a demandé que l'on vous reconduise chez vous, ou là où vous souhaitez aller.

Emily gratifia Andy d'un regard triomphant et se laissa choir sur la banquette.

— Est-ce que ce n'est pas attentionné de sa part ? jubila-t-elle en étirant les jambes.

Andy était encore sous le choc. Miranda l'avait-elle menacée ? Ou avait-elle rêvé ? Elle n'arrivait pas à trouver les mots pour relater l'incident à Emily.

— Quel dîner fabuleux ! J'adore sa nouvelle déco, et, bien entendu, le repas était à tomber. Après coup, je pense qu'il valait mieux que Cassidy et son petit ami ne dînent pas avec nous. Miranda a pu se concentrer exclusivement sur nous, et nous dévoiler sa vraie vision pour *The Plunge*. Je sais que certains aspects peuvent sembler un peu… extrêmes. Mais n'est-ce pas incroyable que l'un des plus grands esprits de l'univers de la mode et de la presse magazine veuille nous aider, et aider *The Plunge* à jouer dans la cour des grands ? C'est presque trop beau pour y croire !

Pourquoi Emily ne semblait-elle pas bouleversée ? N'avait-elle pas entendu Miranda reconnaître sa ferme intention d'annexer *The Plunge* et d'en faire son fief ? Elle comptait superviser embauches et licenciements, dicter toutes les décisions, éditoriales comme commerciales, instituer des horaires draconiens, promulguer des *dress codes* ? Emily ne comprenait donc pas qu'elles allaient, en gros, redevenir ses assistantes, qu'elles n'auraient plus vraiment leur mot à dire, qu'elles ne pèseraient d'aucun poids dans les décisions, et seraient réduites à de simples pions que Miranda déplacerait au gré de ces envies et humeurs ?

— J'ai l'impression que nous n'étions pas au même dîner, observa Andy.

— Je crois qu'elle a vraiment changé. Elle n'aurait pas pu être plus charmante, ce soir.

Emily arborait un sourire béat, comme au sortir d'un massage intégral.

— Mais enfin, tu ne l'as pas entendue dire « Je ne le permettrai pas ! », comme s'il s'agissait de son magazine ? Et son insistance pour que Nigel et Neil passent dans le numéro de juin ? Je ne voulais pas en parler ce soir, mais j'ai peut-être une piste du côté d'Angelina et Brad. Et si elle porte ses fruits, à qui donnerons-nous la couverture de juin ? À Nigel, flamboyant journaliste et muse de Miranda Priestly ? Ou à *Brangelina* ? Non, franchement !

Emily ferma les yeux et exhala voluptueusement.

— Tu n'as pas eu envie de rentrer sous terre lorsque l'assistante a débarqué ?

— Ne m'en parle pas. La pauvre. Elle a dû paniquer. Ouvre les yeux, Em. Miranda n'a pas changé. Elle traite ses assistantes comme des esclaves. Elle n'a pas accordé un seul regard à cette fille, sauf pour la congédier. Je parie qu'elle va la virer pour n'avoir pas su empêcher Nigel de la suivre.

— Oui mais, quelle idiote aussi d'avoir laissé qui que soit – même Nigel – l'accompagner pour déposer le Book et le pressing. C'est de la sottise pure et simple. Jamais nous n'aurions commis un impair pareil. Enfin, toi, si, sans doute, mais j'aurais immédiatement rectifié le tir. Miranda a tout intérêt à virer cette gourde dès demain matin.

Tandis que la limousine filait le long de la 5e Avenue, Andy regarda par la vitre les belles façades aux fenêtres illuminées. Tant de changements étaient intervenus depuis qu'elle avait quitté *Runway*. Cela ne s'était pas fait en un jour, il lui avait fallu travailler d'arrache-pied, surmonter pas mal de chagrins, mais elle avait finalement la sensation d'avoir trouvé la paix : elle avait des amies sincères, une sœur et des parents aimants, une carrière stimulante et épanouissante, et surtout une famille à elle. Un mari. Une petite fille. Rien ou presque ne s'était déroulé de la façon dont elle s'y attendait, mais quelle importance ?

— Quelle soirée géniale, non ? soupira Emily, les yeux clos, les joues empourprées de plaisir.

Andy ne dit rien.

— Je crois que Miranda a franchi un cap énorme, ce soir. Et pas seulement vis-à-vis de nous. Elle a changé, en mieux, c'est certain. Tu ne trouves pas ?

— Em, je...

Andy laissa sa phrase en suspens, trop épuisée pour s'engager dans le conflit qui allait sans nul doute éclater sitôt qu'elle aurait prononcé les mots qu'elle ne pourrait plus taire très longtemps.

— Déjeunons ensemble cette semaine et prenons une décision sur l'offre d'Elias-Clark une bonne fois pour toutes, d'accord ? reprit-elle. La dernière fois que nous étions supposées en discuter, nous avons été déviées de notre sujet. Nos positions divergent manifestement, mais nous nous devons, pour nous-mêmes et toutes les autres personnes concernées, d'arrêter une décision, OK ?

Emily rouvrit les yeux. Elle sourit et donna à Andy un petit coup de coude dans le flanc.

— Ça marche. Je suis la première à admettre que Miranda était une vraie tarée, à l'époque, et qu'elle est sans doute encore un peu dingue, mais nous pouvons la gérer, Andy. Crois-moi, nous formons une équipe d'enfer et nous pourrions accomplir des choses incroyables chez Elias-Clark.

— On voit ça au déjeuner, répondit Andy, en sentant se réveiller une crampe d'appréhension désormais familière.

En ce qui la concernait, la soirée avait définitivement sonné le glas d'une quelconque négociation. Sa décision était prise, ferme et définitive. Elle avait travaillé trop longtemps, et trop dur, pour arriver là où elle en était. Et tout ça pour quoi ? Pour renoncer une fois de plus à sa vie, et la remettre entre les mains de Miranda Priestly ?

Cette semaine, elle l'annoncerait à Emily. Elle n'avait plus le choix.

Chapitre 20

Un container de Botox

Le réveil était en train de sonner à tue-tête. Désorientée, Andy roula sur le côté pour regarder le cadran, et faillit tomber du lit. 11 heures ! Comment était-ce possible ?

— Détends-toi, dit Max en posant sa paume tiède sur son bras. Nous ne sommes pas en retard. Nous avons largement le temps.

— En retard pour quoi ?

— Je te dis juste que nous avons le temps.

— Où allons-nous ? Où est Clementine ?

Max éclata de rire. Il était déjà habillé et lisait sur son iPad, tranquillement allongé sur les couvertures.

— Clem fait une petite sieste, mais elle ne va pas tarder à se réveiller. Tu dormais d'un sommeil de plomb. Et nous sommes attendus pour un brunch avec ton groupe de jeunes mamans. Ça te rappelle quelque chose ?

Andy gémit. Le souvenir du dîner de la veille lui revint. Miranda l'avait-elle réellement menacée ? Le groupe de jeunes mamans était très sympathique, mais se préparer (et préparer le bébé) pour aller bruncher en compagnie de tout un tas de gens était, en cet instant, aussi enthousiasmant que la perspective d'une visite chez la gynécologue.

— Oui, malheureusement, répondit-elle. Le brunch avec les maris... Nous avons passé les trois derniers mois à divulguer des détails intimes sur nos vies respectives – y compris la tienne. Il est temps de rencontrer les sujets de notre analyse collective.

— Super programme. Tu as dit qu'on était attendus à midi et demi ?

Andy hocha la tête. Elle était sur le point de lui raconter le dîner chez Miranda lorsque le téléphone de Max sonna.

— Je dois répondre, s'excusa-t-il en quittant la chambre.

Andy retira son tee-shirt et s'étira voluptueusement sous les couvertures. Les draps avaient la douceur de la soie, ils étaient frais contre sa peau nue et, l'espace d'une ou deux minutes, elle parvint à chasser Miranda de son esprit. La douche fut encore plus agréable et lui procura quelques minutes de paix supplémentaires.

Elle était en train de s'essuyer quand Max entra dans la salle de bains et enlaça son corps nu et tiède. Il enfouit le visage dans sa nuque et inspira profondément.

— J'avais tellement envie de te réveiller hier soir, dit-il.

— Pourquoi ne l'as-tu pas fait ? murmura Andy.

Elle répugnait à reconnaître qu'elle avait été plus soulagée que déçue en découvrant, la veille au soir, au retour de chez Miranda, que Max n'était pas encore rentré de son dîner avec un client. Elle n'avait tout simplement pas l'énergie de raconter sa soirée dans les détails.

— Tu viens de passer quinze jours de folie. Tu avais besoin de sommeil, répondit Max en rinçant son rasoir sous le jet d'eau chaude. Alors, comment ça s'est passé ?

Andy alla ouvrir son placard, attrapa le premier truc qui lui tomba sous la main et retourna s'habiller dans la salle de bains.

— C'était… intéressant.

Max la regarda en haussant les sourcils, par miroir interposé.

— Développe un peu…

— Miranda a sans conteste fait un effort surhumain pour se montrer charmante – c'est presque flatteur qu'elle veuille à ce point acquérir *The Plunge* – mais ensuite, elle est redevenue telle qu'en elle-même.

— À savoir ?

— Elle n'a même pas essayé de cacher son intention de tout contrôler de A à Z. Bien au contraire. J'étais presque choquée de la voir annoncer la couleur de façon aussi frontale.

Quelque chose dans l'expression de Max la hérissa.

— Quoi ? lança-t-elle, mais il sembla éviter de croiser son regard.

— Andy, tu penses que je ne comprends pas combien ç'a été dur pour toi de travailler pour Miranda et, pour tout dire, tu as sans doute raison. Personne ne le comprend. Mais tu ne crois pas que tu pourrais tourner la page et prendre la bonne décision, ici ?

Andy, prise d'un accès de pudeur parce qu'elle était encore seins nus, attrapa un peignoir.

— Je doute fort que Miranda cherche à vous pourrir la vie à toutes les deux, reprit Max.

— Oui, je sais, répondit-elle en le dévisageant. Ce n'est d'ailleurs pas du tout comme ça qu'elle opère. Le fait qu'elle te pourrisse la vie est un dommage collatéral. Mais je ne vois pas en quoi ça peut me consoler…

— Tu sais comment tenir tête aux tyrans, Andy. Et, dans le pire des cas, Miranda n'est jamais que ça : un tyran. Un banal tyran de cour de récré.

— Seul quelqu'un qui n'a jamais travaillé pour elle peut dire un truc pareil, observa Andy avec autant de légèreté que possible en dépit de son irritation.

Une part d'elle voulait éviter de poursuivre cette conversation, mais elle comprenait que, à force de chercher à effacer jusqu'au souvenir de Miranda pendant des années, elle n'avait jamais décrit honnêtement le personnage à Max. Il savait qu'elle était cassante, qu'elle avait l'esprit de contradiction, une « personnalité difficile ». Max n'ignorait pas qu'elle avait la réputation d'être une patronne dure et exigeante. Il l'avait lui-même croisée assez souvent pour avoir pu observer combien elle pouvait être sèche et distante. Plus que distante : « antipathique » – ainsi qu'il l'avait qualifiée la première fois que Barbara les avait présentés. Mais pour une raison qui lui échappait, Max ne semblait pas comprendre qui était la vraie Miranda. Un être malfaisant, méchant, et même sadique qui, à ce jour encore, hantait les rêves de la femme qu'il avait épousée.

Andy inspira et s'assit sur le rebord de la baignoire.

— Si elle n'était qu'un tyran, Max, tu as raison, je saurais le gérer. Mais elle est pire que ça. Et presque plus difficile à manœuvrer. Elle est obnubilée par son propre intérêt, et prête à piétiner tout et tout le monde pour le servir. Ses assistantes, ses rédactrices, ses soi-disant amis – parce que je ne crois pas qu'elle ait de vrais amis, seulement des connaissances dont elle a besoin socialement, ou dont elle peut tirer des bénéfices –, tous ces gens ne sont que des figurants dans l'espèce de réalité virtuelle qui lui sert de vie, et où le seul objectif est de lui assurer la victoire. À n'importe quel prix. Que tu sois un créateur, le P-DG d'Elias-Clark ou la rédac' chef du *Runway* italien, si tu arrives en retard à un déjeuner avec Miranda Priestly, elle ne t'engueulera pas, elle ne te fera pas une leçon de courtoisie, non, elle passera simplement sa commande au moment précis où elle est prête, que tu sois arrivé ou pas, et lorsqu'elle aura terminé, elle partira. Tu étais en retard parce que ton gamin est malade ? Que ton taxi a eu un accident ? Elle s'en fiche éperdument. Est-ce qu'elle a des scrupules à sonner son chauffeur au moment où ton potage arrive ? Pas le moindre.

Parce que tu n'es rien pour elle. Elle ne respecte pas les mêmes règles sociales que toi et moi. Elle a découvert il y a longtemps que le moyen le plus rapide pour arriver à ses fins consistait généralement à humilier, critiquer, rabaisser ou intimider les gens afin qu'ils exécutent ses désirs. Dans les rares occasions où ça ne marche pas – comme par exemple lorsque nous refusons de lui vendre *The Plunge* –, elle se jette dans une offensive de charme tous azimuts : cadeaux extravagants, coups de fil pleins de sollicitude, invitations convoitées. Ce qui est, naturellement, juste une autre manière de manipuler les figurants.

Max posa le rasoir et se tamponna le visage avec un essuie-mains.

— Lorsque tu la décris comme ça, on croirait que tu parles d'une sociopathe.

— Je ne suis pas psy, répondit Andy en haussant les épaules. Mais cette femme est atroce, et je ne noircis pas le tableau.

Max l'enveloppa de ses bras.

— J'entends tout ce que tu dis. Elle a l'air épouvantable, vraiment. Et je déteste l'idée que quiconque te rende malheureuse. Je te demanderai juste de prendre un peu de recul, Andy. D'adopter une vue d'ensemble. Il y a beaucoup…

Les gémissements de Clementine l'interrompirent au milieu de sa phrase.

— J'y vais, annonça Andy en laissant tomber le peignoir par terre et en enfilant son soutien-gorge et un pull, trop contente d'avoir une excuse pour changer de sujet.

Une demi-heure plus tard, ils avaient réussi par miracle à arriver chez Stacy, dans Greenwich Village. Entre le dîner chez Miranda la veille et l'apparente incapacité de Max à la comprendre, Andy avait l'impression que sa tête allait exploser. Comment allait-elle survivre et se montrer une convive agréable pendant les deux heures à venir ?

— Qui sont ces gens, déjà ? lui demanda Max pendant qu'ils attendaient que le portier les annonce.

— Stacy est l'une des mamans de mon groupe. Son mari s'appelle Mark. Je ne me souviens plus de ce qu'il fait. Leur fille Sylvie a quelques semaines de moins que Clem. C'est tout ce que je sais.

Le portier les invita à gagner l'ascenseur, qui les emporta au dernier étage, où ils furent accueillis par une domestique obèse, en tablier de soubrette et sabots orthopédiques. Elle gara la poussette de Clementine dans l'imposant hall d'entrée, puis leur indiqua le salon. Max et Andy échangèrent un regard et débouchèrent dans une vaste pièce remplie de convives. Andy ne remarqua, de prime abord, que les sept mètres de baies vitrées qui occupaient trois des quatre murs et offraient un des panoramas les plus spectaculaires qu'elle eût jamais vus sur l'extrême sud de Manhattan. Ses nouvelles amies étaient en train de se saluer, de présenter leur mari, d'installer leur bébé dans des balancelles ou des cosys, mais Andy ne pouvait se concentrer sur rien d'autre que l'appartement. Un regard oblique en direction de Max lui confirma qu'il était tout aussi ébahi qu'elle.

Les plafonds double hauteur étaient troués de Velux qui, combinés aux incroyables parois vitrées, donnaient l'impression de flotter dans le vide. À leur gauche, une cheminée à gaz de la taille d'une petite devanture de magasin était encastrée dans un grand panneau de pierre grise polie et surmontée d'un gigantesque écran plat miroir dans lequel se reflétaient à la fois les flammes et le pâle soleil d'automne. La pièce tout entière semblait enveloppée d'une lumière blanche, presque céleste. Les deux canapés bas, de style contemporain, offraient une élégante association de gris et d'ivoire, que l'on retrouvait en écho dans l'alcôve-bibliothèque. La table basse de facture brute, en bois de récup', était assortie à celle du coin repas, conçue pour accueillir une quinzaine de convives sur de sublimes chaises chromées à dossier haut, en cuir ivoire. Les seules touches de couleurs émanaient d'un tapis outrageusement luxueux et décoré d'un motif de ronds cobalt, rouges et violets, et du lustre en verre, apparemment soufflé à la main, avec son fol enchevêtrement de pampilles bleues ovales, ondulées, en spirale, tubulaires. Même le chien, un Cavalier King Charles – Harley, à en croire le nom imprimé sur son collier en cuir –, se prélassait sur la miniature d'un fauteuil iconique des années 50.

— Waouh ! souffla Andy. Ce n'est pas ce à quoi je m'attendais.

— C'est assez incroyable, renchérit Max en glissant un bras sur son épaule. On est loin de la petite piaule d'étudiant des Harrison, lui chuchota-t-il à l'oreille. Mais c'est somptueux. C'est le genre d'appartement dans lequel nous vivrons un jour, lorsque ma femme sera devenue un magnat de la presse.

La remarque se voulait une plaisanterie, mais elle mit Andy mal à l'aise.

— Andy ! Avez-vous à boire ? À manger ? Oh, vous devez être Max. Quel plaisir de vous rencontrer, dit Stacy en se faufilant à leurs côtés.

Avec son élégant poncho en cachemire, ses talons, ses cheveux impeccablement lissés et son maquillage parfait, leur hôtesse semblait sortie d'une page de *Runway*. On était loin des leggings et des sweats à capuche, du teint brouillé et des cheveux gras auxquels Andy s'était habituée au fil de leurs réunions hebdomadaires. C'était une transformation spectaculaire.

— Salut, répondit Andy en s'efforçant de ne pas rester bouche bée. Tu as un appartement sublime. Et tu es resplendissante.

Stacy balaya les compliments d'un geste.

— Tu es trop mignonne. Que puis-je vous apporter à boire ? Un mimosa, peut-être ? Max, je parie que vous préféreriez un Bloody Mary. Ceux que prépare notre gouvernante sont à tomber à la renverse.

Stacy déposa un baiser sur le front de Clem et s'éclipsa pour aller passer commande de leurs boissons. En voyant que les autres mères n'avaient pas hésité à allonger leur bébé sur le tapis de créateur, Andy y déposa également Clem.

— C'est une très mauvaise idée, murmura-t-elle cependant en glissant un lange sous la tête du bébé.

— Ne m'en parle pas, confirma Bethany. Micah a déjà recraché tout son petit déjeuner – de la purée d'épinards, rien que ça – et il paraît que Tucker a eu un accident de couche pile au milieu de ce trait de couleur.

— Elle ne voudrait pas protéger le tapis avec une couverture, ou quelque chose ?

Bethany haussa les épaules.

— À mon avis, elle s'en fiche. Quelqu'un en uniforme accourra pour nettoyer, débarrasser, apporter à boire, à manger. Il y a une véritable armée de domestiques, sans exagérer.

— Tu t'en doutais ? demanda Andy, en baissant la voix.

Theo roula sur le ventre et Andy lui tapota le dos. Du coin de l'œil, elle aperçut une femme en uniforme tendre à Max un Bloody Mary géant, et d'un rouge si intense, si appétissant, qu'il aurait mérité de figurer dans un magazine. Max l'accepta poliment, mais Andy savait qu'il allait trouver un endroit où le reposer, intact. Elle nota, dans un coin de sa tête, de penser à lui apporter un verre de jus d'orange.

— Pas du tout, répondit Bethany. J'étais à mille lieues d'imaginer un truc pareil. En général, Stacy ressemble plus à une SDF qu'à une millionnaire. Mais bon, n'est-ce pas notre cas à toutes dans notre fine équipe ?

En quelques minutes, le groupe s'était recomposé et toutes les mamans bavardaient amicalement pendant que les bébés se prélassaient sur le tapis. Les maris étaient, pour la plupart, conformes à ce qu'avait anticipé Andy – en d'autres termes, des copies quasi à l'identique du sien : la trentaine, chemise classique ou sweat à capuche par-dessus un tee-shirt, et jean de créateur, acheté par leur épouse pour remplacer d'autorité les vieux Levi's datant de la fac. Ils avaient tous les cheveux courts, des montres de luxe et une expression qui laissait clairement entendre qu'ils auraient préféré lire le journal, regarder un match de foot, faire du sport ou être tout bêtement affalé sur leur canapé, plutôt que de déambuler dans une pièce pleine de visages inconnus, avec des hurlements de gamins en bruit de fond, pendant que leur femme débattait avec passion du bon moment pour introduire les purées dans l'alimentation de leurs rejetons.

Seuls quelques-uns offraient un profil inattendu. Le mari de Stacy, Mark, avait au bas mot quinze ans de plus que tous les autres convives ; ses cheveux grisonnants et ses lunettes cerclées d'un fil de métal lui conféraient une distinction qui le faisait paraître plus adulte que le reste de l'assemblée, mais la délectation avec laquelle il trimballait la petite Sylvie et l'accueil chaleureux qu'il réservait à tous ses hôtes sans exception le rendirent immédiatement sympathique à Andy. Les parents de la petite Lola, les deux pédiatres, firent une apparition pour la toute première fois, et pour des gens qui passaient douze heures par jour avec des enfants, ils paraissaient l'un comme l'autre suprêmement mal à l'aise. Ils étaient vêtus à l'identique, pantalon noir habillé et chemise bleue, et donnaient l'impression qu'ils pourraient enfiler leur blouse blanche d'un instant à l'autre et entreprendre la tournée des patients. La petite Lola se tortillait chaque fois que sa mère la soulevait dans ses bras, et le père paraissait angoissé, inattentif, sauf à l'égard de son téléphone qu'il consultait plus souvent que la plupart des autres papas. L'un comme l'autre semblaient impatients de quitter cet étrange rassemblement où ils ne connaissaient personne, mais où tout le monde, en revanche, connaissait leur fille.

Également surprenant : le mari d'Anita, Dean, un genre de rockeur d'une grosse vingtaine d'années, qui arborait une chaînette de portefeuille, des baskets montantes comme celles des skaters et une moustache gominée. Il était joyeux, avenant, presque extraverti, ce qui offrait un contrepoint inattendu à sa femme, une fille effacée, maladivement timide et le plus souvent muette. Andy tomba des nues quand Dean sortit une guitare d'un sac de voyage, s'installa au milieu des bébés et commença à jouer des versions rock'n roll de « Ah vous dirais-je maman » et de « Ah, les crocodiles », mais elle manqua de s'évanouir lorsque Anita s'improvisa choriste et accompagnatrice musicale en alternant tambourin, cymbales et maracas. Les bébés assez grands pour taper dans leurs mains s'en donnèrent à cœur joie, et les autres poussèrent des cris aigus. Une bonne douzaine de parents dégainèrent leur iPhone pour filmer ce concert improvisé, et un petit groupe de mamans commença à danser.

— Tu vois ? fit Andy en touchant l'épaule de Max. Je ne t'emmène que dans les meilleurs endroits.

Max fixait son écran de portable en essayant de zoomer sur Clementine qui maltraitait des maracas.

— Tu rigoles, mais ils pourraient faire payer l'entrée.

On sonna à la porte et une domestique vint informer Stacy que d'autres invités venaient d'arriver.

Rachel regarda autour d'elle en comptant avec le doigt.

— Mais nous sommes toutes ici. Qui d'autre devait venir ?

— Peut-être des amis à eux ? hasarda Sandrine.

— Oh, mon Dieu, ne me dis pas que tu as invité Lori ? piailla Bethany. Dès qu'elle va voir cette guitare, elle va vouloir qu'on s'assoie tous en rond. Une séance de coaching de vie, là, c'est au-dessus de mes forces.

Stacy éclata de rire.

— Non, c'est Sophie et Xander, la rassura Stacy, avant se tourner vers le couple de pédiatres. Vous m'avez dit qu'ils allaient venir, n'est-ce pas ?

La mère de Lola hocha la tête.

— Sophie se sent si proche de vous toutes, à force de vous rencontrer chaque semaine. Elle a dit qu'elle voulait passer vous saluer. J'espère que ce n'est pas un problème…

Quelque chose, dans le ton de cette femme, inspira de la compassion à Andy. Cela ne devait pas être facile d'assurer sur le plan professionnel tout en ayant un nouveau-né, et elle devait souffrir de voir sa belle-sœur nouer un lien fort avec sa petite fille. Andy se dit qu'elle allait faire un effort, se présenter et inviter cette femme à boire un café.

Sophie était, comme d'habitude, ravissante et extrêmement soignée. Lorsqu'elle agita la main pour les saluer, avec un sourire qui illumina ses joues adorablement rosies par le vent, son épaisse chevelure captura des éclats de lumière.

— J'espérais que nous allions enfin voir le petit ami, chuchota Rachel.

— Oui, moi aussi, répondit Andy. Même si j'aurais préféré qu'elle amène le nouveau. Comment s'appelle-t-il, déjà ?

— Tomás, indiqua l'une des femmes en marquant exagérément l'accent. Tomás, l'artiste sexy.

— Où est ton chéri ? lança Bethany, qui n'avait pas la langue dans sa poche, depuis l'accoudoir sur lequel elle était perchée.

— Oh, il termine un coup de fil, il arrive. Il est tellement impatient de vous rencontrer, dit Sophie avec un rire qui semblait forcé.

Elle paraissait inquiète – le petit ami avait dû insister pour lui coller aux basques et elle était visiblement mal à l'aise, après tout ce qu'elle avait révélé au cours des trois derniers mois. L'idylle avec Tomás était plus passionnée que jamais, bien qu'ils n'aient « pas réellement consommé », pour reprendre les termes de Sophie – qui essayait de se convaincre, et de convaincre tout le monde que, concrètement, elle n'avait rien fait de mal. Mais on devinait facilement, à son regard distrait et aux mouvements nerveux de ses doigts, qu'elle était en train de tomber amoureuse de son ravissant étudiant, et qu'elle était rongée de culpabilité, d'incertitudes et d'appréhension à l'égard du petit ami. Le groupe de jeunes mamans était devenu son havre, et ses confidentes étaient si radicalement étrangères à sa vie qu'elle se sentait libre de divulguer des détails qu'elle n'aurait même pas partagés avec ses vraies amies. Andy savait que Sophie devait être au bord de la crise d'angoisse à la perspective d'une collision imminente entre ces deux mondes. Elle aurait voulu lui prendre le bras et la rassurer. *Ne t'inquiète pas, ton secret ne risque rien avec nous. Personne ne soufflera mot à ton petit ami...*

Soudain, l'énergie dans la pièce changea, mais l'attention d'Andy fut un instant divertie par Clementine qui venait d'éclater en sanglots. Elle la souleva pour examiner son corps, son visage, ses mains potelées, son crâne duveteux, à l'affût d'une blessure, ou d'une éventuelle cause de souffrance. N'en voyant aucune, elle enfouit le visage dans le cou de sa fille et tenta de la calmer en murmurant et en la faisant rebondir délicatement. Peu à peu, les sanglots se calmèrent, et Andy passa mentalement en revue sa liste maternelle : faim, fatigue, couche mouillée, chaleur, froid, mal au ventre, mal aux dents, trop de stimulation, sentiment de peur, de solitude. Elle était sur le point de demander à Stacy si elle pouvait l'emmener dans une autre pièce, au calme, lorsqu'elle sentit le souffle de Max lui balayer l'oreille.

— Ce n'est pas ton Alex ? demanda-t-il en refermant une main sur son épaule.

Il fallut à Andy vingt ou trente longues secondes pour saisir le sens de cette question.

Compte tenu du possessif, il ne pouvait s'agir de personne d'autre qu'Alex Fineman. Mais pourquoi diable Max lui parlait-il d'Alex en ce moment ?

— Mon Alex ?

Max la fit pivoter face au hall d'entrée où un homme, de dos, était en train de retirer manteau et écharpe. Les cheveux bruns, les New Balance grises, la politesse faussement affectée à l'égard de l'employée de maison – Andy sut au premier regard que cet homme était effectivement, et sans nul doute possible, Alex.

En un instant, Clementine, Max, Stacy, les cris des bébés, les bavardages des parents – tout s'effaça et son champ de vision se rétrécit jusqu'à n'inclure plus qu'Alex. Mais elle avait beau chercher, elle demeurait incapable de trouver une seule raison plausible à sa présence au brunch de son groupe de jeunes mamans.

— Xander ! lança Sophie d'une voix suraiguë, qui ne lui ressemblait pas du tout. Viens là, mon amour, je veux te présenter toutes mes nouvelles amies.

Xander. Le prénom la percuta de plein fouet. Pendant les dix ans qu'elle avait passés avec Alex, personne – ni elle, ni leurs amis, ni ses collègues, ni sa mère, ni son frère, *absolument personne* – ne l'avait appelé autrement qu'Alex. *Xander ?* C'était franchement ridicule.

Néanmoins, il était bel et bien là, devant elle, en train d'embrasser sa jeune et belle petite amie sur les lèvres, tout en souriant à leurs hôtes avec ce sourire espiègle et irrésistible. Il n'avait pas encore remarqué la présence d'Andy, et celle-ci accueillit bien volontiers ces quelques secondes supplémentaires pour se composer une attitude.

Max la délesta de Clementine, qui gigotait.

— C'est bien Alex, n'est-ce pas ? On croirait que tu as vu un fantôme.

— Je n'avais tout simplement pas percuté lorsque Sophie nous parlait de son petit ami, chuchota Andy en espérant que personne ne les entendrait. Oh, mon Dieu !

— Quoi ?

— Oh. Mon. Dieu.

— Qu'est-ce qui ne va pas ? Tu ne te sens pas bien ? s'inquiéta Max.

Xander. Mon petit ami depuis des années. Je l'aime mais. Les choses ont changé. On dirait qu'il s'ennuie avec moi. Que je suis un meuble. On vient de prendre un appart ensemble. Tomás. Mon étudiant. Beaucoup plus jeune. Un flirt parfaitement innocent. Baisers passionnés. Je crois que je craque pour lui…

Andy ignorait pourquoi elle avait mis si longtemps à assembler les pièces du puzzle, mais cela fait, elle n'arrivait quasiment plus à respirer. Et elle ne disposait d'aucun répit pour traiter l'information, en considérer toutes les ramifications puis organiser un rendez-vous téléphonique avec Emily et Lily.

La seconde suivante, Alex était devant elle.

— Et voici mon amie Andy ! lança Sophie d'une voix haut perchée et surexcitée. Et son mari… excuse-moi, j'ai oublié…

— Max, mon mari, dit machinalement Andy, soulagée d'entendre que sa voix était posée et normale, en dépit du fait qu'elle se sentait à deux doigts de faire une syncope.

Il lui passa brièvement à l'esprit que Max et Alex s'étaient déjà rencontrés, des années plus tôt, lors de cet étrange moment passé ensemble à Whole Foods.

— Je vous présente Xander, mon petit ami. Je lui ai dit qu'il allait s'ennuyer, mais il n'a pas voulu rester seul à la maison.

— C'est vrai, mec ? Parce que moi, j'étais prêt à

tuer pour le faire. (Max lui donna une tape amicale dans le dos.) Sympa de te revoir.

— Oui, content moi aussi, dit Alex, l'air tout aussi assommé qu'Andy.

— Vous vous connaissez ? demanda Sophie, les sourcils froncés d'inquiétude.

Et si tu connaissais toute l'histoire, songea Andy, *il te faudrait un container de Botox pour effacer ces plis sur ton front.*

Elle était persuadée que Max avait compris qu'il fallait mentir, inventer une histoire, prétexter une rencontre dans le cadre professionnel, ou dans une soirée, un siècle plus tôt. Aussi faillit-elle s'évanouir lorsqu'elle l'entendit répondre :

— Oui. Alex est l'ex-petit copain de ma femme.

Sophie était bouche bée. Andy savait exactement à quoi elle pensait, et ce qu'elle ressentait. Sans aucun doute passait-elle en revue la liste des détails intimes et explicites qu'elle avait révélés lors la dernière réunion du groupe, et dont aucun n'était censé tomber dans les oreilles de quelqu'un connaissant le petit ami en question. Andy vit le choc céder le pas à la panique.

— Vous sortiez ensemble ? dit Sophie en regardant alternativement Alex et Andy qui hochèrent la tête.

À l'évidence, Max s'amusait énormément de la situation. Il éclata de rire, souleva Clementine à bout de bras, la ramena vers lui pour déposer un baiser sur son nez, puis la souleva de nouveau, tandis que la petite fille gloussait de ravissement.

— Ils sont restés six ans ensemble, sans interruption pendant toutes leurs études, incroyable, non ? Par chance pour moi, ils ne se sont pas mariés.

— Tu es Andy ? Andy-Andy ? Andy de Brown ? Son ex ? Oh, mon Dieu... souffla Sophie en écrasant la main sur sa bouche.

— Désormais, pour mes nouveaux amis, je m'appelle Andrea. Cela fait un peu plus professionnel...

Qu'y avait-il à ajouter ? Elle ne savait pas si elle

devait être inquiète, ou ravie, qu'Alex ait autant parlé d'elle à Sophie. Qu'avait-il dit ? Jusqu'à quel point était-il entré dans les détails ? Andy repensa à leur rupture, qui avait découlé d'une décision unilatérale de sa part à lui ; elle se souvint de la façon dont il lui avait annoncé qu'il partait s'installer dans le Mississippi sans elle ; assené qu'il craignait de voir toujours son travail passer avant lui ; elle se rappela leurs disputes dès qu'elle avait commencé à travailler pour *Runway*, le cortège de ressentiments, l'éloignement progressif, les relations sexuelles de plus en plus rares, l'étiolement du lien affectif. Alex lui avait-il raconté tout cela ?

— Je devine que vous n'aviez pas fait le rapprochement, que vous ne saviez pas que... euh... vous aviez quelqu'un en commun, hein ? demanda Alex, l'air aussi mal à l'aise que l'était Andy.

— Ah, pour ça, non, confirma Sophie d'une voix éteinte.

— Comment aurions-nous pu ? demanda Andy avec autant de détachement qu'elle le put. Je ne le connais que sous le nom d'Alex, et même si je savais qu'il avait une petite amie, je ne connaissais pas son prénom.

— Et moi je ne savais pas que la fameuse Andy avait un bébé, riposta sèchement Sophie, même si la remarque d'Andy ne se voulait pas désobligeante. Tu ne m'as jamais dit qu'Andy s'était mariée, et encore moins qu'elle avait un enfant, ajouta-t-elle en se tournant vers Alex et en lui décochant un regard noir.

— En parlant de bébé... (Alex tira sur son col et fit un geste en direction de Clementine.) Je n'ai pas encore eu le plaisir de rencontrer votre fille.

Max retourna Clementine dans ses bras pour la présenter à Alex et, comme en réponse à un signal, elle fit un grand sourire édenté.

— Voici Clementine Rose Harrison. Clem, je te présente nos amis Sophie et... Xander.

— Elle est magnifique, souffla Alex, avec une

sincérité qui rendait cette situation encore plus inconfortable.

— Oui, elle est vraiment mignonne, dit Sophie en regardant autour d'elle, visiblement à la recherche d'une échappatoire. Je n'ai pas encore dit bonjour à mon frère ni à Lola. Si vous voulez bien m'excuser...

Et elle fila sans attendre de réponse.

— Bon, c'était un peu bizarre, observa Max, une lueur taquine dans les yeux. J'espère que je n'ai pas dit de bêtise.

— Non, absolument pas, l'assura Andy, qui voyait clair dans son jeu.

— Je pense qu'elle était simplement surprise, ajouta Alex, de façon peu convaincante.

Anita et son rockeur de mari avaient repris leur récital de comptines sur le tapis, et une employée de maison vint annoncer que le brunch était servi.

— Allez, je vous laisse, vous devez avoir des tonnes de trucs à vous raconter, dit Max en hissant Clementine sur une épaule. Cette petite veut danser. N'est-ce pas, mon amour ?

Après le départ de Max, il y eut un silence. Alex contemplait fixement ses pieds ; Andy tripotait nerveusement une mèche. *Dis-lui, dis-lui, dis-lui*, se répétait-elle.

— Elle est magnifique, Andy.

Un instant, bref mais atrocement pénible, Andy crut qu'il parlait de Sophie.

— Oh, Clem ? Ouais, je crois qu'on va la garder, finalement...

Alex éclata de rire et Andy ne put réprimer un sourire. Son rire était naturel, spontané, dénué de calcul.

— C'est drôle que Soph et toi vous connaissiez, hein ? Elle me parle tout le temps de ce groupe dans lequel elle emmène Lola – j'imagine que ce n'est pas exactement ce à quoi elle s'attendait – mais je n'avais jamais fait le lien.

— Moi non plus. Comment l'aurions-nous pu ? Il

y a des milliers de jeunes mamans à Manhattan. Et Sophie n'en est même pas une...

Andy s'aperçut que cette dernière remarque pouvait sembler agressive, accusatrice, ou inquisitrice – voire les trois à la fois.

— Ne lui dis surtout pas ça, répondit Alex en éclatant de rire. Elle a complètement zappé le fait qu'elle n'est que la tante de Lola. Et elle parle en permanence de bébé... Si tout se passe comme elle le souhaite, ça ne saurait tarder pour elle.

Ce fut au tour d'Andy de contempler ses pieds. Soudain, elle aurait tout donné pour être n'importe où, plutôt que là.

— Excuse-moi, dit Alex en posant la main sur son épaule. C'était bizarre, de dire ça ? Déplacé ? Tout ça est tellement nouveau pour moi...

Andy balaya ses inquiétudes d'un geste.

— Nous sommes des adultes, maintenant. Nos chemins ont divergé depuis des années. C'est normal que nous ayons l'un et l'autre tourné la page.

La musique se tut d'un coup et les derniers mots d'Andy résonnèrent dans la pièce, mais seuls Sophie et Max se retournèrent.

— Je vais aller faire un tour au buffet, annonça Andy.

— Bonne idée. Moi, je vais dire au revoir. Je ne faisais que passer, et j'ai... euh, des trucs à faire.

Andy hocha la tête, acceptant l'excuse, et ils s'embrassèrent sagement sur la joue. Andy avait réussi à tenir sa langue : s'ils pouvaient à peine évoquer le fait qu'elle avait une fille sans que l'ambiance ne devienne inconfortable, comment aurait-elle pu lui annoncer que sa petite amie le trompait avec un de ses étudiants ?

Andy fonça dans la salle à manger et se laissa momentanément distraire par le buffet grandiose dressé sous ses yeux. Le « brunch » était aussi élaboré qu'un vin d'honneur au Ritz-Carlton, jusqu'à la sculpture de glace en forme de grenouille. Des plats en argent disposés sur des réchauds proposaient des œufs brouillés, du bacon, des frites maison, des pancakes et des gaufres. Il y avait cinq ou six sortes de céréales, des carafes de lait écrémé, entier ou de soja, et un bar à fruits gargantuesque. Sur le côté se trouvait le buffet des bébés, avec des mini-assiettes de fruits découpés en minuscules morceaux, des petits pots de yaourt dans tous les parfums possibles avec des cuillères à bébé d'une couleur coordonnée, des paquets de Baby Mum-Mum et des coupes et des coupes de Puffs bio. Sur une table séparée, un barman préparait mimosas, Bloody Mary et Bellini au nectar de pêche frais. Une serveuse lui tendit une assiette et des couverts en argent enveloppés d'une serviette ; son pendant masculin lui demanda si elle souhaitait que le chef lui prépare une omelette ou une frittata. Ce n'est qu'à ce moment-là qu'Andy comprit que l'organisation du petit brunch décontracté, pour faire connaissance avec le mari des unes et des autres, avait été confiée à un traiteur.

— Dis donc, c'est fantastique, s'extasia Max en se glissant à ses côtés et en examinant le buffet. On pourrait s'habituer à cette vie, tu ne crois pas ?

Andy décida d'ignorer cette dernière remarque.

— Alors ? Ça valait le coup de manquer le début du match des Jets ?

— Presque.

Max ne mentionna pas Alex et Sophie. Parce qu'il ne voulait pas revenir dessus ? Ou par sincère indifférence ? Andy l'ignorait, mais elle était résolue à ne pas remettre le sujet sur le tapis. Chacun à son tour tint Clementine dans ses bras pendant que l'autre dévorait sans vergogne tout en se forçant à échanger quelques mots avec d'autres parents. Lorsque Max, une demi-heure plus tard, lui lança le regard qui signifiait : *Je suis prêt*, Andy ne protesta pas.

De retour à l'appartement, Max lui proposa gentiment de coucher Clementine pour sa seconde sieste et de rester regarder le match, au cas où elle voudrait s'échapper pour cette séance manucure qu'elle essayait de caser dans son emploi du temps depuis une semaine. Peu importait qu'elle ait justement réussi à y aller la veille – les hommes ne remarquent jamais ce genre de choses ; oui, elle voulait sortir. Moins de dix minutes plus tard, elle était installée au café Grumpy, et au téléphone avec Lily.

— Ce n'était pas bien de ne pas lui en parler, n'est-ce pas ? J'aurais au moins dû lui dire quelque chose...

— Bien sûr que non ! protesta Lily d'une voix qui grimpa de plusieurs octaves. Comment as-tu pu seulement l'envisager ?

— Je connais Alex depuis la fac. Il a été mon premier amour. Je l'aimerai probablement toujours. Je vois Sophie une fois par semaine depuis à peine quelques mois. Je ne la juge pas, crois-le ou pas, mais je ne me sens certainement pas tenue par une quelconque loyauté envers elle.

— Tout ça est hors sujet. Cette histoire ne te regarde pas.

— Comment ça, elle ne me regarde pas ?

Le petit Skye poussa un hurlement en arrière-plan. Lily pria Andy de patienter un instant, mit la communication en attente, puis revint une minute plus tard.

— Je veux dire par là que, quoi qu'il se passe, ou ne se passe pas, entre Alex et sa copine, ce ne sont pas tes affaires. Tu es mariée, tu as un bébé, et qui trompe qui ne te regarde pas.

Andy soupira.

— Tu ne voudrais pas le savoir, si Bodhi avait une liaison ? Tu es mon amie, et je n'hésiterai pas à te le dire.

— C'est justement là la différence : je suis ton *amie*. Ce que *n'est pas* Alex. C'est ton ex. Et ce qui se passe, ou ne se passe pas dans sa chambre, ce ne sont pas tes oignons.

— Tu sais que tu es à mourir de rire, Lil ?

— Désolée. Je te dis juste ce qu'il en est.

Andy demanda des nouvelles de Bodhi, de Bear et du petit Skye, puis écourta la conversation.

Emily ne répondant pas à son portable, Andy appela Miles. Elle savait qu'il l'avait accompagnée à Chicago où Emily avait rendez-vous avec un annonceur potentiel, et qu'ensuite il poursuivrait jusqu'à L.A. tandis qu'Emily rentrerait à New York.

Il décrocha à la première sonnerie.

— Salut, Miles. Désolée de te déranger, mais je n'arrive pas à joindre Emily. Tu sais où elle est ?

— Oui, juste là, à côté de moi. Elle a dit qu'elle te filtrait. On est en train de récupérer notre voiture à l'agence de location.

— Le voyage s'est aussi mal passé que ça ?

— Je te répète juste ce qu'elle a dit.

— Bon, eh bien, dis-lui que la petite amie d'Alex est en fait une des filles de mon groupe de mamans, et qu'elle couche avec son étudiant qui est à peine majeur.

Andy écouta Miles relayer le message. Et naturellement Emily se rua sur le téléphone. Toutes tensions liées à leur différend au sujet d'Elias-Clark mises à part, Emily n'allait pas laisser passer un ragot aussi croustillant.

— Faut que tu m'expliques un truc, attaqua-t-elle sans préambule. Tu ne m'as jamais dit qu'Alex avait un gamin. Ce qui, sachant à quel point il continue à t'obséder, constitue une omission surprenante.

Andy ne savait pas si elle devait être plus furieuse de l'accusation d'Emily ou du fait que Miles se trouvait à côté d'elle, à portée d'oreilles.

— Est-ce que Miles t'entend ?

— Non, je me suis éloignée. Bon, vas-y, parle.

— Il n'a pas de gosse. Sa petite amie s'appelle Sophie et, accessoirement, elle est sublime. Le bébé est celui de son frère, une adorable petite fille prénommée

Lola. Bref, comme sa belle-sœur a des horaires de dingue, c'est Sophie qui amène la petite aux réunions de groupe. Selon moi, elle devait penser que ce serait plus un atelier de jeux qu'un groupe de soutien pour jeunes mamans, mais elle a continué à...

— J'ai pigé. Comment sais-tu qu'elle se tape son étudiant ?

— Parce qu'elle me l'a dit. Elle l'a raconté à tout le monde dans le groupe. Elle affirme qu'ils ne couchent pas vraiment ensemble, mais il y a eu des comportements plus que limite...

— Donc, tu es en train de me dire que tu sais pertinemment que cette fille le trompe, de son propre aveu, et que tu n'en as pas dit un mot à Alex ?

— Oui.

— Mais... pourquoi ?

— Comment ça, pourquoi ?

— Tu ne penses pas que c'est une information utile et pertinente, pour lui ?

— Si. Mais je me suis dit que ce n'était peut-être pas mes oignons.

Emily poussa un glapissement.

— Pas tes oignons ? Bon sang, Andy, raccroche la panoplie de petite fille modèle et prends ton téléphone. Il te sera éternellement redevable, je te le promets.

— Je ne sais pas. Tu crois vraiment...

— Oui. Et maintenant, je te laisse parce que j'ai deux heures de route devant moi, que j'en suis à mon troisième vol de la semaine et que je suis prête à tuer quelqu'un.

— Je te tiens au courant, dit Andy, mais Emily avait déjà raccroché.

Elle demanda un verre d'eau glacée et regarda dans le vide. Pouvait-elle vraiment appeler Alex et lui raconter tout ça ? De quoi sa démarche aurait-elle l'air ? Il serait assommé, meurtri, humilié. Pourquoi serait-ce à elle de lui annoncer une nouvelle aussi dévastatrice ? Et si jamais cette nouvelle n'en était pas une ?

Ce serait même pire. Après tout, il pouvait être au courant, avoir découvert, par hasard, le pot aux roses, ou avoir reçu des aveux larmoyants de Sophie. Pire encore : ils pouvaient avoir conclu un pacte de non-exclusivité. En ce cas, Sophie avait beau culpabiliser, elle ne faisait rien de mal. Et Andy passerait pour l'ex-petite amie intrusive, inquiétante, surinvestie, et tous ces petits pas qu'Alex et elle avaient faits pour renouer et peut-être redevenir amis tomberaient définitivement à l'eau.

Cela semblait horrible, et mal, à tous les niveaux, mais elle allait tenir sa langue. Elle commençait à devenir bonne à ce petit jeu.

Chapitre 21

Je fais ça pour ton bien

Max posa un café devant elle, et se retourna vers le percolateur pour en préparer un second pour lui.

Andy repoussa la tasse en gémissant.

— Tu préfères du thé ?

— Non. Je ne veux rien. J'ai l'impression d'avoir des lames de rasoir dans la gorge.

— Je croyais que c'était un truc censé passer en vingt-quatre heures ? Ce n'est pas ce que le docteur t'a dit ?

— Si. Mais pour Clem, ça a duré trois jours, et moi j'attaque mon quatrième. Donc, je ne sais pas trop si je dois le croire.

Max lui embrassa le crâne, comme il l'aurait fait avec un chiot, et lâcha un petit rire de compassion.

— Mon pauvre amour, tu es brûlante. Ce n'est pas l'heure de reprendre un cachet ?

Andy essuya quelques gouttes de transpiration sur sa lèvre supérieure.

— Non. Pas avant une heure, répondit-elle d'une voix éraillée. Je devrais en profiter pour changer les messages sur le répondeur de l'appartement et celui de ma boîte vocale. Cette voix est sexy, non ?

— On dirait celle d'une pestiférée, nuança Max en

glissant une liasse de papiers dans sa mallette. Puis-je faire autre chose pour toi, avant de partir ?

Andy resserra les pans de son peignoir puis les relâcha aussitôt.

— Non, ça ira. Isla ne devrait plus tarder.

Elle déglutit et s'efforça de ne pas grimacer de douleur.

— Il faudrait vraiment que j'essaie d'aller au bureau, aujourd'hui. Emily a appelé trois fois, hier, toujours sous prétexte de me demander comment j'allais, mais je sais qu'elle veut discuter d'Elias-Clark. Demain, nous devons déjeuner ensemble pour prendre une décision une bonne fois pour toutes.

Depuis le dîner chez Miranda, quatre jours plus tôt, Emily et Andy semblaient l'une et l'autre sentir que leurs positions à l'égard de la proposition d'Elias-Clark étaient inconciliables. Maintenant, elles jouaient à qui craquerait et abattrait ses cartes la première.

Et Andy savait de quel côté penchait son mari.

Max interrompit ce qu'il était en train de faire et se retourna vers elle.

— Tu n'es certainement pas en état d'aller au bureau, mais je comprends pourquoi elle veut en parler…

Depuis des semaines, il la questionnait l'air de rien à ce propos, manifestant plus d'intérêt qu'il n'en avait jamais montré pour son travail. Plus récemment, les questions s'étaient faites moins subtiles, plus insistantes, et depuis le dîner chez Miranda, il n'hésitait plus à sous-entendre qu'Andy se comportait comme une idiote. Il ne l'avait jamais dit comme ça, naturellement, mais son expression favorite, depuis peu, était : « Tu portes des œillères. »

Andy garda le silence. Elle brûlait d'envie de lui demander dans quelle mesure le soutien qu'il apportait à cette vente concernait Harrison Media, mais elle savait que ce ne serait pas une conversation productive.

— Une offre pareille, c'est sacrément flatteur. Sans même parler du prix, extrêmement généreux.

— Oui, tu l'as déjà dit.

Au moins un millier de fois.

— Parce que je pense que c'est une opportunité qui ne se présente qu'une seule fois dans une vie, répondit Max.

Il était en train de l'observer. Andy retira la papillote d'une pastille Ricola qu'elle fourra dans sa bouche.

— Mmm… je me demande où j'ai déjà entendu ça.

Son ton sonnait sans doute le terme de la conversation car Max embrassa Clementine, dit à Andy qu'il l'aimait et fila. Assaillie par une nouvelle poussée de fièvre, ne voulant pas laisser sa fille sans surveillance dans sa chaise haute, mais n'ayant pas la force de la soulever, Andy se laissa glisser par terre à côté de la chaise. Et lorsque Isla arriva quelques minutes plus tard, elle faillit la serrer dans ses bras ; elle allait enfin pouvoir enfiler un pyjama propre et replonger dans un sommeil fiévreux, mais profond et sans rêve.

Ce furent les aboiements de Stanley qui la réveillèrent. Andy gagna la cuisine en se frottant les yeux. Ce petit somme lui avait fait du bien, elle se sentait requinquée.

— Qui était-ce ? demanda-t-elle à Isla qui réchauffait un biberon.

— Un coursier, je crois. Tenez, il a déposé ceci.

Isla lui tendit une enveloppe en kraft sur laquelle était écrit *Documents photographiques : ne pas plier !*

— Ah oui, j'avais oublié qu'elles seraient prêtes aujourd'hui.

Andy sortit de l'enveloppe plusieurs tirages au format 20 × 25 du mariage d'Olive, et un petit mot de Daniel disant : *J'espère qu'elles te plairont autant qu'à nous. Je comptais les envoyer à E, mais elle est à Chicago aujourd'hui. Peux-tu les lui transmettre ? Et me faire savoir ce que vous en pensez ?*

Andy s'installa dans la cuisine avec une tasse de

camomille et étala la dizaine de photos devant elle. Et tandis que son regard passait de l'une à l'autre, elle sentait son sourire s'élargir. Elles étaient tout bonnement géniales.

Elle envoya un message à Emily : *Reçu à l'instant les photos d'Olive. Sublimes. Gros carton en vue. Bises.*

La réponse lui parvint immédiatement : *Génial. Suis av les gens de Rolex. Tu les fais porter chez moi par coursier ? J'en ai besoin pour réu petit déj demain. Bises.*

Pas de pb, répondit Andy, et elle ouvrit son ordinateur portable pour s'atteler à la rédaction des papiers sur le mariage d'Olive. C'était plus facile lorsqu'elle avait assisté au mariage en personne, mais les notes d'Emily étaient assez exhaustives. Andy lui avait envoyé par e-mail une liste de trois pages de détails à noter, et Emily avait très bien bossé.

Isla lui présenta Clementine pour un baiser avant de l'emmener à un atelier d'éveil, et Andy put jouir d'un appartement merveilleusement silencieux – l'idéal pour abattre trois bonnes heures de travail. Lorsque Isla et Clem revinrent, elle se sentait presque guérie, et avait rédigé les trois quarts de son article.

— Je me sens beaucoup mieux, assura-t-elle à Isla qui la regardait d'un air dubitatif.

— Vous êtes certaine ? Parce que je peux rester plus longtemps, si ça vous arrange.

— Non, vraiment, je suis presque remise sur pied. Je vais la recoucher, puis l'heure du dîner va arriver très vite. Merci pour tout.

Clementine dormit une heure et demie, se réveilla à 15 h 30 avec les joues délicieusement roses et un immense sourire. C'était un tel soulagement de la revoir en bonne santé ! Chaque fois que cette pauvre petite chose vomissait ou sanglotait, Andy sentait ses tripes se tordre de douleur. Elle était sur le point d'appeler Agatha pour commander un coursier quand, apercevant le soleil par la fenêtre, elle décida qu'aller chez Emily à pied leur ferait une agréable promenade.

— Tu veux accompagner maman pour sa première sortie de l'appartement depuis trente-six heures ? Oui, bien sûr.

Andy enfila un jean et un pull, installa sa fille dans la poussette et la fit presque entièrement disparaître sous l'espèce de burqa à glissière. L'air frais était vivifiant et Andy s'amusa à faire des grimaces pour distraire Clementine. En regardant le sourire de sa fille, elle sut, avec plus de certitude que jamais, qu'elle ne pourrait pas passer une autre année à travailler pour Miranda Priestly. Max et elle commençaient tout juste à maîtriser le quotidien avec un bébé, tout se passait bien entre eux – ce n'était pas parfait, mais quel mariage l'était ? – et elle était heureuse. Ils excellaient dans leur rôle de parents, ils étaient de vrais compagnons de vie et Max se montrait un père aussi attentif et aimant qu'elle aurait pu l'espérer pour sa fille. Même professionnellement, tout se passait bien. Elle était sa propre patronne, et avait pour associée sa meilleure amie. Car Emily restait sa meilleure amie, en dépit de tout. Elles avaient travaillé trop dur, et pendant trop longtemps, pour faire leurs valises et retourner chez Elias-Clark – quand il n'était pas exclu de pouvoir revendre un jour le magazine à un autre groupe, dirigé par une personne plus saine d'esprit. La conversation serait pénible, mais Andy savait ce qu'elle devait dire à Emily. Il était temps. Le lendemain, sitôt attablées pour leur déjeuner, elle lui annoncerait sa décision, sans tourner autour du pot : elle refusait l'offre.

Du trottoir à la porte d'entrée d'Emily, il y avait un perron, difficile à négocier avec la poussette. Andy avait-elle déjà remarqué ces cinq marches ? Aussi dingue que cela puisse paraître, cela faisait… deux mois ? trois mois ? qu'elle n'était pas revenue chez son amie. Une éternité. À une époque, avant Clementine, et même avant Max, l'époque où elles ne se lassaient pas de commenter leurs vies dans les moindres détails en se gavant de sushis au thon et d'edamame, Andy campait quasiment sur le canapé d'Emily.

Même si celle-ci était encore à Chicago, ou sur le chemin du retour, et que Miles se trouvait à L.A. pour le tournage de sa nouvelle émission de télé-réalité, Andy répugnait à utiliser sa clé sans frapper au préalable. Elle gratta discrètement à la porte rouge vif qui ouvrait presque directement dans le salon, et était sur le point de tourner la clé dans la serrure lorsqu'elle entendit du bruit à l'intérieur. Un éclat de rire ? Quelqu'un qui parlait ? Difficile à dire, mais il y avait du monde dans la maison, ça ne faisait aucun doute. Elle frappa de nouveau. Pas de réponse.

Où es-tu ? demanda-t-elle à Emily par texto.

La réponse arriva sans attendre : *sur le point de décoller d'o'hare. tu aimes toujours les photos ?*

Où est miles ?

l.a. jusqu'à demain. Pourquoi ? un pb ?

Non, tout est ok.

Était-ce la télévision, qu'elle entendait ? Se pouvait-il que la femme de ménage squatte chez eux en leur absence ? Qu'ils aient prêté la maison à des amis ? Andy colla l'oreille contre la porte. Elle ne pouvait rien distinguer clairement mais elle *savait* que quelque chose clochait. Et elle était prête à parier que Miles avait menti à Emily, qu'il n'était pas à L.A., mais à New York, avec une nana. Ni Max ni Emily ne lui avaient jamais confirmé que Miles était infidèle, mais c'était un secret de polichinelle.

Sans penser aux conséquences de ses actes – et surtout sans réfléchir à ce qu'elle dirait à Emily une fois ses soupçons confirmés –, Andy tourna la clé dans la serrure et poussa la porte. Sitôt qu'elle souleva Clem de la poussette, celle-ci poussa un cri de délectation et commença à gigoter. Andy suivit le regard de sa fille jusque dans le salon et, sans surprise, elle vit Miles, avachi sur le canapé en chemise écossaise et pantalon en velours râpé, l'air chiffonné, peut-être parce qu'il avait la gueule de bois. Ce n'est qu'en s'avançant de quelques pas qu'elle découvrit qui était assis en face de lui : Max.

Tout le monde se mit à parler en même temps.

— Excusez-moi ! Je suis entrée, mais j'ai d'abord frappé et personne...

— Salut, Andy. Ça fait un bail. Amène Clem par là, qu'elle dise bonjour à tonton...

— Andy ? Mais que fais-tu ici ? Il y a un problème avec la petite ? Tu sais que...

— J'imagine que vous ne m'avez pas entendue frapper. Je passe juste déposer des photos pour Emily. Elle en a besoin demain matin pour un rendez-vous.

Elle s'avança dans le salon, Clementine dans les bras. Max se leva pour les embrasser. Andy examina son costume, sa mallette, son air anxieux, et se mordit la langue pour ne pas lui demander, devant Miles, pourquoi il avait quitté le bureau de si bonne heure. C'était une période particulièrement tendue pour lui, Andy le savait, et depuis des semaines Max ne rentrait jamais à la maison avant 20 heures ou 21 heures. Cela le désespérait de rater le coucher de Clem, et pourtant, il était là, affalé dans le salon de Miles en fin d'après-midi, en train de boire un jus de fruits, avec la tête de celui qui vient de se faire surprendre le pantalon sur les chevilles.

Clem poussa un glapissement aigu lorsque Max tendit les bras vers elle, mais un réflexe poussa Andy à serrer plus étroitement sa fille contre elle. Elle se tourna vers Miles.

— Alors, que se passe-t-il ? demanda-t-elle en essayant de garder un ton décontracté.

Mais personne ne semblait disposé à lui expliquer pourquoi Max n'était pas à son bureau ni pourquoi Miles n'était pas à L.A. Ni quelle était la raison de ces mines coupables ?

— Pas grand-chose, répondit Miles, d'un ton qui

suggérait exactement le contraire. Tiens, file-moi ces photos. Je les donnerai à Emily dès que…

— Me donner quoi ? demanda Emily, une seconde avant d'apparaître avec une pile de dossiers, des blocs-notes et une bouteille d'eau dans les bras.

Elle était en survêtement et chaussettes d'intérieur, avec ses lunettes sur le nez ; ses cheveux gras étaient enroulés en un chignon qui n'avait rien de chic et son visage n'était pas maquillé. Elle avait une mine épouvantable.

Andy était tellement stupéfaite qu'elle en oublia presque que son amie avait prétendu, quelques minutes plus tôt à peine, se trouver sur le tarmac d'O'Hare. Et puis elle vit le visage d'Emily se crisper, d'abord sous l'effet du choc, puis de la panique.

— Andy ! Mais que fais-tu ici ?

— Ce que *je* fais ici ? Je passe te déposer les photos. Et toi, que fais-tu ici ?

La question fut accueillie par un silence. Puis Andy remarqua, horrifiée, qu'Emily, Max et Miles échangeaient des regards.

— Que se passe-t-il ? Il y a un problème, c'est ça ? (Elle se tourna vers Max.) Tu es malade ? Il est arrivé quelque chose au bureau ?

De nouveau, le silence.

Et puis, Max dit :

— Non, Andy c'est… euh, ce n'est rien de tout ça.

— Bon, vous n'êtes certainement pas en train de préparer une fête pour mon anniversaire. Alors pourquoi tous ces mystères ?

D'autres échanges de regards.

— Il va falloir que l'un de vous se lance et m'explique, parce que la situation devient vraiment embarrassante.

— Bon, eh bien, je pense que des félicitations s'imposent, dit alors Miles en se passant la main dans les cheveux. Il semblerait qu'Emily et toi soyez officiellement des entrepreneuses couronnées de succès. Pour ne rien dire du joli magot…

— Miles ! s'écria sèchement Emily en fusillant son mari du regard.

— Excuse-moi ? dit Andy tout en dévisageant Miles, puis Max et Emily.

Max se mit à chercher son manteau.

— Andy, pourquoi ne ramènerions-nous pas Clem à la maison, ce doit être l'heure de dîner pour elle. Et je t'expliquerai tout, d'accord ?

Andy secoua la tête.

— Clem va bien. Dis-moi ce qui se passe. Emily ? Qu'est-ce que ça signifie ?

Personne ne lui répondit.

— Emily ? répéta Andy d'une voix proche de l'hystérie.

Emily fit signe à Andy de s'asseoir, puis en fit autant.

— Nous avons signé.

— Vous *quoi* ? Qui ça, *nous* ? Signé quoi ?

Et puis la vérité se fit jour d'un coup.

— Elias-Clark ? *Tu nous as vendues ?*

Max essaya de lui prendre Clem des bras puis, voyant qu'Andy s'y cramponnait, chercha à la pousser en direction de la porte.

— Allons, viens, ma chérie, je t'expliquerai tout en chemin. Ramenons le bébé…

Andy se tourna vers Max et l'incendia du regard.

— Arrête d'essayer de me faire taire et dis-moi ce qui se passe. Tu étais au courant ? Tu savais qu'elle allait signer pour moi, et tu l'as *laissée* faire ?

Emily souriait avec une condescendance qui semblait suggérer qu'elle trouvait la réaction d'Andy totalement disproportionnée.

— Andy, ma belle, tu ne peux pas m'en vouloir de t'avoir fait gagner une petite fortune. Nous avons déjà parlé de tout ça – tu vas retrouver le temps et la liberté d'écrire sur ce qui t'intéresse, à ton rythme, et tu profiteras plus de Clementine…

— Ce n'est *pas* ça dont nous avons parlé, riposta Andy, de plus en plus incrédule. C'est ce que toi tu as dit, et ce sur quoi *moi* j'étais en désaccord. Profiter ? Mais sur quelle planète vis-tu ? Profiter de quoi ? Je vais devenir otage ! Nous serons toutes les deux des otages.

Emily tapa du poing sur le canapé.

— Andy, tu fais preuve d'une mauvaise foi invraisemblable ! C'est pas possible, tu portes vraiment des œillères ! Tout le monde était d'accord, c'était la décision qui s'imposait, et je l'ai prise. Je ne vais pas m'excuser d'avoir défendu au mieux nos intérêts.

Andy n'en croyait pas ses oreilles. C'était impossible. Rien de tout cela n'avait de sens. Elle sentit des larmes de colère lui monter aux yeux.

— Je ne le ferai pas, Em. Tu vas devoir les rappeler tout de suite, leur dire que tu as imité ma signature et que l'accord tombe à l'eau. Tout de suite.

Andy vit Emily lancer un regard à Max, un regard qui semblait signifier : *Tu vas le lui dire, ou je m'en charge ?*

Clementine se mit à pleurer. Andy lutta pour ne pas en faire autant.

Emily leva les yeux au ciel.

— Je n'ai pas *imité* ta signature, Andy. C'est Max qui a signé.

Andy pivota vers lui. Il semblait paniqué. À cet instant, Clementine se mit à gémir, poings serrés, bouche grande ouverte.

— Andy, donne-moi le bébé, dit Max de sa voix la plus apaisante.

— Ne la touche pas, siffla Andy en s'écartant de lui.

Elle plongea la main dans la poche de son jean et fut soulagée d'y trouver une tétine pas trop poussiéreuse. La bouche de Clem se referma voracement sur le caoutchouc, et les gémissements cessèrent.

— Andy, roucoula Max. Laisse-moi t'expliquer.

Les mots doux, le ton suppliant, le regard contrit – c'en était trop.

— Comment peux-tu expliquer que tu as *imité ma signature* sur un contrat que tu sais pertinemment que je désapprouve.

— Andy, ma chérie, ne nous emportons pas. Je n'ai pas *imité* ta signature. Jamais je ne ferai une chose pareille.

— Évidemment, renchérit Emily.

— Alors qu'as-tu fait, exactement ? Parce que je suis certaine de n'avoir rien signé.

— Ma participation initiale dans le capital me donne droit à 18,33 % des parts de *The Plunge*, je suis sûr que tu t'en souviens. Donc, en fait…

— Oh, mon Dieu ! Tu n'as pas fait ça, souffla Andy en comprenant enfin.

D'après les termes du contrat, la répartition des parts de la société était claire comme de l'eau de roche : Andy et Emily en détenaient chacune un tiers, et leurs investisseurs, à eux tous, détenaient le tiers restant. Et Max détenait à lui seul 18,33 % des parts de ce dernier tiers. À l'époque, ni Andy ni Emily ne s'en étaient inquiétées, puisqu'à elles deux elles avaient l'assurance de mettre en minorité leurs actionnaires. Et Andy n'avait jamais, absolument *jamais* envisagé que Max puisse un jour se liguer avec Emily. Épouser son point de vue, oui. Tenter d'influencer Andy, oui. Mais la déposséder d'une décision, et conclure une transaction à son insu ? Jamais. Andy fit un rapide calcul mental, et bien évidemment, le pourcentage combiné d'Emily et de Max leur donnait juste un peu plus de 51 %.

— Je l'ai fait pour toi, plaida Max. C'est une opportunité incroyable pour vous deux, qui ne se présentera pas tous les jours. Je ne voulais pas que tu le regrettes.

Une fois de plus, il essaya de lui toucher le bras et, une fois de plus, Andy s'écarta.

— Tu m'as piégée, dit-elle, et elle eut la sensation

d'être engloutie sous une avalanche. Tu connaissais ma position, tu n'en as pas tenu compte et tu as pris fait et cause *contre* moi ! Tu as agi dans mon dos.

Max eut l'audace d'avoir l'air offensé.

— Je t'ai piégée ? répéta-t-il, d'un ton ulcéré. Je n'ai fait que décider ce qui était le mieux pour toi.

— Le mieux pour *moi* ?

Andy était incapable de contenir son hystérie. Et la rage qui l'habitait s'apparentait à un raz-de-marée qui menaçait de la submerger.

— Tu n'as pas songé une seule seconde à ce qui était le mieux pour *moi*, sinon tu n'aurais jamais fait ça. Tu n'as pensé qu'à toi, à la société de ton père et au nom de ta famille. Ni plus ni moins.

Max contempla ses pieds, puis releva la tête pour croiser son regard.

— *Notre* société, corrigea-t-il à voix basse. Et *notre* nom. J'ai fait tout cela pour nous. Et aussi pour Clementine.

Si Andy n'avait pas tenu sa fille dans ses bras, elle aurait tout à fait pu le frapper.

— Tu es vraiment malade, si tu crois ça, dit-elle.

Emily soupira, comme si toute cette scène la fatiguait.

— Andy, ta réaction est disproportionnée. Rien ne va changer. Tu restes rédac' chef, je reste directrice de la publication, et je suis certaine que toute notre équipe sera heureuse de nous suivre. C'est nous qui continuerons à mener la danse. Et on ne verra probablement jamais Miranda. Nous serons seulement un magazine parmi dix autres dans son écurie.

Andy se tourna vers Emily. Obnubilée par sa colère à l'égard de Max, elle en avait presque oublié sa présence.

— Tu étais là, Emily. Tu as vu comment elle s'est comportée. Qu'est-ce qui va arriver, selon toi ? Tu crois qu'elle va se contenter de passer à la rédaction pour un cours de yoga entre midi et deux ? Pour se faire faire une pédicure avec nous en fin d'après-midi ? On boira des mimosas et on se racontera des histoires de mecs en gloussant, c'est ça ?

Emily saisit sans aucun doute le sarcasme, mais sourit néanmoins.

— Ce sera même mieux que ça, je te le promets.

— Je me fiche de tes promesses, parce que ce sera sans moi. J'allais te l'annoncer demain pendant le déjeuner, mais apparemment, tu ne pouvais pas attendre.

— Andy...

— Tu en as assez dit, Max, le coupa-t-elle, la voix lourde de reproches, les paupières étrécies. Il s'agit ici de *mon* magazine, de *ma* carrière, et, sous couvert de vouloir *mon* bien, tu m'as dupée pour renflouer la boîte que ta famille a mise à terre. Eh bien, tu sais quoi ? Je quitte le navire. Et toi, tu peux aller au diable.

Emily toussota. Pour la toute première fois depuis le début de cette conversation, elle semblait inquiète. Andy se tourna vers elle.

— Tu peux leur annoncer que je me retire, sinon c'est moi qui m'en chargerai. Apparemment, je ne peux pas défaire ce contrat, mais je peux sans aucun doute donner ma démission, à effet immédiat.

Emily croisa son regard. Leur colère, à l'une comme à l'autre, était palpable, et Emily semblait sur le point d'assener le mot de trop.

Elle ouvrit la bouche, puis se ravisa. Oubliant la poussette, son téléphone et tout le reste, sauf le bébé dans ses bras, Andy pivota sur ses talons et fonça vers la porte.

Chapitre 22

Détails, détails

Épuisée d'avoir couru presque tout le trajet, et au bord de la crise de nerfs, Andy réduisit au minimum le rituel du soir – bain sommaire dans l'évier, couche propre et pyjama, biberon – et s'en acquitta sans pleurer. Ce n'est que lorsque Clem fut en sécurité dans son berceau, lampes éteintes et babyphone allumé, qu'Andy se laissa aller. Elle était rentrée depuis une heure, mais une heure qui lui avait paru durer dix ans. Comment allait-elle affronter la longue nuit qui s'annonçait ? Ne voulant pas que Max la voie pleurer, elle s'enferma dans la salle de bains et resta vingt minutes sous la douche, peut-être une demi-heure, à sangloter, les larmes se mêlant à l'eau chaude.

Max n'était toujours pas revenu lorsqu'elle en sortit enfin. Un bref coup d'œil au miroir lui confirma que son visage était monstrueux, tuméfié, écarlate. Elle avait les yeux injectés de sang, son nez ruisselait de façon incontrôlable. Le mot qu'elle ne s'était pas autorisé à penser une seule fois depuis leur mariage tournait en boucle à présent dans son esprit : divorce. Cette fois, elle n'avait pas le choix.

Elle appela Jill depuis la ligne fixe.

— Andy ? Est-ce que je peux te rappeler demain ?

On est en pleine cérémonie du bain, ici. Jared vient de faire caca dans la baignoire, Jake a de la fièvre, et Jonah trouve incroyablement drôle de vérifier si les éclaboussures d'eau au caca peuvent atteindre les toilettes. Quant à Kyle, il a un dîner de boulot.

Andy se força à répondre d'une voix qui paraissait normale :

— Oui, bien sûr.

— Génial, merci. Je t'adore !

Et Jill raccrocha.

Andy appela ensuite sa mère puis, voyant que personne ne répondait, se souvint que celle-ci avait club de lecture tous les mardis soir, et ne rentrerait que beaucoup plus tard, et sans doute un peu pompette.

La suivante sur la liste, c'était Lily. Andy n'avait pas voulu imposer à son amie ce qui serait sûrement une conversation longue et entrecoupée de larmes quand son amie était déjà, sans aucun doute, fort occupée avec Bear et Skye, mais elle n'avait pas le choix. Et lorsque Lily décrocha à la première sonnerie et lança « Salut ! » avec son habituel enjouement, Andy éclata en sanglots.

— Andy ? Est-ce que ça va ? Ma puce ? Parle-moi !

— Je n'aurais jamais dû l'épouser !

Stanley sauta sur le lit et chercha à lui lécher le visage.

— Quoi ? Andy, que se passe-t-il ?

Elle lui raconta tout.

Lily resta un moment sans voix.

— Je suis désolée, Andy, dit-elle. C'est une trahison monstrueuse.

— Il s'est ligué contre moi, reprit Andy, qui avait encore du mal à y croire. Il s'est servi d'un détail technique, juridique, et il a vendu ma propre boîte, dans mon dos. Qui fait un truc pareil ?

Il lui semblait avoir du coton dans la gorge. Elle se servit un verre d'eau, le vida d'un trait, puis le remplit de vin blanc.

— Oh, Andy, je ne sais pas quoi te dire…

— Et je m'interdis de penser au fait qu'Emily – soi-disant une de mes plus proches amies – ait conspiré contre moi avec mon mari. C'est un point que je n'arrive même pas à intégrer.

Elle entendit la porte d'entrée s'ouvrir et son estomac se souleva aussitôt. Elle ne savait pas comment elle allait survivre aux quinze prochaines minutes.

— Il est rentré, chuchota-t-elle.

— Je suis là, ma puce, l'assura Lily. Toute la nuit, si tu veux. D'accord ? Tu m'appelles dès que tu en as besoin.

Andy remercia Lily et raccrocha à l'instant où Max apparaissait sur le seuil de la chambre. En le voyant avec sa mine contrite, son bouquet de tulipes orange dans une main et un sac Pinkberry dans l'autre, Andy fondit de nouveau en larmes. Elle attira Stanley contre sa jambe et enfouit les doigts dans son pelage.

— Je te jure, sur la tête de Clementine, que je n'ai jamais voulu te faire du mal, dit-il simplement, sans bouger du pas de la porte. Sur sa tête, Andy. Je te le jure. Si tu n'entends rien d'autre, s'il te plaît, entends au moins cela.

Elle le croyait. Jamais Max ne mentirait en jurant sur la tête de leur fille.

— Je l'entends, dit-elle en essuyant ses larmes. Mais ça ne change rien.

Max posa les fleurs sur la commode et s'assit au pied du lit. Il n'avait pas retiré son manteau, comme s'il savait qu'il n'allait pas rester. Il sortit du sac en papier un grand smoothie au beurre de cacahouète, avec un filet de chocolat et des éclats d'Oreo, et le lui tendit. Andy se contenta de le regarder droit dans les yeux.

— C'est ton préféré.

— Tu me pardonneras de n'avoir pas très faim en ce moment.

Il plongea la main dans la poche de son manteau puis en sortit son portable, qu'elle avait oublié chez Emily.

— J'ai aussi ramené la poussette.

— Super.

— Andy, je ne sais pas comment te dire...

— Alors ne dit rien. Inutile de se faire souffrir davantage. (Elle toussa ; sa gorge était à vif, douloureuse.) Je veux que tu partes. Tout de suite, ajouta-t-elle, et ce n'est qu'en les prononçant qu'elle s'aperçut que ce n'étaient pas des paroles en l'air.

— Andy, parlons-nous. On doit résoudre cette situation. On doit penser à Clem. Dis-moi ce que...

Andy releva la tête d'un coup et fut prise d'une bouffée de rage en rencontrant le regard de Max.

— C'est précisément à Clem que je pense en ce moment, l'interrompit-elle. Moi vivante, ma fille ne grandira pas en voyant son père trahir sa mère, la poignarder dans le dos, la traiter comme un paillasson. Alors crois-moi, quand je dis que c'est dans l'intérêt de *Clementine* que tu dois déguerpir d'ici.

Max la fixa, les larmes aux yeux. Andy s'étonna de ne rien ressentir. Depuis toutes ces années, elle n'avait vu Max pleurer qu'une fois, deux peut-être, et pourtant, ses larmes ne suscitaient aucune émotion chez elle. Il semblait sur le point de dire quelque chose. Il hésita, puis chuchota :

— J'y vais. Je reviendrai demain, et nous pourrons parler.

Andy le regarda refermer sans bruit la porte de la chambre derrière lui. Quelques instants plus tard, elle entendit la porte d'entrée se fermer à son tour. *Il n'a pris aucun vêtement*, s'inquiéta-t-elle machinalement, comme elle l'aurait fait pour sa mère, une amie, ou quiconque faisait partie de sa vie. *Pas même une brosse à dents ou une paire de lentilles de rechange. Où va-t-il aller ? Chez qui va-t-il dormir ?* Mais elle repensa à la trahison et s'obligea à museler ses inquiétudes.

Plus facile à dire qu'à faire. Et même si elle réussit à s'endormir aux alentours de minuit, elle se réveilla à 1 heure en se demandant où dormait Max ; à 2 heures en réfléchissant à la façon dont elle annoncerait la nouvelle à ses parents et à sa sœur ; à 3 heures en essayant d'imaginer ce que Barbara dirait ; à 4 heures en ruminant la trahison d'Emily ; à 5 heures en se demandant comment elle se débrouillerait en tant que mère célibataire. À 6 heures, quand elle se réveilla pour de bon, les yeux secs mais les tempes battantes à cause du manque de sommeil, elle était déjà en train d'échafauder les pires scénarios dans sa tête. Elle se sentait percluse de douleurs, dans les cervicales, autour des yeux, dans les mâchoires. Elle n'avait pas besoin de se regarder dans un miroir pour savoir qu'elle avait une mine de déterrée. Seul le fait d'aller extraire Clementine de son berceau et de frotter son nez contre le duvet de son crâne la calma. Voir sa fille ingurgiter voracement son biberon, sentir son bébé enveloppé de polaire niché au creux de ses bras, respirer l'odeur de sa peau soyeuse étaient les seules choses sur terre capables, en cet instant, de lui arracher un sourire. Elle embrassa sa fille, inspira à pleins poumons l'odeur de son cou, et l'embrassa de nouveau.

Quand son portable sonna à 6 h 30, elle n'eut aucun mal à l'ignorer, mais elle faillit sauter au plafond lorsqu'on sonna à la porte. Max, songea-t-elle, mais elle écarta aussitôt cette hypothèse. La crise avait beau être grave, Max était encore chez lui et n'aurait jamais sonné avant d'entrer. Personne de sa connaissance n'était debout à une heure pareille, et encore moins susceptible de débarquer chez elle et, si tel avait été le cas, le portier l'aurait de toute façon prévenue. Son cœur accéléra un peu. Y avait-il un problème ?

Elle déposa Clementine sur son tapis d'éveil et alla coller l'œil au judas. Emily, en tenue de sport de créateur de la tête aux pieds – baskets, legging, polaire rose vif, gilet réfléchissant et bandeau coordonné – était en train d'étirer ses cuisses tout en consultant son portable. Puis elle leva les yeux au ciel et ordonna à Andy d'ouvrir la porte.

— Je sais que tu es là. Max a dormi chez nous. J'ai besoin de te parler.

Andy voulait l'ignorer, ou lui crier de s'en aller, d'aller mourir, mais elle savait que cela serait sans effet. N'ayant pas l'énergie, ou la volonté, de lui tenir tête, elle lui ouvrit la porte.

— Qu'est-ce que tu veux ?

Emily s'avança et l'embrassa sur la joue, ainsi qu'elles le faisaient toujours, puis entra dans l'appartement comme si de rien n'était.

— S'il te plaît, dis-moi que tu as préparé du café, lança-t-elle en fonçant vers la cuisine. Bon Dieu, c'est inhumain de se lever à une heure pareille. Comment peux-tu faire ça tous les jours ? J'ai déjà couru plus de six kilomètres, tu le crois ? Salut, Clemmie ! Bonjour, ma puce ! Qu'est-ce que tu es mignonne, dans ton pyjama !

En entendant son prénom, Clem arrêta de fixer son mobile mais ne tourna pas la tête pour offrir à Emily un de ses sourires craquants. Andy lui en sut gré.

— Mmm, pas de café… Tu en veux un aussi ?

Sans attendre la réponse, Emily sortit deux tasses du lave-vaisselle, retira la capsule usagée du percolateur, fit son choix parmi celles en vrac dans la coupe, en glissa une dans le compartiment et appuya sur le bouton, tout en racontant, dans un flot ininterrompu, qu'un annonceur l'avait appelée à 22 heures la veille pour lui poser une question débile.

— Tu es vraiment venue me parler des gens de De Beers ? À 6 h 30 du matin ?

— C'est donc si tôt ? feignit-elle de s'étonner en poussant une tasse vers Andy. C'est pas très civilisé de ma part.

Emily but une longue gorgée de café puis alla s'asseoir à la table de la salle à manger et fit signe à Andy de la rejoindre. À contrecœur, Andy s'exécuta et attendit.

— Je veux que tu saches que je me sens vraiment mal.

Emily marqua une pause et scruta Andy. Qui se contenta de regarder droit devant elle ; elle avait peur, si jamais elle s'autorisait à prononcer un mot, de libérer quelque pulsion meurtrière.

Emily ne sembla pas le remarquer et poursuivit :

— En ce qui concerne tout ce pataquès… Je veux bien reconnaître que je ne m'y suis pas prise de la bonne façon – et je peux me mettre à ta place – mais je savais, en mon for intérieur, qu'une fois que tu aurais réellement soupesé cette incroyable opportunité, tu parviendrais à la même conclusion que moi : nous ne pouvions tout simplement pas laisser une chance pareille nous filer entre les doigts. Et quand j'ai vu qu'on risquait d'avoir un problème avec le numéro sur Olive, j'ai compris qu'il fallait se décider sans perdre une seconde.

Andy ne disait rien. Emily lui lança un coup d'œil puis s'absorba dans l'examen des cuticules de sa main gauche avant de poursuivre.

— Réfléchis deux secondes : avec ce que nous a rapporté la vente, tu peux prendre un peu de temps pour t'occuper de Clem, voyager, travailler en freelance, débuter un autre projet, écrire un livre – tout ce que tu veux ! Nos avocats n'ont pas réussi à éliminer la clause d'une année de transition, mais Elias-Clark était disposé à revoir le montant de l'offre à la hausse, de manière significative. Et cette année va passer sans qu'on s'en aperçoive, Andy ! Je n'ai pas besoin de te rappeler qu'on n'a pas vu filer les deux ou trois dernières années, n'est-ce pas ? On va continuer à faire notre boulot, qui nous plaît, pour le magazine que nous avons construit ensemble. La seule différence, c'est que nous allons le faire dans des locaux beaucoup plus chic. Est-ce à ce point horrible ?

— Il n'en est pas question, chuchota Andy, d'une voix à peine audible.

— Mmm ? fit Emily en la regardant pour la première fois depuis plusieurs minutes, comme si elle venait tout juste de se souvenir de sa présence.

— Je l'ai déjà dit hier, mais je te le répète : je jette l'éponge. J'annoncerai ma démission en bonne et due forme cet après-midi.

Les mots étaient sortis de sa bouche avant qu'elle ne les ait clairement pensés, mais une fois prononcés, elle ne les regretta pas.

— Mais tu ne peux pas ! se récria Emily. (Son zen olympien se fissurait enfin.)

— Bien sûr que si.

— L'accord de vente stipule que l'équipe éditoriale senior doit rester en place pendant un an ! Si nous ne remplissons pas cette part du contrat, ils ont le droit de le révoquer !

— Ce n'est plus vraiment mon problème.

— Tu sais bien qu'en signant nous avons accepté les termes du contrat. Si on manque à notre parole, tout cet argent pourrait nous passer sous le nez.

— *Notre* parole ? Qui a signé le contrat, Emily ? Tu as un don pour réécrire l'histoire. C'est invraisemblable. Je te le dis une bonne fois pour toutes : rien de tout ça n'est mon problème puisque je ne travaille plus à *The Plunge*. Je prendrai ma part du montant de la vente si tu trouves un moyen de contourner cette clause. Sinon, tu peux racheter mes parts, en accord avec les termes de notre contrat. Je me fiche de ce qui va se passer ensuite, du moment que je ne te revois plus jamais.

Sa voix tremblait ; elle luttait pour ne pas se mettre à pleurer.

— Tu peux partir, maintenant. Nous n'avons plus rien à nous dire.

— Andy, écoute-moi. Si tu...

— Je n'écoute plus. Ma décision est prise. En ces termes. Et franchement, je les trouve plutôt généreux. Maintenant, dégage.

— Mais je…

Si Emily paraissait accablée, Andy, pour la première fois depuis près de quinze heures, éprouva quelque chose qui ressemblait à de la sérénité.

— Tout de suite, insista Andy.

Clem tourna la tête vers elle et Andy la rassura d'un sourire.

Mais Emily ne bougeait pas, comme si elle ne parvenait pas à saisir ce qui s'était passé. Alors Andy se leva, souleva Clementine dans ses bras et reprit le chemin de sa chambre.

— Nous allons nous doucher et nous habiller. Je compte sur toi pour être partie lorsque nous ressortirons, lança-t-elle par-dessus son épaule et sans s'arrêter de marcher avant d'être barricadée avec sa fille dans la salle de bains.

Un instant plus tard, elle entendit Emily laver sa tasse et rassembler ses affaires. Puis, la porte d'entrée s'ouvrit, se referma. Andy tendit l'oreille. Il n'y avait plus aucun bruit. Elle lâcha un soupir.

Cette fois, c'était terminé. Pour de bon.

Chapitre 23

Mama cougar d'un éphèbe à la peau dorée

Un an plus tard...

Depuis la salle à manger, Andy observait sa mère s'affairer dans la cuisine, déballer des fruits, des crudités, des biscuits et des mini-sandwichs roulés, et prendre le temps de tout disposer joliment sur des plateaux. Au cours des deux derniers jours, la maison dans laquelle Andy avait grandi avait accueilli un flot ininterrompu de visiteurs et de vivres, et même si les bonnes volontés ne manquaient pas – amis, cousins, Jill et naturellement Andy –, Mrs Sachs avait insisté pour s'occuper de tous les préparatifs de la Shiv'ah elle-même. Cela l'empêchait de penser à sa mère, affirmait-elle, à ces derniers mois horribles à l'hospice, à la bouteille d'oxygène et aux quantités toujours plus importantes de morphine. Tout le monde était soulagé que les souffrances de la vieille dame fussent terminées, mais Andy avait encore du mal à croire que sa grand-mère, avec son tempérament de feu et sa langue bien pendue, ne fût plus de ce monde.

Elle s'apprêtait à rejoindre sa mère dans la cuisine lorsqu'elle vit Charles la précéder, regarder autour de lui pour s'assurer qu'il n'y avait personne alentour, puis envelopper sa mère de ses bras. Il lui chuchota quelque chose à l'oreille, et Andy sourit. Sa mère avait raison : Charles était un homme adorable – gentil, jamais un mot plus haut que l'autre, sensible, affectueux –, et Andy était ravie qu'ils se soient trouvés. Ils ne se fréquentaient que depuis six mois environ, mais à en croire sa mère, passée la soixantaine, il ne fallait pas des années pour apprendre à connaître quelqu'un : la relation fonctionnait, ou pas, et la leur n'avait pas connu la moindre anicroche depuis le premier jour. Il était déjà question de vendre la maison du Connecticut pour acheter un appartement en ville, et maintenant que sa grand-mère n'avait plus besoin de soins vingt-quatre heures sur vingt-quatre, Andy imaginait que Charles et sa mère allaient mettre ce projet à exécution sans plus attendre.

— Il a l'air super, observa Jill en entrant dans la pièce et en suivant le regard de sa sœur. (Elle piocha un bâtonnet de carotte et commença à le croquer.) Je suis vraiment contente pour elle.

— Moi aussi. Elle est restée seule longtemps. Elle le mérite.

Il y eut un silence. Andy savait que sa sœur se demandait si elle devait ou non dire ce qu'elle était en train de penser. Andy essaya de la convaincre par télépathie de ne pas le faire. Loupé.

— Toi aussi tu mérites de rencontrer quelqu'un, tu sais.

— Papa et maman sont divorcés depuis presque dix ans. Je suis…

Andy était encore incapable de prononcer le mot « divorcée » à son sujet ; il était trop bizarre, trop étranger à sa vie.

— Max et moi ne sommes séparés que depuis un an. J'ai Clem, mon boulot, et vous tous. Je ne suis pas pressée.

Jill versa du Coca light dans des gobelets en plastique et en tendit un à Andy.

— Je ne te dis pas de te précipiter. Je dis juste qu'un rencard, ça ne te tuerait pas. Histoire de t'amuser un peu, rien de plus.

Andy éclata de rire.

— Un rencard ?

Le terme lui paraissait anachronique, tout droit sorti d'une vie antérieure.

— Mon univers, reprit-elle, ce sont les rencards avec d'autres mamans, les otites, les dossiers d'inscription en crèche, les essayages de chaussons de danse et les ruses pour cacher les légumes dans des smoothies. Je ne sais pas à quoi ressemblerait un rencard, mais je devine qu'il ne serait pas vraiment compatible avec ce genre de préoccupations.

— Certes. Sauf que tu pourrais avoir envie de t'habiller autrement qu'en pantalon de yoga et cela t'obligerait à parler d'autre chose que des mérites comparés des Annie's Cheddar Bunnies et des Goldfish ordinaires, et tu sais quoi ? Tu peux le faire. Ta fille passe deux nuits par semaine chez son père, tu as retrouvé ta ligne et, en investissant quelques heures de ton temps dans une coupe de cheveux digne de ce nom, et peut-être dans l'achat d'une ou deux robes, tu pourrais être de retour sur le terrain. Pour l'amour de Dieu, Andy ! Tu n'as que 34 ans. Ta vie n'est pas finie.

— Bien sûr, que ma vie n'est pas finie. Simplement, celle que je mène en ce moment me rend parfaitement heureuse. Qu'y a-t-il de si difficile à comprendre là-dedans ?

— On croirait entendre maman, pendant toutes ces années avant qu'elle ne rencontre Charles, soupira Jill.

Lily entra dans la pièce en tenant le bras de sa frêle grand-mère et l'aida à s'asseoir. Jill tendit à Ruth un gobelet de soda, mais la vieille dame demanda si elle pourrait avoir plutôt du décaféiné. Lily acquiesça, mais Jill lui fit signe de prendre sa place.

— J'allais justement en préparer. Assieds-toi et essaie de faire entendre raison à ma sœur. J'étais en train de lui expliquer qu'il est grand temps de tourner la page de sa vie de nonne.

— Waouh ! fit Lily en haussant les sourcils à l'intention de Jill. Tu t'es aventurée jusque-là ?

— Oui. Et si nous, nous ne pouvons pas le faire, qui le pourra ?

Andy agita les mains comme si elle essayait d'arrêter un taxi.

— Coucou ! Vous savez que je suis là, n'est-ce pas ?

Jill partit dans la cuisine.

— Clem est chez Max ce week-end ? demanda Lily.

Andy hocha la tête.

— Je l'ai déposée en partant. À la seconde où le taxi s'est arrêté et où elle l'a vu, elle s'est mise à courir en criant « Papa ! Papa ! Papa ! », et elle s'est littéralement jetée dans ses bras, sans même se retourner. (Andy secoua la tête et sourit avec tristesse.) Les gosses savent comment s'y prendre pour te remonter le moral.

— Ne m'en parle pas. Hier, on a emmené les garçons en ville et Bear a demandé pourquoi un homme dormait sur le trottoir. On a essayé de lui expliquer en quoi c'est important d'aller à l'école et de bien travailler, afin d'avoir un bon métier quand on est grand. Bon, d'accord – on est déjà en train de lui faire un lavage de cerveau. Bref. Bear demande alors ce que papa fait comme métier, et on lui explique qu'il dirige le studio de yoga, qu'il donne des cours aux élèves et à d'autres professeurs. Et tu sais ce que Bear a répondu ? « Eh bien, moi, quand je serai grand, je veux rester toute la journée en pyjama à la maison, comme maman. »

— Tu mens ! s'exclama Andy en éclatant de rire.

— J'aimerais bien. Je suis diplômée de Brown, j'ai un master de Columbia, je travaille sur mon doctorat, et mon fils pense que je passe mes journées devant la télé.

— Tu rectifieras le tir. Un jour.

— Oui, quand j'en trouverai le temps.

Andy regarda son amie.

— Ce qui veut dire ?

Lily détourna le regard.

— Lily ! Accouche !

— Oui, eh bien, justement… J'ai deux trucs à te dire.

— J'attends…

— Pour commencer : je suis enceinte. Et ensuite, Alex…

— Maman ! Skye me tire les cheveux et ça fait mal ! Il m'a mordu ! Et il a une crotte dégoûtante sur le nez !

Bear, surgi de nulle part, débita d'une voix stridente une litanie de complaintes, et Andy dut faire un effort pour ne pas céder à son envie de l'étrangler pour le réduire au silence. Lily était enceinte ? Cette seule information était déjà incroyable. Mais que s'apprêtait-elle à dire à propos d'Alex ? Qu'il allait passer lui présenter ses condoléances ? Qu'on avait diagnostiqué chez lui une maladie au stade terminal ? Qu'il avait déménagé une bonne fois pour toutes, en Afrique, ou au Moyen-Orient, et qu'il projetait de ne jamais plus revenir ? Et puis, la réponse s'imposa à elle, d'un coup. La seule possible, évidente.

— Il a fini par se marier, c'est ça ? dit-elle en secouant la tête. Évidemment.

Lily lui lança un coup d'œil, mais les cris de Bear avaient gagné en puissance, et Skye, qui faisait ses premiers pas, était lui aussi en larmes.

— Non pas que je ne me réjouirais pas pour lui, en des circonstances normales, mais je ne supporte pas l'idée qu'il ait pu épouser cette menteuse, cette garce. C'est quoi, notre problème ? On a la même propension bizarre et inexplicable à tomber amoureux de personnes qui nous blessent et nous trahissent. Pourquoi ? Alex et moi avions nos problèmes, c'est certain, mais le manque de confiance n'en faisait pas partie.

Ou bien est-ce que ça n'a rien à voir avec nous ? Est-ce que c'est juste que, aujourd'hui, tout le monde trahit tout le monde, que c'est ce que font les gens cool, et qu'avoir d'autres attentes est ringard, ou déraisonnable ? (Andy reprit son souffle et secoua la tête.) On croirait entendre parler un dinosaure, non ?

— Andy… commença Lily, mais Bear se jeta contre elle, manquant de la renverser de sa chaise.

— Maman ! Je veux rentrer !

Andy regarda à la dérobée le ventre de Lily. Le renflement était discret, mais indéniable. Elle avait une kyrielle de questions à poser à son amie, mais son esprit ne cessait de revenir à Alex.

Bodhi entra dans la salle à manger et Lily lui jeta quasiment les petits dans les bras, en même temps que le regard que toute mère mettait au point dans la semaine suivant la naissance de son premier enfant et qui disait : *C'est ton tour de t'en occuper et pourtant, ils sont là, couverts de morve, pendus à mes basques, en train de hurler. Pourquoi ne puis-je pas avoir une conversation de dix minutes avec mon amie sans être interrompue ? Est-ce vraiment trop demander ?*

Bodhi réussit à éloigner les garçons en leur promettant bonbons et verres de lait, et Andy se languit un instant de sa fille. Passer la semaine seule avec elle n'était pas toujours facile et, en général, elle adorait les mardis et vendredis soir, quand Clementine était chez Max, mais voir les enfants de Lily et de Jill lui donnait envie de la serrer dans ses bras. Elle avait prévu de dormir dans le Connecticut ce soir-là et d'y passer le plus gros de la journée du lendemain mais peut-être que, finalement, elle retournerait en ville dès le matin, à la première heure.

— J'ai du mal à croire que tu sois de nouveau enceinte ! Depuis quand ? C'était prévu ?

Lily éclata de rire.

— On ne l'a pas fait exprès, mais on n'a pas vraiment fait attention non plus.

— Ah, c'est ma préférée : « Tout faire pour ne pas essayer, c'est encore essayer », dit Andy sans pouvoir s'empêcher de citer Olive.

— Oui, quoi qu'il en soit, on est un peu sous le choc. Skye et sa sœur auront dix-huit mois d'écart. J'en suis presque à la fin du troisième mois, et j'attendais de connaître le sexe pour t'en parler. Une fille ! Tu te rends compte !

— Je suis sûre que les garçons, c'est chouette aussi – c'est du moins ce que tout le monde affirme –, mais rien n'est plus merveilleux sur terre qu'une fille. Rien.

Lily lui fit un sourire rayonnant et Andy tendit la main par-dessus la table pour serrer celle de son amie.

— Je suis super heureuse pour vous. Si quelqu'un avait regardé dans une boule de cristal l'année où nous habitions ensemble à New York et nous avait dit qu'un jour tu serais mariée à un prof de yoga, que tu vivrais dans le Colorado, avec trois gamins sachant skier avant même de marcher, tu l'aurais cru ?

Et elle ? Aurait-elle cru qu'à 34 ans, elle aurait créé, développé et vendu un magazine à succès, se serait mariée et aurait divorcé, et qu'elle élèverait seule une petite fille – il est vrai facile et adorable ? C'était à des années-lumière de ce qu'elle avait imaginé.

— Pour en revenir à Alex... Il n'est pas marié, Andy. C'est même tout le contraire. Il a rompu avec Sophie. (Lily secoua la tête.) Ou c'est elle qui a rompu avec lui, je ne sais plus trop, mais ce qui est sûr, c'est qu'ils ne sont plus ensemble.

Andy se pencha en avant.

— Comment le sais-tu ?

— Il m'a appelée la semaine dernière, quand il était de passage dans l'Ouest.

— Il t'a *appelée* ?

— C'est si bizarre que ça ? Il avait une semaine de vacances, et il passait à Denver en partant skier avec des amis à Vail. Je l'ai retrouvé dans un bar à côté de l'aéroport et on a bu un café.

— Skier avec des *amis* ?

— Andy ! J'ai pas demandé les adresses et numéros de Sécu de toute la bande. Mais il a été clair sur un point : c'étaient des vacances entre potes. C'est ça que tu veux savoir ?

— Non, bien sûr. Je suis juste heureuse d'apprendre, pour son bien, qu'il n'est plus avec elle. Comment sais-tu qu'ils ont rompu ?

— Parce qu'il a tenu à me le raconter. Il m'a dit qu'il avait déménagé depuis six mois, et qu'il était installé à Park Slope. Qu'il sortait avec des filles, mais qu'il n'était pas intéressé par une relation sérieuse. Bon, Alex, quoi…

— Tu l'as trouvé comment ?

— Fidèle à lui-même, répondit Lily en éclatant de rire. Gentil. Adorable. Il avait apporté des livres pour les garçons. Il a dit qu'on devrait s'appeler plus souvent et se voir la prochaine fois que nous serions de passage à New York.

— Eh bien, je suis soulagée pour lui, dit Andy. Je suis sûre que ça n'a pas été facile, mais pas plus tout de même que se marier puis…

— Je ne lui ai rien dit sur toi, ajouta Lily, l'air coupable. Tu aurais voulu que je lui en parle ? Je ne savais pas trop.

Lily venait de répondre à la question qu'Andy n'avait pas osé lui poser. Elle réfléchit un instant, puis décida qu'il valait mieux qu'Alex la croie encore mariée et heureuse. Cependant, une autre question lui brûlait les lèvres, et elle finit par craquer.

— Et lui, il n'a pas demandé de mes nouvelles ?

Lily contempla ses mains.

— Non. Mais je suis certaine qu'il en avait envie. Tu es toujours le gros éléphant au milieu de la pièce.

— Merci, Lil. Tu as toujours les mots qu'il faut, riposta Andy en se forçant à sourire. Quoi ? ajouta-t-elle en voyant que Lily la dévisageait. Pourquoi tu me regardes comme ça ?

— Tu l'aimes toujours, n'est-ce pas ? chuchota Lily, comme si sa grand-mère, la seule autre personne présente dans la pièce, tendait l'oreille pour écouter cette conversation croustillante.

— Je pense que je l'aimerai toujours, répondit Andy avec sincérité. C'est Alex, tu comprends ? Mais tout ça, c'est du passé.

Elle attendit que son ami dise quelque chose, mais Lily resta silencieuse.

— Mis à part Alex, je ne peux pas imaginer redevenir proche de quelqu'un. Pas tout de suite. Je sais que ça fait un an, mais... Tout est encore trop frais. Je suis contente que Max et moi soyons enfin en bons termes, au moins pour le bien de Clem. Barbara est tellement heureuse que son fils soit libre de fréquenter des femmes de son milieu que son attitude envers moi a changé du tout au tout. Je n'aurais jamais pensé dire ça un jour, mais elle est folle de Clementine et elle devient même une grand-mère décente. Toute la pagaille de l'an passé s'est enfin calmée. Je n'ai pas envie de sortir avec qui que ce soit. Peut-être un jour, mais pas pour l'instant.

Andy savait qu'elle mentait à son amie – ou, du moins, qu'elle ne lui disait pas l'entière vérité – et Lily le savait tout autant. Naturellement, elle avait commencé à se demander s'il lui serait redonné, un jour, de rencontrer un autre homme, de se pomponner pour un rendez-vous, d'attendre avec impatience une escapade en amoureux le temps d'un week-end. Elle se demandait si, un jour, elle partagerait à nouveau les joies et les peines communes à tous les parents, si elle aurait quelqu'un à qui se confier, quelqu'un pour qui cuisiner et, surtout, avec qui donner à Clem un petit frère, ou une petite sœur. Elle savait que toutes les chances étaient de son côté si elle le souhaitait, et que la donne serait différente, aussi : un futur petit ami serait probablement divorcé lui-même, et vraisemblablement père. Quel célibataire de 30 ans choisirait de s'encombrer d'une mère et de sa gamine en bas âge quand il pouvait fonder sa propre famille avec une fille bien plus jeune ? Mais ça non plus, ce n'était pas un problème. Lorsqu'elle serait prête, Andy s'inscrirait dans un groupe de parents seuls, ou sur Match.com, et ne refuserait plus systématiquement les invitations à boire un café des pères célibataires du Writer's Space – l'espace de travail partagé qu'elle avait rejoint – ou ceux qu'elle croisait au parc de jeux. Et avec un peu de chance, un jour, elle accrocherait avec l'un d'eux, et au lieu d'organiser un grand mariage en blanc et une lune de miel spectaculaire à Hawaï, au lieu de décorer leur tout premier appartement commun, il leur faudrait préparer le terrain pour les présentations à leurs enfants respectifs, jongler avec les emplois du temps des uns et des autres, gérer les relations avec leurs ex, réussir la fusion de deux trajectoires jusque-là séparées. Ce serait différent de tout ce qu'elle avait connu, mais merveilleux. La pensée lui arracha un sourire.

— Qu'est-ce qui te fait sourire ? demanda Lily.

— Rien. Juste de m'imaginer remariée un jour à un quadragénaire au front dégarni, père de deux gamins et dont l'ex-femme me détestera presque autant que Max le détestera lui. Des mots comme « garde partagée » et « week-end de visite » reviendront à tout bout de champ dans nos conversations. On apprendra ensemble à devenir des beaux-parents. Ce sera merveilleux.

— Tu seras sensationnelle dans le rôle de la marâtre, affirma Lily en se levant pour serrer son amie dans ses bras. Mais qui dit que tu ne finiras pas avec un étalon de vingt et quelques années qui a un faible pour les cougars…

— Et les gamins en bas âge.

— Il sera en adoration devant sa Mama cougar, et toi tu seras en extase parce que son plus grand souci dans la vie sera de préserver à tout prix son bronzage pendant les longs hivers new-yorkais.

Andy éclata de rire.

— La Mama cougar d'un éphèbe à la peau dorée, je suis archi-partante ! Pour toi, Mamita, si jamais tu écoutes, de là où tu es.

— Tu vois ? dit Lily en aidant sa propre grand-mère à se lever et en faisant signe à Andy de marcher avec elles vers le salon. La vie ne fait que commencer.

Chapitre 24

C'est tout

500 MOTS ! annonça le compteur du traitement de texte en faisant clignoter l'avertissement en très gros sur l'écran de l'ordinateur. Andy sourit, sauvegarda son travail et retira son casque. Elle gagna le minuscule espace de repos du Writer's Space pour s'offrir un café et trouva Nick, assis dos rond devant une des tablettes rabattables, en train de lire sur un Kindle. Nick, scénariste arrivé fraîchement de L.A., auteur du pilote d'une série comique qui avait rencontré un succès extraordinaire, venait de s'atteler à l'écriture de son premier scénario, très attendu, de long-métrage. Andy et lui étaient devenus des copains de pause-café quelques mois plus tôt, lorsqu'elle avait rejoint ce bureau communautaire. La semaine précédente, quand Nick l'avait invitée à aller voir un film indépendant, Andy était tombée des nues et, d'ébahissement, avait accepté.

Sans beaucoup de grâce, cependant.

— Tu sais que j'ai une petite fille, n'est-ce pas ? avait-elle lâché à l'instant où il finissait de lui présenter le film iranien qu'il lui proposait de voir en sa compagnie.

Nick avait fait pencher sa chevelure blond cendré,

l'avait dévisagée un instant, puis avait éclaté de rire – un rire joyeux, et gentil.

— Absolument. Clementine, c'est ça ? Tu te souviens que tu m'as montré une photo d'elle sur ton téléphone – une où elle est à son cours de musique ? Et aussi celles que la nounou t'a envoyées, où elle a le visage barbouillé de sauce ? Oui, Andy, je sais que tu as une fille. Elle est la bienvenue, si tu le souhaites, mais je ne suis pas certain que ce genre de film soit sa tasse de thé.

Andy avait été mortifiée. Et ce d'autant plus qu'elle avait demandé mille conseils à Lily et à Jill : le jour où un homme lui proposerait un rendez-vous, comment devait-elle s'y prendre pour lui annoncer qu'elle avait une fille ? Quel était le bon moment, les circonstances favorables, les mots justes ? L'une comme l'autre lui avaient assuré qu'elle saurait instinctivement déterminer « le bon moment ». Ce n'était probablement pas ce qu'elles avaient eu en tête en disant ça.

— Excuse-moi, avait-elle marmonné, le visage en feu. C'est un peu nouveau pour moi, tout ça.

L'euphémisme du siècle, songea-t-elle. Cela faisait un an et demi qu'elle était divorcée, et même si elle ne croulait pas exactement sous les invitations, elle en avait refusé quelques-unes, bien incapable de maîtriser sa peur et son anxiété. Mais il y avait quelque chose chez Nick, la bonté de son regard, la douceur de ses manières, qui lui donna le sentiment qu'elle pouvait accepter l'invitation sans crainte.

Et ç'avait été une soirée absolument charmante. Andy avait pu donner son bain à Clementine puis l'habiller avant de lui expliquer qu'elle allait au cinéma avec un ami. Non pas que Clem puisse comprendre au point d'en être contrariée, mais Andy s'efforçait toujours de tout lui expliquer.

— Papa ? avait demandé Clementine, comme elle le faisait au moins dix fois par jour.

— Non, pas avec papa, ma chérie. Avec un ami.

— Papa ?

— Non. Quelqu'un que tu n'as jamais rencontré. Mais Isla te lira tes histoires et te bordera, et je serai là demain matin quand tu te réveilleras, d'accord ?

Clem avait appuyé sa petite tête humide contre le sein maternel, chiffonné son doudou contre son visage et lâché un long soupir détendu. Andy avait dû se faire violence pour quitter l'appartement.

Le rendez-vous s'était... parfaitement bien déroulé. Nick lui avait proposé de passer la chercher en taxi, mais Andy avait préféré le retrouver directement au cinéma. Comme il avait déjà acheté leurs billets et réservé des sièges en bout de rangée, Andy avait acheté du pop-corn et des Raisinets et assuré un quart d'heure de conversation ininterrompue tout à fait acceptable avant que le film ne commence. Ensuite, ils étaient allés prendre un dessert dans un *coffee shop* de Houston Street, ils avaient parlé des années que Nick avait passées à L.A., des piges qu'Andy faisait depuis peu pour le magazine *New York* et, même si elle s'était juré de s'en abstenir, de Clementine. Lorsqu'il l'avait déposée devant chez elle, il lui avait planté un petit baiser sur la joue en lui disant qu'il avait passé une super soirée. Il semblait sincère. Andy s'était empressée d'en convenir – elle aussi avait passé un très bon moment, et bien plus détendu qu'elle ne l'avait anticipé – pour tout oublier de ce rencard sitôt franchie la porte de son appartement. Elle avait tout de même pensé à lui envoyer le lendemain un petit message de remerciements, auquel Nick avait répondu, et après quelques allers-retours, Andy avait arrêté l'échange. Elle avait tant de choses en tête, entre Clementine, ses dernières commandes d'articles et la visite de sa mère et de Jill prévue ce week-end-là, qu'elle avait à peine remarqué que Nick n'avait pas mis les pieds au Writer's Space de toute la semaine.

Mais il était de retour, et comme toujours absorbé dans ses lectures. Andy aurait pu retourner à son espace de travail sans se faire remarquer, mais elle se sentit aussitôt coupable. De quoi, elle ne savait pas trop. Mais de quelque chose.

Elle s'éclaircit la voix et s'assit sur la chaise en face de Nick.

— Salut. Ça fait longtemps.

Nick releva la tête mais ne sembla pas surpris de la voir. Son visage s'éclaira d'un grand sourire et il mit son Kindle en veille.

— Andy ! Ça fait plaisir de te voir. Quoi de neuf ?

— Pas grand-chose. Je fais ma pause des cinq cents mots. J'allais préparer du café. Tu en veux ?

Elle se dirigea vers la machine à café, soulagée d'avoir quelque chose pour s'occuper les mains.

— Je viens d'en préparer. Celui-là est frais.

— OK.

Andy prit son mug sur l'étagère – personnalisé avec une photo de Clementine en train de souffler la bougie de son premier gâteau d'anniversaire – et le remplit de café. Elle ajouta du lait et du Splenda et, ne sachant pas trop quoi dire une fois qu'il lui faudrait se retourner, fit durer l'opération aussi longtemps que possible. Mais Nick ne semblait pas du tout nerveux et, lorsqu'elle revint s'asseoir en face de lui, il la regarda droit dans les yeux.

— Tu es dans le coin, ce week-end ?

Andy détestait ce genre de questions vagues. Était-elle libre pour l'accompagner au concert de Bruce Springsteen au Madison Square Garden, pour lequel il avait deux billets au premier rang ? Oui, sans doute. Avait-elle quelques heures de temps libre pour l'aider à déménager de son appartement au sixième sans ascenseur dans un autre appartement, lui aussi au sixième sans ascenseur ? Non, elle n'avait plus une minute à elle de tout le week-end. Ne sachant pas quoi répondre, elle se contenta de le fixer.

— Un de mes amis, illustrateur, montre son travail au National Arts Club. C'est une exposition dans un lieu privé. Avec quelques copains, nous allons dîner pour fêter ça, et j'aimerais beaucoup que tu m'accompagnes.

— À l'expo ? Ou au dîner ? demanda Andy pour gagner du temps.

— Au choix. Mais de préférence aux deux, répondit-il avec un sourire indéniablement et adorablement taquin.

Une kyrielle d'excuses lui traversa l'esprit, mais, incapable d'en formuler une seule, elle sourit et esquissa un hochement de tête.

— Ça a l'air sympa, dit-elle, sans une once d'enthousiasme.

Nick la regarda bizarrement pendant une seconde, mais sans doute décida-t-il d'ignorer la tiédeur de la réponse.

— Super. Je passerai te chercher vers 18 heures.

Andy savait déjà qu'il ne passerait pas la chercher, que l'inévitable rencontre avec Clem n'aurait pas lieu, et qu'il n'y aurait d'ailleurs pas de rendez-vous du tout, mais elle se sentait totalement incapable d'expliquer pourquoi. Nick était un garçon adorable, mignon et intelligent. Pour une raison qui lui échappait, elle semblait lui plaire et il lui faisait une cour adorable, discrète, nullement menaçante. Le seul fait qu'elle n'ait rien ressenti lorsqu'il l'avait embrassée sur la joue, et que leur soirée lui soit aussitôt sortie de l'esprit ne signifiait pas qu'ils n'étaient pas bien assortis. Andy pouvait presque entendre les commentaires de sa sœur et de Lily : *Tu n'es pas en train d'accepter de l'épouser, Andy ! C'est un second rendez-vous. Tu n'as pas besoin d'être follement amoureuse au deuxième rencard. À tout le moins, cela te remettra dans le bain. Vas-y, détends-toi, amuse-toi. Arrête d'essayer d'orchestrer le moindre détail. Quelle importance que ça marche ou pas ? Essaie.*

Comme si c'était aussi simple.

— Andy ? 18 heures, ça te va ?

La voix de Nick l'arracha d'un coup à ses réflexions.

— 18 heures ? Oui, c'est parfait, répondit-elle avec un grand sourire, et elle se sentit aussitôt ridicule. Je ferais mieux de me remettre au boulot !

— Tu viens juste d'arrêter.

— Oui, mais je dois rendre ce papier vendredi, et je n'en suis qu'au premier jet !

Même à ses propres oreilles, sa voix sonnait faux. Elle préférait ne pas savoir l'effet qu'elle devait produire sur Nick.

Elle essaya de se rassurer en se disant que Nick était un mec très gentil en qui, à défaut d'autre chose, elle pourrait trouver une compagnie amusante pour des activités de loisirs. Quel besoin avait-elle de tirer des plans sur la comète ?

Elle réussit à se concentrer pendant l'heure suivante et, après avoir écrit une centaine de mots supplémentaires, elle commença à envisager avec plus de sérénité la date butoir du vendredi. C'était un pur plaisir de travailler pour le magazine *New York* et son nouveau rédac' chef, Sawyer, un transfuge de *Vogue* : l'homme était posé, raisonnable, archi-professionnel. Andy lui soumettait ses idées d'articles, il en retenait certaines, discutait en détail des points sur lesquels il aimerait la voir se concentrer en priorité, puis il se tenait en retrait pendant qu'elle procédait à ses recherches et écrivait, ne s'impliquant de nouveau que lorsqu'elle lui avait montré sa copie. À ce moment-là, il proposait des corrections judicieuses et posait des questions pertinentes et substantielles. L'article sur lequel elle travaillait en ce moment, pure coïncidence, s'intéressait à toutes les façons dont les couples homosexuels essayaient de démarquer leur mariage des mariages traditionnels sans se mettre à dos les membres conservateurs de leur famille. Ce serait son article le plus long jusque-là, et il commençait à prendre forme. Ces piges lui procuraient un salaire assez décent – du moins combiné avec ses intérêts de la vente de *The Plunge*, puisqu'elle avait prudemment placé le capital

– et lui laissaient le temps de travailler sur d'autres projets. Dans le cas présent, un livre. Bien qu'elle n'ait écrit à ce jour qu'une centaine de pages, qu'elle n'avait montrées à personne, Andy avait un bon pressentiment. Mais comment savoir si elle publierait réellement un jour un roman à clés sur Miranda Priestly ? Tout ce qu'elle savait, c'était qu'elle adorait avoir retrouvé la maîtrise de sa propre vie.

Un e-mail arriva sur son portable et, machinalement, Andy cliqua pour l'ouvrir. *Un coucou de la Cité des Anges !* annonçait le titre. Andy comprit qu'il était d'Emily.

Chers amis, parents et fans fervents,

Je suis ravie de vous annoncer que Miles et moi avons enfin trouvé une maison et sommes en train de nous installer. Miles a commencé le tournage de sa nouvelle émission, *Lovers and Losers*, et tous ceux qui ont vu les rushes jurent que ça va être un énorme carton (imaginez un croisement entre *Khloé and Lamar* et *Les vraies femmes au foyer de Beverly Hills* !!!). Mon nouveau métier de styliste de stars est sur les rails. J'ai déjà signé Sofía Vergara, Stacy Keibler et Kristen Wiig, et sans vouloir me vanter, j'ai rendez-vous ce soir pour un verre avec Carey Mulligan, dont j'espère bien pouvoir dire à la fin de l'happy hour qu'elle est une cliente d'Emily Charlton. New York nous manque à tous les deux, comme vous tous, évidemment, mais la vie ici est vraiment agréable. Savez-vous qu'aujourd'hui il fait 25 °C et que nous sommes allés à la plage ? C'est pas génial, ça ? Alors s'il vous plaît, s'il vous plaît, venez nous voir bientôt... Vous ai-je dit que nous avons une piscine ET un jacuzzi ? Venez ! Franchement, vous ne le regretterez pas.

On vous aime et on vous embrasse,

Em

Emily ne semblait pas avoir reçu le message d'Andy. Elle l'avait pourtant flanquée à la porte de chez elle, puis elle avait mis un point d'honneur à ne répondre ni à ses coups de fil ni à ses e-mails – à l'exception de ceux qui concernaient la vente de *The Plunge* – et elle l'avait ignorée chaque fois qu'elles s'étaient rencontrées par hasard à un cocktail. Malgré tout, Emily refusait d'admettre le silence d'Andy. Elle continuait à lui envoyer des textos, des e-mails, à lui téléphoner, pour la tenir au courant de certaines évolutions, partager avec elle quelques ragots croustillants, et chaque fois qu'elles se croisaient, elle ne manquait jamais de saluer Andy avec enthousiasme, par une accolade chaleureuse. Cela avait donc été un grand soulagement pour Andy de recevoir, quelques mois plus tôt, l'e-mail d'Emily annonçant que Miles et elle partaient s'installer à Los Angeles. La distance viendrait sans doute à bout de leur ancienne amitié.

Le renvoi d'Emily, deux mois et demi seulement après le rachat de *The Plunge*, n'aurait pas dû être une surprise, mais lorsque Max l'avait annoncée à Andy, elle n'avait pas pu retenir un : « Je te l'avais bien dit. » Un seul numéro. C'était, en tout et pour tout, le temps que Miranda avait accordé à Emily et à la nouvelle rédac' chef pour faire leurs preuves chez Elias-Clark, avant de licencier en bloc toute l'équipe éditoriale. Andy n'avait pu s'empêcher de lire les différents comptes rendus de cette affaire. Le plus complet était apparu sur un blog, probablement alimenté par Agatha, ou l'une des autres assistantes témoins du drame. Andy l'avait dévoré. Apparemment, le clash s'était produit dans la semaine suivant la sortie du premier numéro de la nouvelle ère. Sa couverture était consacrée à Nigel et à son mari, Neil, qui était – du moins à en juger par les photos – un homme singulièrement terne, assez ringard, et de vingt ans au moins l'aîné de Nigel. Celui-ci apparaissait encore plus enrobé qu'à l'ordinaire – résultat, sans doute, de la félicité prénuptiale – et, entre la stature de mastodonte de l'un et l'insignifiance de l'autre, le couple n'avait rien de glamour, même à travers l'objectif de Saint-Germain. Ce numéro de *The Plunge*, le tout premier qu'un magazine de mariage consacrait à une union entre personnes du même sexe, avait rencontré un accueil incroyablement positif partout dans le pays, mais peu importait. La couverture n'était pas assez glam', et cela, c'était impardonnable. Emily n'était en rien responsable de cet échec, mais Miranda n'avait pas coutume de s'arrêter à ce genre de détails.

Andy n'aurait su dire qui avait laissé fuiter l'information – Emily, Nigel, Charla 3.0 ? – mais tous les blogs de potins s'accordaient sur la déclaration qui mit un terme au très bref règne d'Emily au sein de l'empire Elias-Clark.

— Vous êtes renvoyée, et ceci prend effet immédiatement. Et vos collaborateurs partent avec vous.

Miranda avait regardé Emily droit dans les yeux, et ajouté :

— Nous allons opter pour une équipe *plus fraîche*.

L'auteur de ce billet concluait en décrivant, avec une certaine jubilation, la stupeur de l'équipe de *The Plunge* découvrant, au retour de la pause déjeuner, que leurs badges ne leur permettaient plus l'accès au bâtiment. Une fois de plus, Emily avait été congédiée sans cérémonie par Miranda Priestly, encore que, cette fois-là, elle eût au moins le généreux montant de la vente pour se consoler. Emily avait informé Andy par e-mail que tous les autres membres de l'équipe étaient retombés sur leurs pieds : quelques-uns avaient intégré d'autres rédactions, deux avaient saisi cette opportunité pour reprendre leurs études, Daniel avait suivi son petit copain à Miami Beach, et Agatha – l'ambitieuse Agatha qui ne doutait de rien – tentait sa chance comme nouvelle assistante junior de Miranda. Elles se méritaient l'une l'autre.

Andy déplaça sa souris pour supprimer le mail

d'Emily, comme elle l'avait fait avec les dizaines qui l'avaient précédé, mais elle se ravisa et cliqua sur « répondre ».

Salut Em,

Félicitations pour ton nouveau job – il semble fait pour toi. Et aussi pour la maison avec piscine, etc. Ce doit être un sacré changement après New York. Bonne chance pour tout.

Andy

Elle allait se remettre à la rédaction de son article lorsque Nick apparut devant son bureau. Elle mobilisa toutes ses forces pour l'inciter à rebrousser chemin et regretta instantanément d'avoir accepté un second rendez-vous. Il n'y avait rien qui clochait chez Nick, ou dans le fait d'avoir un rencard, mais elle aurait dû y réfléchir à deux fois avant de laisser ces préoccupations parasiter son nouvel espace de travail, un lieu merveilleusement calme et serein, où elle pouvait se tenir à l'écart du monde et oublier tout ce qu'il y avait parfois de pesant dans l'éducation d'un enfant. C'était le seul endroit au monde où elle pouvait être seule et néanmoins entourée d'autres gens, tous absorbés par leur travail. Il lui fallut faire un gros effort pour ne pas supplier Nick de la laisser tranquille.

— Andy, chuchota-t-il, en brisant la règle qui interdisait de parler dans l'espace de travail, où Andy avait choisi un bureau à l'écart des autres.

Elle leva la tête et haussa les sourcils, sans rien dire.

— Il y a un mec pour toi, dans la cuisine.

— Je n'ai pas commandé à manger, chuchota Andy, déconcertée.

— Il n'a pas l'air d'un livreur. Quelqu'un lui a ouvert la porte parce qu'il a dit que c'était important.

C'était bien la dernière chose qu'Andy avait besoin d'entendre. « Important » signifiait que le visiteur ne pouvait être que Max, et qu'il était ici au sujet de

Clem. Andy sortit aussitôt le téléphone de son sac et vérifia rapidement ses messages. Il n'y en avait aucun d'Isla, ce qui était rassurant, mais peut-être l'urgence était-elle si extrême qu'elle avait pensé que Max serait plus facilement joignable et qu'elle l'avait donc appelé en premier. Sans rien ajouter à l'intention de Nick, Andy se leva et se rua vers la cuisine. Rien n'aurait pu la préparer à la surprise qui l'attendait.

— Salut, dit Alex, comme si sa présence en ces lieux était la chose la plus normale au monde.

— Salut, répondit Andy, sans pouvoir rien ajouter d'autre.

Alex passa la main dans ses cheveux et Andy remarqua qu'elle tremblait. Il était craquant avec son jean, sa polaire bleu marine et ses éternelles New Balance blanches. Lorsqu'il s'avança vers elle, bras grands ouverts, Andy dut batailler pour retenir ses larmes : la douceur familière de la polaire contre sa joue, le contact de ses mains sur son dos, l'odeur d'Alex, qu'elle aurait reconnue entre mille. Andy manqua s'étrangler d'émotion. Depuis combien de temps personne ne l'avait serrée dans ses bras comme ça, mis à part sa mère ? Un an ? Davantage ? C'était tout à la fois excitant et apaisant. C'était comme retrouver le chemin de la maison.

— Que fais-tu ici ? demanda-t-elle, encore convaincue que c'était un mirage ou, pire, une simple coïncidence.

— Je te traque, répondit Alex en riant.

— Non, sérieusement.

— Je suis sérieux. Je suis tombé sur ta nounou et Clementine aujourd'hui, dans cette pâtisserie qui vend des cupcakes près de chez toi et…

— Tu es *tombé* sur elles ? Mais que faisais-tu à trois blocs de chez moi ? Tu n'habites pas à Brooklyn, maintenant ?

— Si, dit Alex en souriant, mais comme je viens de te le dire, je te traque. J'étais donc dans cette pâtisserie, en train de manger un cupcake en essayant de trouver le culot d'aller sonner chez toi et voilà que, justement, arrive Clementine. Elle a tellement grandi depuis la dernière fois que je l'ai vue ! Elle est magnifique, Andy. Je l'aurais reconnue n'importe où.

Andy essaya de garder la tête froide en entendant Alex avouer son projet de sonner chez elle, mais ne put s'empêcher de le dévorer des yeux.

— Donc, j'ai demandé à ta nounou si tu étais chez toi. Je lui ai dit que nous étions de vieux amis. Je pense qu'elle a un peu flippé de ce qu'un inconnu lui demande ça parce qu'elle m'a répondu que tu étais « sortie, pour écrire » – ce sont ses mots.

— Et tu as décidé de tenter ta chance au hasard, et de voir si j'étais ici, plutôt que dans l'un des cinquante autres endroits similaires de la ville ? Sans parler des bureaux privés, des bibliothèques, des *coffee shops*...

Alex lui donna un petit coup amical du bout du doigt et elle eut aussitôt envie de l'embrasser.

— Ouais, ou alors, j'ai tout bêtement remarqué, il y a quelques mois, que tu avais posté sur le mur de Lily que tu travaillais dans un endroit appelé Writer's Space.

Andy haussa les sourcils.

— Je sais, je sais, j'avais dit que jamais je ne m'inscrirais sur Facebook, mais j'ai fini par craquer. Maintenant, je peux traquer mes ex comme tout un chacun. Bref, un mec du nom de Nick a répondu à l'Interphone et il a dit qu'il te connaissait...

— Oui.

Une femme d'une quarantaine d'années entra dans la cuisine et commença à fouiller dans le réfrigérateur. Alex et Andy se turent tout en la regardant extraire un Tupperware de l'un des tiroirs et décapsuler un Pepsi. Soudain consciente qu'elle avait interrompu une conversation, elle emporta son déjeuner à l'autre bout de l'espace de repos, et s'empressa de glisser des écouteurs dans ses oreilles.

— Donc…

Andy regarda Alex en lui intimant mentalement l'ordre de parler le premier. Il y avait tant à dire ! Elle ne savait pas par où commencer. Pourquoi était-il ici ? Que voulait-il ?

— Donc… (Alex toussa nerveusement et se frotta l'œil.) Ma lentille me rend fou, depuis ce matin.

— Mmm. Je déteste ça, moi aussi.

— À qui le dis-tu. Je n'arrête pas de me dire que je devrais faire cette opération au laser, histoire d'en finir avec les lentilles, mais quand tu entends tous ces témoignages de gens qui ont ensuite des problèmes de sécheresse oculaire et…

— Alex, le coupa-t-elle. C'est Alex, n'est-ce pas ? Pas Xander ? Que se passe-t-il ?

Il avait l'air penaud. Anxieux. Il se tordit nerveusement les doigts et tira sur le col de sa polaire.

— C'est Alex, dit-il. Comment ça, que se passe-t-il ? Je passais te dire bonjour. Est-ce que c'est si bizarre ?

Andy éclata de rire.

— Oui, c'est complètement bizarre. C'est adorable, mais bizarre.

Quand s'étaient-ils vus pour la dernière fois ? Un an plus tôt, lors de ce brunch, épisode ô combien embarrassant. Andy était tentée de lui demander des nouvelles de Sophie pour voir ce qu'Alex, après coup, savait de l'histoire, mais elle ne put s'y résoudre.

— C'est fini entre Sophie et moi, dit-il en contemplant la table. Depuis un petit moment, maintenant.

— Je suis désolée de l'apprendre.

— Vraiment ? lança Alex avec un sourire.

— En fait, non. Je ne suis absolument pas désolée.

— Je sais tout, Andy, reprit-il sans se départir de son sourire. Je suis au courant de l'aventure avec son étudiant, et de toute l'histoire. Elle était tellement persuadée que tu m'avais tout raconté que, après ce brunch, elle m'a tout avoué. Elle n'a jamais cru, je pense, que tu avais tenu ta langue.

— Je suis désolée. Pour tout.

Alex hocha la tête. Il comprenait qu'elle était désolée à la fois de ne lui avoir rien dit alors qu'elle était au courant, et de la douleur qu'il avait dû éprouver en découvrant le pot aux roses.

— Il s'est avéré que ce n'était pas vraiment une aventure sans lendemain. Ils se sont mariés presque aussitôt, et elle est sur le point d'accoucher.

Andy eut envie de le serrer dans ses bras.

— Je sais aussi que Max et toi...

Une fois de plus, il détourna le regard.

— Max ? répéta Andy.

Même si elle avait compris le sens de la phrase, c'était si étrange d'entendre Alex prononcer le nom de son ex-mari.

— Le div... Tout ce qui s'est passé entre vous.

Andy le fixa jusqu'à ce qu'il se décide à croiser son regard.

— Comment es-tu au courant ? Lily m'a répété dix fois qu'elle ne t'avait rien dit, que les deux ou trois fois où vous vous êtes parlé, aucun de vous n'a mentionné mon nom.

— Ce n'est pas par Lily. Mais Emily.

— Emily ? Mais depuis quand êtes-vous en contact ?

Alex lui sourit, d'un sourire teinté de tristesse.

— Nous n'avons jamais été en contact. Mais il y a quelques mois, elle m'a appelé, à l'improviste. C'était un moulin à paroles, elle était presque hystérique, je ne comprenais rien à ce qu'elle racontait. C'était tout à fait la fille dont je me souvenais à l'époque de *Runway*.

— *Elle t'a appelé ?*

— Oui. Apparemment, elle s'était fait virer une fois de plus par Miranda, et son mari et elle projetaient de partir s'installer à L.A.

— Oui, c'est ce qu'ils viennent de faire.

— Donc, elle a tout déballé, d'un bloc, elle m'a raconté comment elle avait tout bousillé – avec Elias-Clark, Miranda, *The Plunge*, et surtout avec toi. Et elle voulait me mettre au courant de ton... euh, ton... divorce.

Même s'il ne la choquait plus autant qu'autrefois, ce mot lui inspirait toujours un mouvement de recul.

— Oh, mon Dieu ! Elle n'a pas fait ça.

— Elle m'a dit qu'elle voulait faire enfin un truc bien, après avoir à ce point foiré sur tous les plans, et ce qui s'imposait, apparemment... et depuis longtemps...

Alex s'interrompit et toussota.

Andy était sans voix. Cette scène était-elle vraiment en train de se passer ? Alex était-il vraiment là avec elle, dans cette cuisine tristounette, en train d'insinuer – ou plutôt d'affirmer sans ambages – qu'il pensait à elle ? Qu'ils devraient se donner une autre chance ? Ce scénario avait beau être l'un de ceux qui dirigeaient fréquemment ses rêveries, il n'en paraissait pas moins tiré par les cheveux.

Andy ne disait rien et Alex, après avoir contemplé ses pieds, se mit à admirer le plafond. Le silence sembla durer une éternité.

— Et si on dînait ensemble, dimanche ? De bonne heure, avec Clementine, peut-être autour de 17 heures ? On pourrait l'emmener quelque part dans ton quartier, aller manger une pizza, ou un hamburger ? Un truc simple...

Andy éclata de rire.

— Elle adore les pizzas. Comment l'as-tu deviné ?

— Quel gamin n'aime pas ça ?

Andy le regarda en souriant. Et quand il lui sourit à son tour, elle sentit ce pincement familier, mais depuis longtemps oublié, au creux de son estomac.

— Ça semble super. On est partantes.

— Formidable ! C'est noté.

Son téléphone bipa et il jeta un coup d'œil à l'écran.

— Mon frère est à New York ce week-end, il vient voir des copains en troisième cycle à NYU, et j'ai rendez-vous avec lui. Il veut me traîner dans une tournée des bars. Que Dieu me vienne en aide.

— Oliver ? Je n'arrive pas à croire qu'il soit adulte. Je ne l'ai pas revu depuis… dix ans ? Comment va-t-il ?

— Super bien. Il vit à San Francisco, travaille pour Google, et sort avec une nana follement sexy qui l'appelle nuit et jour. Il est devenu une personne à part entière. C'est le truc le plus étrange qui soit.

— Propose-lui de dîner avec nous dimanche. Ça me ferait plaisir de le revoir, après tout ce temps…

— Je ne suis pas certain qu'une pizza à 5 heures de l'après-midi avec son frère et une petite gamine le branche vraiment, mais je te promets de lui en parler.

— Dis-lui que je veux le voir !

— Je le lui dirai. Promis. Je suis sûr qu'il en a très envie, lui aussi. Il a toujours…

Alex rougit.

— Quoi ?

— Rien.

— Alex ! Il a toujours quoi ?

— Il a toujours pensé qu'on finirait par se remettre ensemble. Il n'a jamais cessé de demander de tes nouvelles.

— Parce qu'il était pas super fan de Sophie, sans doute.

— Non, pas du tout. Il la trouvait super sexy et…

Andy leva la main.

— C'est bon, j'en ai assez entendu.

— Désolé, dit Alex avec un sourire.

Andy éclata de rire et l'observa se lever et remettre sa sacoche. Elle brûlait d'envie de le serrer dans ses bras, mais elle ne voulait pas se montrer trop pressante.

Alex la regarda, l'air un peu intimidé, un peu

penaud même, la main crispée sur la bandoulière de sa sacoche.

— Andy ? On va y aller lentement, je te promets. Je n'ai pas envie de me précipiter dans quoi que ce soit, et je sais que tu n'en as pas envie non plus. On fera attention.

— Oui. Attention.

— Tu as une fille et tu dois penser à elle, je le comprends très bien, et je le respecte. Nous avons toi comme moi perdu des plumes dans notre précédente relation, et je suis sûr qu'on est tous les deux...

Sans réfléchir, sans se soucier de son apparence, de la réaction d'Alex ni de ce qui se dirait ensuite, Andy se hissa sur la pointe des pieds, se suspendit au cou d'Alex et l'embrassa sur la bouche. Le baiser ne dura que quelques secondes, mais il lui sembla que cette sensation était la plus naturelle et la plus merveilleuse au monde.

Quand elle recula, ils échangèrent un grand sourire radieux.

— Tu peux éviter de te précipiter autant que tu le veux, dit-elle d'un air sérieux. Mais sache que j'ai l'intention de plonger tête la première, sans retenue et sans penser aux conséquences.

— Carrément ? dit Alex avec un grand sourire. *Sans retenue et sans penser aux conséquences ?*

Pour toute réponse, Andy l'embrassa de nouveau.

Remerciements

Merci est un mot bien trop faible pour exprimer ma reconnaissance envers Sloan Harris, mon agent, amie et parfois, lorsque la nécessité s'en fait sentir, psy. Il n'existe aucune angoisse que tu ne saches apaiser, aucun problème que tu ne puisses résoudre. Merci pour ta sagesse, tes conseils infaillibles et ton calme inébranlable dans les tempêtes. Ils sont bien plus appréciés que tu ne le sauras jamais.

Je remercie également Marysue Rucci, qui depuis près de dix ans maintenant (!) est pour moi bien plus qu'une directrice littéraire : MSR, tu es une supportrice, une confidente, une conseillère de confiance, et je me souviens à peine d'une vie où j'écrivais déjà mais ne te connaissais pas encore. Des premiers échanges d'idées au livre imprimé, tu as amélioré cet ouvrage de toutes les façons qui se puissent imaginer.

Je remercie toute ma famille chez Simon & Schuster pour leur formidable travail et leur créativité. Jon Karp, Jackie Seow, Richard Rhorer, Andrea DeWerd, Tracey Guest, Jennifer Garza, Jessica Zimmerman et Felice Javitz : vous êtes la meilleure équipe dont puisse rêver un auteur. Je remercie tout particulièrement Aja Pollock et Emily Graff pour tout. Littéralement tout.

Merci également à la fantastique équipe de ICM : Maarten Kooij, Kristyn Keene, Josie Freedman, Heather Karpas et Shira Schindel. J'apprécie vos conseils astucieux et vos idées sensationnelles (et naturellement, vos décisions prises aux votes). Merci de m'avoir toujours guidée sur la bonne voie, dans toutes les situations.

À toute l'incroyable équipe londonienne : un vibrant merci pour votre enthousiasme sans limites et vos idées géniales, de la conception à la publication de ce livre. Cela fait plus de dix ans que nous travaillons ensemble maintenant et j'ai une immense dette (et une adoration) pour toute ma famille britannique. Chez Harper Collins, merci à Kate Elton, Lynne Drew, Claire Bord et Louise Swannell. Des milliers de mercis, chez Curtis Brown, à Vivienne Schuster, Betsy Robbins, Sophie Baker et Claire Nozières.

À mes amis qui ont été si généreux de leur temps et de leur expertise : Wendy Finerman, Hillary Irwin, Matthew Hiltzik, Josh Wolfe, Kyle White, Ludmilla Suvorova et toutes mes amies, à New York ou ailleurs – je vous embrasse toutes et tous très fort et vous supplie de nous voir bientôt pour boire un verre. Par exemple demain.

Aucun mot ne suffit à exprimer ma reconnaissance à Mallory Stehle et Tracy Larry, sans qui ce livre n'aurait littéralement jamais existé. Vous ferez toujours partie de la famille.

Maman, papa, Dana : je vous aime de tout mon cœur. Merci de m'aider à garder les pieds sur terre, et la tête (à peu près) sur les épaules et pour les mille et une façons dont vous m'aidez, m'encouragez et, le plus important, me faites rire. Merci à toute ma famille, pour leurs encouragements, leur compréhension et la faculté à savoir toujours quand il faut éviter de me demander des nouvelles de mon travail : Bernie, Judy, Seth, Sadie, Grandma, Papa, Jackie, Mel, Allison, Dave, Sydney et Emma. Ces deux dernières années ont été un moment de folie et je n'aurais jamais pu survivre (ou apprécier l'aventure) sans chacun de vous.

Et surtout, je remercie mon mari, Mike, grâce à qui *tout* est possible. Ce livre n'aurait jamais été plus qu'une lubie éphémère sans ton soutien, tes suggestions, tes idées et tes lectures attentives. Aucun remerciement ne pourra jamais rendre compte de toutes les façons, les grandes comme les petites, dont tu me (dont tu nous) combles. À R et S, merci de m'avoir offert plus de joie que je n'aurais pu imaginer en connaître un jour. Il est impossible de ne pas sourire lorsque vous êtes près de moi. Je vous aime tous les trois de tout mon cœur.

Composé par Nord Compo Multimédia
7, rue de Fives, 59650 Villeneuve-d'Ascq

Imprimé en France par

CPI
BRODARD & TAUPIN

à La Flèche en décembre 2013
N° d'impression : 3003567

FLEUVE NOIR
12, avenue d'Italie
75627 Paris Cedex 13

Dépôt légal : novembre 2013
Suite du premier tirage : décembre 2013
R08879/05